신조협려

2

신조협려 2 - 옥녀심경

1판 1쇄 발행 2005. 2. 5.
1판 19쇄 발행 2019. 5. 26.
2판 1쇄 발행 2020. 4. 1.
2판 3쇄 발행 2024. 2. 26.

지은이 김용
옮긴이 이덕옥
발행인 박강휘
편집 임지숙 디자인 박주희 마케팅 정성준 홍보 강원모
발행처 김영사
등록 1979년 5월 17일 (제406-2003-036호)
주소 경기도 파주시 문발로 197(문발동) 우편번호 10881
전화 마케팅부 031)955-3100, 편집부 031)955-3200 | 팩스 031)955-3111

값은 뒤표지에 있습니다.
ISBN 978-89-349-8582-2 04820
      978-89-349-8580-8 (세트)

홈페이지 www.gimmyoung.com   블로그 blog.naver.com/gybook
인스타그램 instagram.com/gimmyoung   이메일 bestbook@gimmyoung.com

좋은 독자가 좋은 책을 만듭니다.
김영사는 독자 여러분의 의견에 항상 귀 기울이고 있습니다.

일러두기 _____

1. 이 책은 김용이 직접 여덟 차례에 걸쳐 수정한 3판본(2003년 12월 출간)을 저본으로 번역했다.
2. 본문에 실려 있는 삽화는 홍콩의 강운행姜雲行 화백이 그린 것이다.

신조협려

神鵰俠侶

이덕옥 옮김

김용 대하역사무협

옥녀심경

2

무협소설사에 길이 남을 불멸의 고전
김용 소설 중 가장 많은 찬사를 받은 작품

내 소설의 무공은 비록 허구이지만 그 정신만은 진실입니다. 독자 여러분은 정의와 공정, 공평을 중시하고, 순수한 감정을 중히 여기길 바랍니다. 그리고 늘 부모와 형제자매, 친구, 동료, 사랑하는 사람, 남편, 아내에게 진정한 애심愛心을 지녀야 합니다.

한국 독자 여러분께
즐거운 새해가 되길 기원합니다.

김용 드림

안구사 원호문 元好問 雁丘詞

세상 사람에게 묻노니,
정이란 무엇이길래 이토록
생과 사를 같이하게 한단 말인가.
하늘과 땅을 가로지르는 저 새야,
지친 날개 위로
추위와 더위를 몇 번이나 겪었느냐?
만남의 기쁨과 이별의 고통 속에
헤매는 어리석은 여인이 있었네.
임이여 대답해주소서.
아득한 만 리 구름이 겹치고
온 산에 저녁 눈 내릴 때
외로운 그림자 누굴 찾아
날아갈꼬.

2권

옥녀심경

玉 女 心 經

▲ 진종훈의 〈추정희영도秋庭戱嬰圖〉

진종훈은 항주杭州 사람으로, 송 이종理宗 소정紹定 연간의 궁중 화가다.

▶ 석곽석각화石槨石刻畵

당나라 때 석각. 관의 바깥쪽을 곽槨이라 한다. 그림 속 여인은 나비를 잡고 있는 데 나비는 꽃에 앉아 있다. 섬서성 장안 남부에서 출토되었고, 현재 섬서성박물 관에 소장되어 있다. 함양과 장안은 모두 종남산 부근에 있다. 이 그림을 통해 묘 실, 석상, 석관, 석곽에 조각한 그림이 오 랜 역사를 지녔다는 사실을 알 수 있다.

◀ 석상석각화石床石刻畵

북위北魏 때 석각화. 두 사람이 숲속에 마 주 보고 앉아 있다. 12폭의 석각화 중 하 나이다.

▼ 왕중양 고사 벽화

전설에 의하면 중국 산서성 영제현永濟縣 영락진永樂鎭은 전진교의 조사인 여동빈呂洞賓의 고향이라 한다. 그는 원나라 초에 대순양만수궁大純陽萬壽宮이란 엄청난 규모의 도교 사원을 건립했는데 영락궁은 그중 일부분이다. 중양전重陽殿은 영락궁의 다섯 번째 누각으로, 왕중양과 그의 제자들을 기리는 사당이다. 중양전 벽에는 왕중양과 제자들의 사적을 묘사한 49폭의 벽화가 그려져 있다. 이 그림은 그중 하나인 〈구순파안질救筍婆眼疾〉로, 전진교의 제자들이 백성의 질병을 치료해주는 장면을 담고 있다.

◀ 영락궁의 벽화 〈제신상諸神像〉

영락전은 원나라 초에 건립했는데, 당시는 전진교가 흥성하던 시기였다. 벽화의 신상은 비록 도교 제자들의 상상에 의해 그려졌지만, 복장과 무기만큼은 당시 실물의 영향을 많이 받은 것으로 추측한다.

▼ 영락궁의 벽화 〈비천飛天〉

◀ 영락전의
　〈삼두육비신상三頭六臂神像〉

　영락궁 삼청전三淸殿의 벽화이다. 도교에선
　옥청玉淸, 상청上淸, 태청太淸을 '삼청'이라 하
　는데, 후대에는 이를 원시천존元始天尊, 태상
　도군太上道君, 태상노군太上老君이라 불렀다.
　삼청전은 도교 사원의 정전正殿으로, 불교
　사찰의 대웅보전大雄寶殿과 같은 격이다.

▲ 금의 황후가 몽고 대칸에게 항복하는 그림
　으로, 현재 프랑스 파리국립박물관에 소장
　되어 있다.

옥녀심경

玉女心經

순간 소용녀가 섬섬옥수 고운 손을 사방으로 휘둘러 날갯짓
하는 참새들을 가로막았다. 그러자 81마리의 참새는 제멋
대로 날아다니는 듯하면서도 종내 그녀의 손바닥이 그리는
원 안에서 헤어나지 못했다. 양과는 그저 입을 벌리고 그 모
습을 바라볼 뿐이었다.

소용녀는 품 안에서 벌꿀통을 꺼내 양과의 손에 올려놓았다.

"이건 봉독을 치료하는 꿀이야. 조지경에게 갖다줘라."

양과는 조지경이 이루 말할 수 없이 미웠지만, 소용녀의 말을 거스를 수는 없었다. 그는 중양궁에 있는 조지경을 찾아 그 앞에 꿀병을 탁, 소리나게 내려놓았다.

전진교 무리들은 소용녀와 양과가 중양궁에 나타나자 또 싸움을 걸러 온 줄 알고 경계를 강화하며 마옥, 구처기 등에게도 급히 소식을 알렸다. 그런데 해독할 꿀을 가지고 왔다고 하니 놀라 할 말을 잃고 그들의 모습을 바라만 보고 있었다.

양과는 병을 내려놓으며 조지경을 흘끗 쏘아보고는 고개를 돌렸다. 상대를 깔보는 빛이 역력한 표정이었다. 녹청독은 양과를 보자마자 가슴에서 불길이 치솟았다.

"애송이 녀석, 사문을 배반하고 그냥 가겠다고?"

그는 그날 양과에게 합마공으로 당하고 잠시 정신을 잃기는 했지만 양과의 내공이 심후하지는 않아 상처가 깊지 않았다. 지금은 구처기가 몇 차례 치료해주고 며칠 요양을 해서 이미 완쾌된 상태였다.

소용녀가 양과를 돌아보며 조용히 일렀다.

"과야, 오늘은 가만히 있어."

양과는 등 뒤로 다가오는 발소리와 함께 자신의 뒷덜미를 노리는 장풍이 밀려오는 것을 느꼈다. 양과는 8일 동안 활사인묘의 차가운 옥침상에서 잠을 자며 참새를 잡는 연습만 했다. 그 속에 고묘파 경공술의 정수가 담겨 있다는 걸 양과는 알지 못했다. 그런데도 자신이 느끼지 못하는 사이에 양과의 내공은 이미 전과 크게 달라져 있었다.

양과는 녹청독의 손에 막 잡히려는 순간 몸을 굽혀 빠져나가며 손을 뻗어 그의 옷자락을 잡았다. 녹청독은 그 짧은 며칠 사이에 양과의 경공술이 크게 진보했으리라고는 생각지도 못하고 화가 머리끝까지 치밀어 상대를 얕보고 덤벼들었다. 그런데 공격이 실패하고 양과에게 옷자락까지 잡히자 몸이 앞으로 크게 쏠리며 우당탕 넘어지고 말았다. 그가 몸을 일으켰을 때 양과는 이미 소용녀 옆으로 숨은 뒤였다.

녹청독은 소리를 지르며 다시 덤벼들었다. 그때 전진교 무리 중 한 사람이 발이 땅에 닿을 새도 없이 날 듯 튀어나오더니 녹청독의 손목을 잡아채 무리 속으로 사라졌다. 녹청독은 그에게 잡힌 순간 반신이 마비되어 움직일 수가 없었다. 고개를 들어보니 사숙 견지병이었다. 녹청독은 혀끝까지 올라왔던 욕을 꿀꺽 삼키는 수밖에 없었다.

"용 낭자께서 약을 주시니 어찌 감사드려야 할지 모르겠습니다."

견지병이 허리를 굽혀 예를 표시했다. 소용녀는 돌아보지도 않고 양과의 손을 당겼다.

"돌아가자."

"용 낭자, 양과는 우리 전진교 문하의 제자입니다. 이렇게 데려가시면 이 일을 어찌 수습하겠습니까?"

"나는 남들이 하는 말에는 신경 쓰지 않아요."

소용녀는 그대로 양과의 팔을 끌고 숲속으로 사라졌다. 견지병, 조지경 등은 할 말을 잃고 망연자실 서 있을 뿐이었다.

두 사람은 묘실로 돌아왔다.

"과야, 네 무공이 늘기는 했지만 그 뚱뚱한 도사를 상대하는 방법이 틀렸어."

"그 돼지가 저를 얼마나 때렸는데요. 오늘 실컷 때려주지 못한 게 서운한 판에 왜 때리면 안 된다는 거죠?"

소용녀는 고개를 저었다.

"때리면 안 된다는 것이 아니라 때리는 방법이 틀렸다는 거야. 그의 옷자락을 잡아서 넘어뜨릴 것이 아니라 손을 대지 않고 스스로 자빠지게 해야 한다는 거지."

뾰로통하던 양과의 얼굴이 금세 환해졌다.

"재미있겠는데요. 얼른 가르쳐주세요."

"내가 너고, 너는 뚱뚱한 도사야. 나를 잡아봐."

소용녀는 천천히 앞으로 걸어갔다. 양과는 재미있는 듯 히히 웃으며 손을 뻗어 소용녀를 잡았다. 소용녀는 뒤에 눈이 달린 듯 양과가 뛰면 앞서 뛰고, 천천히 걸으면 그에 맞춰 걸음을 늦추었다. 이렇게 그녀는 양과와의 거리를 삼 척으로 유지했다.

"정말 잡아요!"

양과가 소리치며 앞으로 몸을 날렸으나 소용녀는 피하지 않았다. 양과가 눈앞에 있는 그녀의 목을 잡으려는 순간, 소용녀는 뒤로 살짝 미끄러지며 양과의 팔을 벗어났다. 양과는 얼른 몸을 뒤로 돌려 다시 잡으려 했지만 그 서슬에 제 몸을 가누지 못하고 벌러덩 자빠졌다. 넘어진 채 하늘을 멍하니 바라보고 있자니 등이 얼얼하게 아파왔다.

소용녀는 팔을 뻗어 양과의 왼손을 잡아 일으켜주었다.

"와, 이거 정말 대단한데요! 어떻게 이리도 빠르게 움직이나요?"

"1년 더 참새를 잡으면 할 수 있어."

양과는 고개를 갸우뚱했다.

"이미 잡을 수 있는데요."

소용녀의 얼굴에 쓴웃음이 지어졌다.

"흥, 그 정도의 실력으로 잡을 수 있다고 할 수 있을까? 우리 고묘파의 무공이 어디 그렇게 쉽게 익혀질 것 같아? 따라와."

그녀는 양과를 다른 석실로 데려갔다. 전에 참새를 잡는 연습을 하던 석실보다 크기가 두 배쯤 되어 보이는 곳에 참새 여섯 마리가 날아다니고 있었다. 방이 커졌으니 참새를 잡는 것도 훨씬 어려울 터였다.

소용녀는 양과에게 경공제종술輕功提縱術과 금나법擒拿法 등을 가르쳐주었다. 그것을 연마한 지 9일 후, 양과는 한 번에 참새 여섯 마리를 모두 잡을 수 있게 되었다. 그 후 석실이 점점 커지며 참새의 수도 점점 많아졌다. 그리고 마지막에는 커다란 석실 안에서 81마리의 참새를 잡는 수련을 했다.

고묘파의 무공은 확실히 심오했다. 차가운 옥침상은 내공을 수련하는 데 큰 도움을 주었고, 3개월간의 수련을 거치자 81마리 참새를 모두 잡을 수 있게 되었다. 양과의 무공이 빠르게 진보하는 것을 본 소용녀도 기꺼운 마음이 들었다.

"이 무공은 유강세柔綱勢라고 해. 이제 밖으로 나가 잡아보자."

양과는 그러잖아도 석 달을 꼬박 무덤 안에서만 지내 답답하던 차에 밖에서 연습을 한다고 하니 몹시 흥분되었다.

"뭐가 그리 좋아? 연습이 매우 고될 거야. 81마리 참새 중 한 마리도 놓쳐서는 안 돼."

두 사람은 무덤 밖으로 나갔다. 때는 춘삼월, 나뭇가지마다 연한 잎이 돋아나고 있었다. 후욱, 양과는 숨을 깊이 들이마셨다. 꽃향기, 풀냄새가 폐 속 깊이 스며드는 듯했다. 이루 말할 수 없는 편안함이 느껴졌다.

소용녀는 들고 있던 부대의 주둥이를 풀었다. 참새들이 한꺼번에 날아올랐다. 순간, 소용녀는 섬섬옥수 고운 손을 사방으로 휘둘러 날갯짓하는 참새들을 가로막았다. 갇혀 있던 부대에서 풀려난 참새들은 당연히 이리저리 날아가려고 파닥거렸다. 그러나 이상하게도 소용녀가 두 손으로 휘두르고 막자 81마리 참새는 한 마리도 빠짐없이 소용녀의 가슴에서 석 자 밖으로 벗어나지 못했다. 그녀가 춤을 추듯 두 팔을 흔들어 원을 그리자 81마리의 참새는 제멋대로 날아다니는 듯하면서도 종내 그녀의 손바닥이 그리는 원 안에서 헤어나지 못했다.

양과는 그저 입을 벌리고 바라볼 뿐이었다. 가슴이 쉼 없이 요동치는 것이 느껴졌다.

'나에게 신묘한 장법을 보여주고 있는 거야. 잘 기억해둬야지.'

양과는 두 눈을 부릅뜨고 그녀가 어떻게 손을 놀려 새들을 가로막는지, 어떻게 팔을 거두었다 뻗는지 주시했다. 그녀의 손놀림은 빠르면서도 움직임 하나하나에 절도가 느껴졌다. 양과는 한참을 말없이 바라보았다. 그러자 마냥 신기하기만 하던 처음과는 달리 장법 속의 세밀한 이치를 어렴풋이나마 깨달을 수 있었다. 소용녀는 잠시 더 새들을 막아두었다가 팔을 활짝 펴 두 손을 뒤집었다. 그러자 참새들이 줄지어 하늘로 날아올랐다.

"이 새들을 다시 붙잡으려면 요교공벽 天矯空碧 을 쓰면 돼."

소용녀가 말을 마치자마자 높이 뛰어올라 긴 소매를 휘둘렀다. 그러자 두 줄기 바람이 일며 새들이 모두 땅으로 떨어졌다. 참새들은 땅바닥에서 쩍쩍 지저귀다가 한 마리씩 날개를 퍼덕이며 다시 날아올랐다. 양과는 크게 기뻐하며 소용녀의 소매를 끌었다.

"곽 백부님도 이런 재주는 없을 거예요."

"각 문파의 무공은 모두 달라. 유강세 뒤에 이어지는 무공을 요교공벽이라고 해. 우리 사조님께서 만드신 무공이지. 잘 익혀둬."

소용녀는 10여 가지 장법을 양과에게 가르쳐주었고, 양과는 하나하나 익혀갔다. 10여 일 사이, 양과는 유강세 81초식을 모두 배우고 익숙해질 때까지 연습을 거듭했다.

소용녀는 다시 참새를 잡아 양과에게 장법으로 막아보라고 명했다. 처음 두세 번은 양과의 손에 막히던 참새가 곧 틈을 타 하늘로 날아가버렸다. 소용녀는 한쪽에서 지켜보다 손을 뻗어 날아가던 참새를 가로막았다.

양과는 계속 장법을 날렸으나 초식의 전개가 느리고 정확한 순간을 포착하지 못해 번번이 참새를 놓치곤 했다. 그러면 소용녀가 날아가는 참새를 막아 다시 연습하게 했다. 이렇게 수차례 쉬지 않고 연습을 하는 사이 봄이 가고 여름이 왔다. 양과의 무공도 하루가 다르게 성숙해졌다. 타고난 자질이 뛰어나고 스스로 꾸준히 연마하니 점차 많은 수의 참새를 잡아둘 수 있었다. 그리고 중추절을 지나자 유강세를 완전

히 익힐 수 있었다. 이제 장법을 전개하면 81마리의 참새를 모두 막아
낼 수 있었다.

어느 날 소용녀가 양과를 불렀다.

"장법을 이미 다 익혔으니 그 뚱뚱보 도사를 만나거든 힘들이지 않
고도 넘어뜨릴 수 있을 거야."

"조지경과 맞붙게 되면 어쩌죠?"

소용녀는 대답이 없었다.

'조지경이 할멈을 상대하는 몸놀림을 보니, 만일 봉독에 중독되지
않았다면 할멈도 당해내지 못했을 거야. 지금 네 무공으로는 그의 발
끝에도 미치지 못해.'

그녀의 무언의 답이 뜻하는 바는 분명했다. 양과도 그쯤은 알 수 있
었다.

"지금 그를 이길 수 없다고 해도 괜찮아요. 몇 년 더 익히면 분명히
이길 수 있을 거예요. 우리 고묘파의 무공이 전진교보다 훌륭하지 않
아요?"

소용녀는 고개를 들어 석실 천장의 석판을 바라보았다.

"그것을 믿는 사람은 세상에서 너와 나 둘뿐일 거야. 지난번 구씨
성의 늙은 도사와 겨뤄보니 내 무공이 그에게 미치지 못하더구나. 하
지만 그건 고묘파가 전진교에 미치지 못해서가 아니라 내가 우리 파
의 심오한 무공을 익히지 못해서 그런 거야."

양과는 그간 소용녀가 구처기를 이기지 못한 것이 줄곧 마음에 걸
렸는데, 이 말을 듣자 걱정이 사라졌다.

"선자, 그게 무슨 무공이에요? 어려운가요? 지금부터 연습하면 안

돼요?"

"네게도 우리 문파의 내력을 알려주어야겠구나. 네가 내 제자가 되기 전에 고묘파의 창시자이신 사조님께 절을 올렸지? 그분의 성함은 임조영 林朝英이라 한다. 수십 년 전, 무림에서는 사조님과 왕중양 두 분의 무공이 최고로 꼽혔지. 두 분은 실력의 우열을 가리기 힘들었는데, 이후 왕중양이 금나라에 반기를 들고 군사를 일으켜 바쁘게 오가는 사이 사조님께서는 묵묵히 수련을 계속해 왕중양보다 한층 더 뛰어난 무공의 경지를 이루셨어."

소용녀의 말이 계속 이어졌다.

"사조님은 무림에서 일어난 속된 일들을 알려 하지 않았고 스스로 뽐내는 일도 좋아하지 않으셨어. 그러다 보니 강호에 사조님의 이름을 아는 사람이 얼마 되지 않았지. 왕중양의 봉기가 실패로 돌아가고, 그가 이 고묘에 은거하며 무학 연마에 몰두하고 있을 때 사조님은 몸이 좋지 않아 두 차례나 큰 병을 앓으셨어. 그래서 왕중양이 다시 강호에 나왔을 때 사조님의 무공이 왕중양보다 떨어지게 된 거야. 그런데 어찌 된 일인지, 내기를 걸고 무공을 겨루었을 때 왕중양이 사조님께 지고 말았어. 그리고 이 고묘를 사조님께 넘겨주었지. 자, 이 두 분 선배님들께서 남기신 흔적을 보여줄게."

양과는 손뼉을 치며 기뻐했다.

"이 석묘는 사조님께서 왕중양한테 빼앗은 거로군요. 진작에 알았더라면 여기서 지내는 동안 기분이 더 좋았을 텐데."

"여기서 지내려니 답답하고 재미가 없어 싫었나 보지?"

"아니에요. 선자와 함께 있을 수만 있다면 저는 어디든 좋은걸요."

양과의 말에 소용녀는 어쩔 수 없다는 듯 고개를 저으며 미소를 지었다. 그리고 양과를 데리고 한 석실로 들어갔다. 석실의 모양은 참으로 기묘했다. 앞은 좁고 뒤는 넓은 사다리꼴이었다. 또 동쪽은 반원인가 하면 서쪽은 삼각형 모양이었다.

"이 방은 왜 이렇게 이상한 모양으로 만들었나요?"

"여기는 왕중양이 무학에 정진하며 수련을 하던 곳이야. 앞이 좁은 것은 장법을 연마해서이고, 뒤가 넓은 것은 권법을 썼기 때문이지. 또 동쪽이 둥근 것은 검을 연마해서이고, 서쪽에 각이 진 것은 표창을 날려서 그런 거야."

양과는 방 안을 왔다 갔다 하며 어안이 벙벙할 따름이었다.

소용녀가 손을 들어 한쪽을 가리켰다.

"왕중양의 무공이 얼마나 심오한지는 여길 보면 알 수 있지."

양과가 고개를 들어 바라보니 천장의 석판에 꽃무늬 같은 자국들이 가득 새겨져 있었다. 뾰족한 도구로 새긴 듯 깊이 파인 곳도 있었고 살짝 긁힌 듯한 자국도 있었다. 그 속에서 어찌 무공의 심오함을 알 수 있는지 양과는 이해할 수가 없었다.

소용녀는 동쪽으로 가 반원 가운데의 한 면을 몇 차례 밀었다. 커다란 돌이 천천히 움직이며 동굴과 같은 입구가 또 나타났다. 그녀는 촛불을 들고 앞서 들어갔다. 안에는 또 다른 방이 하나 더 있었다. 그 방은 앞서 본 방과는 완전히 상반된 구조였다. 뒤는 좁고 앞은 넓으며, 서쪽이 반원, 동쪽이 삼각형을 이루고 있었다. 양과가 고개를 들어 쳐다보니 천장에는 마찬가지로 수없이 많은 흔적이 남아 있었다.

"이것이 바로 사조님 무공의 비밀이야. 사조님께서는 기지를 발휘해 이 고묘를 손에 넣었어. 실제 무공으로 따진다면 사조님은 왕중양에 미치지 못했어. 그분은 고묘로 옮겨온 후, 왕중양이 남겨놓은 이 무공을 깊이 연구하셨지. 그리고 피나는 수련을 통해 그의 모든 무공을 제압할 수 있었던 거야. 그게 바로 여기에 새겨져 있어."

"정말 대단하군요! 구처기, 학대통의 무공이 아무리 높아도 왕중양을 이기지는 못할 텐데 우리가 여기서 사조님의 무공을 익히기만 하면 당연히 그 도사 영감들을 이길 수 있겠네요."

"맞는 말이긴 하지만, 나를 도와줄 사람이 없어."

소용녀의 말에 양과가 고개를 번쩍 들었다.

"제가 도울게요."

"아쉽게도 너는 재주가 부족해."

소용녀가 힐끗 돌아보며 한마디 던진 말에 양과는 얼굴이 온통 붉어지며 부끄러워 견딜 수가 없었다.

"사조님의 이 무공을 〈옥녀심경玉女心經〉이라고 해. 두 사람이 함께 연마하며 서로 도와줘야 하는 건데 당시 사조님은 내 사부님과 함께 연마하셨지. 사조님께서 얼마 되지 않아 돌아가시자 사부님은 수련을 마칠 수가 없었어."

양과는 다시 얼굴이 환해졌다.

"저도 제자니까 함께 수련할 수 있잖아요."

소용녀는 낮은 신음을 내뱉었다.

"그래, 함께 해보자. 우선 첫 단계로 너는 우리 문파의 각종 무공을 익혀야 해. 두 번째로 전진파 무공을 익혀야 하고, 세 번째로 전진파를 제압할 수 있는 〈옥녀심경〉을 터득해야 돼. 사부님께서 돌아가실 때

나는 열네 살밖에 되지 않았어. 우리 문파의 무공은 모두 익혔지만, 전
진파의 무공은 막 시작한 정도였지. 그러니 당연히 〈옥녀심경〉은 흉내
도 내보지 못했지. 첫 단계는 내가 너를 가르칠 수 있어. 두 번째, 세 번
째 단계는 함께 연구해가며 수련해보자꾸나.”

　일반적으로 내공을 수련하기 위해서는 내력内力을 강하게 키워야 한
다. 내력이 엇비슷한 사람끼리 부딪치면 어떤 무공을 쓰더라도 상대방
에게 큰 피해를 입힐 수 없다. 그러나 내력이 강해지면 가벼운 장력으
로도 적에게 중상을 입히거나 심지어는 목숨을 앗아갈 수도 있다. 검
을 쓸 경우 상대방의 공격을 막기만 해도 그 반동으로 적에게 상처를
입힐 수 있고, 그렇게 되면 상대방은 손아귀가 얼얼해 무기를 놓치게
된다. 곧 무공의 수준은 내력으로 결정되는 것이다.

　과거 곽정이 강남칠괴를 따라다니며 몽고 사막에서 무공을 쌓을 때
진전이 대단히 느려 눈에 보이는 성과가 거의 없었다. 그러나 나중에
전진파 단양자 마옥에게 상승의 내공을 전수받은 후에는 자기도 모르
는 사이에 손발의 움직임이 빨라지고 근력이 크게 강해졌다. 그러다
보니 자연히 무공을 연마하는 데 가속도가 붙었다.

　고묘파의 내공 수련법은 일반 무공과 크게 달랐다. 내공이 높아지면
수련자는 몸놀림이 빨라지고 손의 움직임이 민첩해진다. 곧 상대방이
초식 하나를 전개하는 동안 수련자는 서너 초식을 연속으로 사용할 수
있었다. 그러나 초식에 실리는 힘이 강해지는 것은 아니었다. 곧 민첩
해지면 무게를 싣지 못하고, 무게를 실으면 속도가 떨어졌다.

　고묘파의 조사 임조영이 이 무공을 만들어낸 것은 자신이 마음에
둔 왕중양을 이기고 싶은 마음에서였다. 그녀는 상대방이 생각지도 못

한 순간 그의 뒷덜미나 등을 가볍게 때리거나 손가락으로 살짝 건드려 그가 통증을 느끼거나 부상을 입지 않고도 웃으며 패배를 인정하게 되면 충분하다고 생각했다. 그래서 신법은 빠를수록, 가벼울수록 좋다고 생각했고 거기에 다른 사람이 생각할 수 없는 여러 초식을 덧칠했다. 그러나 그 위력은 중시하지 않았다. 이는 무학의 기본과 상당히 다른 방식이었다. 그리고 지금까지 전해지는 것은 모두 왕중양에게 사용했을 때에만 효과가 있는 초식이었다.

왕중양은 무학의 대종사로, 화산논검대회에서도 다섯 고수 중 으뜸을 차지할 정도로 무공이 높았다. 그런 그를 가볍게 쳐서 어쩔 수 없이 패배를 인정하게 하는 것은 참으로 어려운 일이었다. 임조영은 밤낮으로 고민하고 연구해 변칙적인 무학을 완성했다. 그리고 이것이 후세에 전해지자 이막수는 가냘픈 여자의 몸이었지만 예측을 불허하는 장법과 검법을 응용한 불진 초식으로 강호에 이름을 날렸고, 많은 호걸이 그 이름만 들어도 몸서리치게 만들었다.

소용녀는 무공의 기본을 양과에게 전수해주고 숙련되게 연마하도록 했다. 그런 후에 밖으로 나가 참새 세 마리를 잡아 앞이 좁고 뒤는 넓은 석실에 풀어놓았다. 새들이 제 마음대로 날아다니는 것을 지켜보던 소용녀는 한 마리가 낮게 비행하자 몸을 날려 앞을 막아섰다. 그렇게 점점 좁혀가며 결국에는 참새 세 마리를 모두 작은 원 안으로 몰아넣었다.

"전에 네가 연마한 유강세는 81마리 참새를 묶어두는 무공이었어. 그다음에 배운 것은 요교공벽으로 새들을 떨어뜨리고 장력을 벗어날 수 없도록 했지. 이 무공은 천라지망세天羅地網勢라고 해. 유강세와 비교하면 훨씬 더 어려운 무공이야. 참새가 하늘 높이 날아오른다고 생각해봐. 네 경공술이 아무리 뛰어나도 5~6장을 뛰어올라 참새를 잡는 것은 불가능할 거야. 결국은 눈과 손이 빨라야 하고 신법이 민첩해야해. 참새가 날아오르는 것을 보자마자 손을 뻗어 막을 수 있어야 하지. 몸놀림이 참새보다 빨라야 해. 힘이야…… 참새는 원래 힘이 약하니까 손가락으로 가볍게 튕기기만 해도 날아오르지 못할 거야. 그래서 연마하는 무공도 경공을 위주로 하는 거야. 판단이 빠르고 움직임이 번개같아야 해. 위력이 실리지 않는 건 신경 쓸 것 없고…….”

양과는 고개를 끄덕였다.

“선자, 우리 무공이 빠르기는 해도 이렇게 힘이 없다면…… 상대방이 힘으로 맞설 때는 어쩌죠? 상대방의 힘이 강하면 우리는 결국 그를 꺾을 수 없는 거잖아요. 그럼 어쩌죠?”

“그래, 그럼 시험을 해보자. 네가 온 힘을 다해서 상대해봐.”

그러면서 소용녀는 오른손을 들어 가볍게 그의 얼굴 앞에서 흔들었다. 양과는 오른손으로 거세게 장력을 발하며 그녀의 장에 맞부딪쳤다. 양과의 공격도 민첩하기 그지없었다. 두 사람의 장이 정면으로 부딪치려는 순간, 소용녀의 손이 갑자기 방향을 바꾸더니 탁, 소리와 함께 양과의 뒤통수를 두드렸다. 뒤이어 왼손이 돌아 나오더니 손가락으로 양과의 오른쪽 팔꿈치 천정혈을 가볍게 튕겼다. 이 혈에 손가락이 닿자 양과는 순식간에 힘이 빠져나가는 듯하더니 힘없이 팔을 늘어뜨렸다.

“너무해요! 저 안 할래요!”

소용녀는 가볍게 웃으며 왼손을 양과의 오른팔에 올렸다. 그리고 나서 천정혈 부근의 사독혈四瀆穴과 청냉연清冷淵을 가만히 문질렀다. 양과의 오른팔이 다시 원 상태를 회복했다.

"선자, 알았어요. 상대와 힘을 겨루는 것이 아니라 상대보다 빨리 움직여 미처 생각지도 못하는 사이에 이기면 되는 거죠?"

소용녀도 고개를 끄덕이며 미소를 지었다.

"그래, 우리가 연마하는 것은 어떻게 상대보다 빠르게, 상대가 생각지도 못한 방법으로 공격하는가에 있어. 상대가 아무리 머리를 쥐어짜도 생각하지 못할 방법을 써야지."

양과는 머리를 긁적이며 기쁜 표정을 감추지 못했다.

"선자, 정말 좋은 방법이네요."

"출수하는 초식이나 방법은 사조님께서 전수해주신 게 있어. 너는 그걸 정확히 기억하기만 하면 돼. 어떻게 상대보다 빠르게 움직일 것인가, 어떻게 해야 고수들보다 빨라질 것인가 하는 것은 우리가 열심히 연마를 하면서 풀어가야지. 너뿐만 아니라 나도 수련을 계속할 거야. 다행히 옥침상이 효과가 있으니 결국에는 성과를 얻을 수 있을 거야."

그리고 소용녀는 양과에게 천라지망세의 경공술을 가르쳐주었다. 양과는 배울수록 놀라울 따름이었다.

"천라지망세에는 정말 없는 게 없군요! 상대가 아무리 도망을 쳐도 천라지망세만 쓰면 잡을 수 있겠어요."

그날부터 소용녀는 본격적으로 고묘파의 무공을 전수하기 시작했다. 권법에서 장법, 병기, 암기에 이르기까지 하나하나 양과에게 가르쳐주었다.

물이 흐르듯 세월이 지났다. 어느덧 2년의 세월이 지나자 양과는 모든 수련을 마칠 수 있었다. 차가운 옥침상의 도움으로 진보하는 속도도 남달리 빨랐다. 그래도 그의 공력은 아직 일천할 뿐이었다.

고묘파의 무공은 여자가 창시한 것이고, 그 후 제자들도 삼대三代가 모두 여자이다 보니 부드럽고 유연하기는 하나 무게가 부족한 약점이 있었다. 양과는 남자이면서도 천성이 가볍고 임기응변에 능해 오히려 이런 무공이 맞는 듯했다.

소용녀는 나이가 들어가면서 자태가 나날이 더 수려해졌다. 양과의 나이도 이젠 열여섯. 키가 커지고 목소리가 굵어지며 어느덧 어엿한 청년이 되었다. 처음 고묘에 들어올 때의 어린아이의 모습은 전혀 찾아볼 수 없었다. 그러나 소용녀는 이미 너무나 익숙해 여전히 양과를 어린아이 대하듯 했다.

양과 역시 사부를 언제나 존경하는 태도로 대하며 수련하는 2년 동안 한 번도 그녀의 뜻을 거스른 적이 없었다. 소용녀가 뭔가 해야겠다는 생각을 하면 양과가 이미 그녀의 뜻을 알아차리고 척척 해치우곤했다. 또한 온갖 잡일도 양과가 알아서 하며 절대 사부가 신경 쓰게 내버려두지 않았다. 소용녀의 차가운 성격은 여전히 변함이 없었다. 그녀는 늘 양과를 차가운 표정으로만 대했다. 정이라고는 눈곱만큼도 없는 듯 보였으나 양과는 그다지 신경을 쓰지 않았다. 소용녀는 가끔 금琴을 타기도 했는데 주로 평탄하고 담백한 가락이었다. 양과는 한쪽에 앉아 조용히 음에 귀를 기울이곤 했다.

이제 양과는 좁은 석실에 풀어놓은 81마리의 참새를 모두 흩어지지 않게 한곳에 몰아놓을 수 있었다. 그리고 소용녀가 가르쳐준 천라지망세도 모두 익혔다. 다만 내공이 아직 부족해 움직임이 특별히 민첩한 경지에는 이르지 못했다.

"됐어! 잘했어. 이제 밖에 나가서 수련하자."

양과는 밖에 나간다는 말 한마디에 눈에 생기가 돌았다. 두 사람은 고묘 밖으로 나갔다. 그러고 나서 각각 천라지망세를 써서 날아다니는 참새를 몰기 시작했다. 너무 높이 나는 참새는 그냥 내버려두었다. 혹 너무 빨리 나는 새가 있어 소용녀가 잡지 못하면 양과가 몸을 날려 돕기도 했다. 그렇게 둘이서 힘을 합쳐야 잡을 수 있는 경우가 적지 않았다.

"그래, 우리가 지금까지 연마한 것은 고묘파 무공의 첫 단계일 뿐이었어. 2단계, 3단계로 갈수록 두 사람이 힘을 합쳐 적에 대항해야 하는 무공이 많아질 거야."

소용녀의 말에 양과는 환호성을 올리며 데굴데굴 굴렀다.

"선자, 선자와 함께 그 썩어빠진 도사들을 때려주고 전진교를 쑥대밭으로 만들 수만 있다면 정말 신이 날 거예요!"

"전진교를 쑥대밭으로 만들 수는 없어. 몇몇 나쁜 도사가 할멈을 죽였을 뿐, 다른 사람들은 잘못한 일도 없잖아. 우리는 학대통 한 사람만 찾아서 혼을 내주면 돼. 우리 사부님께서도 그 도사들이 강호에서 의를 행하고 어려움에 처한 약자를 도와주고, 여러 가지 좋은 일도 많이 한다고 하셨어. 그래도 의협義俠을 알고 행하는 사람들이야."

"강호에는 나쁜 사람도 많으니까 우리가 힘을 합쳐 나쁜 사람들을 혼내주는 것도 좋겠네요!"

"나쁜 사람들은 제멋대로 나쁜 짓이나 하면서 살면 그만이야. 우리가 상관할 바가 아니지. 우리는 이곳 고묘에서 한가하게 지내면 돼. 나쁜 사람들도 우리가 무서워 이곳에는 발을 들여놓지 못할 거야."

소용녀의 말에 양과는 마음이 답답해졌다. 평생 고묘에서 살 수는 없을 것 같았다. 양과는 막 몇 마디 말을 더 하려다가 소용녀가 '우리는 이곳 고묘에서 한가하게 지내면 돼'라고 한 말이 생각나 입을 다물었다.

'선자는 나더러 고묘에서 평생 떠나지 말고 자기와 함께 지내도 좋다고 말씀하시는 거잖아. 한가하게 지낸다는 말은 나와 있어도 싫지 않다는 뜻이겠지? 그러면 잘됐지 뭐야.'

양과는 금방 생각을 고쳐먹고 소용녀를 똑바로 쳐다보며 대답했다.

"선자, 저는 이 고묘에서 선자를 평생 섬길 거예요. 그리고 할머니 말씀대로 영원히 떠나겠다는 말은 하지 않을 거예요!"

소용녀는 피식 웃음을 지었다.

"앞으로 네가 하는 걸 봐야지."

"저야 언제나 선자 말씀을 잘 듣잖아요. 쫓겨나지 않도록 선자 말씀이라면 뭐든 잘 들을 거예요."

"네가 뭐 대단하다고? 널 쫓아내면 안 될 이유라도 있니? 네가 떠나면 여자 제자를 들여서 심심하지 않게 지낼 텐데."

"여제자는 바보에 말도 안 듣는단 말예요!"

양과는 갑자기 정말 불안해져서 얼른 울음을 터뜨리며 풀밭에 엎드렸다.

"선자, 나중에 제가 커서 어른이 돼도 쫓아내지 마세요. 제가 말을 듣지 않으면 때리셔도 좋고 죽이셔도 좋아요. 저는 죽어도 선자 곁을 떠나지 않을 거예요."

양과의 울음소리가 점점 커졌다. 그는 마음이 격해지며 거의 응석을 부리는 아이처럼 울었다. 그는 처음 고묘에 들어와 노파가 죽었을 때 목 놓아 울고는 이제껏 한 번도 눈물을 흘린 적이 없었다. 소용녀는 자기가 한 말 몇 마디에 양과가 이렇게 울자 매우 당황했다.

"울지 마, 울지 마. 널 쫓아낸 것도 아니잖아."

"그럼 나중에도 그러지 않을 거죠?"

"네가 아까 밖에 나간다는 말에 얼굴이 환해지길래 나는 네가 고묘에서 사는 게 답답한 줄 알았지."

"선자와 함께 있으면 전혀 답답하지 않아요. 오히려 날마다 즐거운 걸요. 만일 제가 선자와 함께 있는 걸 허락하지 않으신다면 저는 단칼에 목숨을 끊어버릴 거예요."

양과의 말에 소용녀가 정색을 하고 만류했다.

"네가 착하게 말만 잘 들으면 돼. 목숨을 끊는다는 말로 사람 놀라게 하지 마. 내가 너를 쫓아내려고 마음을 먹는다면, 네가 죽든 말든 나와는 상관이 없으니까. 그런 말로 놀라게 해도 소용없어."

'네가 죽든 말든 나와는 상관이 없다?'

양과는 소용녀의 이 말이 차가운 얼음처럼 가슴 깊숙이 박혔다. 겨우 그치려던 울음이 다시 터져 나왔다.

"어린아이도 아니면서 걸핏하면 울고 그래? 이런 게 내 말을 잘 듣는 거니?"

양과는 벌떡 일어났다.

"안 울게요!"

그때 나비 한 쌍이 가볍게 날아왔다. 양과는 몸을 날려 두 손으로 원을 그리며 나비를 두 손에 각각 쥐었다. 나비의 날갯짓은 참새보다 훨씬 느려 수월하게 잡을 수 있었다.

"날아다니는 모습이 예쁘잖아. 다치게 하지 마."

소용녀의 말에 양과는 즉시 대답하며 손바닥을 폈다. 나비가 다시 날개를 펴고 날아올랐다. 양과는 소매를 들어 아직 마르지 않은 눈물을 닦고는 장난스럽게 미소를 지었다.

"요교공벽!"

그날 저녁, 식사를 마친 후 양과는 접시를 정리하고 깨끗하게 씻어 나무 찬장에 포개놓았다. 그리고 솥까지 깨끗이 씻은 뒤 옥침상에 누워 소용녀가 가르쳐준 내공을 수련했다.

소용녀는 이때까지도 양과와 한방을 쓰고 있었다. 양과가 내공을 수련하다가 간혹 문제가 생겨 비명을 지르면 소용녀가 즉시 다가와 한기나 열기로 몸이 상하지 않도록 해주었다. 두 사람은 언제나 예를 지켜가며 서로를 대했다. 남녀유별이라는 관념이 전혀 없었기 때문에 소용녀는 그와 다른 방을 써야겠다는 생각을 해본 적이 없었다.

소용녀도 얼굴과 손발을 씻고 침실로 들어와 밧줄 위에 누웠다. 그녀가 밧줄 위에서 잠을 청하는 사이 양과는 내공을 수련했다. 양과가 막 눈을 감으려는 순간, 소용녀의 새하얀 발이 밧줄 위에서 방향을 바꾸는 것이 눈에 들어왔다. 아마도 밧줄 위에서 몸을 뒤척이는 모양이었다. 평소 같으면 이미 익숙해진 터라 그냥 넘겼을 텐데, 오늘은 쫓아내네 마네 하는 문제로 한바탕 울고불고 난리를 친 후라 마음이 이상하게 흔들렸다. 새하얀 소용녀의 발을 보니 사랑스럽다는 생각이 들었다.

'내가 말만 잘 들으면 절대 쫓아내지 않으실 거야. 나는 평생 여기서 저 귀엽고 자그마한 발을 볼 거야. 그러면 정말 행복하겠지.'

이런저런 생각에 잠겨 있던 양과는 눈을 감고 잠을 청했다. 시간이 얼마나 흘렀을까, 가슴에 갑자기 열기가 차더니 점차 아랫배로 내려가는 것이 느껴졌다. 눈앞에 나비 한 쌍이 오락가락하며 날갯짓을 하고 있었다. 양과는 가만히 지켜보고 있다가 벌떡 일어났다. 두 손을 뻗어 천라지망세를 전개하며 오른손으로 위를 막고 왼손으로 천천히 다가가 흰 나비를 잡았다. 뒤이어 오른손도 앞으로 뻗어 또 다른 나비를 잡았다. 순간 두 손에 냉기가 느껴지며 몸에서 힘이 빠졌다. 온몸이 차갑게 식고 있었다. 그런데 웬일인지 나비가 점차 따듯해지더니 조금씩 움직이는 것이 느껴졌다. 양과는 혹 나비를 다치게 할까 봐 힘껏 쥐지 못하고 손을 느슨하게 했다. 그러면서도 나비가 날아갈까 봐 완전히 펴지는 않았다. 손안에 있던 나비들이 움직이며 날갯짓을 하는 것이 느껴졌다. 그리고 사람의 목소리가 들렸다.

"과야, 뭐 하는 거야?"

화들짝 놀라 깨어난 양과는 자신이 이제껏 소용녀의 발을 붙잡고 있다는 것을 알았다. 어찌 된 일인지 침상에 누워 있던 몸이 밧줄 앞에 와 있었다. 그는 깜짝 놀라 얼른 침대로 돌아갔다. 그러나 너무 서두른 나머지 꽈당, 하고 침대 위에 넘어지고 말았다.

"선…… 선자, 죄송해요. 꿈에 나비 한 쌍을 잡았는데, 그게…… 그게 선자의 발이었네요. 정, 정말 일부러 그런 게 아니에요."

옥침상에서 한기가 올라왔는데, 그는 놀란 나머지 운기를 조절하지도 않았다. 순식간에 온몸이 한기로 뒤덮였다. 위아래 이가 딱딱 부딪칠 정도로 추웠다.

"무서워할 것 없어. 일부러 그런 게 아니라면 괜찮아."

소용녀는 양과를 달래며 그의 가슴을 가볍게 두드려주었다. 양과는 한 줄기 온기가 전중혈膻中穴로 전해지는 것을 느끼며 점차 몸이 따뜻해졌다. 그리고 곧 안정을 되찾고 스스로 운기를 조절해 한기를 물리쳤다. 소용녀는 다시 밧줄로 돌아가 누웠다. 그녀는 무릎을 구부려 두 발을 치마 아래로 집어넣었다. 양과는 그녀의 맨발을 볼 수가 없었다.

다음 날, 소용녀는 양과가 또 꿈 때문에 소동을 일으킬까 봐 밧줄을 가지고 옆방에 가서 잠을 잤다.

"선자, 다시는 잠꼬대를 하지 않을게요. 제 손을 묶어도 좋아요. 제가 또 잠꼬대를 하면 선자께서 검으로 저를 때리세요. 아프면 금방 깨어날 거예요."

양과의 사정에 소용녀가 차분히 대답했다.

"네가 일부러 그런 게 아니라는 거 알고 있어. 그래서 용서해주는 거야. 네 내공이 어느 정도 발전되었으니 이제 쉽게 주화입마하는 일은 없을 거야. 네 스스로 조심하면 돼."

양과는 더 이상 조르지 못하고 입을 다물었다. 이후부터는 수련을 하면서 더욱 조심하게 되었고, 실제로 아무런 일도 없었다.

하루는 소용녀가 양과를 불렀다.

"너는 우리 고묘파의 무공을 모두 익혔어. 내일부터 우리는 전진파의 무공을 연마할 거야. 전진파 도사들의 무공을 수련하는 것이 그리 쉬운 일은 아닐 거야. 과거 내 사부님도 아는 바가 많지 않아 나 역시 얼마 배우지 못했어. 그래서 우리는 처음부터 다시 수련을 해야 돼. 만일 내가 틀리는 부분이 있으면 뭐든 이야기해줘."

다음 날부터 두 사람은 첫 번째 석실로 들어가 왕중양이 천장에 새겨놓은 기호에 따라 수련을 했다. 양과의 무공은 이미 기초가 탄탄하게 다져져 있어 처음 며칠은 한 번 보고 그 이치를 즉시 깨닫고 연마했다. 그러나 10여 일이 지나자 오히려 퇴보해 있었다.

소용녀와 양과는 함께 연구해보았지만 모르는 것투성이였다. 양과는 마음이 급해져 제풀에 성을 내곤 했다. 그러나 소용녀는 시종 냉정을 잃지 않았다.

"나와 사부님이 전진교 무공을 익힐 때 얼마 되지 않아 더 이상 진보를 할 수 없게 되었지. 그때 사조님은 이미 세상을 뜨신 후라 어디 가서 물어볼 수도 없었어. 문파에서 전해오는 구결을 얻지 못하면 알 수 없는 것들이었지. 나는 전진교에 가서 구결을 훔쳐오겠다고 했다가 사부님께 크게 꾸중을 들었어. 그리고 이 무공은 그것으로 끝이 나고 말았지. 어쨌든 전진교의 무공이니 익히지 못해도 별문제 없다는 거였어. 그러니 너도 그렇게 화낼 것 없어. 우리가 가서 전진파 도사를 잡아다 구결을 알아내면 돼."

소용녀의 말에 양과는 정신이 번쩍 들었다. 갑자기 조지경이 가르쳐준 '전진대도가全眞大道歌' 중 한 구절이 떠올랐다.

"선자! 내가 알고 있어요. 대도는 처음에 구규九竅를 통하는데 구규는 원래 미려혈尾閭穴에 있다. 먼저 용천湧泉 발바닥에서 솟아 점차 무릎으로 올라간다. 무릎을 지나 천천히 미려에 이르고 니환泥丸 꼭대기에서 빠르게 회전한다. 금쇄金鎖를 뚫고서 작교鵲橋로 가 중루십이重樓十二에서 궁실宮室로 내려간다."

소용녀는 가만히 그 뜻을 새겨보았다.

"확실히 전진파 무공의 요결 같아. 네가 외우고 있으니 참 잘되었구나."

조지경이 가르쳐준 것은 전진파 상승 내공의 기본 비결이긴 했지만 그 용법은 미처 배우지 못했다. 그러니 '용천' '중루십이' '니환'과 같은 명칭의 정확한 뜻을 알 길이 없었다. 양과는 잘 기억해두기만 했을 뿐 이를 써먹은 적이 한 번도 없었다.

양과의 말을 가만히 듣고 있던 소용녀는 곰곰이 그 이치를 곱씹은 후 하나씩 설명을 했다. 용천혈은 발바닥에, 미려혈은 등뼈 위쪽에 있는 혈이고, 니환은 머리 꼭대기의 백회혈을 가리키는 말이었다. 혈도 하나에도 여섯 개의 서로 다른 명칭이 있으니 헷갈릴 만도 했다. 그래서 하나씩 고리가 되는 부분을 양과에게 쉽게 설명해주었다.

수개월 후, 두 사람은 왕중양이 석실 천장에 남긴 무공의 정수를 대강 깨닫게 되었다. 그에 따라 두 사람은 검으로 대련하는 수련을 마쳤다. 소용녀가 길게 한숨을 내쉬었다.

"옛날에 전진파의 무공을 몰래 훔쳐봤을 때는 천하 무학의 정종이라는 이름만 떠들썩했지 별것 아니라고 생각했는데, 이제 와서 보니 정말 오묘하기가 이를 데 없구나. 법문의 비결을 알고 있는 우리도 이렇게 힘든데……. 우리가 그들처럼 자유자재로 검을 다루고 마음먹은 대로 힘을 조절할 수 있을까?"

"선자, 낙심하지 말아요. 전진파 무공이 심오하다고는 해도 사조님께서 그것을 제압할 수 있는 방법을 남기셨잖아요. 그럼 당연히 전진파보다 뛰어나다는 거잖아요. 그게 산외유산山外有山 아닌가요?"

"내일부터 함께 〈옥녀심경〉을 연습하자."

다음 날, 두 사람은 두 번째 석실로 자리를 옮겼다. 천장의 부호에 따라 천천히 수련을 시작했는데 전진파 무공을 익히는 것보다 훨씬 쉬웠다. 임조영이 왕중양의 무공을 깨기 위해 만든 법문이라고 해도 자신이 원래 가지고 있던 무공을 기초로 만들었기 때문이다.

석실 천장에 새겨진 그림은 〈옥녀심경〉의 요결이었다. 소용녀는 입으로 직접 설명을 하며 무공의 수련법과 요지를 가르쳤다. 〈옥녀심경〉은 열 편으로 나뉘어 있었다. 소용녀의 사부는 이를 첫 제자인 이막수에게 가르쳐주지 않고 소용녀에게 전수했다. 이막수는 그저 기록되어 있는 〈옥녀심경〉이 따로 있는 줄만 알았지 사조, 사부가 입으로만 전한 줄은 알지 못했다.

수개월 후, 두 사람은 〈옥녀심경〉의 외공外功을 모두 마쳤다. 양과가 전진검법을 쓰면 소용녀가 옥녀검법으로 공격을 깨뜨렸고, 소용녀가 전진검법을 쓸 때면 양과가 옥녀검법으로 맞섰다.

〈옥녀심경〉은 과연 전진검법을 깨뜨리기 위해 만들었다 할 만했다. 옥녀검법의 초식 하나하나가 전진검법의 초식을 꼼짝 못 하게 무력화시켰다. 상대의 기선을 제압해 대응해가니 전진검법은 아무리 변화를 꾀해도 옥녀검법을 깨뜨리지 못했다.

두 사람이 쓰는 검법은 대단히 날카로웠다. 그러나 두 사람은 〈옥녀심경〉에 쓰인 대로 검 끝을 자르고 날은 망치로 두드려 무디게 해놓았기 때문에 서로를 다치게 할 염려는 없었다. 즉 검법의 초식과 이치를 수련할 뿐 사람을 상하게 하지 않는 무봉검無鋒劍이었다. 이막수가 검이 아닌 불진을 사용하는 이유도 여기에 있었다. 고묘파의 검법은 정묘하기는 하지만 상대에게 쉽게 부상을 입히지는 못했다. 그래서 이막수는 불진으로 검초劍招를 펼치며 사람들의 예상을 뛰어넘는 공격을 가해 순식간에 승리를 얻곤 했다. 그들은 임조영이 상대에게 부상을 입히지 못하게 의도적으로 검법을 운용했다는 사실을 알지 못했다. 임조영은 그저 전진검법을 이기고 싶었을 뿐 상대를 다치게 하고 싶지는 않았던 것이다.

고묘파의 옥녀무쌍검은 변화무쌍하며 예측을 불허하는 검초였다. 절대 불가능할 것 같은 상황에서도 기묘한 검초가 이루어져서 상대는 그저 눈앞이 어질어질해 꼼짝 못 하기 일쑤였다. 임조영과 왕중양이 겨룰 때면 진지하면서도 서로 놀리고 즐기는 부분도 없지 않았다. 임조영과 왕중양은 무공이 서로 비슷해서 승부를 가리기가 어려웠다. 왕중양은 상대방이 자신을 이기려는 생각이 강하고 여자의 몸으로 강호에서 떠돌아다니는 것이 안쓰러워 중요한 순간이면 꼭 한 수를 양보하곤 했다. 곧 두 사람은 반드시 무찔러야겠다는 마음보다 무공을 즐기는 데 목적을 두었던 것이다.

외공이 어느 정도 갖추어지자 두 사람은 내공 수련에 들어갔다. 전진교의 내공은 광범위하면서도 깊이가 있어 새로운 내공으로 그것을 뛰어넘기란 결코 쉬운 일이 아니었다. 그러나 임조영은 참으로 총명하기 이를 데 없는 사람이었다. 큰 줄기에서 곁가지를 치듯 새로운 길을 찾아나갔다. 소용녀는 고개를 들어 말없이 천장의 그림을 바라보았다. 그렇게 꼼짝도 하지 않고 며칠을 보냈다.

"저, 선자, 이 무공은 어려운가요?"

양과의 말에 소용녀가 마침내 입을 열었다.

"전에 사부님께서 〈옥녀심경〉의 내공은 두 사람이 함께 수련해야 한다고 말씀하셨어. 그런데 너와는 안 될 것 같아."

양과는 마음이 다급해졌다.

"왜요?"

"여자라면 괜찮겠지."

"그게 뭐가 다르다는 거죠? 남자든 여자든 상관없잖아요!"

소용녀는 고개를 저었다.

"달라. 천장에 그려진 그림이 뭘로 보여?"

양과는 그녀의 손가락이 가리키는 곳을 바라보았다. 천장 한구석에 사람 모양이 무수하게 그려져 있었다. 그런데 그 그림들을 자세히 바라보니 모두가 여자인 듯했다. 각자 다른 자세를 취하고, 몸의 가느다란 선이 바깥쪽을 향하고 있었다. 양과는 무엇을 뜻하는 그림인지 알수가 없어 고개를 돌려 소용녀를 바라보았다.

"저 경서에 따르면 내공을 연마할 때는 온몸에 열기가 끓어오르기 때문에 반드시 넓고 사람이 없는 곳을 택해야 하고, 또 옷을 풀어 헤친 채 수련을 해서 열기가 즉시 발산되도록 해야 한다는 거야. 조금이라도 그 열기를 가로막는 것이 있으면 그 기가 체내에 쌓여 병이 들거나 심지어는 목숨을 잃을 수도 있다는 거지."

"그럼 우리도 옷을 벗고 수련하면 되잖아요."

"나중에는 두 사람이 내공을 서로 주고받아야 하는데, 남녀 간에 옷을 벗고 서로를 상대한다는 게 가당키나 한 일이야?"

양과는 몇 년간 수련에 온 마음을 쏟느라 남녀유별과 같은 일은 생각지도 못했다. 그런데 이제 사부와 옷을 풀어 헤치고 상대하며 수련을 해야 한다니 확실히 뭔가 거북하다는 생각이 들었다. 하지만 뭐가 거북한 것인지는 말로 표현할 수 없었다.

소용녀는 이미 스무 살이 넘은 처녀였다. 그러나 어려서부터 고묘에서 자란 탓에 세상일에 대해서는 아는 바가 없었다. 게다가 문파의 수련법이 칠정육욕七情六欲을 억제하는 것이어서 젊은 남녀 사제 두 사람이 아침저녁으로 얼굴을 맞대고 수련을 하면서도 서로에게 예를 벗어나는 일이 전혀 없었다.

양과가 좋은 생각이 났다는 듯 외쳤다.

"선자! 옥침상에 나란히 앉아 수련을 하면 되지 않겠어요?"

"안 돼. 열기가 옥침상으로 스며들면 며칠 못 가 우리 둘 다 죽고 말 거야."

양과의 표정이 다시 어두워졌다.

"어째서 반드시 두 사람이 함께 연습을 해야 하죠? 각자 연습을 하다가 잘 모르는 부분이 생기면 나중에 물어보면 되잖아요."

소용녀는 고개를 절레절레 흔들었다.

"이 내공은 쉬운 부분이 없어. 언제든 잘못을 저지를 수 있는 거야. 누군가 옆에서 도와주지 않으면 순식간에 주화입마를 당하게 되지. 네가 나를 돕고, 내가 너를 도와서 함께 수련을 해야 비로소 위기를 넘길 수 있단 말이야."

"아, 이 내공을 익히는 건 정말 어렵군요."

"외공만 더 익숙하게 되어도 전진교 도사들을 이길 수 있을 거야. 또 싸워 이기지 못한다고 해도 그게 뭐 대수로운 일이겠어? 내공은 그만두자."

양과는 사부의 말에 전적으로 동의하고 더 이상 그 일을 마음에 두지 않았다. 그날 그는 무공 수련을 마치고 사냥을 나갔다. 활사인묘를 나선 그는 우선 노루를 한 마리 잡은 후, 토끼를 뒤쫓았다. 양과의 경공술은 이미 상당한 경지에 이르렀는데도 좀처럼 토끼를 따라잡을 수가 없었다. 그는 오기가 생겨 암기를 쓰지 않고 계속해서 경공술만으로 토끼를 뒤쫓았다. 토끼가 지쳐 멈출 때까지 따라갈 속셈이었다. 그러나 양과와 토끼 사이의 거리는 점점 멀어져만 갔다. 토끼는 산등성이를 돌아가더니 갑자기 붉은 꽃 덤불로 쏙 들어가버렸다. 이 꽃 덤불은 길이가 수 장 이어지며 틈이 보이지 않을 정도로 빽빽했다. 덤불 속에서 나는 특이한 향이 코를 찔렀다.

양과와 토끼는 쫓고 쫓기며 한나절을 보냈다. 그래서 어쩐지 가여운 생각이 들어 잡는다 해도 놓아줄 생각이었다. 그러니 찾지 못해도 그만이었다. 문득 눈을 돌려 꽃 덤불을 자세히 보니 마치 커다란 병풍과도 같은 모양을 하고 있었다. 붉은 꽃잎에 푸른 줄기가 몹시도 아름다웠다. 또한 사방이 푸르른 녹음으로 덮여 하늘을 가리니 그야말로 천연 요새가 따로 없었다. 양과는 갑자기 가슴이 뛰었다. 그는 그길로 돌아가 소용녀의 손을 잡아끌고 왔다.

소용녀는 심드렁한 표정이었다.

"나는 꽃을 별로 좋아하지 않아. 좋으면 너나 여기서 놀려무나."

"그게 아니라, 이걸 좀 보세요! 수련하기에 딱 맞는 장소 아닌가요? 선자는 이쪽에서, 나는 꽃 덤불 저쪽에서 수련을 하면 옷을 벗는다 해도 서로 보이지 않을 거 아녜요. 얼마나 좋아요?"

듣고 보니 그럴듯했다. 소용녀는 나무 위로 뛰어올라 사방을 둘러보았다. 동서남북이 숲으로 둘러싸여 물소리, 새소리만 들려올 뿐 사람의 흔적은 찾아볼 수 없었다. 수련할 장소로는 더할 나위 없을 것 같았다.

"생각해내느라 애썼다. 오늘 저녁부터 시작하자."

그날 저녁 이경_二更_이 지난 후, 두 사람은 꽃 덤불 속으로 들어갔다. 깊은 밤, 진한 꽃향기가 주위를 감쌌다.

소용녀는 〈옥녀심경〉의 구결을 외웠다. 양과는 그중 잘 알아듣지 못한 부분은 소용녀에게 되물어가며 이해했다. 두 사람은 각각 꽃 덤불 양쪽을 한쪽씩 차지하고 옷을 벗은 후 수련을 시작했다. 양과가 왼손을 덤불 너머로 뻗어 소용녀의 오른손에 맞댔다. 둘 중 하나에게 문제가 생기면 상대가 그 즉시 운공으로 도와주기 위해서였다. 〈옥녀심경〉을 7편까지 익히고 난 다음 두 사람은 적에 맞서는 무공을 배워나갔다. 두 검이 합쳐져 남자가 공격을 하면 여자가 막고, 남자가 방어에 나서면 여자는 그 틈에 상대방을 공격하는 식이었다. 두 사람이 공수를 번갈아 펼치니 자연히 그 위력이 배가되었다.

양과와 소용녀는 마음속으로 전진교 도사들을 생각하며 수련에 열중했다. 상상 속의 적은 주로 학대통이었다. 두 사람은 학대통이 혼쭐이 나 땅바닥에 무릎을 꿇고 용서를 구하는 장면까지 상상했다. 때로는 무릎을 꿇고 있는 사람이 구처기가 되기도 했다. 한바탕 즐거운 상상과 함께 수련을 마치고 나면 두 사람은 가슴이 후련해져 서로 마주보고 웃음을 터뜨렸다. 소용녀는 크게 슬퍼하거나 기뻐하면 안 된다는 사부님의 가르침을 받으며 자랐다. 무심코 웃음을 터뜨린 소용녀는 흠칫 놀라며 얼른 웃음을 거두었다.

양과는 소용녀가 평소에는 웃는 일이 많지 않은데 이렇게 활짝 웃는 것을 보니 덩달아 즐거워졌다. 뒤이어 얼른 웃음을 거두고 짐짓 심각한 표정을 짓는 것도 귀여워 보였다. 양과는 그만 참지 못하고 소용녀를 와락 껴안고 입을 맞추었다. 그러나 그녀가 사부라는 것이 떠올라 얼른 팔을 움츠렸다.

"지금 뭘 한 거야?"

소용녀는 어리둥절한 얼굴로 눈을 동그랗게 뜨고 물었다.

"구처기가 무릎을 꿇고 있다가 갑자기 기습을 해 선자를 해할까 봐 제가 보호한 거예요."

이것이 바로 〈옥녀심경〉 제7편의 요지였다. 임조영이 〈옥녀심경〉을 만들어냈을 당시 고묘는 이미 그녀의 수중에 있었고 왕중양은 마음대로 드나들 수가 없었다. 그녀는 고묘 안에서 외롭게 지내며 이렇듯 기이한 무공을 만들어냈다. 곧 그 무공에는 어쩌지 못한 사랑의 마음이 담겨 있었다. 그것은 자신이 위험에 닥쳤을 때, 사랑하는 왕중양이 제 목숨을 돌보지 않고 달려와 구해줬으면 하는 간절한 기대이기도 했다. 양과는 아무렇게나 얼버무린 것이었지만 〈옥녀심경〉에 기록되어 있는 내용과 같은지라 소용녀는 고개를 끄덕였다.

제19초 정정여개*亭亭如蓋*를 연마하면서 소용녀는 사부에게 배운 요지를 들려주었다.

"이 초식으로는 내가 적을 쓰러뜨리지 못해. 만약 적이 반격을 해오거나 발을 써서 넘어뜨리면 적이 쫓아와 주먹이나 검을 써서 나에게 부상을 입히려 할 거야. 그때 네가 끼어들어 내 앞을 막고 적의 이 공격을 받아야 해. 적은 권법이나 검으로 너를 가격할 거야. 네가 내 위에서 나를 보호할 때는 반드시 두 다리를 벌린 채 버티고 있어야 해. 등에도 힘을 주고 꼿꼿한 상태를 유지해야 상체가 나를 누르지 않을 거야. 그러면 나는 검을 네 두 다리 사이로 통과시켜 적의 복부를 공격하는 거지. 적은 우리 두 사람이 쓰러져 있기 때문에 이미 저항할 힘이 없다고 여겨 경계를 늦출 거야. 게다가 네가 몸으로 검을 가리고 있으니 이 갑작스러운 공격을 막아낼 리가 없지. 그래서 피하지도 못하고 그대로 칼에 복부를 맞게 되는 거야."

양과는 고개를 절레절레 내저었다.

"선자, 이 초식은 정말 정교하네요. 적이 절대 예측하지 못할 거예요. 다만, 다만 너무 잔인한 방법인 것 같아요."

"뭐가 잔인해? 우리 두 사람이 넘어졌으면 적도 일단 공격을 멈춰야 해. 그런데 공격을 해서 해하려고 하는 거잖아. 애초에 공격을 하지 않는다면 우리 공격에 당하지도 않을 거야. 그러니까 이 공격은 나쁜 사람만 당하게 되는 거지."

양과도 고개를 끄덕였다.

"그러네요. 사조님께서는 나쁜 사람에게 대항하는 무공을 만드신 거군요."

그러나 임조영이 이 초식을 만들 때 어떤 생각을 했는지 이들이 알리가 없었다. 임조영은 자신이 위험에 빠져도 자기 자신만을 사랑하는 왕중양이 구해줄 거라고는 생각하지 않았다. 그녀는 아쉽고 안타까운 마음을 어찌할 수 없어 무공 초식에나마 그런 연정을 담아냈던 것이다.

양과는 〈옥녀심경〉 제7편 아래에 적힌 내용에 따라 초식을 잘 기억한 후 소용녀와 하나하나 순서대로 연습해보았다. 두 사람은 〈옥녀심경〉 중 상반부 내공은 어느 정도 익힌 상태였다. 그래서 그들의 손놀림은 상당히 민첩해졌다.

양과는 소용녀를 존경하는 마음이 대단해서 그녀의 옷깃 하나라도 함부로 건드리는 일이 없었다. 그러나 제7편 후반부는 스스로 적을 상대해야 하는 초식뿐이었다. 마음속으로 적의 강력한 공격을 상상하면서 수련을 하다 보니 소용녀가 힘들어하는 것이 느껴졌다. 그녀는 때때로 위험에 빠져 적을 물리치지 못하고 어려움을 겪곤 했다. 그렇게 오랜 시간 수련을 함께 하다 보니 양과도 어느덧 소용녀가 무공이 그다지 강한 사람이 아니라는 걸 알게 되었다. 그렇게 생각하니 그녀가 더 측은하고 가여웠다. 앞으로 반드시 자신이 나서서 그녀를 보호해줘야겠다는 결심을 더욱 단단히 했다.

소용녀는 양과보다 나이가 많았지만 어려서부터 고묘에서 자라 햇빛을 보는 일이 거의 없었고, 옥녀심공이 젊음을 유지하도록 하는 효과가 있는 터라 두 사람을 나란히 두고 보면 양과가 더 나이 들어 보였다. 이처럼 수련을 계속하다 보니 양과는 소용녀가 스승이 아니라 자신의 보호를 필요로 하는 어린 여동생처럼 느껴졌다. 그가 수련하는 초식은 자연히 자신을 돌보지 않고 소용녀 대신 적을 막고 공격하는 동작이 되었다.

양과는 제7편 후반부의 무공을 더 열심히 수련했고, 〈옥녀심경〉에 담긴 무공의 이치를 남김없이 펼쳐 보였다. 초식뿐 아니라 권법과 검법의 이치도 모두 이해하고 실제로 구사할 정도가 되었다. 소용녀는 초식을 통해 양과의 보호를 받는 셈이었다. 그렇게 수련을 하다 보니 소용녀는 어느덧 자신도 모르게 양과에게 의지하고 따르는 마음이 생겼다. 물론 사부라는 생각도 어느새 사라지고 없었다. 이제는 두 사람의 눈빛이 부딪치면 한 사람은 연민의 정이, 또 한 사람은 의지와 신뢰의 정이 듬뿍 묻어났다. 그리고 부쩍 마음과 마음이 하나로 이어지는 듯했다. 이것은 〈옥녀심경〉이 담고 있는 이치이기도 했다. 비록 내공으로는 이러한 경지에 도달할 수 없었으나 외공만은 두 사람이 느끼지 못하는 사이에 서로 조화를 이루었다.

그날 두 사람은 원위철갑顧爲鐵甲을 연마하느라 양과가 두 팔로 소용녀를 껴안아야 했다. 마치 철갑이 된 듯 소용녀가 공격을 당하지 않도록 보호하는 행동이었다. 소용녀는 그의 보호를 받는 가운데 진기를 조절했다. 양과는 두 팔로 소용녀를 안고 있으면서도 사실은 몸에 닿지 않도록 거리를 두었다. 그런 그의 눈에서는 소용녀에 대한 정이 뚝뚝 묻어나 있었다. 정말 위험이 닥친다면 금방이라도 제 목숨을 버리고 적의 창검 앞에 몸을 내던질 태세였다. 소용녀는 양과와 눈이 마주치자 금세 얼굴이 붉어졌다. 부끄러워 시선 둘 곳을 찾지 못하고 가만히 속삭였다.

"미워!"

양과는 얼른 소용녀를 놓아주었다. 두 사람은 고묘에서 이미 오랜 세월을 함께 보냈다. 서로에 대한 정은 이미 싹튼 지 오래였으나 한 사람은 줄곧 냉담한 태도였고, 또 한 사람은 그저 공손하기만 했다. 서로 말을 주고받을 때는 예법에 한 치라도 어긋나는 일이 없었다. 그러나 무공을 연마할 때는 각종 예법으로 조심하려 했던 행동들이 크게 약해졌다. 그러다 보니 타고난 본성이 자연히 나타나기도 했다.

"아야!"

갑자기 소용녀가 발을 헛디뎌 비명을 지르며 앞으로 쓰러지려 했다. 양과는 몸을 날려 적의 공격이 그녀의 몸에 닿기 전에 두 다리로 버티며 허리에 힘을 주어 일으켰다. 그러면서도 소용녀와 몸이 닿지 않게 거리를 두었다. 지금 적이 공격을 한다면 양과가 부상을 입을 터였다. 소용녀는 검을 빼 들어 양과의 다리 사이를 통과하며 앞으로 찔렀다. 이 검에 걸려든 적은 복부를 찔려 목숨이 위태로워질 것이었다.

양과는 자신이 소용녀의 몸을 짓누르지 않도록 등에 힘을 주며 곧추세웠다. 소용녀는 눈빛이 흔들리며 얼굴이 온통 발그레하게 물들었다. 웃는 듯 마는 듯 한 표정이 뭐라 형언할 수 없는 느낌을 주었다. 양과는 온몸이 뜨거워지며 더 이상 참지 못하고 두 팔로 소용녀를 와락 껴안았다. 그러고는 소용녀의 뺨에 입을 맞추었다.

소용녀는 이미 마음속에 정욕이 전혀 없지 않은 나이인 스무 살이 넘은 처녀였다. 양과의 품에 안겨 그의 눈빛을 보자 자신도 모르게 마음이 흔들렸다. 그러나 그녀는 어려서부터 외부 환경에 어떤 변화가 생기더라도 결코 놀라거나 분노해서는 안 된다고 배웠다. 그리고 마음이 흔들리는 것은 더더욱 안 될 일이었다. 소용녀는 몸에 힘을 주어 버둥거리며 양과의 품을 빠져나왔다. 그 서슬에 그녀의 손이 양과의 어깨를 때리고 말았다.

"너, 나빠! 그만할 거야!"

그녀는 그대로 돌아서서 고묘로 돌아갔다.

양과는 아직 놀라움이 가시지 않은 얼굴이었다. 부끄러운 생각도 들었다. 그는 얼른 소용녀의 뒤를 쫓았다. 다행히 소용녀는 묘문을 닫지 않았다. 양과는 소용녀의 침실 밖에서 빗자루를 들고 무릎을 꿇었다.

"선자, 제가 잘못했어요. 저를 때려주세요!"

양과는 빗자루를 머리 위로 들어 올리며 사정했다.

"때리지 않을 거야. 네 잘못을 알았으면 됐어. 앞으로 그 초식은 연마하지 말자."

"그래도 좋아요. 정말 적이 선자를 해치려 하면 제가 어떻게 해서든 선자를 지켜드릴 거예요."

소용녀의 코웃음 소리가 들렸다.

"그래도 마음은 착하구나. 나를 생각하는 걸 보니."

양과는 소용녀의 목소리를 듣고 가슴을 짓누르던 바위를 내려놓은 듯한 기분이 들었다.

"영원히 선자를 지켜드릴 거예요. 절대 선자를 저버리지 않을 거예요!"

두 사람은 그때부터 밤을 낮 삼아 수련을 하고 낮에는 고묘에서 푹 쉬었다. 양과와 소용녀는 지난번처럼 감정을 추스르지 못하는 일이 벌어지지 않도록 신중하게 행동했다. 이렇게 두 달이 지나도록 두 사람은 별다른 일 없이 수련을 진행했다.

〈옥녀심경〉 내공의 요지는 몸놀림과 초식의 진행을 더욱 민첩하게 하는 데 있었다. 더욱 위력 있게 공격을 전개하는 것은 〈옥녀심경〉이 추구하는 바가 아니었다. 임조영이 왕중양과 인연을 맺지 못한 것은 두 사람이 서로를 이해하지 못했기 때문이었다. 각자 생각이 달라 매사에 서로 부딪치기만 할 뿐 마음을 전달하려는 노력은 별로 하지 않았다. 임조영은 타고난 성정이 고집스럽고 낯을 가리는 편이었다. 또한 감정 표현에 서툴러 먼저 마음을 털어놓는 법이 없었다. 그저 함께 내공을 연마하면 자연스럽게 상대가 자신의 마음을 알아줄 것이라 생각했다. 사실 남녀가 서로 좋아하는 감정이 생기면 솔직한 말 한마디에 마음이 전해지게 마련이지만 그런 말 한마디 없이 내공만 함께 연마했으니 인연이 맺어질 리 만무했다. 오히려 내공을 통해 서로 경쟁하는 마음만 싹텄던 것이다.

결국 왕중양은 임조영과 〈옥녀심경〉을 수련하지 않았다. 임조영이 심혈을 기울여 만든 〈옥녀심경〉은 수십 년이 흐른 뒤에 그녀의 도손徒孫 소용녀가 드디어 터득하게 된 것이다. 양과는 겸허한 자세로 가르침을 받았고, 소용녀는 성심을 다해 가르쳤다. 두 사람 사이에는 정이 자연스럽게 어우러졌고 적의가 생기는 일도 없었다.

〈옥녀심경〉의 제9편은 전부 내공에 관한 내용이었고, 모두 아홉 단계로 나뉘어 있었다. 그날 저녁 소용녀는 이미 일곱 번째 단계를 연습했고, 양과는 여섯 번째 단계에 접어들었다.

꽃 덤불 양쪽에서 수련을 하는 두 사람 사이에 꽃향기가 진하게 퍼졌다. 달이 점차 높아가고 있었다. 반 시진 정도 지났을 때쯤, 두 사람은 각각 여섯 번째 단계와 일곱 번째 단계를 수련하고 있었다.

그때 갑자기 산 뒤에서 발소리가 들려왔다. 두 사람이 이야기를 하며 다가오고 있었다.

〈옥녀심경〉의 홀수 단계는 '음진陰進'이고 짝수 단계는 '양퇴陽退'라 했다. 양과가 수련하던 것은 양퇴로, 언제든 중단할 수 있었다. 그러나 소용녀가 수련하는 음진은 한 번에 수련을 마쳐야 하는 것으로 중도에 잠시라도 틈이 생기면 안 되었다. 그녀는 내공 수련의 가장 중요한 고비에 와 있던 터라 발소리와 사람의 말소리를 전혀 들을 수 없었다. 그러나 양과는 분명히 그 소리를 들었다. 그는 깜짝 놀라 단전의 기를 밖으로 빼내고 세 차례 기를 토납吐納한 후 연습을 멈추었다. 두 사람의 발소리가 점차 가까워졌다. 그런데 그 목소리가 아무래도 귀에 익었다. 잘 듣고 보니 그들은 조지경과 견지병*이었다. 두 사람의 목소리가 점점 높아지는 것이 서로 말다툼을 하고 있는 듯했다.

"견 사제, 이번 일은 아무리 넘겨보려 해도 소용없네. 가서 구 사백님께 고하여 조사하도록 하겠어."

조지경의 목소리였다.

"어찌 그렇게 나를 몰아세우는 겁니까? 내가 그 이유를 모를 것 같습니까? 제3대 제자들 가운데 수제자가 되어 나중에 우리 전진파의 장문인이 되려는 꿍꿍이겠지요."

견지병의 말에 조지경이 차갑게 웃었다.

"자네는 어차피 교파의 규율을 어겼으니 수제자가 될 수 없어."

"내가 무슨 규율을 어겼다는 겁니까?"

"전진교의 제4계, 음란한 행위를 금하는 계율!"

양과는 꽃 덤불에 숨어 두 사람의 이야기를 엿들었다. 달빛에 비친 견지병의 얼굴이 창백해졌다.

"무슨 말씀이오?"

목이 잠긴 듯 낮은 목소리로 짧게 내뱉는 견지병의 손이 어느새 검자루를 쥐고 있었다.

"자네는 고묘의 소용녀를 보고 난 뒤 하루 종일 멍해 있더군. 아마

---

* 본서 원판에는 전진교에서 소용녀에게 연정을 품은 젊은 도사의 이름을 윤지평이라 하였다. 그러나 윤지평은 실제 인물로 청화진인清和眞人이라는 도호道號를 썼으며 구처기의 제자였다. 후에 전진교 장교掌敎를 지내기도 했다. 이런 인물이 작품 속에서 품행이 올바르지 못한 인물로 그려져 실제 인물의 명예를 훼손시킬 우려가 있으므로 제3판부터는 이름을 견지병으로 바꾼다. 견지병은 완전히 허구 인물임을 밝힌다.

도 속으로는 소용녀를 품에 안고 온갖 짓거리를 다 하는 상상을 했겠지. 우리 교파에서는 마음을 다스리고 수양하는 것을 무엇보다 중시여기는데, 그런 생각을 하고도 계율을 어긴 것이 아니라 하겠는가?"

양과는 스승을 존경하는 마음이 지극했다. 그런데 조지경의 이런 낯 뜨거운 말을 듣고 나니 화가 치밀어 올랐다.

"허튼소리 하지 마십시오. 내가 마음속으로 무슨 생각을 하는지 어떻게 안단 말입니까?"

견지병의 목소리는 떨리는 반면, 조지경은 지극히 냉정했다.

"자네가 무슨 생각을 하는지는 모르지. 하지만 나는 양과 놈을 잡기 위해 녹청독과 다른 세 명에게 교대로 고묘 밖 숲에 숨어 있도록 했지. 그 조무래기 녀석이 고묘에서 나오기만 하면 잡아끌고 오라 일렀단 말일세."

"양과의 무공이 녹청독보다 월등하던데, 잡았습니까?"

조지경은 묘한 표정으로 쓴웃음을 지었다.

"양과는 잡지 못하고 대신 대단한 걸 발견하게 되었지. 그 녀석들에 의하면 전진교 견 사숙이 계속해서 고묘 밖을 왔다 갔다 하며 하늘을 올려다보고 혼잣말을 하는데, '소용녀, 소용녀' 하고 불러대는 것 같더라고……."

"거짓말이오! 어찌 그런 일이!"

"자네가 하는 말을 잘못 들었다손 치더라도, 요즘 고묘 쪽 숲속을 돌아다닌 것은 사실이겠지? 장문 사백님께서도 분명히 말씀하시지 않았나. 그 누구도 고묘 옆 숲에 들어가서는 안 된다고 말일세. 내가 제자들을 보내 양과가 나오는지 지키도록 한 것은 사숙, 사백, 사부님들

외에는 모두가 알고 있는 사실이네. 그런데도 자네가 숲에 들어가 소용녀를 기다린 것이 음란한 행위를 금하는 계율을 어긴 것이 아니란 말인가? 인정하지 못하겠다면 함께 장문 사백님과 구 사백님께 여쭤봐도 되겠나?"

"조 사형, 사형의 말씀은 제 이름을 더럽히기 위해 끼워 맞추는 억측에 불과합니다. 제가 우리 문파의 장문이 되지 못하도록 하고 싶은 것이겠지요. 사형께서 그렇게 아무렇게나 말씀하시는 이유도 그것밖에 없습니다. 모두가 사형의 속셈을 알고 있는데, 누가 그 말을 믿어주겠습니까? 그리고 이지상李志常 사형과 왕지탄王志坦 사제, 송덕방宋德方 사제는 모두 지혜롭고 재주가 많은 사람들로 사형보다 훨씬 뛰어납니다. 나 하나 이기는 것도 어려운 사형에게 차례가 돌아가겠습니까?"

"내가 헛소리를 하고 있다고? 소용녀의 스무 살 생일에 고묘 앞에 몰래 음식이며 선물을 가져다두고 '용 낭자의 생일을 축하합니다'라고 인사를 남긴 것이 누구였는가?"

"어찌 그리 남의 생일을 잘 기억하고 있답니까?"

"열여덟 살 생일에 요괴 같은 것들이 떼로 몰려와 중양궁에 불을 지른 일이 아직도 생생한데, 그 날짜를 어찌 잊겠는가? 자네야말로 똑똑히 기억하고 있지 않은가! 흥! 선물에 축하 인사에, 그러고도 행여 누가 보낸 것인지 모를까 아래에 '중양궁 제자 견지병 드림'이라고 또렷하게 써두었더군. 그 종이를 녹청독에게 가져오라 했지. 도대체 자네가 직접 쓴 것인지, 아니면 나 조지경이 거짓을 고하는지 함께 구 사백님께 가 필적을 맞춰보는 것도 좋겠군."

조지경은 품에서 붉은 종이 한 장을 꺼내 휘휘 흔들었다.

"이게 자네 필적이 아니던가? 장문이신 마 사백과 자네의 스승이신 구 사백께 확인해달라고 할까?"

견지병은 더 이상 참지 못하고 검을 빼 들어 힘껏 휘둘렀다. 조지경은 몸을 기울여 검을 피하며 종이를 다시 품 안에 집어넣었다.

"나를 죽여 입을 막겠다? 그렇게 쉽지는 않을걸."

조지경의 비아냥거리는 말에 견지병은 아무런 대꾸도 하지 않고 재차 공격해 들어갔다. 그러나 조지경은 그의 공격을 모두 피했다.

견지병이 네 번째 공격해 들어올 때 조지경도 검을 빼 들어 견지병의 검을 막았다. 이윽고 꽃 덤불 옆에서는 일대 격전이 벌어졌다.

두 사람은 모두 전진파 제3대 제자들 가운데 서열이 높은 고수들이었다. 하나는 구처기의 수제자, 또 하나는 왕처일의 수제자였다. 무공도 서로 백중세를 이루었다. 견지병은 이를 악물고 거칠게 공격해댔고, 조지경은 격렬하게 맞서는 중에도 때때로 비꼬는 말을 이죽거렸다. 상대가 실수를 저지르도록 자극하기 위해서였다.

구처기의 제자 중에서는 원래 윤지평의 무공이 으뜸이었고, 견지병이 그다음이었다. 그러나 근 몇 년 들어 윤지평은 내공과 기를 다스리는 데 열중하며 무공과는 조금 거리를 두었다. 그래서 제3대 제자 가운데 견지병과 조지경이 서로 앞뒤를 다투고 있었다.

한편, 양과는 이미 전진파의 검법을 수차례 경험했기 때문에 두 사람의 싸움을 보면서 사조인 임조영의 재주에 새삼 감탄했다. 공격과 방어, 초식이 다양하게 변화하기는 했지만 대부분은 예상을 벗어나지 않았다.

두 사람이 엎치락뒤치락하며 수십 초식을 겨루는 동안 견지병은 줄

곧 공격의 초식만을 사용했다. 조지경은 끊임없이 발을 옮기며 차갑게 웃었다.

"내가 할 줄 아는 것이라면 자네도 다 알 테고, 자네가 하는 것은 나도 이미 익힌 것일세. 나를 죽이겠다는 생각일랑 그만두시지."

조지경의 방어는 완벽했다. 견지병은 한층 더 힘을 내 덤벼보았으나 그의 공격은 모두 조지경에게 막히고 말았다. 계속해서 겨루는 사이 두 사람은 어느새 소용녀가 있는 곳까지 다가가게 되었다.

양과는 깜짝 놀라 어찌할 바를 몰랐다.

'저 두 녀석이 선자를 발견하면 큰일이다!'

순간 조지경이 갑자기 반격에 나서 견지병을 몰아붙였다. 그가 공세로 돌아서 세 초식을 발하자 견지병은 연달아 세 걸음을 물러섰다. 두 사람이 스승에게서 멀어지는 것을 보고 양과가 한숨을 돌리려는 찰나, 갑자기 견지병이 검을 왼손으로 옮기며 오른팔을 거두었다가 훅, 하는 소리와 함께 일장을 발했다.

"자네에게 손이 세 개가 있다고 해도 그 정도 재주로는 나를 죽일 수 없지."

조지경은 여유 있게 웃으며 왼손으로 맞섰다. 두 사람은 검과 장을 동시에 쓰며 더욱 격렬하게 싸웠다. 소용녀는 내공 수련에 집중하고 있던 터라 밖에서 나는 소리를 전혀 들을 수 없었다. 양과는 두 사람이 다가가면 마음을 졸였다가 다시 멀어지면 겨우 한숨을 돌리기를 몇 번이나 반복했다. 싸움이 한창 무르익을 무렵, 견지병이 일갈하며 위험한 초식을 잇달아 전개했다. 그는 상대의 공격을 막을 생각조차 하지 않고 맹렬히 공격해 들어갔다. 견지병은 상황이 난처해지자 차라리 상대의 칼에 죽을지언정 여자를 마음에 품은 일이 새어나가지 않게 만들 각오였다. 조지경은 전부터 견지병과 사이가 좋지 않았지만 그를 죽일 생각은 없었다. 상황이 이렇게 되니 조지경은 순식간에 수세에 몰렸다.

몇 초식을 더 전개한 후, 견지병은 검을 똑바로 찌르며 오른손으로 장을 발했다. 동시에 왼쪽 다리를 옆으로 넓게 휘둘렀다. 이것은 바로 전진파의 삼연환三連環이라는 절정의 초식이었다. 조지경은 몸을 날리며 검을 휘둘러 아래를 막았다. 견지병은 검을 상대에게 날리며 기합 소리와 함께 쌍장을 동시에 발했다.

양과는 처음 보는 초식이 나오자 그 날카로움에 감탄하며 손에 땀을 쥐고 바라보았다.

조지경은 몸이 허공에 떠 있는 상태였다. 견지병의 쌍장 중 하나는 허요, 하나는 실이니, 공격이 성공하면 조지경은 뼈와 살이 크게 상할 터였다. 그러나 조지경은 이처럼 화급한 상황에서도 갑자기 공중에서 몸을 뒤집더니 뒤쪽으로 물러서며 가볍게 낙하했다. 그런데 내려서는 모양을 보니 마침 소용녀가 앉아 있는 위치였다. 양과는 깜짝 놀라 더 생각할 것도 없이 몸을 날렸다. 양과의 왼손이 오른손 아래로 빠지며 조지경의 등을 겨냥하여 채루포구彩樓抛球 초식으로 힘껏 휘둘렀다.

조지경의 커다란 몸뚱이는 불시에 튀어나온 양과의 공격에 두 장쯤 나가떨어졌다. 그러나 양과는 아직 내공이 부족할뿐더러 온 힘을 왼손에 집중하느라 하체에 힘이 실려 있지 않았다. 그는 제대로 서 있지 못하고 몸이 기우뚱하는가 싶더니 곁에 있던 꽃가지를 밟았다. 그 꽃가지가 튀어오르며 소용녀의 얼굴에 맞았다. 작은 움직임이었지만 소용녀는 깜짝 놀라 온몸에 땀이 솟아나왔다. 빠르게 운행하고 있던 기가 단전에 멈추고는 더 이상 올라오지 않았다. 소용녀는 그대로 정신을 잃어버렸다.

견지병은 갑자기 나타난 양과를 보고도 놀랐지만, 꿈에도 그리던 여인이 덤불에 숨어 있었다는 것에 더욱 놀라 눈이 휘둥그레져서는 꿈인지 생시인지 모르겠다는 표정을 지었다. 조지경은 그 틈에 몸을 추스르고 일어났다. 그는 달빛 아래 소용녀의 모습을 확인하고는 놀라운 듯 외쳤다.

"이런 곳에서 사내질을 하고 있었군."

양과는 불같이 화를 내며 버럭 고함을 질렀다.

"너희 두 도사 놈들, 꼼짝 말고 있어라. 잠시 후에 본때를 보여주겠다!"

그는 소용녀가 쓰러져 움직이지 않는 것을 보고 그녀가 전에 거듭 부탁했던 일이 생각났다. 수련할 때 서로 도와 지켜줘야 한다는 것이었다. 이런 수련을 하는 중에는 노루나 토끼 같은 들짐승이 느닷없이 튀어나와도 큰일을 당할 수가 있었다. 하물며 이렇게 크게 놀랐으니 그 충격이 결코 적지 않을 터였다. 양과는 당황해하며 손을 뻗어 그녀의 이마를 만져보았다. 얼음장같이 차가웠다. 그는 얼른 소용녀의 옷 매무새를 가다듬어 몸을 가리고 그녀를 안았다.

"선자, 괜찮으세요?"

소용녀는 "응" 하고 신음인 듯 대답인 듯 소리를 내고는 더 이상 말이 없었다. 양과는 조금 안심이 되기도 했다.

"선자, 우선 돌아가야겠어요. 이따가 다시 와서 저 도사 놈들을 혼내줘요."

소용녀는 몸에 힘이 하나도 없어 그냥 양과의 품에 기대고 있었다. 양과는 성큼성큼 걸음을 옮겨 두 사람 옆을 지나갔다. 견지병은 멍하니 돌처럼 서 있을 뿐이었다.

"하하하!"

갑자기 웃음소리가 터져 나왔다. 조지경이었다.

"견 사제, 자네의 임께서 다른 사람과 여기서 낯 뜨거운 수작을 벌이고 있었나 보군. 자네는 나를 죽이는 것보다 저자를 죽이는 게 옳지 않겠나!"

견지병은 아무 소리도 들리지 않는 듯 말이 없었다.

양과는 '낯 뜨거운 수작'이라는 말이 무슨 뜻인지 정확히 알 수는 없었으나 뭔가 지저분한 말이라는 것은 어렴풋하게나마 느낄 수 있었다. 화가 머리끝까지 치민 양과는 소용녀를 바닥에 가만히 내려놓고 옆에 있던 나무에 등을 기대주었다. 그러고는 나뭇가지를 하나 꺾어 손에 들고 조지경을 가리키며 외쳤다.

"무슨 허튼소리를 하는 거냐?"

세월은 이미 2년이 흘렀다. 어린아이였던 양과는 어느덧 늠름한 청년으로 성장해 있었다. 조지경은 처음에는 그를 잘 알아보지 못하다가 자신들을 욕하는 소리와 달빛에 선명하게 드러난 얼굴을 보고서야 그가 지난날 제자였던 양과라는 것을 알아챘다. 그런 그에게 일격을 당하고 넘어졌으니 창피함과 분노가 교차했다. 조지경은 뭔가 말을 하려다가 문득 양과가 웃옷을 벗고 있는 것을 발견했다.

"양과, 네놈이었구나!"

"나를 욕하는 건 상관없지만 우리 선자를 모욕하는 건 용서 못 해!"

조지경은 웃음을 터뜨렸다.

"고묘파는 여자들끼리만 맥이 이어져서 모두가 깨끗한 처녀라고들 하더니, 뒷구멍으로는 이런 음란한 짓거리를 하고 있었군. 사내를 숨겨놓고 남모르게 즐기고 있다니!"

마침 그때 소용녀가 깨어나려다가 조지경의 말을 들었다. 그 말 때문에 겨우 고르게 잡혔던 기가 다시 역행하며 서로 충돌하고 말았다. 그녀는 가슴이 답답해지는 것을 느끼며 자신의 몸이 이미 내상을 입었음을 알았다.

"헛소리…… 우리는 그런……."

그녀는 간신히 한마디를 내뱉고는 이내 입으로 선혈을 토해냈다. 왈칵 터져 나온 선혈은 마치 붉은 기둥처럼 쏟아져 내렸다.

견지병과 양과는 깜짝 놀라 동시에 얼른 다가갔다.

"어찌 된 겁니까?"

견지병은 소용녀의 상태를 살피기 위해 허리를 숙였다. 양과는 그가 소용녀를 해치려는 것인 줄 알고 왼손을 뻗어 그의 가슴을 밀어냈다. 견지병은 저도 모르게 양과의 손을 막았다. 양과는 이미 전진교의 무공을 잘 알고 있었으므로 손바닥을 뒤집어 견지병의 손목을 잡고는 반동을 주어 뒤로 뿌리쳤다.

양과의 무공은 아직 견지병에 비할 수는 없었다. 다른 문파의 사람과 대결할 경우, 만일 상대의 무공이 견지병과 비슷하다면 양과는 당연히 뒤질 수밖에 없었다. 그러나 임조영이 만든 무학은 전진파를 제압하기 위한 것이었다. 초식 하나하나가 모두 전진교 무공의 움직임에 맞춘 것이었다. 하지만 이 무공을 실제로 사용한 적은 없었기 때문에 전진교에서는 자신들의 무공을 제압하는 무공이 존재하리라고는 생각지도 못했다. 양과가 갑자기 손을 쓰니, 견지병은 어찌 해보지도 못하고 비틀거렸다. 가뜩이나 경황이 없던 차에 당한 일이었다. 그는 다행히 넘어지지는 않았지만 이미 멀찍이 조지경 옆으로 밀려나 있었다.

"선자, 저들은 내버려두세요. 제가 모시고 돌아갈게요."

양과의 말에 소용녀는 겨우 눈을 뜨고는 헐떡이며 당부했다.

"아니, 저들을 죽여……. 내…… 내가 이렇게 된 게…… 알려지면……."

"알았어요, 선자!"

양과는 대답과 함께 몸을 날렸다. 손에 든 나뭇가지로 조지경의 가슴을 노리고 들어갔다. 조지경은 그런 양과가 우습다는 듯 장검을 빼들고 가볍게 나뭇가지를 잘라버리려 했다. 그러나 양과의 나뭇가지 끝이 흔들리는가 싶더니 살짝 휘어지며 조지경의 손목에 있는 혈도를 찍었다.

"아뿔싸!"

조지경은 손목이 저리며 마비되는 것을 느꼈다. 양과는 왼손을 휘둘러 그의 뺨을 향해 냅다 갈겼다. 대응하기 곤란한 예상 밖의 공격이었다. 조지경이 장검을 지키려면 그대로 맞는 수밖에 없었다. 이 공격을 피하려고 움직이기만 하면 장검이 손에서 빠져나갈 판이었다. 그러나 조지경의 무공도 만만치 않았다. 수세에 몰려 있으면서도 흔들리는 기색 없이 검을 손에서 놓고 고개를 숙여 공격을 피했다. 동시에 왼손을 깊이 찌르며 순식간에 검을 다시 잡으려 했다. 그러나 이 역시 수십 년 전에 이미 임조영에게 간파당한 움직임이었다. 그녀는 전진파가 사용할 수 있는 모든 변초까지 예상하고 대응책을 마련해놓았다.

조지경은 제 스스로도 상대의 예상을 뛰어넘는 공격이라고 자만하며 이것으로 전세를 뒤집을 수 있을 것이라고 자신했다. 양과와 소용녀가 이미 이 초식을 파헤쳐 완전히 깨뜨려놓았으리라고는 생각도 하지 못했던 것이다.

양과는 조지경이 놓은 검을 잡았다. 가만히 보니 상대의 왼손 장이 덮쳐올 듯했다. 그는 상대가 이렇게 나오리라는 것을 예측하고 검으로 오히려 그의 장을 위협했다. 조지경은 깜짝 놀라 손을 거두었다. 이렇게 되자 양과의 검 끝이 그의 가슴을 겨누게 되었다.

"엎드려!"

고함과 함께 양과는 왼발을 들어 휘둘렀다. 조지경은 급소를 맞고 꼼짝도 할 수가 없었다. 그리고 양과의 발에 맞아 벌러덩 자빠지고 말았다. 양과는 검을 들어 상대의 배를 겨누고 내리꽂았다.

"네 사부를 죽이려느냐!"

갑자기 몸 뒤에서 바람 소리가 일더니 검 휘두르는 소리가 들렸다. 양과는 놀라고 화가 나는 가운데에도 침착하게 완급을 조절해 얼른 검을 거두고 공격을 막았다. 순간 두 자루의 검이 서로 부딪쳤다. 견지병은 양과가 전광석화와 같이 검을 거두는 모습에 속으로 감탄을 금치 못했다. 그러는 사이 쥐고 있던 검은 그만 반동에 크게 흔들리며 상대의 칼에 걸려 넘어가버렸다. 견지병은 깜짝 놀라 내공을 운행하기 시작했다. 그의 내공은 그 깊이가 매우 심후했다. 두 힘이 서로 검을 놓고 맞서다가 마침내 양과의 검이 견지병의 손에 들어갈 판국이었다. 그러나 양과는 이번에도 견지병의 수법을 꿰뚫어보고 있었다. 양과는 잠시 검을 붙잡는 듯하다가 불시에 손을 놓으며 쌍장을 뻗어 견지병의 가슴을 공격했다. 그 서슬에 검 자루가 튕겨나며 공중으로 날아올랐다. 쌍장에 검까지. 견지병이 아무리 무공이 높다고 해도 동시에 자신을 향하는 세 가지를 모두 막아낼 재간은 없었다. 견지병은 검을 놓고 반사적으로 두 팔로 가슴을 막았다. 하나 팔을 너무 안쪽으로 구부려 힘을 제대로 쓰지 못했다. 다행히 양과의 무공이 그다지 깊지 않아 상대의 팔을 부러뜨리지는 못했지만 그래도 위력적인 공격이었다. 견지병은 몸이 크게 흔들리며 가슴이 얼얼하고 팔이 마비되는 것을 느꼈다. 황급히 두어 걸음 물러나 운기를 하며 가슴의 중요한 혈도를 다스렸다.

조지경은 그 틈을 타 몸을 날렸다. 양과는 검 두 자루를 손에 쥐고 두 사람을 공격해 들어갔다. 조지경과 견지병 두 사람은 수 초식을 겨루면서 이제 막 사춘기에서 벗어난 애송이에게 정신없이 당하고 있다는 사실이 놀라우면서도 분통이 터질 지경이었다. 더 이상 방심해서는 안 되겠다는 생각에 두 사람은 어깨를 나란히 하고 장법을 전개했다. 방어만 할 뿐 공격을 하지 않으면서 상대의 무공과 전술을 살펴볼 작정이었다.

이렇게 되자 양과는 두 손에 무기를 들고 있으면서도 빈손인 두 사람의 빈틈없는 방어에 막히게 되었다. 그러니 처음 대결을 시작할 때 그들을 꼼짝 못 하게 만들었던 날카로운 모습이 사라지고 말았다. 〈옥녀심경〉의 검술 중에는 전진파의 권법과 발 공격을 제압할 수 있는 초식은 없었다. 임조영은 왕중양을 이기고자 했으나 검으로 맨손의 상대를 이기는 것은 이겼으되 바른 무학의 도가 아니며 오히려 자신을 깎아내리는 행동이라고 생각했다. 그래서 권법을 상대하는 검법은 만들어낼 생각조차 하지 않았다. 게다가 조지경과 견지병의 무공이 양과보다 훨씬 심오하고 둘이서 함께 군건하게 방어를 하니 양과는 검을 쥐고서도 좀처럼 기선을 제압하지 못했다. 오히려 점차 수세에 몰리게 되었다.

조지경은 장력이 매우 강한 사람이었다. 그는 계속해서 힘을 끌어내며 양과의 검을 압박했다. 견지병은 정신을 차리고 상황을 둘러보았다. 선배 두 사람이 어린애 하나를 상대하다니 부끄러운 일이 아닐 수 없었다. 그리고 그는 소용녀가 걱정스러워 견딜 수가 없었다.

"과야, 어서 소용녀 낭자를 데리고 돌아가거라. 우리에게 덤비면 시간만 끌 뿐인데 뭘 하겠느냐?"

"선자는 너희가 쓸데없는 소리를 지껄일까 봐 나더러 너희를 죽이라고 하셨다!"

견지병은 장을 날려 양과가 왼손에 들고 있던 검을 밀어내더니 성큼성큼 걸음을 옮겼다.

"멈춰!"

"뭐 하는 거야?"

견지병의 느닷없는 행동에 양과는 마음을 놓지 못했다.

"양과야, 네가 우리를 죽일 생각이라면 그렇게 쉽지 않을 것이다. 하지만 안심해도 좋아. 오늘 있었던 일을 내가 조금이라도 입 밖에 낸다면 즉시 스스로 목을 벨 것이다. 혹여 식언을 할 시에는……."

그는 말을 멈추고 왼손을 높이 치켜들었다. 그리고 나서 더욱 엄숙한 목소리로 말했다.

"나 견지병은 세상 누구보다도 비참하게 죽어 지옥에 떨어질 것이고, 다음 세상에서는 개돼지로 태어나 영원히 짐승으로 살아가게 될 것이다!"

양과가 들어보니 그의 목소리가 사뭇 간절했다. 진심에서 우러나는 맹세라는 것을 분명히 느낄 수 있었다. 그때 조지경이 소리쳤다.

"견가야, 개돼지로 태어나는 것도 참 잘 어울리겠구나!"

양과는 앞으로 나서며 검을 뒤에서부터 조지경의 가슴팍을 노리고 들어갔다. 이는 목란회사木蘭廻射라는 무서운 초식이었다. 조지경은 두 사람의 대화에 정신을 쏟고 있다가 갑작스러운 기습에 당황하면서도 방어 태세를 갖추었다. 그러나 이미 검 끝은 그의 배에 박혀 있었다. 조지경은 통증을 느끼며 즉시 단전에 운기를 하여 배를 안으로 반 척이나 들어가게 했다. 그리고 오른발을 날려 양과의 손에 들린 검을 차냈다. 양과는 그가 발을 거둘 틈도 주지 않고 손을 뻗어 무릎이 구부러지는 관절 부분의 혈도를 찍었다. 조지경은 목숨을 구하기는 했지만 더는 서 있지 못하고 양과 앞에 오른쪽 무릎을 꿇고 말았다. 양과는 손을 뻗어 공중에서 떨어져 내리는 검을 받아 그대로 조지경의 목을 겨누었다.

"나는 너를 사부로 섬겨 여덟 번이나 절을 올렸다. 그러나 이제 너는 내 사부가 아니니 내게 여덟 번 절을 올려 빚을 갚아라."

조지경은 분통이 터져 곧 쓰러질 지경이었다. 얼굴빛이 점차 붉어지더니 검은빛까지 띠었다. 양과가 손에 힘을 주기 시작하자 검 끝이 목을 찌르며 조금씩 파고들었다.

"죽이려거든 죽이지, 무슨 말이 이렇게 많으냐!"

양과가 검을 들어 찌르려는 순간 뒤에서 소용녀의 가느다란 목소리가 들려왔다.

"과야, 스승을 죽이는 것은 좋지 않아. 오늘 일을 발설하지 않겠다는 맹세를 시키고 그냥…… 보내줘."

양과는 소용녀의 말이라면 마음을 다해 받들었다. 소용녀의 말이 떨어지자마자 양과는 조지경을 다그쳤다.

"맹세해!"

조지경은 화가 나 못 견딜 지경이었지만 그래도 목숨이 중한지라 억지로 입을 열었다.

"내가 말을 안 하면 그만이지, 무슨 맹세를 하라는 거냐?"

"안 돼. 하늘에 대고 맹세를 해야 돼."

"좋다. 오늘 일은 이곳에 있는 우리 네 사람만 아는 사실이다. 만일 내가 발설해 아는 이가 다섯이 된다면 난 패가망신해 사문에서 쫓겨나도 좋다. 그리고 무림에서 파렴치한 놈으로 낙인찍혀 제명에 죽지도 못할 것이다."

소용녀와 양과는 세상 물정을 모르는 사람들이라 그가 진심으로 하늘에 맹세한다고만 생각했다. 견지병은 그의 맹세에 함정이 있음을 눈치채고 양과를 일깨워주려다가 외부인을 돕는 것은 좋지 않을 것 같아 잠자코 있었다. 그는 양과가 소용녀를 안고 걸음을 재촉해 산허리를 돌아가는 모습을 하염없이 바라보았다.

양과는 소용녀를 안고 고묘로 돌아와 그녀를 옥침상에 눕혔다. 소용녀는 눈을 감은 채 한숨을 내쉬며 말했다.

"중상을 입은 몸으로 어떻게 한기를 당해낼 수 있겠어?"

"아!"

양과는 흠칫 놀랐다.

'선자가 부상이 심각한가 보구나.'

그는 다시 소용녀를 안고 그녀의 침실로 갔다.

"억!"

소용녀를 막 눕히려는 순간, 또 입에서 선혈이 터져 나왔다. 웃옷을 벗고 있는 양과의 상반신에 피가 튀었다. 그녀는 숨을 헐떡이다가 또 피를 토했다. 양과는 어찌해야 할지 몰라 허둥거리며 눈물만 흘릴 뿐이었다. 소용녀는 담담하게 미소를 지었다.

"피를 다 토해내면 더 이상 토하지 않을 것이니 그렇게 걱정하지 않아도 돼."

"선자, 죽으면 안 돼요."

"네가 죽을까 봐 그러는 거니?"

"무슨 말이에요."

"내가 죽기 전에 너를 먼저 죽인다고 했잖아."

수년 전에 둘이 나눴던 이야기였다. 양과는 농담으로 듣고 이미 잊어버린 것을 그녀는 잊지 않고 되풀이한 것이다. 양과가 못 알아들은 듯 의아한 표정을 짓고 있자 소용녀가 한마디 덧붙였다.

"널 먼저 죽이지 않고서야 저승에서 할멈을 볼 낯이 없잖아. 너만 이승에 남겨두면 누가 널 돌봐주겠어?"

양과는 머릿속이 텅 빈 듯 무슨 말을 해야 좋을지 생각나지 않았다. 소용녀는 계속해서 피를 토해냈지만 정신은 조금 맑아진 듯 보였다. 갑자기 양과는 뭔가를 생각해낸 듯 벌떡 일어나 뛰어나가더니 옥봉꿀을 가지고 와 소용녀에게 먹였다. 이 꿀은 부상을 치료하는 데 탁월한 효과가 있었다.

잠시 후, 소용녀는 더 이상 피를 토하지 않고 침상에 누운 채 깊이 잠들었다. 그제야 양과도 조금 안심이 되었다. 새삼 피로가 몰려오며 더 이상 버틸 수가 없었다. 그 역시 바닥에 주저앉더니 벽에 기대어 잠이 들었다. 시간이 얼마나 흘렀을까, 양과는 갑자기 목이 차가워지는 것을 느끼며 퍼뜩 잠에서 깼다. 그는 고묘에서 수년을 생활했지만 소용녀처럼 어둠 속에서 물체를 보는 데 익숙하지 않았다. 그러나 왔다 갔다 하는 정도는 촛불 없이도 가능했다. 눈을 크게 뜨고 살펴보니 소용녀가 침상 가장자리에 걸터앉아 장검을 들고는 그 칼끝으로 자신의 목을 겨누고 있었다.

"선자, 무슨……."

"과야, 내 상처는 치유되지 못할 것 같아. 우리 함께 할멈을 만나러 가자."

소용녀의 목소리는 더없이 담담했다.

"선자!"

"두려운 거야? 금방 끝날 거야. 한 칼이면 다 끝나."

양과는 그녀의 눈에서 이상한 빛이 발하는 것을 느꼈다. 살기였다. 그는 살아야 한다는 강한 일념으로 다른 것은 돌아볼 겨를도 없었다. 즉시 몸을 굴리며 발을 날려 그녀가 쥐고 있던 장검을 차냈다.

소용녀가 심각한 내상을 입기는 했지만 몸놀림은 평소와 다를 바 없었다. 그녀는 번개같이 몸을 기울여 양과의 발을 피하며 칼끝으로 여전히 그의 목을 겨누었다. 양과는 잇따라 몇 차례 초식을 바꾸어보았지만 소용이 없었다. 그의 모든 무공은 소용녀가 가르친 것이었으니 그녀의 손아귀를 벗어날 수 없는 게 당연했다. 소용녀는 그림자처럼 양과를 쫓으며 목에서 삼 촌 이상을 떨어지지 않았다. 양과는 놀란 나머지 온몸에 식은땀을 흘렸다.

'오늘 이렇게 선자 손에 죽는구나.'

그는 다급한 김에 쌍장을 하나로 모아 허로 공격했다. 지금 소용녀의 초식이 정교하기는 하나 부상을 입어 힘이 부족하므로 자신과 정면으로 맞대응하도록 유도하는 것이었다. 소용녀는 그런 양과의 속을 훤히 들여다보았다. 그녀는 상반신만 살짝 기울이며 그의 장풍을 피했다.

"과야, 더 싸울 것 없어."

소용녀가 검을 곧추세우자 검 끝이 살짝 흔들리는가 싶더니 어느새 분화불류分花拂柳라는 절정의 초식에 들어갔다. 왼쪽을 공격하는가 싶은 순간, 그녀의 검은 이미 오른쪽으로 반원을 그리며 양과의 목을 겨누었다. 그녀가 진기를 끌어올려 앞으로 밀어내 양과의 목을 찌르려는데 애원하는 듯한 양과의 눈과 마주쳤다. 어쩐 일인지 가슴이 아려오는 듯했다. 그러고는 갑자기 눈앞이 새까매지며 온몸에서 힘이 빠져나갔다. 쨍, 하는 소리와 함께 검이 땅에 떨어졌다. 검을 찌르기만 하면 양과는 그대로 죽은 목숨이었다. 그런데 뜻밖에 소용녀가 검을 놓치는 통에 죽음을 피할 수 있었다.

양과는 멍하니 있다가 퍼뜩 정신을 차리고 몸을 돌려 달음박질쳤다. 문 앞에 이르러 뒤를 돌아보니 검이 떨어진 곳 옆에 소용녀가 고꾸라져 있고, 그녀의 입가에 두 줄기 선혈이 흐르고 있었다. 두 눈을 꼭 감은 채 정신을 잃은 듯했다.

'선자가 죽어가고 있어! 나는 무슨 일이 있어도 떠날 수 없어. 나를 죽이겠다면, 그 손에 죽을 수밖에……'

양과는 다시 돌아와 벽에 기대고 앉았다. 그리고 소용녀의 몸을 가만히 일으켜 제 가슴에 기대고는 손을 뻗어 아직 남은 옥봉꿀을 가져다 천천히 입안에 부어 넣었다. 소용녀가 살며시 눈을 떴다. 양과가 자신을 끌어안고 있는 것을 보고 얼굴빛이 차츰 밝아졌다.

"난 널 죽이려고 했는데, 너는 왜 안 갔어?"

"선자를 두고 갈 수 없어요! 저를 죽이신다 해도 좋아요. 선자가 죽는다면 저도 죽어버릴 거예요. 아무도 없이 선자 혼자서 저승으로 가려면 무서울 거 아니에요."

한없이 깊은 정이 담긴 양과의 말에 소용녀는 마음이 편안해지고 호흡도 점차 고르게 안정되었다. 이윽고 곧 혼곤히 잠에 빠져들었다. 양과는 그녀를 안아 가만히 침상에 눕히고 얇은 이불을 덮어주었다. 탁자 위 촛불을 밝히니 소용녀의 얼굴에 떠오른 홍조가 눈에 띄었다. 입가에는 가벼운 미소까지 번져 있는 것이 아까 부상을 입었을 때와는 확연히 다른 모습이었다. 소용녀가 살며시 눈을 떴다.

"전에 사부님께서 그러셨어. 감정이 격해져 피를 토할 때는 인삼, 전칠田七, 홍화紅花, 당귀當歸 같은 약물을 먹으면 점차 조절이 된다고. 그러지 않으면 피가 멎지 않고 회복도 어려울 거라고……."

"제가 지금 약을 찾아올게요. 가만히 누워 쉬고 계세요."

소용녀는 다시 눈을 감았다.

"조심해!"

"예."

나가려던 양과는 다시 소용녀를 돌아보았다.

"선자, 두고 가려니 아무래도 안심이 안 돼요."

"어서 가. 죽더라도 네가 오고 나서 죽을 테니까."

종남산에는 약을 살 만한 은자가 없었다. 양과는 일단 산을 내려가 약방에 가서 빼앗든 훔치든 상황을 봐서 처리하기로 하고 고묘를 나섰다. 눈부신 햇빛과 청량한 바람이 온몸을 간질였다. 또 꽃향기가 은은하게 풍겼고, 나무 위에서는 새들이 지저귀는 소리가 쉬지 않고 들려왔다. 고묘처럼 어두침침한 모습은 어디서도 찾아볼 수 없었다.

양과는 무공을 연마하던 꽃 덤불 옆으로 갔다. 조지경과 견지병의 모습은 이미 찾을 수 없었다. 양과는 즉시 경공술을 펼쳐 산 아래로 쏜살같이 내달렸다. 정오쯤에는 산기슭에 닿았다. 그는 걸음을 늦추고 시냇가로 가 제 몸에 묻은 핏자국을 씻어냈다. 한참을 걷다 보니 배가 고팠다. 그는 어려서부터 여기저기 떠돌며 자라온 터라 뭐든 찾아 배를 채우는 재주가 비상했다. 주변을 둘러보니 서쪽 언덕 쪽에 옥수수밭이 펼쳐진 것이 눈에 들어왔다. 얼른 옥수수 다섯 개를 따왔다. 아직 익지는 않았지만 먹을 만했다. 양과는 주변에서 마른 가지를 모아 불을 피우고 옥수수를 구웠다. 세 개를 게 눈 감추듯 먹은 양과는 사부에게 가져다주기 위해 두 개를 남겨두었다. 그런데 갑자기 등 뒤에서 조심스러운 발소리가 들렸다. 누군가 다가오고 있었다. 양과는 슬그머니 몸을 틀어 옥수수를 가렸다. 혹 마을 사람에게 옥수수를 훔친 것을 들킬까 봐 불안했던 것이다.

가만히 고개를 돌려 곁눈으로 보니 묘령의 여인이었다. 살굿빛 도포를 입고 가벼운 발걸음으로 천천히 다가오고 있었다. 등 뒤로 검 두 자루를 꽂았는데, 검 자루에는 피처럼 붉은 술이 바람에 날려 짤각짤각 소리를 내고 있었다. 언뜻 보기에도 무공을 닦은 사람 같았다.

양과는 분명 중양궁에서 온 사람일 것이라 확신했다. 아무래도 청정산인 손불이의 제자인 듯했다. 양과는 불안한 마음에 가슴이 두근거려 그저 아무 일 없기를 바라며 마른 가지로 불을 뒤적거렸다.

여자는 양과의 앞까지 걸어온 뒤 말했다.

"이봐, 산으로 올라가는 길이 어디지?"

'전진교 제자가 산을 오르는 길을 모를 리가 없잖아. 분명 뭔가 꿍꿍이가 있을 거야.'

양과는 더욱 의심이 깊어져 고개도 돌리지 않고 손을 들어 산 위쪽을 가리켰다.

"큰길을 따라 올라가면 됩니다."

여자는 가만히 양과를 살펴보았다. 웃옷을 훌렁 벗어젖힌 채 낡은 바지 차림으로 길가에 쭈그리고 앉아 나무를 줍고 있는 모습이 영락없는 농가의 일꾼이었다. 그녀는 제 미모를 은근히 자부하던 여자였다. 남자라면 누구나 다시 한번 돌아보고 넋을 잃곤 했는데, 이 소년은 한 번 흘깃 보고는 다시 눈길을 주지 않았다. 그녀는 자존심이 상해 솟구치는 화를 누를 수가 없었다.

'하긴, 촌구석 무지렁이가 뭘 알겠어.'

그러나 곧 생각을 고쳐먹고 양과에게 계속 말을 걸었다.

"일어나 봐. 물어보고 싶은 게 있어."

양과는 전진교라면 누구랄 것도 없이 다 미운 터라 아무 소리도 들리지 않는 듯 잠자코 앉아 있었다. 여자가 목소리를 높였다.

"이 멍청아, 내 말이 안 들려?"

"들었습니다. 그런데 일어나기 싫어요."

여자는 양과의 말에 콧방귀를 뀌며 웃었다.

"나를 좀 보라고. 좀 일어나라니깐."

이번에는 애교가 섞인 간드러진 목소리였다. 양과는 오히려 움찔 놀랐다.

'왜 이렇게 이상한 말투를 쓰는 거지?'

양과는 고개를 들었다. 옥처럼 희고 윤기가 나는 두 뺨에 살짝 홍조가 떠올라 있었다. 촉촉한 두 눈으로 자신을 바라보는 시선에 무슨 악의가 있을 것 같지는 않았다. 잠시 그녀를 바라보던 양과는 다시 고개를 숙이고 나무를 주웠다.

"그럼 산 위에 큰 묘가 어디 있는지 알고 있니?"

양과는 가슴이 철렁 내려앉았다. 그는 고개를 푹 숙인 채 짧게 대답했다.

"몰라요."

여자는 양과의 표정이 순간 변하는 것을 놓치지 않았다. 무덤이라니까 이 아이가 겁을 먹은 모양이라고 생각했다. 그녀는 양과가 아직 어린 티가 가시지 않은 아이라는 것을 알게 되자 자신을 본체만체한 것에 대해서도 그다지 화가 나지 않았다.

'역시 아무것도 모르는 애송이였군. 촌놈들이 미인을 본들 알아볼 수나 있겠어? 역시 돈이 최고겠지.'

그녀는 길을 알아내는 게 급선무였다. 미모가 통하지 않는다면 돈을 쓰는 수밖에 없었다. 그녀는 품속에서 은자 두 닢을 꺼내 땡땡, 소리가 나게 서로 부딪쳐보았다.

"이봐, 내 말을 들으면 이 은자를 줄게."

71

양과는 일을 만들고 싶지는 않았지만, 그녀의 말이 아무래도 이상해 무슨 꿍꿍이인지 알아보고 싶었다. 그래서 아예 바보인 양 멍한 눈빛으로 은자를 바라보았다.

"이 반짝반짝하는 게 뭔가요?"

"이건 은자라는 거야. 새 옷이며, 닭이며, 쌀밥을 모두 이 은자로 살 수 있어."

양과는 더욱 바보 같은 표정을 지어 보였다.

"또 날 속이는 거죠? 안 믿어요!"

"내가 언제 너를 속였다고 그러니? 그런데 넌 이름이 뭐야?"

"사람들은 모두 저를 바보라고 불러요. 아가씨는요? 이름이 뭐예요?"

"바보, 그냥 선고仙姑라고 하면 돼. 어머니는 집에 있니?"

"엄마가 산에 가서 나무를 해 오라고 막 야단을 쳤어요."

"그랬구나. 내가 도끼를 좀 써야겠는데, 집에서 가져다가 빌려주렴."

양과는 부쩍 이상한 생각이 들어 침까지 질질 흘리며 더욱 바보스럽게 고개를 저었다.

"안 돼요. 우리 집 도끼를 남에게 빌려주면 안 돼요. 우리 아버지가 알면 채찍으로 저를 때릴 거예요."

"이 은자를 보면 도끼를 빌려주실걸?"

그녀는 웃으며 은자 한 닢을 던져주었다. 양과는 은자를 받으려고 손을 뻗으면서도 바보스럽게 보이기 위해 일부러 놓친 척했다. 그리고 은자가 자신의 오른발 위에 떨어지게 했다.

"아야, 아야, 날 때렸어! 엄마한테 일러줄 거야!"

양과는 일부러 요란스럽게 오른발을 잡고 깡충깡충 뛰면서 슬쩍 은 자를 손에 쥐었다. 그러고 나서 정신없이 외쳐대며 몸을 돌려 산 아래로 뛰기 시작했다. 약을 구하러 가려는 것이었다.

여자는 그런 양과의 모습이 재미있는 듯 가만히 웃다가 허리띠를 풀어 양과의 오른발을 향해 휘둘렀다. 등 뒤에서 들리는 바람 소리에 양과는 고개를 돌리다가 날아오는 허리띠의 기세에 깜짝 놀랐다.

'이건 우리 고묘파의 무공이 아닌가! 그럼 전진파 사람이 아니란 말인가?'

양과는 허리띠를 피하지 않고 그대로 오른발에 감기게 해서 꽈당 넘어졌다. 온몸에 힘을 빼고 그녀가 끄는 대로 끌려가면서도 머릿속으로 딴생각을 했다.

'산으로 간다고 했지? 혹시 선자를 해치려고?'

소용녀를 생각하니 마음이 무거워졌다. 죽었는지 살았는지도 알지 못하니 걱정스러워 견딜 수가 없었다. 이런 생각이 머릿속을 맴도는 사이, 양과는 여자 앞까지 끌려왔다. 여자는 양과를 가만히 내려다보았다. 흙먼지로 범벅이 되었지만 이목구비가 시원하고 준수했다.

'이 촌놈이 얼굴은 제법 잘생겼군. 돼지 목에 진주로구나.'

양과가 고래고래 소리를 지르며 아무렇게나 떠들어대는데도 그녀는 침착하게 미소를 지으며 장검을 뽑아 그의 가슴을 지그시 눌렀다.

"바보야, 살고 싶으냐, 죽고 싶으냐?"

양과는 그녀가 사용한 금필생화錦筆生花 초식이 고묘파에서 전해오는 검법이라는 것을 알아보았다.

'아마도 이막수 사백의 제자인 것 같다. 우리 선자를 찾아온 것이라면 틀림없이 좋은 뜻이 아닐 텐데. 허리띠를 휘두르는 거나 검을 다루는 것을 보면 무공이 상당해 보이는군. 더 바보처럼 굴어서 경계를 늦추도록 해야겠다.'

양과는 잔뜩 겁을 먹은 얼굴을 하고 사정했다.

"선고님, 저를…… 저를 죽이지 말아주세요. 시키시는 대로 다 할게요."

"그래, 내 말을 듣지 않으면 단칼에 널 죽여버리겠다."

"들을게요, 잘 들을게요."

여자는 허리띠를 휘둘러 찰싹 소리를 한 번 내더니 그것을 순식간에 다시 허리에 감았다. 바람처럼 빠른 손놀림이었다.

'와!'

속으로 감탄을 하면서 양과는 계속 바보 같은 표정을 지었다.

'이 바보가 이 무공의 위력을 어찌 알고 이렇게 겁을 먹지? 뭔가 아는 게 아닐까?'

여자는 조금 미심쩍은 생각이 들었다.

"어서 집에 가서 도끼를 가져와."

양과는 원래 산을 내려가 약을 구할 생각이었다. 지금부터 죽어라고 달리면 쫓아오지는 못할 것 같았다. 그러나 이막수의 제자가 고묘를 찾아가는 것이라면 틀림없이 소용녀를 괴롭히려는 것일 터. 반드시 막아야 한다는 생각이 들었다.

양과는 얼른 일어나 농가로 달려갔다. 일부러 다리를 절뚝거렸다. 그러나 여자의 눈에는 아무래도 어색하게 보였다.

"아무한테도 이야기하지 말고 빨리 돌아와!"

"예!"

양과는 한 농가에 가 안을 살폈다. 아무도 없는 것이 밭일을 하러 나간 듯했다. 양과는 얼른 도끼 한 자루를 챙기고 마루에 아무렇게나 굴러다니던 낡은 옷을 걸쳐 입고는 또 뒤뚱뒤뚱 돌아왔다. 여자를 상대하면서도 양과의 마음은 오직 소용녀 걱정뿐이었다. 그러다 보니 근심 어린 표정을 감출 수 없었다.

"왜 그리 죽을상이야? 한번 웃어봐."

여자의 말에 양과는 입을 헤벌리고 바보 같은 웃음을 지어 보였다.

"자, 나와 산으로 올라가자."

"안 돼요. 우리 엄마가 아무 데나 돌아다니지 말라고 하셨어요."

"내 말을 듣지 않으면 죽여버리겠다고 했지?"

여자는 왼손으로 양과의 귀를 틀어쥐고는 오른손으로 검을 치켜들었다. 금방이라도 목을 베어버릴 태세였다.

"갈게요, 간다고요!"

양과는 돼지 멱따는 소리로 고래고래 고함을 쳤다.

'이 녀석, 어리석기가 집에서 키우는 가축 같구나. 내가 써먹기 딱 좋겠어.'

여자는 양과의 소매를 붙잡고 산으로 올라갔다. 여자는 경공술이 대단한지라 올라가는 속도가 바람처럼 빨랐다. 양과는 다리를 절뚝거리며 비틀거리느라 한참 뒤에 떨어져서 쫓아갔다. 한참을 가다가 길가 돌 위에 앉아 땀을 닦으며 헐떡거리는데 여자가 저 앞에서 계속 재촉해댔다.

"빠르기가 토끼 같으신데, 어떻게 쫓아가라는 거예요?"

어느덧 해가 서쪽으로 뉘엿뉘엿 기울어갔다. 여자는 마음이 급해져 양과 곁으로 와서는 그의 팔을 붙잡고 산 위로 내달렸다. 양과는 미처 쫓아가지 못하고 두 발을 허둥거리다가 급기야는 그녀의 발등에 얼굴을 처박으며 쓰러졌다.

"아야야!"

여자가 비명을 내질렀다.

"죽고 싶은 거냐?"

그녀는 벌컥 화를 내며 발끝으로 양과를 툭 차고는 쏘아보았다. 그러나 양과의 모습이 정말 힘들어 보였다. 그래서 여자는 왼손을 뻗어 양과의 허리춤을 붙잡았다.

"가자!"

그렇게 양과를 들고 산 위를 향해 내달렸다. 양과는 여자의 팔에 매달리자 등으로 그녀의 체온을 느낄 수 있었다. 이윽고 여자의 체취가 코에 물씬 풍겨왔다. 양과는 아예 힘을 빼고 완전히 몸을 내맡겼다. 여자는 한참을 달리다가 문득 고개를 숙여 양과를 살펴보았다. 얼굴에 미소를 띤 편안한 모습이었다. 그녀는 갑자기 화가 나 팔을 풀고 양과를 바닥에 내동댕이쳤다.

"뭐가 그렇게 좋으냐?"

양과는 엉덩이를 만지며 엄살을 떨었다.

"아이고야, 선고님 때문에 바보 엉덩이가 깨지겠네!"

여자는 화가 나면서도 은근히 웃음이 나왔다.

"넌 어찌 그리 아둔하냐?"

"그래요, 원래 다들 바보라고 불러요. 그런데요…… 우리 엄마가 그러는데 내 성이 '바'씨인 건 아니고요, 진짜 성은 '장'씨래요. 선고님은 성이 '선'씨인가요?"

"선고라고 부르면 그만이지, 성은 알아 뭐 하겠느냐?"

그녀는 적련선자 이막수의 수제자인 홍능파로 지난번 육립정 일가를 죽이려다 무 부인에게 쫓겨난 여자였다. 양과는 그녀의 이름을 알아내려고 떠본 것이었는데 쉽지 않았다.

그녀는 바위에 앉아 바람에 날려 헝클어진 머리를 다듬었다. 양과는 곁눈으로 그녀를 살펴보았다.

'얼굴은 예쁜 편이군. 물론 도화도 곽 백모나 우리 선자만은 못하지만.'

홍능파는 양과를 쏘아보며 미소를 지었다.

"바보야, 왜 나를 그렇게 바라보는 거냐?"

"보면 보는 거지 왜랄 게 뭐 있나요. 보지 말라고 하시면 안 볼게요."

홍능파는 웃음을 터뜨렸다.

"그래, 보려무나. 그런데 네가 보기에 내가 예쁘냐?"

홍능파는 품에서 상아 빗을 꺼내 천천히 머리를 빗었다.

"예뻐요. 그런데, 그런데……."

"그런데 뭐?"

"그다지 희지는 않아요."

홍능파는 줄곧 자신의 피부가 백옥처럼 희고 맑다고 자신해왔다. 그런데 양과가 하얗지 않다고 하니 순간적으로 화가 치밀어 자리에서 벌떡 일어났다.

"이런 바보 녀석이! 죽고 싶어서 그딴 소리를 해?"

양과는 고개를 저었다.

"희지 않은 걸 어떡해요."

"나보다 더 하얀 사람이 있어?"

"어젯밤에 저랑 같이 잔 사람은 선고님보다 훨씬 하얗던데요."

"누구? 네 색시? 아니면 네 어미?"

누군지 모르나 자신보다 더 하얀 여자를 죽여버려야겠다고 마음을 먹었다.

"아니요, 우리 집 양이오."

홍능파는 순식간에 화가 풀리며 웃음이 나왔다.

"정말 바보로구나. 어떻게 사람을 가축과 비교하느냐? 어서 가자."

그녀는 다시 양과의 팔을 잡고 빠른 걸음으로 산을 올라갔다. 중앙궁으로 가는 큰길까지 왔을 때, 홍능파는 방향을 서쪽으로 틀었다. 바로 활사인묘로 가는 방향이었다.

'역시 선자를 찾아가는 길이었구나!'

홍능파는 한참을 가다가 품에서 지도를 한 장 꺼내 들었다.

"선고님, 더 이상은 못 가요. 숲에서 귀신이 나와요."

"네가 어찌 아느냐?"

"숲에 큰 무덤이 있는데 무덤에 귀신이 있어서 아무도 가까이 가지 않는단 말이에요."

양과의 말에 홍능파의 표정이 밝아졌다.

'역시 활사인묘가 여기 있었군.'

홍능파는 몇 년 사이 사부의 지도 아래 무공이 크게 진보했다. 산서

지방에서 사부를 도와 무림 고수들을 물리치니 이막수도 자연 제자를 아끼게 되었다. 그녀는 사부에게 전진교 도사들과 겨룬 이야기며 〈옥녀심경〉을 수련한 이야기를 들었다. 그리고 자신도 〈옥녀심경〉 비급으로 무공을 닦고 싶었다. 그러나 아쉽게도 그 무공을 기록한 비급이 종남산 고묘에만 있다는 이야기를 듣게 되었다.

홍능파는 왜 고묘에 가서 〈옥녀심경〉을 수련하지 않느냐고 물었으나 이막수는 대충 얼버무리며 그곳은 사매에게 넘겨주었는데 서로 사이가 좋지 않아 돌아가지 않는다고만 말했다. 이막수는 남에게 지고는 못 견디는 성격이라 이미 여러 차례 고묘를 찾아갔으나 들어가지 못하고 쫓겨온 일은 이야기하지 않았다. 그리고 제자에게는 사매가 나이가 어리고 무공이 별 볼일 없으나 손윗사람으로서 어린 동생과 겨룰 수 없었다고 둘러댔다. 홍능파는 사부에게 고묘로 돌아가 〈옥녀심경〉을 되찾아올 것을 권했다. 사실 이막수도 〈옥녀심경〉을 잊지 못하고 있었으나 고묘의 각종 장치를 풀지 못해 그저 미루고만 있었다. 그래서 제자가 아무리 청해도 그저 미소를 띤 채 대답하지 못했다.

홍능파는 여러 차례 권하다 사부가 가타부타 말이 없으니 사부에게 종남산 고묘로 가는 길을 알아내 혼자서 계획을 세우기에 이르렀다. 그러나 이막수는 아는 바를 곧이곧대로 일러주지 않았다. 홍능파는 얼마 전 사부가 장안長安에서 한 원수를 죽이라고 명하자 일을 마치고 곧장 종남산으로 달려온 터였다. 그리고 양과가 가지고 온 도끼로 덤불을 헤쳐가며 고묘로 들어가는 길을 찾아보았다. 양과는 이렇게 헤치다간 1년을 꼬박 찾은들 고묘 근처에도 못 갈 것이라 생각하고 홍능파가 시키는 대로만 했다. 한참을 찾아 헤매는 사이 날이 완전히 저물었다. 길은 얼마 내지도 못했다. 고묘까지는 아직도 길이 많이 남아 있었다.

양과는 소용녀가 더욱 걱정이 되었다. 가만히 생각해보니 이럴 게 아니라 이 여자를 무덤으로 데리고 들어가는 것이 나을 것 같았다. 양과는 도끼질을 하다가 옆에 있는 돌을 겨냥하고 내리쳤다. 불꽃이 사방으로 튀며 도끼날이 구부러졌다.

"아이고! 여기 웬 바위가 있담! 도끼를 망쳤으니 우리 아버지가 날 죽이겠구나. 선고님, 저…… 저 돌아갈래요."

홍능파는 조바심이 나기 시작했다. 이러다간 오늘 밤 안에 고묘로 들어가기는 틀린 듯했다. 그래서 괜히 옆에 있는 양과에게 역정을 냈다.

"바보야! 가긴 어딜 가!"

"선고님, 귀신이 무섭지 않으세요?"

"귀신이 날 무서워할 거다. 내 단칼에 귀신을 두 동강 낼 수 있으니까."

"절 속이는 건 아니죠?"

"내가 널 속여 뭘 하겠느냐?"

"귀신보다 세시다니, 제가 무덤으로 모시고 갈게요. 귀신이 나오면 쫓아주셔야 해요."

홍능파의 얼굴이 환해졌다.

"무덤으로 가는 길을 아느냐? 어서 날 데리고 가거라."

양과는 그녀가 의심할까 봐 또 주절주절 떠들어대며 귀신이 나오면 꼭 죽여야 한다고 당부했다. 홍능파는 양과를 안심시키며 귀신이 열

명 나와도 모조리 죽이겠다고 큰소리를 쳤다.

양과는 그녀의 손을 끌고 꽃 덤불을 나와 고묘로 가는 비밀 통로로 들어갔다. 때는 이미 깊은 밤, 달빛도 별빛도 없었다. 양과는 그녀의 손에서 부드러운 온기를 느낄 수 있었다.

'두 명 모두 여잔데, 왜 선자의 손은 차갑고 이 여자의 손은 이렇게 따뜻할까.'

양과는 의아해하면서도 저도 모르게 그녀의 손을 힘주어 잡았다. 무림의 누군가가 홍능파에게 이렇게 대했다면 그녀는 진작에 칼을 뽑아 그를 죽였을 것이다. 그러나 양과는 바보이고 지금은 그의 도움이 필요했다. 오히려 양과의 외모가 준수했기 때문에 기분이 나쁘지만은 않았다.

'이게 아주 바보는 아니어서 내가 예쁜 줄은 아는가 보군.'

잠시 후, 양과는 홍능파를 고묘 앞까지 데리고 갔다. 뛰쳐나올 때 허둥거려서인지 묘의 문이 잘 닫혀 있지 않았다. 문으로 쓰는 커다란 석비는 그대로 한곳에 쓰러져 있었다. 양과는 가슴이 두근거렸다. 그리고 속으로 간절히 빌었다.

'선자가 죽지 않았으면. 다시 한번 선자를 볼 수 있었으면······.'

이제 홍능파와 수작을 부리고 있을 여유가 없었다.

"선고님, 제가 모시고 들어갈게요. 하지만 귀신이 나와서 저를 잡아먹고 저도 귀신이 된다면 평생 선고님을 따라다닐 거예요."

양과는 떠들어대며 한 걸음 무덤으로 들어섰다.

'이상하군. 이 바보가 갑자기 대담해졌잖아.'

홍능파는 이상한 느낌이 들었지만 더 생각할 겨를도 없이 어둠 속에 파묻혔다. 그녀는 양과의 뒤에 바짝 붙어 따라갔다.

그녀는 활사인묘는 길이 복잡해 한 걸음만 잘못 내디뎌도 길을 잃고 만다는 이야기를 사부에게 들었다. 그런데 양과는 주저 없이 이리저리 방향을 바꿔가며 걸음을 옮기고 있었다. 자세히 보니 길을 찾아가는 모습이 굉장히 익숙해 보였다.

홍능파는 조금씩 의심이 들었다.

'묘 안의 길이 뭐가 복잡하다는 거야? 설마 사부님이 내가 몰래 들어갈까 봐 날 속이신 건가?'

잠시 후, 양과는 소용녀의 침실 앞에 도착했다. 그는 가만히 잔뜩 귀를 기울이며 문을 밀었다. 안에서는 아무런 소리도 들리지 않았다. "선자!" 하고 외치고 싶었지만 옆에 홍능파가 있어 꾹 참고 낮은 목소리로 속삭였다.

"다 왔어요."

고묘 안으로 깊숙이 들어오고 보니, 홍능파는 조금씩 불안해졌다. '다 왔다'는 양과의 말에 그녀는 얼른 횃불을 빼앗아 탁자 위의 초에 불을 붙였다. 하얀 옷을 입은 여자가 침상에 누워 있는 것이 보였다. 그녀는 무덤 안에서 사숙인 소용녀와 만날 것이라 예상은 했지만 이렇게 태연하게 침상에 누워 있으리라고는 상상도 하지 못했다. 깊이 잠들어 있는 것인지, 자신을 하찮게 보고 이러는 것인지 알 수 없었지만, 일단 검을 가슴 앞에 반듯이 세우고 예를 갖추었다.

"제자 홍능파, 사숙님께 인사 올립니다."

양과는 입을 떡 벌리고 아무 말도 하지 못했다. 뭔가가 가슴에서 치밀어 올랐다. 그리고 소용녀를 뚫어지게 바라보았다.

한참 후 신음 소리가 들렸다. 양과는 소용녀 곁으로 달려가 사부를 안지 못하는 것이 안타까울 뿐이었다. 그러다가 양과는 갑자기 울음을 터뜨렸다. 놀란 것은 홍능파였다.

"바보, 뭐 하는 거야?"

"너무, 너무 무서워서요."

소용녀가 천천히 돌아누웠다.

"무서워할 것 없어. 아까 한 번 죽었던 터라 이제 괴롭지 않아."

홍능파는 소용녀의 얼굴을 보고 숨이 막힐 듯 놀랐다.

'세상에 저런 미인이 있다니!'

저도 모르게 부끄러움에 낯이 붉어졌다.

"제자 홍능파, 사숙님께 문안 인사 올립니다."

"사자는? 사자도 오셨는가?"

"사부님께서 저에게 먼저 가보라 명하셨습니다. 그간 무고하셨는지요."

"그만 가보거라. 이곳은 너뿐 아니라 네 사부님도 올 수 없는 곳이야."

홍능파는 병색이 완연한 소용녀의 얼굴을 바라보았다. 앞가슴에 피가 맺혀 있었고 말할 때 심하게 숨을 헐떡거리는 것이 중병이 든 것처럼 보였다. 일단 경계심을 조금 늦출 수 있었다.

'정말 하늘이 내린 기회가 아닌가. 뜻밖에 이 홍능파가 활사인묘의 후계자가 되겠구나.'

보아하니 소용녀의 목숨은 경각에 달린 것 같았다. 만약 이 여자가 갑자기 죽어버리면 〈옥녀심경〉이 있는 곳은 아무도 모르게 되는 것 아닌가! 홍능파는 절로 다급해졌다.

"사숙님, 사부님께서 〈옥녀심경〉을 받아오라 하셨습니다. 저에게 주시면 즉시 사숙님을 치료해드리겠습니다."

소용녀는 오랜 수련을 통해 칠정육욕을 모두 억눌러 세상일을 마음에 담아두지 않고 언제나 담담하게 평상심을 유지했다. 그러나 중상을 입은 상황에서 홍능파의 말을 듣자 자제심을 잃고 화가 솟구쳐 그만 정신을 잃고 말았다. 홍능파가 얼른 다가가 그녀의 인중을 몇 차례 누르자 소용녀가 천천히 깨어났다.

"사자는? 그분을 모시고 와. 내가…… 내가 드릴 말씀이 있어."

홍능파는 문파의 비급을 마침내 손에 넣을 수 있다는 생각에 마음이 급해져 더는 참을 수가 없었다. 그녀는 차가운 미소를 지으며 품에서 기다란 은침 두 개를 꺼냈다.

"사숙님, 이 침을 아시지요? 어서 〈옥녀심경〉을 내놓지 않으면 제가 무례를 저지를지도 모르겠습니다."

양과는 빙백은침에 호되게 당한 적이 있어서 화들짝 놀랐다. 무심코 손에 쥐기만 했는데도 중독이 되었는데 이 침을 몸에 맞는다면 어찌 될 것인가. 사태가 위급하게 돌아가자 그는 홍능파에게 다가갔다.

"선고님, 저기 귀신이 있어요. 무서워요!"

양과는 홍능파에게 다가가 그녀의 허리를 껴안으며 견정肩貞과 경문京門 두 군데 혈을 찍었다. 홍능파는 양과에게 상승 무공이 있으리라고는 상상도 하지 못했다. 그녀가 막 양과에게 욕설을 퍼부으려는 순간, 몸은 이미 마비되어가고 있었다. 그녀에게 혹시 스스로 경맥을 통하게 하는 무공이 있을까 봐 양과는 다시 거골혈巨骨穴도 몇 차례 찍었다.

"선자, 이 여자는 못된 여자입니다. 제가 은침으로 좀 찔러줄까요?"

양과는 옷자락으로 손가락을 감싸고 은침을 집었다. 홍능파는 몸은 움직이지 못했지만 양과의 말을 또렷이 들었다. 양과가 은침을 집어 자신을 쳐다보는 것을 보고는 혼비백산하여 정신을 차릴 수가 없었다. 애원을 해보려고 했지만 입이 말을 듣지 않아 그저 애처로운 눈빛으로 목숨을 구걸할 뿐이었다.

"과야, 사자가 들어오는 것을 막게 문을 닫아."

소용녀가 다급하게 말했다.

"예!"

양과가 얼른 대답하고 몸을 돌리려는 찰나, 뒤에서 웬 날카로운 여자의 목소리가 들렸다.

"사매, 잘 지냈어? 나도 이미 와 있었지."

양과가 깜짝 놀라 돌아보니 촛불 아래 아름다운 여인이 서 있었다. 얼굴이 둥그스름한 미인, 바로 적련선자 이막수였다.

홍능파가 활사인묘로 가는 길을 꼬치꼬치 캐물었을 때, 이막수는 그녀가 〈옥녀심경〉을 훔치러 갈 것이란 걸 예상했다. 그녀에게 장안에 사람을 죽이러 보낸 것도 모두 계획된 것이었다. 그녀는 계속 홍능파의 뒤를 쫓았다. 그녀가 양과와 만나는 것, 무덤에 들어가는 것, 소용녀에게 〈옥녀심경〉을 내놓으라고 위협하는 것, 또 양과에게 혈을 찍히는 것 등을 모두 지켜보았다. 이막수의 몸놀림이 워낙 빠르고 발걸음이 가벼워 홍능파와 양과는 전혀 눈치채지 못했던 것이다.

소용녀는 힘겹게 일어나 앉았다.

"사자!"

그러고는 잇따라 기침을 토해냈다.

"할멈은?"

"할멈은 죽었어요."

이막수는 한결 마음이 놓였다. 소용녀도 그런 이막수의 마음을 읽을 수 있었다. 어쩌면 저렇게 냉정할 수가 있을까. 소용녀는 경악을 금치 못했다. 이막수는 차가운 얼굴로 양과를 가리켰다.

"누구냐? 사조님께서 고묘에 남자를 한 명도 들이지 말라고 유훈을 남기셨는데, 너는 어찌 이자를 들였느냐?"

소용녀는 기침을 심하게 하느라 대답을 할 수가 없었다. 양과는 소용녀를 가로막고 섰다.

"이분은 우리 선자예요. 여기 일은 당신이 상관할 것 없어요!"

이막수는 차갑게 웃었다.

"이 바보 녀석, 사람을 아주 잘도 속이더구나!"

이막수의 불진이 흔들리면서 연달아 세 가지 초식이 이어졌다. 세 가지 초식을 차례로 전개하며 적을 공격하는 난이도 높은 무공이었다. 다른 문파 사람이 이 초식의 심오함을 모르고 덤볐다가는 살이 찢어지고 뼈가 부서지게 마련이었다. 양과는 비록 이막수의 상대가 될 수는 없지만 문파의 무공을 수련했기 때문에 이 삼작투림三雀投林을 가볍게 피할 수 있었다. 이막수는 불진을 거두며 내심 적잖이 놀랐다. 자신의 공격을 피하는 양과의 몸놀림이 분명 고묘파의 것이었기 때문이다.

"사매, 이 녀석은 누구지?"

소용녀는 또 선혈을 토할까 봐 큰 소리를 내지는 못하고 낮은 목소리로 대답했다.

"과야, 사백님께 인사드려."

양과는 쳇, 콧방귀를 뀌었다.

"저 사람이 무슨 사백이에요?"

"이리 좀 와봐. 할 말이 있어."

양과는 소용녀가 이막수에게 절을 하도록 시킬 줄 알면서도 그녀에게 다가갔다. 소용녀는 모기처럼 가느다란 목소리로 속삭였다.

"다리 쪽 침상 구석에 튀어나온 돌이 하나 있어. 그걸 힘껏 왼쪽으로 밀고 침상으로 올라와."

이막수도 소용녀가 저더러 절을 하라고 시키는 것으로 여겼다. 하나는 중상을 입었고, 하나는 아직 애송이니 이막수로서는 전혀 걱정할 필요가 없었다. 이제 〈옥녀심경〉을 빼앗는 일만 남았다.

양과는 가만히 고개를 끄덕이고 입을 열었다.

"예, 제자, 대사백님께 인사 올리겠습니다."

그는 천천히 손을 뻗어 소용녀 다리 쪽 침상 구석을 더듬었다. 과연 돌 하나가 튀어나온 것이 만져졌다. 양과는 힘껏 그것을 밀고 얼른 침상 위로 뛰어올랐다. 그러자 둔중한 소리를 내며 침상이 갑자기 가라앉기 시작했다.

이막수는 깜짝 놀랐다. 이 고묘 안은 여기저기 이상한 장치들로 가득하다는 것을 잘 알고 있었다. 그런데 사부는 사매만 편애해 자신에게는 이 장치들을 움직이는 방법을 가르쳐주지 않았다. 그녀는 얼른 달려들어 소용녀를 붙잡았다. 소용녀는 저항할 힘이 조금도 남아 있지 않았다. 침상이 가라앉는다고는 하지만, 이막수의 몸놀림이 워낙 빨라 소매를 붙잡히고 말았다. 양과는 크게 놀라 반사적으로 힘껏 장풍을 발하여 이막수를 떼어냈다.

요란한 소리와 함께 눈앞이 깜깜해지며 침상은 이미 아래층 석실로 떨어져 내렸다. 동시에 천장의 돌판이 저절로 닫혔다. 양과는 정신이 없는 와중에도 뭔가 탁자와 의자가 희미하게 보이는 것 같아 그쪽으로 다가가 반쯤 남은 초에 불을 붙였다. 소용녀가 탄식을 내뱉었다.

"나는 피의 순환이 약해져서 운공으로 상처를 치료하기는 틀린 것 같아. 설령 부상을 입지 않았다고 해도 우리 둘의 실력으론 사자를 당해낼 수 없을 거야."

양과는 피의 순환이 약해졌다는 소용녀의 말이 떨어지기가 무섭게 왼손을 들어 자신의 손목의 맥을 찾아 힘껏 물어뜯었다. 순식간에 피가 솟구쳐 나왔다. 양과는 얼른 상처 부위를 소용녀의 입에 갖다 댔다. 선혈이 그녀의 입으로 흘러 들어가게 하기 위해서였다.

소용녀는 온몸이 차가웠는데, 뜨거운 피를 삼키니 조금 따뜻해지는 느낌이 들었다. 그러나 이러면 안 된다는 생각에 양과를 밀어내려 했지만, 양과는 이미 그것을 예상하고 소용녀 허리께의 혈도를 찍어 꼼짝 못 하게 해놓았다.

잠시 후 상처의 피가 굳자 양과는 다시 손목을 물어뜯어 소용녀에게 피를 먹였다. 그러기를 여러 차례 반복하자 양과 자신도 머리가 어지럽고 눈앞이 아찔해지는 것을 느꼈다. 그제야 그는 몸을 일으켜 소용녀의 혈도를 풀어주었다. 소용녀는 그런 양과를 빤히 쳐다보다가 말없이 한숨을 내쉬고는 혼자서 운공조식에 들어갔다. 양과는 초가 다 타자 새 초에 불을 붙였다.

그날 밤, 두 사람은 각자 운공을 조절했다. 양과는 피를 많이 흘려 몸이 노곤했지만 곧 피로가 풀렸다. 소용녀는 양과의 선혈을 삼킨 덕에 기운을 조금 차릴 수 있었다.

두 시진 후, 소용녀는 이제 목숨은 건졌다는 느낌이 들었다. 그녀는 가만히 눈을 뜨고 양과를 향해 미소를 지어 보였다. 양과는 원래 창백하던 소용녀의 뺨에 홍조가 도는 것을 확인했다. 그 모습이 마치 새하얀 백옥 위에 연지를 옅게 발라놓은 것 같았다.

"선자, 괜찮으세요?"

소용녀는 고개를 끄덕였다. 양과는 기쁜 나머지 무슨 말을 해야 좋을지 알 수가 없었다.

"할멈의 방으로 가자. 너에게 할 말이 있어."

"피곤하지 않으세요?"

"괜찮아."

소용녀는 손을 들어 벽에 있는 손잡이를 몇 차례 움직였다. 석판이 움직이며 문이 드러났다. 소용녀는 양과를 데리고 어둠 속으로 이리저리 걸음을 옮기더니 손 노파의 방에 도착했다. 소용녀는 촛불을 켜고 양과의 옷가지를 쌌다. 그러고 나서 자신의 금실 장갑도 안에 넣었다. 양과는 멍하니 서서 지켜볼 뿐이었다.

"선자, 뭘 하시는 거예요?"

소용녀는 대답도 없이 옥봉꿀이 든 커다란 자기병 두 개를 보따리 안에 넣었다.

"선자, 우리 나가는 건가요?"

"잘 가. 네가 좋은 아이라는 것은 알고 있어. 그동안 나한테도 잘해주었고……."

양과는 뒤통수를 얻어맞은 듯 멍해졌다.

"선자는요?"

"나는 사부님께 맹세했어. 평생 이곳을 나가지 않겠다고 말이야. 혹, 혹여…… 아, 나는 안 돼. 못 나가."

소용녀는 조용히 고개를 저었다. 소용녀의 표정은 엄숙했고, 말하는 어조도 결연하기 그지없었다. 그런 그녀의 모습에 양과는 어떻게 반박할 수 없었다. 그러나 끝내 용기를 내어 입을 열었다.

"선자, 선자가 안 가시면 저도 안 가요. 선자를 끝까지 모실 거예요."

"사자가 묘의 중요한 통로를 막고 있을 거야. 나에게 〈옥녀심경〉을 내놓으라고 할 테고. 나는 사자의 적수가 못 돼. 또 부상도 입었으니 분명 지고 말 거야. 그렇지?"

"예."

"여기 남은 식량으로는 20일 정도밖에 버틸 수 없어. 또 벌꿀이나 다른 것을 먹는다고 해도 기껏해야 한 달이야. 한 달 후에는 어쩔 셈이야?"

양과는 잠시 할 말을 잃었다.

"함께 빠져나가요. 사백님을 이기지는 못한다고 해도 도망을 못 가란 법은 없잖아요."

소용녀는 고개를 가로저었다.

"네가 네 사백의 무공과 성격을 안다면 우리가 절대 도망갈 수 없다는 것을 잘 알 텐데. 그렇게 되면 끔찍한 수모를 겪고, 죽더라도 편안히 죽을 수 없을 거야."

"만일 그렇다면 저 혼자서는 더더욱 도망갈 수 없어요."

"아냐! 내가 사자와 싸울 거야. 고묘 깊은 곳으로 사자를 유인하면 넌 기회를 봐서 빠져나가. 빠져나가서 묘 왼쪽의 큰 돌을 옮기고 안에 있는 손잡이를 뽑으면 무게가 만 근이나 나가는 바위가 떨어져 묘의 문을 막게 될 거야."

양과는 소용녀의 이야기가 놀라울 따름이었다.

"선자, 그럼 선자도 손잡이를 열고 나오실 거죠?"

"아냐. 이 석묘는 과거 왕중양이 군사를 일으켜 금군에 맞섰을 때 식량과 자금, 무기를 저장하기 위해 만든 거야. 온갖 장치를 해놓고 치밀하게 설계했지. 또 묘의 입구에는 만 근이나 나가는 바위를 두고 이 것을 '단용석斷龍石'이라고 했어. 만일 군사를 일으켜 실패할 경우를 대비해 커다란 바위로 이 묘를 완전히 봉쇄해버리려고 한 것이지. 이 묘 안으로 공격해 들어온 적도 절대 살아 돌아갈 수 없도록 말이야. 단용석은 일단 떨어지고 나면 다시는 올릴 수가 없어."

소용녀의 설명이 계속됐다.

"너도 알다시피 묘에 들어오는 통로는 겨우 한 사람이 지나갈 정도로 좁아. 적이 수천 명 밀려온대도 결국은 기다랗게 한 줄로 늘어서서 들어올 수밖에 없지. 앞에 선 사람이 묘 입구를 막는 거석을 건드리면 아무리 힘이 세도 그것을 다시 들어 올릴 수 없어. 왕중양은 죽더라도 굴복하지 않고 적들과 함께 최후를 맞이할 생각으로 그렇게 만든 거야. 그는 계획이 실패한 후 혼자 고묘에서 지냈어. 금나라 왕은 그의 소재를 알아내고 수십 명의 고수를 보내 그를 죽이려고 했지만 모두 왕중양의 손에 죽거나 붙잡혀 한 사람도 빠져나갈 수 없었지. 그 후 금나라 왕이 죽고 보위에 오른 황제는 웬일인지 그를 그냥 놓아주었어.

그래서 단용석은 끝내 쓰일 일이 없었지. 왕중양이 고묘를 넘길 때 이 묘 안의 모든 장치를 사조님께 가르쳐주었던 거야."

양과에게는 들을수록 신기한 이야기였다.

"선자, 죽든 살든 선자랑 같이 있을래요."

"나랑 있으면 좋을 게 뭐가 있니? 바깥세상이 더 재미있다면서. 그만 나가 놀아. 지금 너의 무공이면 전진교 도사들도 함부로 하지 못할 거야. 홍능파를 속인 걸 보니 나보다 똑똑하고. 이제 내가 돌봐줄 일은 없을 것 같아."

양과는 눈물을 줄줄 흘리며 소용녀를 부둥켜안았다.

"선자와 함께 있지 못하면 살아도 사는 것 같지 않을 거예요."

소용녀는 원래 냉정하고 정을 모르는 사람이었다. 말투도 딱딱하기 그지없었고, 뭐든 다른 여지를 남겨두지 않았다. 그런데 이번만큼은 어찌 된 일인지 가슴에서 뜨거운 피가 솟구치는 듯했다. 눈이 아려오더니 흘러내리는 눈물을 참을 수가 없었다. 그녀는 자신의 모습에 깜짝 놀라며 과거 사부님이 세상을 떠나며 해준 말을 떠올렸다.

"네가 연마한 무공은 모두 칠정육욕을 끊어주는 상승 무공이야. 이후 네가 다른 이로 인해 눈물을 흘리거나 마음이 움직이면 무공이 크게 손상될 뿐 아니라 생명에도 지장이 있어. 반드시 가슴 깊이 새겨둬."

소용녀는 양과를 힘껏 밀어내며 차갑게 쏘아붙였다.

"넌 내 말대로 해야 해!"

그녀의 태도가 갑자기 바뀌자 양과는 더 이상 뭐라 말을 할 수가 없었다. 소용녀는 짐 보따리를 양과의 등에 매주고 벽에서 장검을 한 자루 내려 양과에게 건네주었다.

"내가 가라고 하면 즉시 떠나. 그리고 문밖으로 나가면 즉시 바위를 떨어뜨려 문을 막아야 돼. 네 사백은 정말 무서운 사람이야. 기회를 놓치면 그때는 끝이야. 내 말 알아들었어?"

"예."

양과는 울음을 삼키며 겨우 대답했다.

"만일 내 말대로 하지 않으면 나는 죽으면서도 너를 미워할 거야. 어서 가!"

말을 마친 소용녀는 양과의 손을 끌고 문을 열고 나왔다. 양과는 전에도 소용녀의 손을 만져보았다. 그때는 그녀의 손이 얼음장처럼 차가웠지만 지금은 약간 따뜻한 기운이 전해졌다. 양과는 그런 소용녀의 손을 잡고 살기 위해 내달리고 있었다. 그러나 상황이 급박하니 소용녀를 따라 내달릴 뿐이었다. 한참을 가던 소용녀가 석벽을 만지며 속삭였다.

"그들은 이 안에 있어. 내가 사자를 꾀어낼 거야. 너는 북서쪽 구석에 있는 문으로 나가. 만일 홍릉파가 너를 쫓아오면 옥봉침으로 상대해."

양과는 그저 고개를 끄덕일 뿐이었다. 옥봉침玉蜂針은 고묘파의 독특한 암기였다. 임조영은 과거 두 가지 강력한 암기를 만들어냈는데, 하나가 빙백은침이요, 다른 하나가 바로 옥봉침이었다. 옥봉침은 금과 쇠를 반반씩 섞어 실과 같이 가늘게 만든 것이었다. 그리고 침에는 옥봉의 꼬리에서 추출한 독이 묻어 있었다. 작고 가늘되 황금이 무겁기 때문에 멀리까지 던질 수 있었지만 너무 위험해서 임조영도 함부로 사용하지 않았다. 그런데 이 옥봉침을 이막수는 사용할 수가 없었다. 소용녀의 사부는 이막수가 영원히 고묘에서 떠나지 않겠다는 맹세를 하지 않았기 때문에 빙백은침만 가르쳐주고 이 옥봉침의 무공은 가르쳐주지 않았던 것이다.

소용녀는 잠시 정신을 가다듬은 후, 석벽의 손잡이를 움직였다. 이상한 소리와 함께 석벽이 천천히 왼쪽으로 열렸다. 그곳에 이막수와 홍능파가 기다리고 있었다.

소용녀는 비단 띠 두 개를 한꺼번에 휘두르며 왼쪽으로는 이막수를, 오른쪽으로는 홍능파를 공격했다. 몸놀림이 바람처럼 빨랐다.

이막수는 이미 홍능파의 혈도를 풀어주고 호되게 꾸지람을 한 뒤, 고묘의 방위를 따지며 나갈 길을 찾고 있던 중이었다. 그때 갑자기 소용녀가 공격해 들어오니 사제 두 사람은 모두 깜짝 놀랐다. 이막수는 불진을 휘두르며 소용녀의 비단 띠를 막았다. 불진과 비단 띠는 모두 부드러운 무기였다. 부드러운 것끼리 부딪치니 공력이 뛰어난 이막수가 유리했다. 두 무기가 한데 얽히더니 소용녀의 비단 띠가 이막수의 불진에 말려버렸다. 그러나 소용녀는 당황하지 않고 다시 왼쪽 띠를 회전시키며 오른쪽 띠를 쭉 뺐었다. 순식간에 몇 초식을 연발하자 두 개의 띠가 춤을 추듯 움직였다. 이막수는 놀라면서도 화가 치밀었다.

'사부님은 정말 사매를 편애하셨구나. 언제 저런 무공을 전수해주셨지?'

그러나 소용녀의 무공은 이막수가 충분히 상대할 수 있을 정도여서 실수를 쓸 것도 없었다. 우선 〈옥녀심경〉을 손에 넣지 못했으니 소용녀를 죽일 수는 없었다. 그리고 사부님이 그녀에게 어떤 무공을 전수해줬는지 좀 더 지켜보고 싶었다.

홍능파는 스스로 대단히 심오하고 강한 무공을 지녔다고 자부해왔다. 그런데 양과의 바보 흉내에 속아 속으로 화가 단단히 나 있었다. 눈앞에서 사부와 사숙이 치열하게 싸우는 것을 보면서도 그 생각을 떨칠 수가 없었다.

"이 바보 녀석, 어린놈이 그딴 짓을 해!"

그녀는 두 손에 검을 들고 앞으로 나서며 외쳤다. 바람 소리를 일으키며 두 자루의 검이 좌우에서 공격해왔다. 양과는 홍능파의 매서운 공세에 그저 검을 들어 겨우 막아낼 정도였다. 평소라면 몇 마디 놀려주기 위해 농담을 했겠지만, 지금은 막 소용녀와 심각한 얘기를 한 후라 눈앞이 뜨거운 눈물로 뿌옇게 흐려져 있었다. 그저 되는대로 공격을 막을 뿐, 맞서 싸울 생각은 하지 않았다.

홍능파는 몇 차례 공격을 하고도 그에게 부상을 입히지 못했지만 양과의 대응이 영 시원치 않다는 것을 느꼈다. 그렇다면 재주가 별것 아니라는 이야기가 아닌가. 그녀는 앞서 방심한 것이 더욱 분통이 터졌다.

이막수는 사매와 10여 초식을 겨루었다. 그녀는 불진을 뒤집어 소용녀의 왼손에 들린 비단 띠를 휘감았다.

"사매, 이 사자의 실력이 어느 정도인지 보여주겠다!"

이막수가 불진에 힘을 주자 비단 띠가 두 조각이 났다. 검의 진동을 이용해 상대방의 무기를 두 동강 내는 것은 결코 쉬운 일이 아니었다. 더군다나 칼보다 부드러운 비단 띠를 잘랐으니, 이것은 열 배는 더 어려운 일이었다. 이막수의 낯빛이 득의양양해졌다.

소용녀는 잘린 비단 띠를 휘둘러 이막수의 불진 술을 휘감았다. 동시에 오른손에 쥔 비단 띠를 날려 불진의 손잡이를 휘감았다. 그런 뒤

비단 띠를 좌우로 힘껏 끌어당기자 팍, 하는 소리와 함께 불진이 두 동강이 났다. 소용녀가 선보인 이 무공은 이막수가 비단 띠를 자른 것보다 한 수 아래였지만 속도와 공력이 적절한 조화를 이룬 절묘한 무공이었다.

이막수는 움찔 놀라며 불진을 버리고 맨손으로 비단 띠를 빼앗으려 덤벼들었다. 그러자 소용녀가 조금씩 밀리기 시작했다. 또 10여 초식을 겨루었다. 소용녀는 이미 동쪽 벽까지 밀려났다. 더 이상 뒤로 물러날 곳이 없자 소용녀는 팔을 돌려 석벽을 더듬었다.

"과야, 빨리 가!"

말소리와 함께 둔탁한 소리가 나더니 석실 북서쪽 구석에 작은 석문 하나가 열렸다. 이막수는 깜짝 놀라 몸을 돌려 양과를 막으려 했다. 소용녀는 비단 띠를 버리고 쌍장을 떨쳐 잇따라 살수를 전개했다. 이막수는 다시 몸을 돌려 그녀의 공격을 막을 수밖에 없었다.

"과야, 어서 가라니까!"

양과는 소용녀를 바라보았다. 이제 다시는 돌이킬 수 없었다.

"선자, 갈게요!"

말이 끝나자마자 양과의 세 차례 날카로운 검풍이 이어졌다. 칼끝은 홍능파의 얼굴을 겨냥했다. 홍능파는 줄곧 그의 검법이 별것 아니라고 생각했는데 갑자기 강력하게 공격해오자 깜짝 놀라며 뒤로 몸을 날렸다. 양과는 허리를 구부려 작은 석문으로 뛰어갔다. 그러면서 고개를 돌려 마지막으로 소용녀를 바라보았다.

소용녀는 이막수와 상대하느라 여념이 없었다. 비록 깊은 부상을 입은 몸이었지만 〈옥녀심경〉을 연마한 후 초식이 다양해져 수세에 몰리지는 않았다. 소용녀는 양과의 뒷모습이 석문 입구에서 어른거리는 걸 흘깃 보았다. 이제 다시는 못 만나리라는 생각이 들어서인지 가슴이 뜨거워지고 눈이 시큰해지며 눈물이 나오려 했다. 그녀는 이제껏 마음이 흔들린 적이 한 번도 없었다. 그런데 오늘은 두 번이나 눈물이 나오려고 했으니 스스로도 놀라울 뿐이었다.

이막수는 소용녀가 잠시 멍해진 틈을 타 즉시 공격해 들어갔다. 소용녀의 왼손 손목 회종혈會宗穴을 낚아채며 발을 걸어찼다. 소용녀는 중심을 잃고 바닥에 쓰러졌다.

양과는 고개를 또 한 번 돌려 뒤를 보았다. 마침 소용녀가 이막수에게 공격을 당해 쓰러지는 순간이었다. 이막수가 달려들어 제 사부를 해치려 하자 양과는 뜨거운 피가 용솟음치는 듯했다.

"우리 선자를 건드리지 마!"

양과는 다시 석문 안쪽으로 달려 들어가 이막수를 뒤에서 꽉 끌어안았다. 뒤에서 이렇게 끌어안는 것은 어느 문파에서도 찾아볼 수 없는 초식이었다. 이막수는 양과가 뒤에서 두 팔로 꽉 끌어안으니 순간 도저히 빠져나올 수가 없었다. 이막수는 속세의 규범에 얽매이지 않았지만, 제 몸 하나만은 지극히 아꼈다. 그리고 강호에서 수년간 떠돌아다니면서도 아직 숫처녀의 몸이었다. 난데없이 양과가 꽉 껴안자 남자의 뜨거운 숨결이 등 뒤에서 전해지는 것 같아 잠시 마음이 산란해지며 온몸에 힘이 빠지는 듯했다. 게다가 얼굴까지 붉어지며 팔에 힘을 줄 수가 없었다.

소용녀는 그 틈을 타 손목의 맥문脈門을 낚아 잡았다. 이때 홍능파의 검이 양과의 등을 겨누었다. 소용녀는 바닥에 쓰러져 검이 공격해오는 것을 보며 왼쪽으로 굴렀다. 양과와 이막수가 동시에 소용녀를 따라 이동하자 홍능파의 검이 허공을 갈랐다. 소용녀는 몸을 일으키며 외쳤다.

"과야, 어서 가라니까!"

양과는 여전히 이막수의 허리를 꼭 껴안고 놓지 않았다.

"아니, 선자가 어서 가세요! 제가 붙잡고 있으니 괜찮아요!"

순간 이막수의 머릿속에는 온갖 생각이 교차했다. 생사가 달린 위급한 상황이건만 양과의 품에 안겨 있으니 취한 듯 몽롱해 뭐라 형용할 수 없는 기분에 사로잡혔다. 심지어 그에게서 벗어나기 싫은 생각까지 들었다. 소용녀는 이상할 수밖에 없었다.

'사자가 왜 저렇게 꼼짝도 못 하는 것일까? 혈도를 찍힌 걸까?'

고개를 돌리니 홍능파의 왼손에 들린 검이 또 양과를 겨누고 있었다. 소용녀는 얼른 손가락 두 개를 뻗어 홍능파가 오른손에 들고 있는 검을 향해 날렸다. 그러자 검이 갑자기 튀어오르며 홍능파의 왼손에 들린 검과 부딪쳤다. 쨍강, 하는 소리가 울리며 홍능파의 손에서 두 자루 검이 모두 떨어졌다. 홍능파는 크게 놀라며 뒤로 몸을 날려 물러섰다.

그때 이막수는 사매가 의아한 눈으로 자신을 바라보고 있음을 느꼈다. 갑자기 부끄러운 생각이 들었다.

"이 애송이 녀석, 죽고 싶으냐!"

이막수는 두 팔을 휘둘러 양과를 내리치고 그의 품에서 빠져나왔다. 그러고 나서 몸을 날리며 동시에 소용녀를 향해 장풍을 발했다. 소용녀는 양과의 동정을 살피다 이막수가 갑자기 장풍을 날리자 방어할 틈이 없었다. 하는 수 없이 장풍으로 맞받아쳤다. 이막수의 장풍의 위력이 대단한지라 소용녀는 가슴이 저려왔다. 그때 양과가 소용녀를 돕기 위해 기어왔다.

"과야, 정말 내 말 안 들을 거야?"

"다른 건 다 들겠는데, 이것만은 들을 수가 없어요! 선자, 죽든 살든 함께 있을래요."

소용녀는 양과의 진심 어린 말에 또 마음이 움직였다. 이막수가 또 다시 장력을 발하려 했다. 소용녀는 이 장풍을 받으면 견뎌낼 수 없을 것 같았다. 그래서 몸을 숙여 옆으로 빠지며 양과의 손을 붙잡고 석문 쪽으로 내달렸다.

"안 돼!"

이막수는 뒤에서 그림자처럼 바짝 쫓아오며 팔을 뻗어 소용녀를 붙잡으려고 했다. 소용녀는 있는 힘을 다해 뒤쪽으로 옥봉침을 던졌다. 이막수는 벌꿀의 단내를 느끼고 암기가 날아오는 것을 눈치챘다. 그녀는 흠칫 놀라 급히 허리를 뒤로 젖히며 몸을 굴렸다. 마침 뒤에서 달려오고 있던 홍능파와 부딪치며 두 사람은 함께 나뒹굴었다. 쟁, 쟁, 경쾌한 소리를 내며 옥봉침이 석벽에 부딪쳐 떨어졌다. 곧이어 육중한 소리가 들려왔다. 소용녀가 양과와 함께 석실을 빠져나가 장치의 손잡이를 움직이자 석실의 문이 닫혀버렸다.

왕중양이 남긴 글

양과는 석관 뚜껑을 열고 소용녀를 안아 조심스럽게 눕혔다.
그러고 나서 저도 관 속으로 들어가 그녀와 머리를 나란히
하고 누웠다. 두 사람이 함께 들어가니 관 속은 뒤척일 여유
조차 없었다. 소용녀는 양과의 행동이 이해가 되지 않으면
서도 기쁜 마음이 들었다.

양과는 소용녀와 함께 무사히 고묘를 빠져나왔다. 하늘에는 수없이 많은 별이 두 사람을 내려다보고 있었다. 양과는 너무나 기쁘고 또 믿기지 않아서 하늘을 쳐다보며 몇 번이고 고맙다는 인사를 했다. 그는 길게 숨을 들이마시며 소용녀에게 말했다.

"선자! 이제 단용석을 굴려 저 나쁜 여자들을 영원히 묘 안에 가둬버려요."

소용녀는 당장이라도 단용석을 찾아 막아버리려는 양과를 바라보며 고개를 저었다.

"기다려. 나는 돌아갈 거야."

양과는 뒤통수를 맞은 듯 멍한 얼굴로 소용녀를 바라보았다.

"왜요?"

"사부님께서 고묘를 잘 지키라고 하셨어. 다른 사람이 차지하게 둘 수는 없어."

"우리가 묘문을 닫으면 저들은 살아남을 수 없어요."

"그러면 나도 못 들어가잖아. 사부님의 말씀을 거스를 수는 없어. 너와는 입장이 달라!"

소용녀는 단호하게 말했다. 양과는 너무나 냉랭한 그녀의 말투에 더 이상 거부하지 못하고 다만 북받치는 눈시울을 참으며 소용녀의 손을 힘주어 잡았다.

"선자의 말을 들어야죠."

소용녀는 마음이 동요될까 봐 애써 가라앉히며 양과의 손을 살며시
빼고는 돌아섰다. 그러고 나서 묘 안으로 들어섰다.

"내가 들어가거든 단용석을 막아줘."

소용녀는 천천히 묘 안으로 들어갔다. 그녀는 자신의 마음을 들킬
까 봐 양과의 눈을 똑바로 쳐다보지 못했다. 그녀의 뒷모습을 보면서
양과는 마음을 굳게 먹었다. 그리고 숨을 들이마셨다. 꽃향기와 풀, 나
무의 풋풋한 향기가 가슴을 가득 채웠다. 고개를 들어보니 하늘은 온
통 별로 뒤덮여 찬란한 빛을 발하고 있었다.

'아, 이것이 내가 마지막으로 보는 별이로구나.'

양과는 서둘러 묘비 왼쪽으로 갔다. 소용녀가 미리 가르쳐준 대로
진기를 조절해 커다란 바위를 옮겼다. 과연 그 아래에 둥근 돌이 나타
났다. 양과는 그 돌을 쥐고 힘을 주어 당겼다. 둥근 돌이 움직이자 빈
공간이 드러났다. 미세한 모래가 흘러나오더니 묘문 위에서 커다란 바
위 두 개가 천천히 떨어졌다. 단용석이었다. 이 두 개의 단용석은 그
무게가 만 근이 넘는 거석이었다. 과거 왕중양이 이 묘를 만들 때 장정
100여 명의 힘을 모아 간신히 만들었다. 이제 묘문을 닫으면 이막수,
소용녀, 홍능파의 무공이 제아무리 대단하다고 해도 절대 살아 나올
수 없을 것이었다.

소용녀는 거석이 떨어지는 소리가 들리자 흐르는 눈물을 참지 못하
고 고개를 돌렸다. 그런데 바위가 이 척 정도까지 떨어지는 순간 갑자
기 양과의 몸이 튀어 올랐다. 양과가 옥녀투사玉女投梭로 화살처럼 바위

아래 틈새로 뛰어든 것이다. 소용녀가 놀라 뒤로 두 걸음 물러섰을 때 양과는 어느새 몸을 곧추세우고 미소를 짓고 있었다.

"선자, 다시는 저를 쫓아내지 못하게 되었네요."

말이 끝나기가 무섭게 천지를 울리는 굉음과 함께 커다란 바위 두 개가 떨어져 내렸다. 소용녀는 놀라움과 기쁨이 교차되어 마음을 가라앉힐 수가 없었다. 금방이라도 정신을 잃을 듯 양과에게 안겨 가쁜 숨을 몰아쉬었다. 양과는 그런 소용녀를 가만히 감싸 안고 등을 토닥토닥 두드려주었다.

한참이 지나서야 소용녀는 힘겹게 한마디를 내뱉으며 양과의 손을 끌고 어두운 석실로 향했다.

"그래, 여기서 함께 죽자꾸나."

이막수와 홍능파는 장치를 찾아 사방을 헤맸다. 그러나 아무리 여기저기를 만져보고 두드려봐도 아무것도 찾아낼 수 없었다. 두 사람은 마음이 다급해져 어찌할 바를 모르고 허둥댈 뿐이었다. 그때 소용녀와 양과가 나타나니 두 사람은 한 줄기 희망이 보이는 듯했다. 소용녀는 재빨리 이막수의 뒤로 몸을 날려 퇴로를 막고 섰다.

"사자, 나와 함께 갈 곳이 있어요."

소용녀의 차가운 목소리에 이막수는 선뜻 대답할 수가 없었다.

'이 묘 안 구석구석이 알 수 없는 장치로 가득한데, 마냥 저 계집애를 따라갈 수는 없지. 혹여 갑자기 손을 쓰면 막아낼 도리가 없을 테니까.'

"함께 사부님을 뵈러 가려는 것인데, 싫으면 그만두세요."

"사부님 이름을 빌려 행여 날 속일 생각은 하지 않는 게 좋을 것이다."

소용녀의 얼굴에 차가운 미소가 떠올랐다. 그녀는 대답 없이 입구를 지났다. 그런 그녀의 모습에서 감히 거스를 수 없는 위엄이 느껴졌다. 이막수와 홍능파는 소용녀의 뒤를 따르면서도 경계를 늦추지 않았다. 소용녀는 양과의 손을 잡고 앞으로 걸어갔다. 이막수가 뒤에서 무슨 꿍꿍이를 꾸밀지도 모르나 그녀는 아랑곳하지 않고 석관이 놓인 방으로 들어갔다.

이막수는 이곳에 한 번도 들어온 적이 없었다. 과거 자신을 키워주고 가르쳐준 사부님의 얼굴이 떠올라 가슴이 조금 뭉클해졌다. 그러나 사매를 더욱 총애했던 사부님에 대한 원망이 곧 분노로 바뀌었다. 그래서 끝내 사부님의 영전에 절을 하지 않았다.

"우리 사제지간의 의리는 이미 끝이 났다. 나를 왜 데려온 거지?"

이막수의 목소리는 분노로 떨리고 있었다. 반면 소용녀는 여전히 담담한 얼굴로 손을 들어 관을 가리켰다.

"여기 관 두 개가 비어 있어요. 하나는 사자 것이고, 하나는 내 거예요. 사자가 들어가고 싶은 것을 먼저 골라요."

"네가 어디서 감히 함부로 입을 놀리느냐?"

이막수는 불같이 화를 내며 소용녀의 가슴을 겨냥해 장풍을 날렸다. 그러나 소용녀는 뜻밖에도 반격하지 않았다. 이막수는 일순 움찔했다.

'이 공격에 당하면 안 되는데…….'

할 수 없이 이막수는 다시 손을 거두어들였다.

"사자, 묘 입구의 단용석이 이미 떨어졌어요."

소용녀의 목소리는 흔들림이 없었다. 순간 이막수의 얼굴에서 핏기가 가셨다. 그녀는 묘 안의 장치들을 모두 알지는 못했지만 묘의 입구를 완전히 봉쇄하는 단용석만큼은 잘 알고 있었다. 이막수는 놀란 나머지 목소리가 흔들렸다.

"빠져나갈 수 있는 다른 방법이 있겠지?"

"단용석이 한번 떨어지면 묘 입구는 다시 열리지 않는다는 걸 사자도 잘 알고 있잖아요?"

아무렇지도 않은 듯한 소용녀의 말을 듣고 이막수는 소용녀의 앞섶을 거머쥐었다.

"날 속였어!"

소용녀의 표정은 한 치의 흔들림도 없었다.

"사부님께서 남겨주신 〈옥녀심경〉은 여기 있어요."

그녀는 품 속에서 오래된 책 한 권을 꺼내 뚜껑이 열려 있는 관에 던져 넣었다. 이것은 도가의 《참동계參同契》라는 책으로, 도학을 공부하는 사람이라면 누구나 연구하는 책이었다. 소용녀는 마침 조금 읽다가 품에 넣어둔 이 책을 아무렇게나 던진 것이다.

"보고 싶으면 보세요. 하지만 아무리 수련해도 상대가 없겠네요. 난 과와 함께 여기 있을 테니 죽이고 싶으면 죽여도 돼요. 하지만 살아서 이곳을 나가는 것은 포기하는 게 좋을 거예요."

이막수는 가슴이 떨려 어찌해야 할지 알 수가 없었다. 그러나 꿈에도 그리던 〈옥녀심경〉을 눈앞에서 보니 우선 마음이 쏠렸다. 그녀는 책을 집기 위해 허리를 숙이려다가 멈칫했다. 이대로 몸을 돌리면 사매가 등을 공격할지도 몰랐다. 우선 사매와 그 제자를 죽인 후 안전하게 책을 꺼내는 것이 나을 성싶었다. 이막수는 맹렬하게 소용녀의 얼굴을 향해 장을 뻗었다. 순간, 양과가 몸을 날려 소용녀의 앞을 가로막았다.

"나를 먼저 죽여라!"

이막수의 손이 아래로 떨어졌다. 그러나 힘을 빼지는 않은 상태였다. 그녀는 삼켜버릴 듯한 눈으로 양과를 노려보았다.

"네가 이렇게 나서는 것은 이 계집을 위해 죽어도 좋다는 뜻이겠지?"

"그렇다!"

양과의 대답이 서슴없자 이막수는 왼손을 비스듬히 뻗어 양과의 허리춤에서 장검을 뽑아서는 그대로 양과의 목을 겨누었다.

"나는 한 명만 죽일 생각이다. 다시 한번 말해봐라. 네가 죽겠느냐, 아니면 저 계집을 죽이게 두겠느냐?"

양과는 소용녀를 바라보며 미소를 지었다.

"물론 내가 죽을 것이다!"

양과의 대답은 흔들림이 없었다. 두 사람은 이미 죽음 따위는 두렵지 않은 듯했다. 그러니 이막수의 협박은 문제가 되지 않았다.

이막수는 긴 한숨을 내쉬었다.

"사매, 너는 맹세와 상관없이 산을 내려갈 수 있겠구나."

고묘파의 시조인 임조영은 왕중양 때문에 애를 태우고도 그 뜻을 이루지 못했다. 그녀는 상심한 나머지, 고묘파의 무공을 계승하는 사람은 평생 고묘에서 살며 종남산을 내려가지 않겠다는 맹세를 하도록 규율을 만들었다. 그러나 무공을 계승했더라도 그 제자를 위해 목숨을 바치겠다는 남자가 있으면 그 맹세는 깨지게 되어 있었다. 하지만 남자가 미리 이러한 규율을 알면 소용이 없었다. 임조영은 세상 남자들은 모두 매정하고 이기적이라 생각하고 이런 규율을 만들어놓았던 것이다. 왕중양 같은 영웅호걸이 그러할진대, 다른 사람들은 오죽할까. 그녀는 세상에 사랑하는 여자를 위해 자신의 목숨을 바치는 남자는 존재하지 않는다고 굳게 믿었다. 하지만 만일 그런 남자가 정말 있다면 제자가 그와 함께 산을 내려가도 나쁠 것은 없다고 생각했다.

이막수가 소용녀보다 일찍 문파에 들어왔으니 그녀가 계승자가 되어야 했으나 평생 산을 내려가지 않겠다는 맹세를 하지 않아 문파에서 축출되었다. 그래서 소용녀가 계승자가 되었던 것이다.

이막수는 양과가 진실한 마음으로 소용녀를 대하는 것을 보고 부러우면서도 질투가 치밀었고, 스스로의 처지가 한스럽기도 했다. 과거 육전원이 자신의 마음을 몰라주고 냉대했던 일이 떠올라 저도 모르게 양미간이 찌푸려졌다.

"사매, 복도 많군."

그녀의 장검이 그대로 양과의 목을 찌르고 들어왔다. 소용녀는 그녀가 정말 독수를 쓰는 것을 보고 양과를 그냥 둘 수는 없는지라 왼손을 휘둘러 옥봉침 10여 개를 날렸다. 이막수는 두 발로 땅바닥을 찍고 뛰어오르며 침을 피했다. 소용녀는 이미 양과를 붙잡고 입구 쪽으로 달려갔다. 그러고는 이막수를 돌아보며 말했다.

"사자, 이미 우리 네 사람은 여기서 함께 죽을 운명이에요. 사자의 얼굴을 다시는 보고 싶지 않으니 각자 죽기로 해요!"

소용녀가 팔을 뻗어 벽에 있는 장치를 누르자 육중한 석문이 밀리며 문이 닫혔다.

소용녀는 가슴이 두근거려 한동안 걸음을 떼지 못했다. 양과는 그런 그녀를 부축하고 손 노파의 방으로 갔다. 양과는 소용녀를 앉힌 후, 얼른 옥봉꿀 두 잔을 가져다 먹이고 자신도 한 잔 들이켰다. 소용녀는 가만히 한숨을 내쉬었다.

"과야, 왜 나를 위해 죽겠다고 했어?"

"이 세상에서 제게 잘해주시는 분이라고는 선자뿐인데, 제가 어찌 선자를 위해 목숨을 아끼겠어요."

소용녀는 아무런 말이 없었다. 한참 동안 정적이 흘렀다.

'일찍 알았다면 우리는 묘로 돌아올 필요가 없었지. 그러나 돌아오지 않았다면 나를 위해 목숨을 내놓을 수 있다는 네 마음을 어떻게 알았겠니? 그러면 내 맹세도 깨졌다 할 수 없었을 테고…….'

"함께 나갈 방도를 생각해봐요."

"너는 이 고묘가 얼마나 정교하게 만들어졌는지 몰라. 우리는 다시는 나갈 수 없어."

양과는 한숨을 내쉬었다.

"너, 후회하는구나?"

"아니에요, 선자와 여기 있는 게 좋아요. 밖에는 저를 좋아해주는 사람도 없는걸요."

소용녀는 양과에게 자기를 좋아하네 어쩌네 하는 말을 하지 못하게 했었다. 양과도 그 후 줄곧 그런 말을 입에 담지 않았다. 그러나 지금은 소용녀의 마음도 많이 바뀌어 양과의 말에 자기도 모르게 가슴이 훈훈해졌다.

"그러면 왜 한숨을 쉬었어?"

"만일 우리 둘이 함께 산을 내려간다면 세상에 온갖 재미있는 일들을 함께 할 수 있을 테니까요. 그러면 정말 신이 날 거라는 생각을 했어요."

소용녀는 어려서부터 고묘에서 자랐기 때문에 그녀의 모든 감정은 고여 있는 물과 같았다. 사부님과 손 노파는 세상일을 입에 올리지 않았고 그녀도 자연히 바깥세상을 알지 못했다. 그런데 양과가 세상 이야기를 하니 잔잔하던 호수에 물결이 일 듯 가슴에 뜨거운 피가 조금씩 솟구치는 느낌이 들었다. 운기를 조절해 마음을 다스리려 했지만 평정을 되찾을 수가 없었다. 태어나서 처음으로 느껴보는 감정에 스스로 놀라면서도 이 때문에 중상을 입은 몸의 공력이 회복되지 않을까 봐 걱정이 되었다.

소용녀는 내공으로 칠정육욕을 다스리는 것은 사실 천리天理에 역행하는 일이며, 이와 같은 감정은 사라지는 것이 아니라 그동안 억눌려 있어 나타나지 않은 것뿐이라는 사실을 알지 못했다. 그녀는 이제 갓 스무 살이 넘은 처녀였다. 갑자기 당한 위험 앞에서 자신을 위해 죽겠다는 남자의 마음을 알게 되니 자연히 마음이 흔들렸다. 마치 견고하게 쌓았던 둑이 무너진 듯 온갖 생각이 끊임없이 넘쳐흘렀다.

그녀는 침상 위에서 잠시 운기를 조절해보았지만 좀처럼 안정을 찾지 못했다. 이번에는 방 안을 왔다 갔다 해보았다. 그러나 한층 더 답답해질 뿐이었다. 그녀는 아예 달리기 시작했다. 양 뺨이 붉게 달아오르고 흥분을 가라앉히지 못하는 그녀의 모습에 정작 놀란 사람은 양과였다. 그는 그녀를 알고부터 이런 모습은 한 번도 본 적이 없었다. 소용녀는 한참을 달리고는 다시 침상에 올라앉아 양과를 바라보았다. 그의 얼굴에 근심 어린 표정이 가득한 것을 보자 돌연 가슴이 뛰었다.

'이제 나는 죽을 테고, 과 역시 죽겠지. 그런데 아직도 스승과 제자 관계 때문에 감정을 억제해야 할까? 이젠 거부하고 싶지 않아. 과가 나를 안는다면 절대 밀어내지 않을 거야.'

소용녀는 가슴이 헐떡거릴 정도로 숨이 찼다. 양과는 그녀의 모습을 보고 부상이 더 심해진 줄 알고 깜짝 놀라 외쳤다.

"선자, 괜찮으세요?"

"과야, 이리 와."

소용녀의 부드러운 목소리에 양과는 이끌리듯 침상 곁으로 갔다. 소용녀는 그의 손을 꼭 쥐고 가만히 자신의 뺨에 갖다 댔다.

"과야, 날 좋아하니?"

그의 손에 닿은 그녀의 뺨은 불에 달구어진 듯 뜨거웠다. 양과는 놀라 목소리가 떨렸다.

"많이 아프세요?"

소용녀는 미소를 지었다.

"아니야, 나는 지금 무척 편해. 과야, 우리는 이제 죽을 거야. 나를 정말 좋아하는지 말해봐."

"물론이죠. 이 세상에서 제 곁에는 선자뿐이에요."

"만일 다른 여자가 너에게 잘 대해준다면 그 여자도 좋아할 거야?"

"제게 잘해준다면 저도 잘해줘야죠."

양과의 말에 잡고 있던 소용녀의 손이 부르르 떨리더니 순식간에 얼음장처럼 차가워졌다. 고개를 들어 양과를 바라보는 그녀의 얼굴도 귀여운 홍조가 사라지고 어느새 예전처럼 창백해져 있었다.

양과는 소스라치게 놀라며 입술을 깨물었다.

'세상에 여자는 수도 없이 많아. 그 많은 여자가 모두 나에게 잘해주면 나도 그 여자들을 모두 좋아하겠다는 말인가? 홍능파가 나를 붙잡고 친절하게 이야기를 붙였을 때는 물론 편안했지만, 어찌 그런 여자를 우리 선자와 비교할 수 있단 말인가!'

양과는 소용녀를 똑바로 바라보며 입을 열었다.

"선자, 내가 다른 여자들에게 잘해준다고 해도 그건 선자에 대한 감정과 달라요. 아까 단용석이 떨어졌을 때 앞으로 다시는 선자와 함께 있을 수 없다는 생각을 하니 죽는 것보다 괴로웠어요. 저는 굶어 죽든 이막수의 손에 죽든 이 고묘 안에서 선자와 함께 있고 싶었어요. 선자와 함께 있을 수 없다면 차라리 죽는 게 나아요. 세상에 선자처럼 저에게 잘해주는 여자가 있다면 저는 그 여자를 좋은 사람이라고 생각할 거예요. 하지만 그저 좋은 친구일 뿐이죠. 절대 그 여자를 위해 죽는 일은 없어요!"

"왜? 내가 너에게 잘해줘서?"

"저는 선자를 보는 게 좋고, 선자와 함께 있는 게 좋아요. 저에게 잘해주고 못 해주고는 상관없어요. 매일 저를 때리고 욕하셔도, 검으로 매일 상처를 내셔도 저는 선자를 좋아할 거예요. 하늘이 저를 개나 고양이로 만들어 선자가 매일 때리고 발로 찬대도 저는 선자 곁에 있을 거예요. 저는 평생 선자 한 사람만을 좋아할 거라고요!"

"그래, 나도 마찬가지야."

두 사람은 고묘에서 함께 지내며 이미 오래전부터 정이 싹텄다. 그러나 그 정이 깊어지도록 두 사람은 자신들의 감정을 정확히 알지 못했다. 무공 외에는 서로 다른 이야기를 나누지 않았던 탓도 있었다. 그

러나 이제 생과 사를 가르는 순간에 이르니 가슴속 깊은 곳에 묻어두
었던 감정이 드러나기 시작했다. 그제야 서로를 애타게 원하고 있었다
는 사실을 느낄 수 있었던 것이다.

"그러면 안심이야."

그녀는 양과의 손을 꼭 잡은 채 놓을 줄을 몰랐다. 양과는 그녀의 손
에서 다시 온기가 전해져오는 것을 느꼈다.

"과야, 내가 나빴어."

"아니에요, 언제나 잘해주셨는걸요."

황급히 손을 내젓는 양과를 바라보며 소용녀는 가만히 고개를 저
었다.

"전에 너에게 못되게 굴었잖아. 처음에는 쫓아내려 했고. 다행히 할
멈이 너를 받아줬지. 내가 너를 쫓아내지 않았다면 할멈도 죽지 않았
을 거야."

소용녀는 말을 마치고 저도 모르게 주르르 눈물을 흘렸다. 그녀는
다섯 살 때 무공을 익힌 후로 한 번도 눈물을 흘린 적이 없었다. 그동
안 억제했던 감정이 한꺼번에 무너져서인지 한번 흐른 눈물은 그칠
줄을 몰랐다. 급기야 소리 내어 울음을 터뜨렸다. 가슴이 벅차오르며
온몸의 뼈에서 울음소리가 터져 나오는 듯했다.

양과는 깜짝 놀라 어찌할 바를 모르고 허둥댔다.

"아, 선자, 왜 그러세요? 괜찮으세요?"

그때였다. 뭔가 끌리는 소리가 나더니 석문이 열리며 뜻밖에 이막
수와 홍능파가 모습을 드러냈다. 이막수는 단용석이 떨어졌다는 말에
어차피 죽을 목숨, 묘 안에 무슨 장치가 있든 겁내지 않고 쑤시고 다니

다가 석실 몇 개를 지나 이곳 노파의 방까지 당도했다. 그녀는 내심 운이 좋아 함정에 빠지지 않았다는 생각에 쾌재를 불렀다.

양과는 즉시 앞으로 나서 소용녀를 막고 섰다.

이막수가 앙칼지게 소리쳤다.

"넌 비켜라! 사매와 할 말이 있다."

양과는 이막수가 소용녀를 다치게 할까 봐 꼼짝하지 않고 버티고 서 있었다.

"말해라! 네가 막고 있어도 들을 수 있으니까!"

이막수는 한동안 양과를 쏘아보다가 탄식하듯 내뱉었다.

"세상에 너 같은 사내는 많지 않을 거다."

소용녀가 벌떡 일어나 외쳤다.

"사저, 무슨 말이에요? 과가 나쁘다는 건가요?"

"사매는 산을 내려간 적이 없어 세상인심이 얼마나 무서운지 몰라. 이렇게 정이 깊고 의가 두터운 사람은 둘도 없을 거라는 얘기야."

소용녀는 기쁜 마음에 목소리가 한결 누그러졌다.

"그렇다면 과가 우리 곁에 있어서 정말 다행이에요."

"사매, 저 아이는 사매와 무슨 관계지? 이미 혼인을 한 거야?"

"아니에요, 내 제자예요. 평생 나 하나만을 좋아하겠다고 했어요. 차라리 죽을지언정 제 곁을 떠나지 않을 거예요."

순간 이막수는 이상한 생각이 들어 눈빛을 번쩍였다.

"사매, 팔을 이리 줘봐."

이막수는 왼손을 들어 거칠게 소용녀의 손을 잡았다. 오른손으로 소매를 걷어보니 눈처럼 흰 피부 위에 홍점이 찍혀 있었다. 사부님께서 찍어주신 수궁사守宮砂*였다.

'두 사람은 이 어두운 곳에서 함께 지내며 가까워질 수도 있었을 텐데, 서로 예를 지켰구나. 이 아이는 아직도 순결한 처녀야.'

이막수는 내심 감탄을 금치 못하며 자기의 소매를 걷어붙였다. 역시 붉은 수궁사가 핏방울처럼 맺혀 있었다. 하얀 두 팔에 드러난 수궁사의 흔적은 너무나 선명했다. 자신은 어쩔 수 없이 지킨 정절이었지만, 사매는 자신을 위해 목숨도 내놓을 수 있는 남자가 곁에 있는데도 정절을 지키고 있었다. 같은 여자이건만 행과 불행이 이렇듯 나르나니, 이막수는 저도 모르게 길게 한숨을 내쉬고 소용녀의 팔을 놓았다.

"저와 할 말이란 건 뭐죠?"

이막수는 원래 소용녀가 남자를 끌어들여 문파를 더럽혔다고 한바탕 모욕을 줄 생각이었다. 그러면 소용녀가 수치심으로 흥분한 나머지 자신도 모르게 고묘를 빠져나갈 수 있는 장치를 실토할 거라고 기대했던 것이다. 그러나 이제 할 말이 없어진 이막수는 가만히 입을 다물고 서 있다가 또 다른 꾀를 떠올렸다.

---

* 중국 고대 민간 전통에서 비롯한 믿음이다. 수궁(도마뱀과 비슷한 작은 동물로 긴 꼬리와 다리가 네 개 달려 있다)과 주사朱砂 및 기타 특수한 약재를 써서 진흙처럼 갠 후 처녀의 팔에 찍어두면 은은한 붉은빛을 띠며 오랫동안 사라지지 않는다. 그런데 만약 여자가 혼인을 하거나 정조를 잃게 되면 수궁사가 사라진다고 한다. 당시에는 이런 방법으로 여자의 처녀성을 감별하곤 했다. 또 고대에 관부官府나 민간에서 이 방법으로 각종 송사訟事를 처리하기도 했기 때문에 어린 처녀가 억울하게 형을 받거나 목숨을 잃는 경우도 적지 않았다. 근대 의학에서는 이미 이 방법이 의학적 근거가 없음을 인정했고, 그래서 더 이상 사용하지 않는다. 소설 속에서 이것을 언급하는 것은 소설 속 배경이 되는 시대에 이러한 방법이 널리 행해졌음을 알리고자 하는 것뿐이다. 독자들은 중국 남송 시대에 민간에 전해지던 미신으로 받아들이면 될 뿐 이를 정말로 믿을 필요는 없다.

"사매, 사매한테 사과하러 왔어."

이막수의 뜻밖의 말에 소용녀는 깜짝 놀랐다. 그녀는 사자가 기가 드세고 자존심이 강해 절대 남에게 고개를 숙이지 않는다는 것을 잘 알고 있었기 때문에 무슨 다른 속셈이 있는 것은 아닌지 바짝 긴장했다.

"사자는 사자대로, 저는 저대로 갈 길을 가는 것뿐이에요. 사과할 것이 뭐가 있나요?"

"사매, 내 말을 들어봐. 우리 여자에게 평생 가장 행복한 일은 진실한 낭군을 만나는 일이야. 옛사람들도 '값비싼 보화를 얻기는 쉬워도 진정한 낭군을 찾는 일은 어렵다'고 하지 않았어? 내 꼴을 보면 더 말할 것도 없는 거지. 저 아이가 사매에게 참으로 잘하니 사매는 정말 부족한 거라곤 아무것도 없는 거야."

소용녀는 가만히 미소를 지었다.

"저도 정말 기뻐요. 과는 영원히 절 배신하지 않을 거예요. 제가 알아요."

이막수의 얼굴에 처절한 고통의 그림자가 일렁거렸다. 자신의 불행한 과거를 되새기며 이막수는 천천히 말을 이어갔다.

"사매는 평생 이 석묘 속에서 살았으니 알고 지내는 남자도 한 명뿐이겠지. 그래서 세상에 마음을 저버리는 남자가 얼마나 많은지, 정말로 한 여자만을 생각하는 남자를 만나기가 얼마나 힘든지 잘 몰라. 나에게도 좋아하는 남자가 있었어. 나에게 온갖 달콤한 말을 하고 나를 위해서라면 천 번 만 번을 죽어도 후회하지 않는다고 말했지. 하지만 나와 떨어진 지 두 달 만에 젊고 아름다운 여자를 만나 푹 빠져버렸지. 그러고는 나를 본체만체하더군. 마치 전혀 모르는 사람을 대하듯 말이야. 어떻게 이럴 수 있느냐고 묻는 나에게 우리는 강호의 도의로 맺어진 사이일 뿐이라고 하더구나. 그간 잘해줘서 고맙다면서 앞으로 잊지 않고 은혜를 갚겠다는 거야. 그러더니 다음 달 대리국에서 혼인을 한다나? 나더러 그 혼인식에 와 축하해달라는 말도 잊지 않더군. 나는 너무 놀라 피를 토하며 그 자리에서 쓰러졌지. 그는 나를 깨우더니 한 객점으로 데려다주고는 쉬라는 말만 남기고 떠나버렸어."

그녀는 과거 육전원과 관련된 일들을 이야기했다. 박정한 한 남자가 자신에게 했던 말들을 전하는 그녀의 목소리에는 분노와 회한이 섞여 있었다. 근래 들어 그녀는 부쩍 육전원이 했던 말들이 자주 떠오르곤 했다.

"나중에 어떻게 됐어요? 그냥 그만두었나요?"

"남자가 마음이 변하면 말 천 필을 써도 돌이킬 수가 없는 거야. 검을 머리에 들이대고 마음을 돌리려 한다 해도 그는 거짓된 말로 나를 속이고 위기를 넘기려 하겠지. 그럼 너는 어떨까? 세상 남자들이란 하나같이 옛사람보다는 새로 만난 여자를 좋아하게 마련이야. 다른 사람을 만나면 마음도 그리 옮겨가지. 아무리 네가 선녀처럼 아름답다 해도, 애교가 넘친다 해도 남자가 영원히 너만 생각하고 아끼도록 할 수는 없어. 사매, 이 녀석은 정말로 사매를 위해 죽으려 했어. 나는 이런 남자를 밤낮으로 기다려왔지. 그가 바보래도 좋고, 추남이래도 상관없어. 나는 그 사람을 진심으로 대할 거야. 그런데 사매는 이렇게 만나게 되었으니 정말 복이 많은 거야. 사부님께서 사매에게 〈옥녀심경〉을 전수해주신 것보다도 사매가 이런 남자를 만났다는 게 못 견디게 부러워."

"이처럼 좋은 사부를 만난 나야말로 운이 좋은 거지요!"

양과의 외침에 이막수는 한숨을 내쉬었다.

"너희 둘 다 운이 좋아. 다만, 아직 젊은 너희가 평생 이런 어두운 고묘에서 살아야 한다는 게 안타까울 뿐이야. 이제 다시는 아름다운 바깥세상을 못 본다니 분명 후회할 거야."

"그런 일은 절대 없어! 내가 조금이라도 후회를 한다면 선자의 칼에 죽어버리면 그만이야. 절대 도망가지 않을 거야!"

소용녀는 부드러운 눈길로 양과를 지그시 바라보았다.

"과야, 서두르지 마. 나는 네가 나와 함께 있을 거라고 믿어. 나도 영원히 후회하지 않을 거고."

양과는 손을 뻗어 소용녀의 손을 잡았다. 두 사람은 손을 마주 잡는 순간 서로의 마음이 전해지는 것을 느꼈다. 그리고 목숨이 붙어 있는 한 서로를 저버리는 일은 절대 없을 거라고 생각했다.

이막수는 한숨을 내쉬었다.

"사매는 아직 나이가 어려 사람의 마음이 얼마나 음험한지 몰라. 그게 사매 탓은 아니지. 내가 몸을 지킬 수 있는 방법을 가르쳐줄게. 이 방법은 사부님도 가르쳐주지 않으셨을 거야. 사부님도 고묘를 나가신 적이 없으니 이런 걸 아셨을 리 없지."

이막수의 진지한 태도에 소용녀는 주의를 기울였다.

"가르쳐준다니 고마워요."

"어느 날 사매를 대하는 남자의 태도가 갑자기 변하는 거야. 원래는 항상 다정하고 사매를 제 몸보다 아꼈는데 갑자기 멀어진 듯 격식을 갖추면 그게 마음이 변한 거야. 한동안은 느끼지 못할 수도 있어. 하지만 미리 조심해두는 게 좋아. 그리고 무슨 단서가 없는지 잘 살펴야지. 절대 남자를 놓아주어서는 안 돼."

"우리는 고묘 안에 갇혀 있는데, 무슨 단서가 있겠어요. 사자, 경험을 들려주셔서 고마워요. 하지만 저는 필요가 없을 것 같아요. 천년만년 과는 마음이 변할 리가 없으니까요."

이막수는 속이 울컥 뒤집힐 것 같았지만 꾹 누르고 말을 이어갔다.

"그러면 산을 내려가 오순도순 사는 게 옳지. 넓은 세상으로 나가 두 사람이 여기저기 다니면서 온갖 즐거움을 맛보는 거야. 세상은 정말 넓거든."

소용녀는 고개를 들고 잠시 꿈을 꾸는 듯하다가 입을 열었다.

"그래요, 하지만 이제는 늦어버렸어요."

"왜?"

"단용석이 이미 떨어졌잖아요. 사부님이 다시 살아오신다고 해도 우리는 이곳을 나갈 수 없어요."

이막수가 이렇게 한참 동안 비위를 맞춰가며 떠들어댄 것은 순전히 소용녀에게 살아야겠다는 의지를 북돋워주기 위해서였다. 그러면 묘안의 지형을 잘 알고 있는 소용녀를 이용해 살길을 찾을 수 있을 거라 믿었다. 그런데 그런 노력에도 불구하고 희망이 없다니, 화가 치민 나머지 저도 모르게 살기가 끓어올랐다. 그녀는 천천히 팔을 뒤집으며 소용녀의 머리를 향해 장풍을 발했다.

양과는 옆에서 멍하니 두 사람의 이야기를 듣다가 이막수가 갑자기 살수를 쓰자 깜짝 놀랐다. 그는 저도 모르게 몸을 낮추고 커다란 기합 소리와 함께 쌍장을 내뿜어 구양봉에게서 배운 합마공을 전개했다. 합마공은 그가 어렸을 때 배운 무공으로 고묘에 들어온 후로는 한 번도 수련하지 않았다. 그러나 뇌리 깊숙이 박혀 있던 무공인지라 위급한 상황이 되자 자신도 모르게 저절로 튀어나온 것이다.

이막수는 자신의 공격이 미처 들어가기도 전에 엄청난 위력의 장풍이 옆에서 밀려오는 것을 느끼고 급히 팔을 거두어 막았다. 양과는 묘에서 수년간 무공을 연마하며 내공이 상당히 강해졌다. 합마공과는 전혀 관계없는 수련이기는 했지만, 그 장력 자체가 이미 과거와는 비교할 수 없을 정도였다. 펑, 하는 소리와 함께 이막수의 몸이 밀리며 뒤로 솟구쳐 올랐다가 석벽에 힘껏 내동댕이쳐졌다. 등이 욱신욱신 아파왔다. 이막수는 불같이 화를 내며 쌍장을 문질렀다. 석실 안이 순식간에 비린내로 가득 차 매우 역겨웠다.

소용녀는 양과의 공격이 우연히 일어난 일이라고 생각했다. 이제 이막수가 강력한 적련신장赤練神掌을 쓰면 자신과 양과가 힘을 합쳐도 당해내지 못할 것 같았다. 그녀는 황급히 이막수를 향해 출수를 하고 양과의 팔을 끌어당겨 석문을 빠져나갔다.

이막수는 장을 휘두르며 뛰어나갔으나 몸을 돌리며 살짝 휘두른 소용녀의 손에 오히려 왼쪽 따귀를 한 대 얻어맞았다. 아프지는 않았지만 찰싹, 하는 소리가 석실 안에 울려 퍼졌다.

"〈옥녀심경〉을 연마하고 싶다면 여기 있어요!"

소용녀의 목소리였다.

이막수가 어리둥절해하고 있는 사이 이번에는 찰싹, 오른쪽 따귀를 얻어맞았다. 그녀는 사부의 〈옥녀심경〉이 얼마나 대단한 무공인지 전부터 잘 알고 있었다. 그리고 소용녀의 출수가 바람보다 빠른 것을 직접 확인도 했다. 그 움직임이 변화무쌍해 분명 자신이 몸담은 문파의 무공이건만 그 속의 오묘한 이치는 전혀 알 수가 없었다. 틀림없이 〈옥녀심경〉이라는 확신이 들자 덜컥 겁이 났다. 그녀는 사매가 양과를 데리고 다른 석실로 들어가는 것을 그냥 멍하니 바라만 보고 있었다. 석실 문이 닫히자 이막수는 손을 들어 제 뺨을 어루만졌다.

'어쨌든 사매가 사정을 봐줬구나. 힘을 주어 때렸더라면 목숨을 보전하지 못했을 텐데⋯⋯.'

그녀는 소용녀가 이 무공을 충분히 연마하지 못해 장법은 정교하지만, 다른 사람을 해치기에는 힘이 부족하다는 사실을 알지 못했다.

양과는 소용녀가 이막수의 뺨을 보기 좋게 갈기는 것을 보고는 크게 기뻐했다.

"선자, 〈옥녀심경〉의 무공이면 이막수도 선자를 어찌할 수⋯⋯."

말이 끝나기도 전에 소용녀가 부들부들 떨고 있는 것이 눈에 들어왔다. 스스로도 어떻게 할 수 없는 듯 보였다.

"선자, 왜 그래⋯⋯. 선자⋯⋯."

"나⋯⋯ 너무 추워⋯⋯."

소용녀의 목소리가 심하게 떨렸다. 중상을 입고 아직 회복되지 않았는데 아까 장을 발할 때 너무 내가진기內家眞氣를 급하게 사용한 나머지 몸에 커다란 손상을 입은 것이다. 그녀는 줄곧 차가운 옥침상에서 내공을 연마해 추위에는 강했지만, 자제력을 잃게 되자 마치 만 겹 얼음 아래로 떨어진 듯 뼛속까지 시려왔다.

양과는 놀라 어찌할 바를 모르고 허둥댔다.

"어쩌죠?"

양과는 급한 마음에 소용녀를 자기 품 안으로 끌어당겼다. 자신의 체온으로 그녀를 조금이라도 따뜻하게 해주려는 생각에서였다. 그러나 소용녀의 몸은 점점 더 차가워질 뿐이었고, 점차 양과도 더 이상 버틸 재간이 없어졌다. 소용녀는 자신의 내공이 주먹에 쥔 모래가 빠져나가듯 조금씩 소실되어가고 있음을 느꼈다.

"과야, 나는 틀렸어. 네가…… 네가 날…… 석관이 있는 곳으로……."

양과는 가슴이 찢어질 듯해 아무런 말도 할 수 없었다. 그러나 또 한편으로는 차라리 잘됐다는 생각도 들었다. 어차피 며칠밖에 살 수 없는 상황인데 지금 소용녀와 함께 죽는 게 더 나을 듯싶었다.

"예."

양과는 선뜻 대답을 하고는 그녀를 번쩍 들어 석관이 놓인 방으로 갔다. 그리고 소용녀를 한 석관 위에 앉히고 초를 켰다. 촛불에 비친 소용녀의 모습은 육중한 석관과 대비되어 더욱 작고 가냘파 보였다.

"이…… 이 석관 뚜껑을 열어…… 나를 넣어줘."

"예!"

양과의 목소리는 오히려 힘이 넘쳤다. 소용녀는 전혀 마음 아파하지 않는 듯한 양과의 태도가 이상했다. 양과는 석관 뚜껑을 열고 그녀를 안아 조심스레 눕혔다. 그러더니 저도 관 속으로 들어가 그녀와 머리를 나란히 하고 누웠다. 두 사람이 함께 들어가니 관 속은 뒤척일 여유조차 없었다. 소용녀는 양과가 왜 이런 행동을 하는지 이해가 되지 않으면서도 기쁜 마음이 들었다.

"뭐 하는 거야?"

"저는 당연히 선자와 함께 있어야죠. 그래야 저 두 여자가 다른 석관을 쓸 테니."

소용녀는 가만히 한숨을 쉬면서도 마음이 편안해졌다. 온몸에 느껴지던 한기도 아까보다 나아진 듯했다. 고개를 돌려 양과를 바라보니 그 역시 자신을 가만히 응시하고 있었다. 그녀는 양과의 몸이 밀착되자 부끄러워 온몸이 뜨거워졌다. 양과는 팔을 뻗어 그녀를 꼭 안아주었다. 소용녀는 양과의 품 안에 안겨 있으니 한기가 조금 사라지는 듯했다. 그러나 나란히 누워 있자니 너무 어색해서 다시는 양과를 쳐다보지 못했다. 한참을 두근거리는 가슴을 진정시키다가 문득 관 뚜껑 안쪽에 뭔가 글자 같은 것이 쓰여 있는 게 눈에 들어왔다. 시선을 모아 자세히 보니 정말 글자가 적혀 있었다.

옥녀심경이 전진全眞을 누르다.
중양重陽의 일생, 결코 남에게 지지 않는다.

이 글자들은 먹물로 진하게 쓰여 있었다. 필체가 힘이 넘치고 글자가 큼직했다. 고개를 옆으로 돌려보니 더욱 분명하게 알아볼 수 있었다.

"응?"

소용녀가 고개를 갸웃거렸다.

"이게 무슨 뜻일까?"

양과는 소용녀의 시선을 따라 눈을 옮기다가 글자들을 보고 낮은 탄식을 뱉었다.

"왕중양이 쓴 건가요?"

"그런 것 같아. 우리 〈옥녀심경〉이 전진파 무공을 이길 수는 있지만, 자기 자신은 우리 사조님보다 약하지 않다고 쓴 것 같은데?"

"쳇, 허풍 떠는 거예요."

다시 자세히 보니 글자 뒤로 뭔가가 더 적혀 있었다. 그러나 글자가 작고 관 뚜껑의 구석에 있어 고개를 틀어도 잘 보이지 않았다.

"과야, 여기서 나가."

양과는 고개를 저었다.

"안 나가요."

"잠깐 나갔다가 다시 들어와."

소용녀가 미소를 지으며 달래자 양과는 그제야 석관 밖으로 기어 나갔다. 소용녀는 일어나 앉아 양과에게 초를 달라고 한 후, 몸을 돌려 작은 글자가 적힌 쪽으로 누웠다. 글자가 거꾸로 쓰여 있어 천천히 읽을 수밖에 없었다. 두 번째 읽던 그녀는 갑자기 손에서 힘이 빠져 초를 떨어뜨릴 뻔했다. 양과가 얼른 팔을 뻗어 그녀를 부축해 석관 밖으로 나오게 했다.

"왜 그래요? 뭐라고 적혀 있어요?"

소용녀의 얼굴색이 심상치 않았다. 그녀는 잠시 마음을 진정시키고 한숨을 내쉬었다.

"사조님이 돌아가시고 왕중양이 이곳에 왔었나 봐."

"뭐 하러 왔을까요?"

"사조님의 죽음을 애도하러 온 거지. 그리고 석실 천장에 사조님이 남긴 〈옥녀심경〉이 전진파의 모든 무공을 깨뜨린 것을 본 거야. 그래서 왕중양은 관 뚜껑 밑에다 우리 사조님이 깨뜨린 것은 전진파의 기초적인 무공일 뿐 상승 무공은 〈옥녀심경〉으로도 깨뜨릴 수 없다고 써놓았어."

"흥!"

양과는 가소롭다는 듯 콧방귀를 뀌었다.

"어쨌든 사조님은 이미 돌아가셨으니 뭐라고 떠들어대도 괜찮겠죠."

"그리고 마지막에는 '다른 석실에 〈옥녀심경〉을 깨뜨릴 방법을 남겨놓았으니 후에 인연이 닿는 사람은 알 수 있을 것이다'라고 써놓았어."

양과는 부쩍 호기심이 일었다.

"선자, 우리 어서 가봐요."

"왕중양의 글에는 그 석실이 이 방 아래에 있다고 되어 있는데, 나는 여기서 평생을 살면서도 그런 방이 있는 줄은 몰랐어."

"선자, 어떻게든 찾아가봐요."

이제 소용녀는 양과에게 전처럼 엄격하게 대하지 않았다. 몸은 피곤했지만, 양과가 원하는 대로 해주고 싶었다.

"그래!"

소용녀는 양과를 향해 미소를 짓고는 방 안을 돌며 생각에 잠겼다. 소용녀는 한참 동안 말이 없다가 아까 누웠던 석관을 뚫어지게 바라보았다.

"이 석관은 왕중양이 남긴 거야. 그러니 바닥이 열리겠지?"

"아, 알았어요. 그게 석실로 통하는 문이었군요!"

양과는 기뻐하며 얼른 관으로 뛰어들어가 여기저기를 더듬어보았다. 정말 손 하나가 들어갈 만큼 오목하게 파인 공간이 있었다. 그러나 그 안으로 손을 넣어 들어 올려보았으나 꿈쩍도 하지 않았다.

"먼저 왼쪽으로 돌리고 나서 올려봐."

양과는 소용녀의 말대로 해보았다. 그러자 둔중한 소리를 내며 관 아래 석판이 들려 올라왔다.

"됐어요!"

"서두르지 마. 아래에 고약한 냄새가 다 빠지거든 들어가."

양과는 기다리는 동안 안절부절못하며 조바심을 냈다.

"선자, 됐어요?"

"너처럼 성격이 급한 아이가 이 묘에서 몇 년씩이나 어떻게 지냈니?"

소용녀는 한숨을 쉬며 천천히 몸을 일으켰다. 촛불을 들고 석관 아래로 내려가니 돌계단이 보였다. 계단을 끝까지 내려가자 좁은 통로가 나왔고, 그 통로를 따라가 방향을 꺾자 석실 하나가 나타났다. 석실은 별다를 것이 없는 방이었다. 두 사람은 약속이나 한 듯 동시에 고개를 들어 천장을 올려다보았다. 천장에는 글자와 부호가 빽빽하게 적혀 있었고 가장 구석에 네 글자가 뚜렷하게 보였다.

〈구음진경九陰眞經〉. 두 사람은 〈구음진경〉에 적힌 내용이야말로 무학의 최고 경지라는 사실을 전혀 알지 못했다. 한참을 쳐다보아도 그 오묘한 이치를 이해할 수가 없었다.

"이 무공이 정말 대단하다고 해도 우리에게는 아무런 쓸모가 없구나."

소용녀의 말에 양과는 한숨을 내쉬었다. 이제 그만 봐야겠다 싶어 고개를 숙이는데, 천장 남서쪽 구석에 뭔가 그림이 그려져 있었다. 무공과는 관계가 없는 그림 같았지만 자세히 보니 지도였다.

"저게 뭐죠?"

소용녀도 양과가 가리키는 곳을 쳐다봤다. 잠시 지도를 살펴보던 소용녀가 갑자기 온몸이 굳어진 듯 꼼짝도 하지 않았다. 한참이 지나도록 소용녀는 마치 석상처럼 움직이지 않고 지도를 뚫어져라 쳐다보았다. 양과는 덜컥 겁이 나 그녀의 소매를 당겼다.

"선자, 왜 그러세요?"

"음."

소용녀는 신음 같은 소리를 내고는 곧 양과의 가슴에 얼굴을 묻고 훌쩍훌쩍 울기 시작했다.

"또 어디가 아픈 거예요?"

"아니, 아니야."

한참 후, 소용녀가 다시 입을 열었다.

"우리, 나갈 수 있어."

"정말이에요?"

소용녀는 고개를 끄덕이며 뛸 듯이 기뻐하는 양과를 바라보았다.

"저 지도는 묘 밖으로 나가는 비밀 통로를 그린 거야."

그녀는 묘 안의 지형을 잘 알고 있어 지도가 무엇을 그린 것인지 한눈에 알아보았다.

"정말 잘됐잖아요. 그런데 왜 울어요?"

"예전에 난 죽는 게 두렵지 않았어. 평생 이 안에서 살아야 하는데 일찍 죽으나 늦게 죽으나 뭐가 다르겠어? 하지만 요 며칠 동안 밖으로 나가 살고 싶다는 생각이 들었어. 이제 나갈 수 있다니 무서우면서도 정말 기뻐."

소용녀는 눈에 눈물을 가득 머금은 채 미소를 지었다. 양과는 그녀의 손을 꼭 잡았다.

"선자, 함께 나가면 꽃을 따 화관을 만들어주고, 귀뚜라미를 잡아 노는 것도 가르쳐줄게요. 어때요?"

세월이 흘렀건만, 양과가 생각하는 재미있는 일이란 어린 시절에 놀던 것들뿐이었다. 소용녀는 다른 사람과 놀아본 적이 없는 터라 양과가 신나게 떠들어대는 이야기를 가만히 듣고만 있었다. 마음은 어서 나가고 싶었지만, 몸이 말을 듣지 않았다. 또 한편으론 이 묘를 떠나고 싶지 않은 생각도 들었다.

한참 후, 그녀는 몸을 가누지 못하고 천천히 양과의 어깨에 기대었다. 양과는 한참을 떠들어도 대답이 없자 고개를 돌려보았다. 소용녀가 가만히 두 눈을 감고 약한 숨소리를 내며 깊이 잠들어 있었다. 그 모습을 들여다보고 있자니 절로 마음이 편안해져서 양과도 스르르 잠이 들었다.

얼마나 지났을까, 갑자기 허리에 찌릿한 통증이 느껴졌다. 누군가 허리 뒤쪽의 중추혈中樞穴을 찍은 것이었다. 그는 소스라치게 놀라 몸을 일으키려 했지만, 뒷덜미가 이미 상대의 금나수법에 잡혀 꼼짝할 수가 없었다. 순식간에 손가락 하나 까닥할 수 없는 몸이 된 것이다. 겨우 고개를 돌려보니 이막수와 홍능파가 차갑게 웃으며 자신을 내려다보고 있었다.

소용녀 역시 이미 혈도를 찍힌 상태였다. 양과와 소용녀는 거친 강호에서 적에 맞서본 경험이 없었다. 두 사람은 너무 기쁜 나머지 되돌아가 관 바닥의 석판을 닫는 것을 잊어버렸다. 덕분에 이막수는 이 석실을 발견하고 두 사람을 사로잡을 수 있었던 것이다.

"그래, 여기 이렇게 좋은 곳이 있었군. 둘이서만 여기 숨어 있으려 했단 말이지? 사매, 머리를 좀 굴려봐. 아무래도 묘를 빠져나갈 길이 있을 것 같은데."

"안다고 해도 사자에게 이야기해줄 수는 없어요."

이막수는 소용녀가 거짓말을 할 줄 모른다는 것을 잘 알고 있었다. 단용석이 떨어졌다면 정말 묘를 나갈 방도는 없을 터였다. 그러나 지금 소용녀의 말은 묘를 나갈 방법을 알고 있는 듯한 느낌을 주었다. 이막수는 가슴이 뛰었다.

"사매, 나를 데리고 나가기만 하면 다시는 사매를 괴롭히지 않을 거야."

"마음대로 들어왔으니 나갈 때도 알아서 나가세요. 왜 나더러 데리고 가라는 거죠?"

이막수는 사매의 고집스러운 성격을 잘 알고 있었다. 사부가 살아 있을 때도 아무리 협박해도 소용이 없었다. 그러나 지금은 죽느냐 사느냐 하는 문제가 달린 상황이었다. 무슨 수를 써서라도 입을 열게 만들어야 했다. 이막수는 손을 뻗어 두 사람의 천돌혈天突穴과 다리와 배 사이에 있는 오추혈五樞穴을 힘껏 찍었다. 천돌혈은 사람 몸의 기의 근간을 이루는 임任과 독督의 이맥二脈이 만나는 자리였고, 오추혈은 족소足少와 양대陽帶 맥이 모이는 자리였다. 이막수는 고묘파 비전의 점혈 수법을 썼다. 이제 잠시 후면 두 사람은 온몸이 뻣뻣해지고 참을 수 없이 가려워져서 알고 있는 것을 모두 토해낼 수밖에 없을 것이다.

소용녀는 눈을 꼭 감고 외면했다.

"우리 선자가 나가는 길을 안다면 우리가 왜 나가지 않고 여기 있었 겠어!"

이막수의 얼굴에 냉소가 떠올랐다.

"아까 사매의 말을 듣고 이미 눈치챘으니 허튼소리 하지 마. 이 묘 를 빠져나갈 출구를 알았으니 충분히 몸을 추스르고 나서 나갈 생각 이었겠지. 사매, 말 안 할 거야?"

"사자는 밖으로 나간다고 해도 사람이나 죽이고 몹쓸 짓이나 할 텐 데, 왜 그렇게 나가려고 하죠?"

이막수는 구석으로 가서 무릎을 세우고 앉아 차가운 미소만 띤 채 말이 없었다. 잠시 후, 양과가 참지 못하고 외쳤다.

"이봐, 이막수! 사조님께서 이 점혈수법을 전수해주신 건 적을 무찌 르기 위해서가 아니었어? 왜 같은 문파의 사람을 못 살게 구는 거야! 이렇게 사매를 괴롭히고 나중에 저승에 가서 어떻게 사조님의 얼굴을 볼 생각이야!"

"네가 나를 이막수라 부르는 것을 봐도 우리는 이미 같은 문파의 사 람이 아니다."

양과가 소용녀의 귓가에 대고 속삭였다.

"묘의 비밀을 절대 이야기하지 말아요. 이막수가 비밀을 모르는 한 우리를 죽일 수 없어요. 하지만 알게 되는 날이면 즉시 독수를 쓸 거 예요."

"그래, 네 말이 맞아. 나는 그 생각을 미처 못 했구나. 그저 사자한테 알려주기 싫은 것뿐이었는데."

소용녀는 고개를 끄덕이고는 바닥에 누워 석실 천장의 지도를 흘긋 쳐다보았다.

'저 지도를 사자가 발견하기라도 하면 큰일이다. 절대 저쪽은 쳐다보지 말아야지.'

지난날, 왕중양은 임조영이 죽었다는 소식을 듣고 비밀 통로를 통해 활사인묘에 찾아왔었다. 새삼 평생 자신만을 바라보던 그녀의 마음이 그리워졌다. 평범한 사람이라면 지키지 못했을 깊은 정이었다. 그런 사람이 이제 흙으로 돌아간다고 생각하니 마음이 주체할 수 없이 아팠다. 그는 고묘파 제자의 눈을 피해 오랜 세월 강호의 동반자였던 여인의 시신을 들여다보며 구슬피 울었다. 그리고 오래전 자신이 만들었던 석묘를 돌아보며 임조영이 자신의 뒷모습을 그린 그림과 석실 천장에 그녀가 새겨놓은 글을 볼 수 있었다. 그곳에 새겨진 〈옥녀심경〉은 오묘하기 이를 데 없는 무공이었다. 그런데 모든 초식이 전진파 무공을 깨뜨리는 것이니 왕중양은 얼굴이 흙빛이 되어 얼른 그곳을 나와버렸다.

그는 그길로 깊은 산중에 들어가 움막집을 짓고 3년간 산을 내려오지도 않고 〈옥녀심경〉을 깨뜨릴 무공만을 연구했다. 성과가 전혀 없지는 않았으나 내공과 외공을 아우르며 유연하게 이어지는 무학을 만들어내기란 쉬운 일이 아니었다. 그는 새삼 임조영의 재주와 기지에 탄복하며 자신의 부족함을 인정하고 더 이상 새로운 무공을 만들어내는 것을 포기했다. 그리고 10여 년 후, 화산논검대회를 통해 무학의 기서奇書인 〈구음진경〉을 손에 넣었다. 그는 〈구음진경〉 중의 무공을 연마하지 않으리라 결심했으나 호기심을 견디지 못하고 책을 읽어보았다. 당시 그의 무공은 이미 천하제일이었다. 〈구음진경〉 중에 있는 각종 오묘한 무공을 훑어본 후 10여 일 동안 명상을 통해 그 안의 이치를 깨달았다. 그는 하늘을 올려다보며 한참을 웃고는 다시 활사인묘로 들어갔다. 그리고 묘에서 가장 비밀스러운 지하 석실에 〈구음진경〉의 요지를 새기고 〈옥녀심경〉을 깰 수 있는 방법도 하나하나 적어 내려갔다.

그는 묘실 안을 살펴보고는 비어 있는 관들이 앞으로 임조영의 제자들이 쓸 것임을 알았다. 그녀들은 임종 때 스스로 관에 들어가 죽기를 기다릴 것이다. 그때는 전진파 시조가 평생 아무에게도 지지 않았다는 사실을 알아야 한다는 생각이 들었다. 그래서 빈 관의 뚜껑 아래에 글을 써 전진교 시조의 무학은 결코 〈옥녀심경〉으로 깨뜨릴 수 없다는 사실을 알린 것이다. 이것은 왕중양의 지기 싫어하는 성격을 보여주는 것에 불과하지, 결코 〈구음진경〉을 세상에 알릴 의도는 아니었다. 그는 임조영의 제자가 〈구음진경〉을 봤을 때는 이미 죽음을 목전에 둔 상황이므로 〈구음진경〉의 비밀을 무덤으로 가지고 갈 수밖에 없으리라 생각했다.

왕중양과 임조영은 모두 무학의 뛰어난 고수들로 서로에게 이상적인 동반자였다. 둘 사이에는 남자든 여자든 관계를 어지럽히는 사람도 없었고, 친지나 친구, 사부 등과 관련된 원한도 없었다.

왕중양은 금나라에 대항하고자 거사를 하느라 사사로운 정을 돌볼 여지가 없었다. 그러나 거사가 실패하고 고묘에 은거하자 임조영이 다가와 위로해주었다. 그 정과 의리는 참으로 사람의 마음을 움직일 만한 것이었다. 그러니 두 사람이 함께하지 못할 이유가 없었다. 그러나 세월이 흐르면서 정은 원망으로 바뀌어 하나는 출가해 도인이 되었고, 하나는 석묘 안에서 스스로를 가두기라도 한 듯 틀어박혀 살다가 생을 마감했다. 이렇게 된 연유를 훗날 구처기 등 제자들도 물론 알지 못했다. 그 당시 왕중양, 임조영도 자신들의 관계를 뭐라 설명할 길이 없었다. 그저 "연이 닿지 않았다"는 말밖에는 달리 표현할 말이 없었다. 그러나 "연이 닿지 않았다"는 것은 결과이지 원인이 될 수는 없었다.

두 사람은 무공이 고강했고 자부심도 강했다. 감정이 조금이라도 드러날라치면 무학에 대한 이야기를 꺼내며 끝내 서로를 이기려 했다. 두 사람은 죽을 때까지도 서로에 대한 경쟁심을 늦추지 않았다. 그래서 임조영은 전진파 무공을 깨뜨릴 〈옥녀심경〉을 만들었고, 왕중양도 지지 않으려는 마음에 〈구음진경〉을 묘 안에 새겨놓았다. 다만 왕중양이 생각하기에 〈옥녀심경〉은 임조영이 스스로 만들어낸 것이나 자기는 옛 고수의 책을 그대로 옮겨놓은 것이라 굳이 비교를 한다면 자기가 한 수 아래라는 것을 인정하지 않을 수 없었다. 그는 스스로 부끄러운 생각이 들어 제자들에게는 양보와 자제를 가르치고 겸손한 마음을 강조했다.

밀실 천장의 비밀 지도는 석묘를 만들 때 이미 새겨놓은 것이었다. 원래 그 비밀 통로는 고묘가 금나라 병사들에게 오랜 기간 포위되었을 때 빠져나가기 위해 만들어둔 것이었다. 그래서 이 비밀 통로는 임조영조차 알지 못했다. 임조영은 단용석을 떨어뜨리면 적들과 함께 죽게 되는 줄로만 알았다. 결국 고묘에 살면서도 훗날 다시 중원으로 돌아가겠다는 웅지를 가슴에 품었던 왕중양의 뜻을 임조영은 알아내지 못했던 것이다. 왕중양은 나중에 고묘를 임조영에게 넘기면서 이 비밀 통로는 알려주지 않았다. 자신이 목숨을 구할 여지를 남겨놓았다는 사실을 임조영이 비웃을까 봐 두려웠기 때문이었다. 이것은 사내대장부의 기개를 잃지 않으려는 일종의 경쟁심이었던 것이다.

소용녀는 지도 쪽으로 가 자세히 볼 엄두도 내지 못하고 다른 쪽 구석만 뚫어지게 바라보았다. 그 순간 해혈비결解穴秘訣이라는 네 글자가 눈에 번쩍 들어왔다. 그녀는 뛰는 가슴을 진정시키며 비결을 자세히 반복해서 읽어보았다. 그리고 너무 기뻐 하마터면 소리를 지를 뻔했다. 그 비결에는 혈도를 풀어 통하게 하는 방법이 상세히 적혀 있었다. 내공을 수련하다가 주화입마를 당해 혈도가 막혔을 때에도 이 방법이면 뚫을 수 있을 듯했다. 원래 〈구음진경〉까지 연마한 사람이라면 무공은 분명 최고수라 할 것이니 적에게 혈도를 찍히는 일은 없을 터였다. 그중 해혈비결과 폐기비결閉氣秘訣, 이혼대법移魂大法 등 세 가지가 서로 관련이 있었다. 사람의 혈도, 경맥은 원래 막혀 있는 것으로 바깥에서 가하는 힘이 없으면 이를 통하게 하기가 매우 어려웠다. 스스로 '폐기閉氣'하는 방법으로 잠시 호흡을 멈추고 내부 기의 흐름을 정지시키면 막혀 있던 혈도의 경맥을 열 수가 있었다. 그러나 이 폐기하는 방법이 쉽지만은 않았다. 즉 이혼대법 중 방심이혼술放心離魂術은 정신이 사물로부터 떨어져 나와 마음이 몸 안에 있지 않도록 해야 잠시 폐기를 하더라도 질식하거나 숨이 멎어 목숨을 잃는 일이 없었다. 방심이혼술에서 폐기까지, 또 폐기비결에서 혈을 여는 해혈解穴까지, 세 가지 무공이 연속해서 이어져 하나의 무공이 완성된다고 해도 과언이 아니었다. 이 세 가지 신공은 지금 소용녀의 처지에서는 그야말로 하늘이 목숨을 살려주기 위해 내려준 동아줄이나 다름없었다.

'혈도가 풀린다고 해도 사자를 이기지 못하면 소용이 없잖아.'

당장 써보려던 소용녀는 생각을 바꾸고 가만히 천장의 경문을 하나하나 꼼꼼히 읽어보았다. 즉시 사용할 수 있고 단번에 이막수를 제압할 수 있는 무공을 찾아야 했다. 그러나 모든 무공이 심오하고 복잡해 가장 쉬운 것이라도 수십 일은 연마를 해야 이루어질 것 같았다. 또 이막수가 자신의 시선을 따라 고개를 쳐들다가 천장에 있는 지도와 〈구음진경〉을 발견할까 봐 마음 놓고 볼 수도 없었다.

이혼대법은 상승 내공을 기초로 하고 있었다. 그러나 소용녀는 자신의 내공이 이막수만 못하다는 것을 알고 있었다. 섣불리 사용하다가는 오히려 이막수에게 제압당할 게 뻔했다. 지금 옆에서는 양과가 계속 떠들어대며 이막수와 입 싸움을 벌이고 있어 예리한 이막수도 소용녀를 살필 겨를이 없었다. 순간 어떤 생각이 소용녀의 머리를 스치고 지나갔다. 그녀는 고개를 들어 〈구음진경〉 내용 중 해혈비결과 폐기비결, 이혼대법을 읽고 외워본 후 양과의 귓가에 조용히 속삭였다. 총명한 양과는 즉시 알아듣고 이해했다.

"우선 혈도를 풀어."

소용녀의 말에 양과는 이막수의 눈치를 살폈다. 이막수와 사제 중 하나라도 눈치를 챌까 봐 양과는 큰 소리로 신음 소리를 내며 아무렇게나 떠들어댔다.

"아이고, 이 사백님, 정말 너무하십니다! 이래서야 나중에 사조님을 어떻게 뵙겠어요! 또 사조님의 사부님, 그 사부님의 대사부님을 어찌 뵈려고. 아이고, 이 사백님, 아직 젊으시지 않습니까. 얼굴은 우리 사부님만은 못해도 아주 드문 미인이시고. 그런데 어찌 이렇게 독하게 구

135
135
7. 왕중양이 남긴 글

십니까. 그저 시커먼 마음이 얼굴까지 번져 미모를 상하게 할까 봐 너무너무 걱정입니다. 앞으로 사부님의 사부님, 대사부님을 어찌 뵈려고……"

한참 시끄럽게 떠들던 양과는 말을 멈추고 폐기 단계를 시작했다. 이막수는 그동안 자기 이름을 그냥 부르던 양과를 무례하다 생각했는데, 이제 '사백'이라 제대로 부르고 미모를 칭찬하자 웃으며 듣고 있었다.

양과와 소용녀는 왕중양이 남겨놓은 해혈비결에 따라 가만히 현공玄功을 조절했다. 내공의 기초가 튼튼해서인지 순식간에 찍혔던 혈도가 풀렸다. 겉으로는 아무런 변화가 없었으나 이막수는 그래도 뭔가 달라졌음을 알아채고 벌떡 일어났다.

"뭐 하는 거냐!"

순간 소용녀가 몸을 날려 장을 뻗으며 이막수의 어깨를 가볍게 때렸다. 바로 〈옥녀심경〉의 상승 무공이었다. 이막수는 그녀가 혼자서 혈도를 풀 수 있을 것이라고는 생각지도 못했던 터라 깜짝 놀라며 뒤로 물러섰다.

"사자, 나가고 싶은가요?"

이막수의 귀가 솔깃해졌다. 예전부터 고강한 무공과 기지로 제대로 된 적수를 만난 적이 없어서 자존심이 하늘을 찌르던 이막수였다. 그런데 세상 구경도 못해본 사매의 손바닥 위에서 놀아난 꼴이 되어 자존심이 구겨질 대로 구겨졌다. 그러나 일단 화를 억누르고 묘를 나간 후에 사매를 혼내주어도 늦지 않다고 생각했다. 그녀는 사매가 본 적도 없는 초식을 몇 가지 쓰기는 했지만 몸에 힘이 없다는 것을 알고 있었다.

"그래야 착한 사매지. 내가 잘못했으니 그만 나가자꾸나."

양과는 지금이야말로 이막수와 홍능파 사이를 이간질할 기회라고 생각했다.

"우리 선자께서 둘 중 한 사람만 데리고 갈 수 있다는데, 누가 가야 할까요?"

"이 애송이 놈, 입 닥치고 있어!"

이막수가 양과를 향해 눈을 부라렸다. 소용녀는 양과의 의도는 알아채지 못했지만 무조건 양과를 감싸고돌았다.

"맞아요. 한 사람만 데리고 갈 수 있어요. 많으면 안 돼요."

"사백님, 홍 사제와 같이 나가는 게 좋겠죠? 사백님은 연세도 많으시고 이미 살 만큼 사셨잖아요. 홍 사제는 얼굴도 더 예쁘시고……."

사실 이막수는 나이가 많기는 해도 용모는 제자보다 나았다. 양과의 말에 그녀는 화가 끓어올랐지만 아무 말도 하지 못했다.

"그래요, 그만 갑시다! 선자가 앞에서 인도를 하시고 제가 두 번째이고, 세 번째는……. 아무튼 마지막에 오는 사람은 나갈 수 없는 거고……."

소용녀는 그제야 양과의 속셈을 알고 가만히 미소를 지었다. 그리고 양과의 손을 잡고 석실을 나섰다. 이막수와 홍능파는 동시에 그 뒤를 쫓으려다가 문 앞에서 쿵, 하고 부딪쳤다. 실제로 소용녀가 장치를 누르자 마지막 한 사람은 정말로 석실에 갇힐 판국이었다.

"네가 감히 대드는 것이냐?"

이막수는 불같이 화를 내며 왼손을 뻗어 홍능파의 어깨를 밀어젖혔다. 홍능파는 사부의 공격이 얼마나 매서운지 잘 알고 있었다. 만일 걸음을 멈추지 않으면 그 장력에 맞아 죽을 수도 있어 할 수 없이 사부를 앞에 세웠다. 정말 석실에 갇히게 될까 두려웠고, 한편으론 사부가 원망스럽기도 했다.

이막수는 양과의 뒤를 바짝 쫓아갔다. 한 걸음도 뒤처지지 않으려고 애쓰는 사이, 소용녀가 이리저리 방향을 바꾸며 점점 깊이 들어가자 이상하게 생각하면서도 따라갈 수밖에 없었다. 발아래가 점점 축축해지고 있었다. 이미 고묘를 나온 것 같은 느낌이 들었다. 그런데 어둠 속에서 주위를 살피니 여기저기가 모두 갈림길이었다. 잠시 더 걸어가자 길은 갑자기 깎아지른 듯한 절벽으로 변했다. 네 사람의 무공이 높았기에 망정이지 그렇지 않았다면 모두 아래로 떨어질 뻔했다.

이막수는 이상한 생각이 들었다.

'종남산은 그리 높은 산이 아니니 곧 산 밑에 도달하겠구나. 설마 우리가 아직도 산 중턱에 있는 건 아니겠지?'

약 반 시진쯤 더 내려오니 길이 평평해졌다. 그러나 물이 더욱 많아져 철벅철벅, 하는 소리가 들렸다. 곧 물이 발목까지 잠겼고 갈수록 깊어져서 다리에서 배로, 급기야 가슴까지 차고 올라왔다.

소용녀는 가만히 양과를 돌아보고 속삭였다.

"아까 폐기비결 기억나지?"

"기억나요."

"이따가 그대로 숨을 멈춰. 물을 마시면 안 돼."

"예, 선자도 조심하세요."

소용녀는 고개를 끄덕였다. 이야기를 하는 사이, 물이 이미 목까지 찼다.

이막수는 조금 겁이 나기 시작했다.

"사매, 헤엄칠 줄 알아?"

"평생 묘에서만 살았는데 어떻게 헤엄을 쳐요?"

이막수는 조금은 안심이 되어 조심스럽게 걸음을 옮겼다. 순간, 발 아래가 텅 비는가 싶더니 순식간에 물이 입으로 밀려 들어왔다. 이막수는 소스라치게 놀라 얼른 뒤로 물러났다. 그러나 소용녀와 양과는 이미 물속으로 들어간 후였다. 이제는 눈앞에 생지옥이 펼쳐져 있다고 해도 무조건 나아가야 할 처지였다. 그런데 갑자기 뒤가 묵직해졌다. 옷깃을 홍능파가 붙잡고 늘어진 것이었다. 이막수는 급한 마음에 팔을 돌려 장을 발했다. 공격이 만만치 않았는데도 홍능파를 떼어낼 수가 없었다. 이미 물소리로 귀가 다 울릴 지경이었다. 땅속에서 흐르는 물인데도 기세가 대단했다. 이막수와 홍능파는 흐르는 물에 휩쓸려서 있지도 못하고 물 위로 몸이 뜨고 말았다. 이막수처럼 무공이 뛰어난 고수도 지금은 놀라 어찌할 바를 모르고 허둥댈 뿐이었다. 팔을 뻗어 뭐라도 잡으려고 버둥대는 찰나, 뭔가가 이막수의 손에 잡혔다. 바로 양과의 왼팔이었다.

양과는 소용녀의 손을 잡은 채 숨을 참고 물 밑바닥을 걸어 앞으로 나아가려던 참에 갑자기 이막수에게 팔을 잡히자 금나수법으로 몸을 빼려 했다. 그러나 이막수는 죽기 살기로 매달렸다. 그녀는 물이 코와 입으로 들이쳐 거의 정신을 잃을 지경이었지만 손만은 양과를 꼭 잡고 있었다. 양과는 몇 차례 팔을 빼려다가 너무 힘을 쓴 나머지 물을 먹게 될까 봐 그냥 잡힌 채로 두고 앞으로 나아갔다. 잠시 뒤 소용녀와 양과도 숨이 갑갑해지며 참기가 힘들어졌다. 다행히 물의 흐름이 점차 약해지고 바닥이 높아져 오래지 않아 마침내 물 밖으로 걸어 나왔다. 조금 더 걸으니 눈앞이 밝아졌고 동굴을 통해 밖으로 나올 수 있었다. 두 사람은 이미 기진맥진해 있었다. 우선 운기를 통해 배 속의 물을 토해내고 땅바닥에 누워 헐떡거렸다.

이막수는 아직까지도 양과의 팔에 매달려 있었다. 양과가 그녀의 손가락을 하나씩 펴자 그제야 팔을 놓았다. 소용녀는 이막수와 홍능파의 어깨에 있는 혈도를 찍고 그들을 커다란 바위 위에 올려놓은 후 배 속의 물을 토해내게 했다.

"아······ 아·······."

한참 후, 이막수가 깨어났다. 눈앞에 빛나는 햇살을 보자 그제야 살아 있다는 실감이 나는 모양이었다. 고묘 안에 갇혔던 일이며 물속에 잠겨 죽을 뻔했던 일을 생각하자 이막수는 소름이 끼쳤다. 상체는 마비되어 있지만 아까보다 마음은 훨씬 편안했다. 잠시 후, 홍능파도 천천히 정신을 되찾았다.

소용녀는 말없이 두 사람을 바라보았다.

"자자, 이제 마음대로 가세요."

이막수와 홍능파는 두 팔은 마비되었지만 다리는 자유롭게 움직일 수 있었다. 둘은 몸을 일으켜 말없이 서로를 바라보고는 앞서거니 뒤서거니 하며 멀어져갔다.

양과는 주위를 휘둘러보았다. 짙은 녹음 사이로 만개한 꽃이 눈부시게 아름다웠다. 탁 트인 가슴으로 기쁨이 가득 스며들었다.

"선자, 예쁘죠?"

들뜬 듯한 양과의 물음에 소용녀는 고개를 끄덕이며 미소를 지어 보였다. 지난 며칠 사이 일어났던 일들이 모두 딴 세상에서 겪은 것처럼 느껴졌다. 주위에는 사람의 흔적을 전혀 찾아볼 수 없었다. 그들이 나온 곳은 종남산 기슭 외딴곳에 있는 동굴이었다.

그날 밤, 두 사람은 나무 그늘 아래 풀밭에서 밤을 보냈다. 다음 날 아침 소용녀는 양과의 말대로 함께 세상 구경을 하고 싶었지만 아직 복잡한 세상에 나가본 적이 없는지라 어쩐지 무서운 생각이 들었다.

"우선 상처를 치료해야 해. 그리고 〈옥녀심경〉도 더 연마해야 하고."

양과는 제 머리를 탁, 소리가 나게 쳤다.

"바보! 이런 멍청이가 있나! 선자의 상처를 잊고 있었어요!"

게다가 산을 내려가 소용녀와 옷을 벗고 무공을 연마하려면 불편한 점이 많을 것이라는 생각도 들었다. 양과는 곧바로 그녀의 운공을 도와 내상을 치료하기 시작했다. 보름이 채 되지 않아 소용녀의 내상은 완치가 되었다.

두 사람은 커다란 소나무 아래에 작은 움막집을 지었다. 움막 지붕 위로 등나무가 우거졌다. 양과는 꽃향기와 짙은 녹음을 좋아해서 집 앞에 향기로운 꽃을 잔뜩 심었다. 반면 소용녀는 담백하고 깨끗한 향을 좋아했다. 그녀는 종종 소나무 잎의 맑은 향기가 화려한 꽃보다 훨씬 낫다고 말했다. 그래서인지 그녀가 기거하는 방 앞에는 들풀이 자연 그대로 펼쳐져 있었다.

두 사람은 낮에는 자고 밤에는 수련을 했다. 이렇게 다시 수개월이 흘렀다. 소용녀가 먼저 수련을 마쳤고, 한 달쯤 후 양과도 무공을 충분히 익히게 되었다. 여러 차례 연습을 거듭해서 막힘이 없게 되자 양과가 다시 바깥세상으로 나갈 뜻을 비쳤다.

소용녀는 지금처럼 평화롭게 지내는 것이 그 무엇보다 나을 것 같았다. 그러나 저토록 바깥세상을 잊지 못하고 그리워하는 양과를 이 황량한 산에 묶어두는 것은 어렵겠다는 생각이 들었다.

"과야, 우리 무공이 이제 과거와는 크게 달라졌어. 너희 곽 백부, 백모와 비교하면 어떨까?"

"그야 아직 발끝에도 못 미치겠죠."

"곽 백부는 자신의 무공을 딸과 무씨 형제에게 전수해줄 텐데, 나중에 만나게 되면 그들에게 치욕을 당하겠구나."

소용녀의 말에 양과가 펄쩍 뛰었다.

"그것들이 또 저를 욕보이면 저라고 가만있겠어요?"

"네가 그들을 이길 수 없으면 할 수 없지."

소용녀가 차갑게 웃으며 말하자 양과는 고개를 숙이고 뭔가 대책을 궁리하는 듯 말이 없었다.

"곽 백부의 얼굴을 봐서 그들과 말썽을 일으키지 않으면 돼요."

'고묘 안에서 2년 넘게 살며 고묘파 내공을 수련하더니 급한 성질이 많이 죽었구나. 힘들었을 텐데.'

사실 양과는 소용녀의 생각과는 달리 나이를 먹어감에 따라 사리판단이 조금 나아진 것뿐이었다. 곽정이 자신을 진심으로 대해주었던 일을 떠올리면 양과는 새삼 고마운 마음이 들었다. 그런 곽정을 생각해 스스로 한발 물러서기로 작정한 것이었다. 게다가 곽부, 무씨 형제와 무슨 대단한 원한이 있는 것도 아니었다. 다만 어린 시절 귀뚜라미를 두고 다투었을 따름으로, 지금 생각해보면 그다지 큰일도 아니었다.

"다른 사람과 싸우지 않겠다면 잘된 일이지. 하지만 너도 전에 말했지? 세상에 나가면 네가 양보를 하는데도 너를 괴롭히는 사람이 생기게 마련이라고. 왕중양이 남긴 무공을 연마하지 않는다면 고강한 무술의 고수 앞에서 꼼짝도 못 할 거야.”

소용녀의 말에 양과도 마음이 바뀌어 두 사람은 산 계곡에서 다시 1년을 더 지냈다. 그들은 비밀 통로를 통해 고묘로 들어가 왕중양이 새긴 글을 며칠 동안 읽고 빠짐없이 기억한 후 밖으로 나와 수련을 계속했다.

1년이 흐르자 두 사람의 내공과 외공은 이전보다 훨씬 깊어졌다. 그러나 왕중양이 고묘에 새겨둔 것은 〈옥녀심경〉을 깨뜨릴 수 있는 〈구음진경〉의 일부에 지나지 않았다. 두 사람이 수련한 것은 곽정, 황용과 비교하면 극히 적은 부분이었으나 정작 둘은 그 사실을 알지 못했다.

어느덧 수련이 모두 끝났다. 두 사람의 무공은 이미 몰라볼 정도로 증진되었다. 양과는 펄쩍펄쩍 뛰며 즐거워하는 반면, 소용녀는 그다지 기뻐하는 기색이 아니었다. 양과가 계속 우스갯소리를 해가며 기분을 풀어주려고 했지만 소용녀는 입을 꼭 다물고 말이 없었다.

양과는 이제 왕중양이 새겨놓은 무공 수련이 끝나니 기뻐 견딜 수가 없었다. 물론 완전히 터득하고자 한다면 더 시간이 필요할 것이지만 일단 중요한 이치는 모두 깨달았으니 앞으로 연습을 계속하면 실력이 점점 더 높아질 것이라고 믿었다. 그런데 양과가 보기에 소용녀는 전혀 기쁜 표정이 아니니, 필시 그녀가 산을 내려가기 싫은 게 분명하다고 생각했다.

“선자, 산을 떠나기 싫으면 우리 여기서 살아요.”

양과의 말에 소용녀의 표정이 환해졌다.

"그럴까?"

그러나 소용녀는 더 이상 말을 잇지 못하고 다시 입을 다물었다. 양과가 자신을 위해 억지로 남겠다고 한 것을 알기 때문이었다.

"내일 다시 얘기하자."

소용녀는 저녁 식사도 거른 채 움막으로 돌아가 잠자리에 들었다. 양과는 풀밭에 멍하니 앉아 있다가 산봉우리 뒤에 달이 떠오를 때에야 잠을 청했다.

얼마나 잤을까, 비몽사몽간에 거친 바람 소리가 들리는 듯했다. 그런데 그 소리가 아무래도 이상했다. 양과는 화들짝 놀라 잠에서 깨어 가만히 귀를 기울였다. 잘 들어보니 누군가 주먹을 휘두르고 장을 발하고 있는 것 같았다. 양과는 황급히 움막을 뛰쳐나와 소용녀의 움막 앞으로 달려가 가만히 속삭였다.

"선자, 들으셨어요?"

장풍 소리가 점점 더 커졌다. 소용녀도 분명 들었을 터인데, 움막 안에서는 아무런 기척이 없었다. 양과는 몇 번 더 소용녀를 불러보다가 문을 열고 들어갔다. 움막 안은 비어 있었다. 양과는 가슴이 철렁 내려앉아 얼른 움막 밖으로 뛰어나가서는 장풍 소리가 들려오는 쪽으로 내달렸다. 10여 장을 달리니 멀리서 두 사람이 싸우고 있는 소리가 들렸다. 그중 한 사람은 소용녀가 틀림없었다. 그런데 상대방의 장풍 소리가 날카로우면서도 묵직한 것이 아무래도 소용녀보다 무공이 뛰어난 자인 듯했다.

양과는 걸음을 재촉해 계속 달렸다. 어느덧 달빛 아래로 소용녀와 깡마른 사람이 빙빙 돌며 격렬하게 겨루고 있는 모습이 눈에 들어왔다.

소용녀의 움직임이 가볍고 빠르기는 했지만, 상대의 무공이 워낙 고강한지라 그의 장력이 미칠 때마다 소용녀는 간신히 버텨내고 있었다.

"선자, 제가 왔어요!"

양과는 고함을 치며 어느새 두 사람 곁으로 다가갔다. 상대방을 자세히 살피던 양과는 그만 깜짝 놀라고 말았다. 삐죽삐죽한 수염으로 덮인 그 날카로운 얼굴은 바로 오래전 헤어졌던 의부 구양봉이었다. 그가 산처럼 버티고 서서 천천히 장력을 발하면 소용녀는 이리저리 피하기만 할 뿐 정면에서 그의 장력을 받아치지 못했다.

"싸우지 마세요! 모두 우리 편이에요!"

양과의 외침에 소용녀가 우뚝 멈춰 섰다. 이런 털북숭이 미치광이가 어찌 같은 편이란 말인가. 그녀가 멈칫하는 사이, 구양봉이 팔꿈치에서부터 힘을 끌어올려 장을 발했다. 강한 바람이 소용녀의 얼굴을 덮치는데, 그 기세가 예사롭지 않았다. 양과는 깜짝 놀라 앞으로 몸을 날렸다. 그러나 소용녀의 왼손이 이미 구양봉의 오른손을 막아내고 있었다. 소용녀의 공력이 구양봉에 미치지 못하므로 이대로 가면 소용녀는 내상을 입게 될 터였다. 양과는 다급한 마음에 구양봉에게 다가가 그의 오른쪽 팔꿈치를 후려쳤다. 바로 〈구음진경〉에서 새로 배운 수휘오현手揮五弦이라는 상승 무공이었다. 아직 익숙하게 연마하지는 못했지만, 다행히 정확한 위치를 찍었기 때문에 구양봉은 팔목이 약간 시큰한가 싶더니 온몸에 힘이 빠졌다.

소용녀는 상대의 힘이 약해진 것을 알고 재빨리 반격에 들어갔다. 구양봉은 전혀 방어 태세를 갖추지 못했기 때문에 가벼운 공격에도 중상을 입을 수 있었다. 양과는 손을 뒤집어 소용녀의 손을 잡고 두 사람 사이에 끼어들었다.

"두 분, 그만 싸우세요. 우리 편이라니까요!"

구양봉은 아직도 그를 알아보지 못했다. 그저 어린 녀석의 무공이 상당하니 깔봐서는 안 되겠다는 생각을 하던 참이었다.

"너는 누구기에 내 편 네 편을 따지는 거냐?"

양과는 의부가 정신이 없는 것은 알고 있었지만, 혹시 자신의 얼굴까지 잊었을까 봐 덜컥 겁이 났다.

"아버지, 저예요. 아버지 아들요!"

감정이 북받치는 목소리였다. 구양봉은 잠시 어리둥절해하다가 양과의 손을 잡아끌었다. 달빛 아래에 비춰보니 틀림없이 수년간 찾아헤매던 양아들의 얼굴이었다. 다만 그간 많이 성장했고 무공도 강해져 첫눈에 알아보지 못한 것뿐이었다.

구양봉은 양과를 덥석 끌어안았다.

"얘야, 너를 찾느라 얼마나 고생했는지 아느냐!"

두 사람은 부둥켜안고 한참 동안 눈물만 흘렸다. 소용녀는 마음이 허전해지는 느낌이었다. 세상에서 자신을 살갑게 대해주는 사람은 양과뿐이었는데, 그가 구양봉에게 애틋한 정을 표현하니 아무래도 산을 떠나는 것이 더욱 꺼려졌다. 소용녀는 한쪽에 가만히 앉아 생각에 잠겼다.

구양봉은 가흥 철창묘에서 양과와 헤어진 후, 종 안에 들어가 운기를 하며 내상을 치료했다. 7일 낮, 7일 밤을 꼬박 지내고 나니 기력이 상당히 회복되었다. 그러나 가진악의 철장에 당한 외상은 그리 가볍지 않았다. 그는 종 밖으로 나와서는 객점으로 가 20여 일 동안 상처를 치료했다. 이렇게 내상, 외상을 모두 치료하고 나서 즉시 양과를 찾아 나섰다. 그러나 이 넓디넓은 세상에서 어찌 쉽게 양과를 찾을 수 있단 말인가?

'틀림없이 도화도로 갔을 거야.'

그런 생각이 들자 구양봉은 배를 구해 도화도로 건너갔다. 훤한 낮에는 섬으로 다가가지 못하고 밤이 되길 기다렸다가 뒷산 쪽에 배를 댔다. 그는 자신이 곽정과 황용의 적수가 되지 못한다는 것을 알고 있었고, 황약사가 섬에 없다는 것은 알지 못했다. 제 힘이 지금의 곱절이라도 이 세 사람을 이길 수는 없으니, 낮에는 외딴 산 동굴 속에 숨어 지내고, 밤에 몰래 나와 섬을 돌아다녔다. 그러나 섬의 배치가 기묘해 마음대로 나다닐 수가 없었다.

그렇게 1년 동안 그는 매우 신중하게 행동했다. 그러던 어느 날, 그는 무수문 형제가 하는 이야기를 듣고서야 곽정이 양과를 전진교로 보낸 일을 알게 되었다. 구양봉은 뛸 듯이 기뻐하며 배를 훔쳐 타고 섬을 떠났다. 그리고 그길로 중양궁으로 갔다. 그런데 양과는 이미 전진교에서 말썽을 부리고 활사인묘로 들어가버린 후였다. 이 일은 전진교 입장에서는 부끄러운 사건이라 모두가 입을 다물고 쉬쉬하고 있었다. 그런 탓에 구양봉에게까지 이 소식이 알려지지 않았던 것이다. 그동안 그는 종남산 일대 수백 리를 돌아다녔다. 그러나 정작 양과는 땅속 깊은 곳에서 지내고 있었으니 그가 찾을 수 없는 것이 당연했다. 그렇게 헤매고 다니던 중 공교롭게도 소용녀와 맞부딪친 것이다.

구양봉이 막 계곡을 지나려는데, 흰옷을 입은 소녀가 달을 바라보며 한숨짓는 모습이 보였다. 구양봉은 반쯤 정신이 나간 사람처럼 소용녀를 향해 외쳤다.

"이봐, 우리 아이 어디 있나? 본 적 없어?"

소용녀는 그를 흘깃 쳐다보고는 상대하지 않았다. 그러자 구양봉은 몸을 날려 다가가 소용녀의 팔을 붙잡았다.

"우리 아이 어딨어?"

구양봉의 힘은 매우 강했다. 뜻밖에 고강한 무공을 가진 구양봉의 출현에 소용녀는 적잖이 놀랐다. 아무래도 전진교 고수들도 상대가 되지 못할 듯했다. 소용녀는 얼른 금나수법을 써서 빠져나오려고 했다. 그런 방법은 구양봉도 이미 예상했으나, 어찌 된 일인지 그녀는 가볍게 구양봉의 손에서 빠져나갔다. 구양봉은 내심 놀라며 그녀가 누군지 알아보려 하지도 않고 왼팔로 다시 그녀를 붙잡았다. 이렇게 두 사람은 아무런 이유도 없이 싸우기 시작했던 것이다.

의부와 양아들은 그간 있었던 일들을 서로 들려주었다. 구양봉은 원래 정신이 오락가락하는 터라 오래전 일들은 거의 잊어버린 후였고, 양과에게 해주는 이야기도 그다지 확실하지 않았다. 그는 양과가 소용녀에게 무학을 배운 일을 듣더니 버럭 소리를 질렀다.

"내 상대도 안 되는 아이에게 뭘 배우느냐? 내가 가르쳐주마."

소용녀는 구양봉의 말에 반박할 수가 없어 그저 가만히 웃으며 옆으로 비켜섰다. 그런 소용녀의 모습에 양과는 미안한 마음이 들었다.

"아버지, 선자는 제게 잘해주세요."

"저 여자는 네게 잘해주고, 나는 못 해준다는 거냐?"

구양봉의 말투에는 질투가 섞여 있었다. 양과는 구양봉의 마음을 눈치채고 웃으며 말했다.

"아버지도 잘해주시죠. 이 세상에서 선자와 아버지, 두 분만 제게 잘해주세요."

조금 전에 구양봉이 들려준 이야기를 다 알아듣지는 못했지만, 그래도 그가 몇 년 동안 자신을 찾아다니느라 온갖 고생을 했다는 것만은 알 수 있었다. 양과는 구양봉에게도 고마운 마음이 들었다.

구양봉은 양과의 손을 잡고 바보처럼 웃어댔다.

"어쨌든 네 무공이 많이 나아졌구나. 다만 두 가지 최고의 상승 무공을 익히지 못한 것이 아쉽다."

"그게 뭔데요?"

갑자기 구양봉의 눈썹이 치켜 올라가더니 험악한 얼굴이 되었다.

"무학을 하는 자로서 최고의 상승 무공도 모른단 말이냐! 저 사부라는 여자는 무엇을 가르쳤더냐!"

기분이 좋았다가도 순식간에 화를 내는 구양봉을 바라보며 양과는 슬그머니 걱정이 되었다.

'병이 더 깊어진 모양인데, 언제쯤 좋아지실까?'

"하하하하!"

구양봉이 이번에는 느닷없이 웃음을 터뜨렸다.

"그래, 이 아비가 가르쳐주마. 내가 말하는 양대 상승 신공이란 하나는 합마공이요, 하나는 〈구음진경〉이다. 내 먼저 합마공의 기본 초식부터 가르쳐주겠다."

구양봉이 읊는 구결을 들으며 양과는 미소를 지었다.

"전에 벌써 가르쳐주셨어요. 잊으셨어요?"

구양봉은 머리를 긁적이며 고개를 갸웃거렸다.

"이미 배웠다면 잘됐다. 한번 해보려무나."

양과는 고묘에 들어온 후, 구양봉이 가르쳐주었던 무공을 한 번도 연습하지 않았다. 그러나 그가 읊는 구결을 들으니 예전의 기억이 또 렷이 되살아났다. 게다가 도화도에 있을 때 부지런히 연습해서인지 몸 에도 금세 익숙해졌다. 여기에 지금까지 연마한 상승 내공과 함께 응 용을 하니 이전보다 훨씬 능숙하게 합마공을 펼칠 수가 있었다.

"좋구나, 좋아! 다만 부족한 점은 보기에는 좋으나 위력이 없다는 것이다. 내가 그 오묘한 진수를 가르쳐주마."

구양봉은 앞으로 나서 손짓 발짓을 해가며 쉴 새 없이 떠들어댔다. 양과가 어디까지 기억하고 무엇을 잊었는지는 아랑곳하지 않고 그저 이야기하느라 정신이 없어 한참 합마공을 설명하다가 또 금방 〈구음 진경〉과 뒤섞이기도 했다.

양과가 가만히 듣자니 그의 말에는 오묘한 이치가 담겨 있는 듯했 다. 그러나 복잡하고 이상한 말들을 폭포처럼 쏟아내니 이 모든 것을 다 기억할 수는 없었다.

구양봉은 한참을 떠들다가 갑자기 소용녀가 앉아 있는 쪽을 힐끔 쳐다보았다.

"아이고, 이런! 네 사부인가 하는 저 계집애가 훔쳐 들으면 안 되는 데!"

그는 들으란 듯 소리를 치며 소용녀가 있는 쪽으로 다가갔다.

"이봐, 어린 낭자. 내가 우리 아이에게 무공을 가르치는 중이니까 훔쳐 들으면 안 돼!"

"당신 무공이 뭐가 그리 대단하다고 누가 그걸 엿듣는단 말이에요?"

"그래, 그럼 좀 멀리 떨어져 있어."

"내가 왜 당신 말을 들어야 하죠? 나는 가고 싶으면 가고 가기 싫으면 가만히 있을 거예요."

소용녀가 나무에 기댄 채 꼼짝도 않고 차갑게 대꾸하자 구양봉은 화가 머리끝까지 치밀어 손으로 그녀의 뺨을 잡아 쥐려 했다. 그러나 소용녀는 상대도 하지 않고 구양봉을 외면했다.

"아버지, 선자께 그러지 마세요."

양과의 말에 구양봉은 얼른 손을 거두고 돌아섰다.

"그래? 그럼 우리가 멀리 가자꾸나. 그래도 쫓아와 훔쳐 듣지 않을까?"

소용녀는 아무리 양과의 의부라지만 너무 무례해서 더 이상 상대하지 않고 고개를 돌려버렸다. 그런데 갑자기 등이 마비되는 느낌이 들었다. 구양봉이 갑자기 그녀의 등에 있는 혈도를 번개같이 찍은 것이었다. 그 움직임이 너무 빨라 소용녀는 전혀 방비를 하지 못했다. 구양봉은 또 손가락을 뻗어 허리에 있는 혈도를 마저 찍었다.

"조급해하지 말고 있어야 한다. 우리 아이에게 잘 가르쳐주고 나서 풀어주마."

구양봉은 큰 소리로 웃음을 터뜨리며 멀어졌다.

양과는 의부가 가르쳐준 합마공과 〈구음진경〉의 무공을 기억하느라 정신이 없었다. 구양봉이 가르쳐준 것이 워낙 어려워 머릿속이 뒤죽박죽이었지만, 그 속에 담긴 오묘한 이치는 어렴풋하게나마 이해할 수 있을 것 같았다. 그렇게 배운 내용을 곰곰이 곱씹어보느라 소용녀가 혈도를 찍히는 모습을 보지 못했다.

구양봉은 양과에게 다가가 그의 손을 잡아끌었다.

"저쪽으로 가자꾸나. 네 사부라는 계집이 들으면 안 돼."

'선자가 엿들을 리가 있나. 아버지가 가르쳐주겠다고 해도 배우려고 하지 않을 텐데…….'

양과는 속으로는 내키지 않았지만, 구양봉이 워낙 제정신이 아닌 것을 알기에 더 이상 대꾸하지 않고 그를 따라갔다.

소용녀는 몸이 마비된 채 바닥에 주저앉아 있었다. 화가 나기도 하고 우습기도 했다. 무공을 누구보다 열심히 수련했지만 실제로 적과 맞서 싸운 경험이 적어 이막수의 계략에 걸려들고, 저런 이상한 사람에게도 당하는구나 싶었다. 그녀는 우선 구음신공으로 구양봉에게 찍혔던 혈도를 풀고 깊이 숨을 들이쉬며 기를 조절했다. 그런데 어찌 된 일인지 혈도 두 군데가 풀리지 않을 뿐만 아니라 오히려 더욱 마비되는 느낌이 들었다. 구양봉은 〈구음진경〉을 역행해 수행했다. 그래서 그녀가 원래의 방법으로 혈도를 풀려 했던 것이 오히려 덫이 되고 말았다. 몇 차례 더 시도해보았지만 이제는 찍혔던 자리가 조금씩 아파오기까지 했다.

'그 미치광이가 무공을 다 가르쳐주고 나서 풀어준다고 했으니 기다리는 수밖에…….'

그녀는 고개를 들어 하늘의 별을 바라보다가 눈을 감고 잠이 들었다. 한참 뒤 눈에 뭔가가 닿는 느낌이 들었다. 그녀는 어두운 밤에도 낮처럼 사물을 알아볼 수 있었으나, 이번에는 아무것도 볼 수가 없었다. 누군가 두 눈을 헝겊으로 묶어놓은 것이다. 뒤이어 누군가가 조심스럽게 다가와 자신을 껴안는 것이 느껴졌다. 소용녀는 질겁하고 소리를 지르려고 했으나 혀가 잘 돌아가지 않았다. 그 사람이 입술을 제 입에 포개고 있어 입을 열 수가 없었다. 이제 그는 자신의 뺨에 입을 맞추었다. 그녀는 구양봉이 자신을 범하려는 줄 알았다. 그러나 그 사람의 얼굴이 매끄러운 것이 온통 수염투성이인 구양봉은 아닌 듯했다.

소용녀는 가슴이 뛰기 시작했다. 두려움이 점차 누그러지고 은근히 설렘이 번졌다. 아무래도 양과가 자신을 놀리고 있는 것 같았다. 자신을 만지는 두 손은 이제 온몸을 더듬고 있었다. 그리고 천천히 옷을 풀었다. 소용녀는 꼼짝도 할 수 없는 상태에서 그가 하는 대로 두는 수밖에 없었다. 기쁘기도 하고, 또 부끄럽기도 했다. 그러나 양과가 그만큼 자신을 사랑하고 가깝게 느끼고 있다는 생각이 들었다. 그런 생각이 드니 소용녀도 그와 한 몸이 되고 싶었다. 온몸이 흔들릴 정도로 떨리는 가운데 마치 취한 듯 힘이 빠졌다.

한편 구양봉은 총명한 양과 덕분에 기분이 좋았다. 그는 자신이 가르쳐주는 구결을 단번에 이해하지는 못했지만, 짧은 시간에 거의 대부분을 외웠다. 양과를 가르칠수록 신이 나 정신없이 구결을 설명하며 떠들다가 날이 밝아서야 양대 상승 무공의 요지를 마칠 수 있었다. 양과는 가만히 생각에 잠겨 있다가 입을 열었다.

"저도 〈구음진경〉을 공부했는데, 아버지가 말씀하신 것과 많이 다르네요. 왜 그렇죠?"

"헛소리! 이것 말고 무슨 〈구음진경〉이 또 있단 말이냐?"

"예를 들어 역근단골술易筋鍛骨術에서 아버지께서는 세 번째 걸음에서 기혈을 역행시켜 천주혈天柱穴로 향하게 하라 하셨는데, 저희 선자는 힘을 단전에 모으고 장문혈章門穴로 통하게 하라고 했습니다."

"아니야, 아니야. 가만, 이게……."

구양봉은 고개를 저으면서도 양과의 말대로 해보았다. 갑자기 내공이 발산되는 느낌이 들었다. 그는 곽정이 적어준 경문이 사실은 완전히 반대였다는 사실을 알지 못했다. 갑자기 머릿속이 혼란스러워진 그는 입에서 나오는 대로 떠들어대기 시작했다.

"어찌 된 거냐? 내가 틀린 것이냐, 네 사부라는 계집이 틀린 것이냐? 어떻게 이런 일이? 나…… 나는 누구냐?"

눈자위가 돌아가 정신이 나간 듯한 구양봉을 바라보며 양과는 몇 차례 그를 불러보았다. 그래도 구양봉이 대답이 없자 양과는 걱정이 되어 어찌할 바를 몰랐다. 얼마 전 의부가 자기 이름을 생각해내지 못했을 때, 황용이 일부러 '조전손이, 주오진왕, 풍정저위, 장심한양'이라 부르던 것이 생각났다. 의부가 혼란스러워하는 사이 곽정 부부가 자기들끼리 이야기하면서 '구양봉'이라 부른 것을 분명히 들었다. 그 사실을 이제껏 가르쳐주려고 했으나 워낙 많은 일이 겹쳐 그러지 못했던 것이다.

"아버지, 아버지는 구양봉이에요. 생각나세요?"

구양봉은 퍼뜩 정신이 들었다. 머릿속으로 한 줄기 빛이 보이는 듯했다. 과거의 수많은 일이 한꺼번에 떠올랐다. 그는 갑자기 웃음을 터뜨리며 뛰어올랐다.

"그래, 그래! 구양봉이 누구지? 하하하! 구양봉!"

그는 옆에 있던 나무를 부러뜨리고는 사장蛇杖 장법으로 바람 소리를 일으켰다.

"구양봉이 참 대단하지? 구양봉 무공이 천하제일이라고! 구양봉 무공이면 아무도 두렵지 않아! 하하! 하핫!"

구양봉은 미친 듯 떠들어대며 옆에 있는 양과는 돌아보지도 않고 바람처럼 멀어졌다. 양과가 따라가려는 순간 수 장 떨어진 나무 뒤에서 바스락거리는 소리가 들렸다. 갑자기 소용녀 생각이 나 고개를 돌려보니 사람의 그림자가 스쳐 지나갔다. 수풀 사이로 누런 도포 자락이 보인 것도 같았다. 게다가 그 사람의 움직임이 예사롭지 않은 것이 아무래도 수상쩍었다. 양과는 부쩍 의심이 들어 성큼 뒤쫓아갔다. 그 사람은 허둥지둥 걸음을 재촉해가며 앞으로 내달리고 있었다. 그 뒷모습을 보니 도사인 듯했다.

"이봐, 누구야? 여기서 뭘 하는 거야?"

경공술을 써 뒤를 쫓았다. 앞서가는 도사는 양과의 소리를 듣고는 걸음을 더욱 재촉했다. 양과는 다리에 힘을 주며 화살처럼 앞으로 뛰어나가 도사의 어깨를 잡았다. 놀란 듯 돌아보는 얼굴은 다름 아닌 전진교의 견지병이었다. 그는 옷매무새가 흐트러진 채 얼굴이 벌겋게 상기되어 있었다.

"뭐 하는 거요?"

견지병은 전진교 제3대 제자 중 우두머리로 무공이 높고 평소 행동거지도 위엄이 있었다. 그런데 어찌 된 일인지 지금은 얼굴에 당황한 빛이 역력하며 양과의 물음에도 대답을 하지 못했다.

양과는 잔뜩 겁먹은 듯한 그의 얼굴을 바라보며 과거 그가 스스로 손가락을 끊어 맹세했던 일이 떠올랐다. 원래 사람 됨됨이가 나쁜 사람은 아니라는 생각이 들어 목소리를 한층 누그러뜨리며 말했다.

"어쨌든 아무 일도 없으니 가시오."

견지병은 고개를 돌려 양과의 눈치를 살피더니 허둥지둥 멀어져 갔다.

'저 도사가 정신이 나간 거지. 정말 우습군.'

양과는 속으로 그를 비웃으며 움막으로 돌아왔다. 그런데 수풀 밖으로 소용녀의 두 발이 삐죽 나와 있는 것이 보였다. 꼼짝도 하지 않는 것이 아마도 잠이 든 듯했다.

"선자!"

양과가 몇 차례 불러보아도 소용녀는 대답이 없었다. 얼른 수풀 속으로 들어가보니 소용녀는 두 눈이 푸른 헝겊으로 가려진 채 바닥에 누워 있었다. 양과는 깜짝 놀라 소용녀의 눈을 가린 헝겊을 풀었다. 왠지 그녀의 눈빛이 평소와 달라 보였다. 두 볼이 발갛게 물들었고 사뭇 교태를 부리는 듯한 모습이었다.

"선자, 누가 이런 짓을 했어요?"

소용녀는 대답은 하지 않고 양과를 책망하는 듯한 눈빛으로 바라보았다. 그러고 보니 소용녀의 몸이 축 늘어져 있는 것이 누군가에게 혈도를 찍힌 것 같았다. 양과는 얼른 그녀를 잡아끌어보았다. 역시 꼼짝도 못 하고 끌려올 뿐이었다. 양과는 무슨 일이 있었는지 대충 짐작이 갔다.

'아버지가 역근점혈법으로 선자의 혈도를 찍은 거야. 그러지 않았다면 선자가 풀 수 있었을 텐데.'

양과는 조금 전에 구양봉에게 배운 방법으로 혈도를 풀어주었다.

소용녀는 혈도를 찍히면서 온몸이 마비가 되었다. 그런데 양과가 혈도를 풀어주고 난 후에도 여전히 힘없이 양과에게 기대고 일어날 줄을 몰랐다. 마치 온몸의 뼈가 모두 녹아버리기라도 한 것 같았다.

양과는 팔을 뻗어 자신에게 기댄 소용녀의 어깨를 받쳐주었다.

"선자, 제 아버지가 원래 좀 괴팍해요. 일반 사람과는 다르니, 이해 해주세요."

"자기야말로 멋대로 하면서 남 얘기를 하고 있담?"

소용녀는 여전히 얼굴을 양과의 품에 묻고 있었다. 아무래도 평소 와는 다른 행동에 양과는 당황하기 시작했다.

"선자, 저…… 제가……."

소용녀는 고개를 들고 양과를 빤히 바라보았다.

"아직도 선자라고 부르는 거야?"

양과는 더욱 당황해 어찌할 바를 몰랐다.

"선자라고 부르지 않으면 뭐라고 불러요?"

"과가 내게 그렇게 했는데 어떻게 내가 계속 사부 노릇을 하겠어?"

소용녀가 가만히 미소를 지었다. 양과는 무슨 소리인지 도무지 알 수가 없었다.

"제가, 제가…… 어떻게 했는데요?"

소용녀는 소매를 걷어 올렸다. 눈처럼 하얀 팔이 드러났다. 옥처럼 희고 가는 팔에는 흠이라고는 찾아볼 수가 없었다. 그런데 있어야 할 붉은 수궁사가 어딜 갔는지 보이지 않았다.

"봐."

수줍은 듯한 소용녀의 말에 양과는 여전히 영문을 모르겠다는 듯 귀를 긁적거렸다.

"선자, 저는 무슨 말씀을 하시는지 모르겠어요."

"이제는 선자라고 부르지 말라고 했지."

어리둥절해 있는 양과의 얼굴을 보며 소용녀는 가슴 깊은 곳에서 따뜻한 정이 샘솟는 듯했다.

"우리 고묘파 사람들은 대대로 처녀의 몸으로 무공을 닦았어. 우리 사부님께서 내 팔에 수궁사를 찍어주셨지. 어젯밤 네가 그렇게 했으니 내 팔에 수궁사가 남아 있을 리가 없잖아?"

"어젯밤에 제가 어쨌는데요?"

소용녀는 얼굴이 화끈 달아올랐다.

"더 말하지 마."

잠시 후, 소용녀가 다시 가만히 입을 열었다.

"전에는 산을 내려가는 게 무서웠는데, 이젠 그렇지 않아. 네가 어딜 가든 난 기꺼이 널 따를 거야."

양과는 뛸 듯이 기뻤다.

"선자, 잘됐네요!"

"왜 아직도 선자라고 하는 거야? 설마 진심으로 한 게 아니란 말이야?"

소용녀가 갑자기 정색을 하자 양과는 아무런 대답도 하지 못했다. 그 모습에 소용녀는 더욱 조바심이 났다.

"도대체 나를 뭘로 생각하느냔 말이야!"

"선자는 제 사부님이시고, 제게 무학을 가르쳐주셨어요. 저는 평생 선자를 아끼고 공경하며 뭐든 시키는 대로 하겠다고 맹세했고요."

"나를 네 아내로 생각하지 않는단 말이야?"

소용녀의 목소리가 떨리고 있었다.

양과는 한 번도 생각해보지 않은 말이 소용녀의 입에서 튀어나오자 깜짝 놀라 뭐라 대답을 해야 할지 모르고 허둥댔다.

"아니, 아니에요! 선자는 제 아내가 될 수 없어요. 제가 어찌 감히…… 당신은 제 사부님이시고 선자이신걸요."

소용녀는 지난밤 구양봉에게 혈도를 찍혀 꼼짝 못 하는 사이 몸을 잃어버렸다. 처녀의 몸으로 경험이 없었고 마침 주위에는 다른 사람이 없었기에 그녀는 당연히 그 사람이 양과라고 생각했다. 원래부터 양과에게 정을 품고 있던 터라 그녀는 아무런 저항 없이 받아들였다. 그리고 양과가 이렇게 하는 것은 틀림없이 자기를 평생 반려자로 받아들이는 것이라고 여겼다. 그녀는 양과가 지난밤처럼 부드럽고 친근하게 자신을 대해줄 것이라고 생각했다. 그러면 부부의 연을 맺었음을 맹세하고 선자네, 사부네 하는 따위의 이름은 벗어던지려고 했다. 그런데 양과는 어찌 자신을 '누이'라든지, '부인'이라 부르지 않는단 말인가? 그렇다면 자신은 양과를 어찌 불러야 하는 것인가? '낭군'이라 불러서는 안 된단 말인가?

잔뜩 부풀어 있던 소용녀의 마음은 양과의 '선자'라는 말 한마디 때문에 산산조각이 나고 말았다. 게다가 자신이 부끄러움을 무릅쓰고 드러낸 수궁사 얘기 역시 냉담하게 아무것도 아니라는 듯 여겼다. 마치 지난밤에 있었던 일을 깨끗이 잊은 듯한 모습이었다. 자신에게는 죽고 사는 일보다 훨씬 중요한 일이건만 이리도 무심할 수 있다니, 마음을 어떻게 추슬러야 할지 도무지 알 수가 없었다. 고묘에서 이막수가 한 말이 떠올랐다.

"어느 날 사매를 대하는 남자의 태도가 갑자기 변하는 거야. 원래는 항상 다정하고 사매를 제 몸보다 아꼈는데 갑자기 멀어진 듯 격식을 갖추면 그게 마음이 변한 거야. 한동안은 느끼지 못할 수도 있어. 하지만 미리 조심해두는 게 좋아. 그리고 무슨 단서가 없는지 잘 살펴야지."

양과가 했던 말도 그녀의 귀에 울렸다.

"아니, 아니에요! 선자는 제 아내가 될 수 없어요. 제가 어찌 감히……. 당신은 제 사부님이시고 선자이신걸요."

'이것이 마음이 변한 게 아니면 뭔가. 나를 아내로 삼을 수 없다고 못 박는 것이나 다름없지 않은가! 단서라 할 것도 없어. 이제 조심한다 한들 무슨 소용이 있을까.'

소용녀는 화가 끓어올라 온몸을 부들부들 떨다가 갑자기 선혈을 토했다. 양과는 놀라 정신을 잃을 지경이었다.

"선자! 선자!"

소용녀는 여전히 자신을 선자라고 부르는 양과를 사납게 쏘아보다가 왼손을 들어 양과의 천령개天靈蓋를 내리쳤다. 그러나 그 손은 허공에서 멈추었다. 소용녀의 눈빛은 점차 깊은 번민에서 원망으로, 그리고 다시 연민으로 바뀌어갔다. 그녀는 천천히 한숨을 내쉬었다.

"네가 그렇다면 앞으로 다시는 날 볼 생각하지 마."

소용녀는 그대로 소매를 떨치고 몸을 돌려 산 아래를 향해 뛰어내려갔다.

"선자, 어딜 가세요? 저도 함께 갈게요!"

고개를 돌리는 소용녀의 눈에는 눈물이 가득 고여 있었다.

"네가 다시 나를 보려 하면 난 어쩌면…… 어쩌면…… 참지 못하고 널 죽일지도 몰라."

"제가 아버지에게 무공을 배워서 그러시는 거예요?"

"네가 누구에게 무공을 배우든, 내가 뭐라고 할 수 있겠어? 네가, 네가 결국은 마음이 변해버린 것을!"

소용녀는 처연한 표정으로 말을 마치고는 다시 몸을 돌려 멀어져 갔다.

양과는 멍하니 서서 아무 생각도 할 수가 없었다. 흰옷을 입은 소용녀의 뒷모습이 점점 멀어지는 것을 바라볼 뿐이었다. 마침내 그 모습이 산허리를 돌아 사라지자 비통한 마음을 참지 못하고 그만 바닥에 주저앉아 울음을 터뜨렸다. 아무리 생각해보아도 무엇을 잘못한 것인지 알 수가 없었다. 소용녀가 왜 갑자기 이상한 태도로 자신을 대하는지, 왜 부드럽게 매달리다가 갑자기 화를 내며 자신을 버린 것인지, 또 왜 아내가 되겠다며 선자라 부르지 말라고 했는지, 왜 자기더러 마음이 변했다고 하는 것인지……. 양과는 아무리 머리를 짜내보아도 알 수가 없었다.

"이건 틀림없이 아버지와 관계가 있어. 아버지가 선자에게 뭔가 잘못을 저지른 거야."

사방은 아무도 없이 적막하기만 하고 들려오는 것은 새소리뿐이었다. 양과는 갑자기 가슴이 떨렸다.

"선자, 선자! 아버지!"

저 멀리 산골짜기에서 메아리가 퍼졌다.

"선자, 선자…… 아버지이……."

그는 수년간 줄곧 소용녀와 붙어 지냈다. 때로는 어머니와 자식처럼, 때로는 누나와 동생처럼 서로를 의지했다. 그런데 갑자기 이유도 모른 채 헤어지고 나니 애간장이 끊어질 듯 가슴이 아팠다. 상심이 큰 나머지, 양과는 바위에 머리를 찧고 죽어버리고 싶었다. 그러나 소용녀가 갑자기 떠나버렸듯, 언젠가 다시 돌아올지도 모른다는 희망을 품었다. 제 의부가 소용녀에게 잘못을 저질렀더라도 자신은 아무런 잘못이 없으니 다시 돌아올 것이라고 믿었다.

그날 밤, 양과는 도무지 잠을 이룰 수가 없었다. 밖에서 바람 소리만 들려도, 새소리만 들려도 혹 소용녀가 돌아온 것이 아닌가 싶어 벌떡 일어나 뛰어나가곤 했다. 그러다 매번 처량한 표정으로 실망해 들어왔다. 결국 잠자는 것을 포기하고 산마루에 올라가 두 눈을 크게 뜨고 주위를 살폈다. 날이 밝자 계곡 아래로 구름이 피어나 산마루를 둘러쌌다. 온통 적막한 하늘 아래 양과는 혼자 덩그러니 남아 있었다. 그는 갑자기 몸을 일으켜 주먹으로 가슴을 쳤다.

'선자가 돌아오지 않는다면 내가 찾아 나서면 돼. 다시 선자를 만나기만 하면 아무리 나를 때리고 욕을 해도 절대 떠나지 않을 거야. 선자가 나를 때려죽인다면 그냥 죽고 말 거야.'

결심을 하고 나니 갑자기 힘이 솟았다. 그는 소용녀와 자신의 옷이며 물건을 아무렇게나 싸서 등에 짊어지고 성큼성큼 산을 내려갔다. 양과는 인가가 보이면 즉시 흰옷을 입은 예쁘장한 여자를 보지 못했는지 물었다. 그렇게 한나절 동안 10여 명에게 물어보았으나 모두 고개를 저을 뿐이었다. 양과는 점점 마음이 급해졌다. 이 사람 저 사람을 붙잡고 다시 물어보았다. 제 마음이 다급하다 보니 예의를 갖출 겨를도 없었다. 촌로들은 어린 애송이가 무례하게 예쁜 여자를 보았는지부터 물으니 대답하기도 전에 화난 표정부터 지었다.

그때 어떤 이가 그 여자와 무슨 관계냐고 물어왔다.

"상관할 것 없어요. 여기를 지나가는 것을 봤는지 묻고 있잖아요!"

양과의 대답이 이런 식이니 상대 역시 좋은 말이 나올 리 없었다. 막 싸움이 벌어질 찰나, 옆에 있던 한 노인이 양과의 소매를 당기더니 비죽비죽 웃으며 동쪽으로 난 길을 가리켰다.

"어제 내가 선녀처럼 아름다운 색시가 동쪽으로 가는 것을 봤지. 나는 관세음보살께서 내려오신 줄 알았더니, 알고 보니 총각이 점찍은 색시였던가 보군."

양과는 그의 말이 끝나기도 전에 급히 두 손을 모아 감사의 인사를 올리고는 그가 가리키는 길로 들어섰다. 등 뒤로 와자지껄한 웃음소리가 터져 나왔지만 양과는 신경 쓰지 않았다. 웬 젊은이가 무례한 것을 보고 노인이 일부러 엉뚱한 길을 가르쳐줬다는 걸 양과가 알 리 없었다.

한참을 가다 보니 길이 두 갈래로 갈라졌다. 양과는 어느 길로 가야 할까 잠시 망설였다.

'선자는 시끄러운 것을 싫어하니까 아마 외진 길로 갔을 거야.'

그는 즉시 왼쪽으로 난 작은 길로 성큼 들어섰다. 그런데 뜻밖에 길은 갈수록 넓어졌다. 몇 번 모퉁이를 돌고 나자 탁 트인 대로가 나왔다. 그러고 보니 양과는 하루 밤낮을 물도 마시지 못한 상태였다. 이젠 날도 저물고 배가 고파 못 견딜 지경이었다. 마침 눈앞에 마을이 보여 걸음을 재촉해 한 객점에 들어섰다.

"여기 밥과 음식 좀 주시오!"

심부름꾼 점원이 음식을 내왔다. 양과는 배가 고픈 김에 음식을 덥석 집어 입에 넣었으나 목에 걸려 잘 넘어가지 않았다.

'날은 저물었지만, 그래도 선자를 찾아야 해. 오늘 밤을 넘기면 다시는 못 만날지도 몰라.'

그는 먹던 음식을 한쪽으로 밀어놓았다.

"여보, 말 좀 물읍시다."

점원이 웃으며 쪼르르 다가왔다.

"무슨 일이십니까? 그런데 음식이 입에 안 맞으시나요? 뭐든 좋아하시는 걸로 다시 해 올리겠습니다."

양과는 손을 저었다.

"아니, 음식이 아니요. 혹시 흰옷을 입은 예쁜 여자를 못 보았소?"

"흰옷이라, 상복 말씀이신가요? 그 여자 집안에 초상이 났나요?"

연신 고개를 갸웃거리는 점원이 머뭇거리자 양과는 조바심이 났다.

"도대체 봤소, 못 봤소?"

"여자라면 보긴 했습니다. 흰옷을 입고 있었죠."

양과는 정신이 번쩍 들었다.

"어느 쪽으로 갔소?"

"하지만 한나절이나 지났는걸요! 그리고 그 여자, 건드리지 않는 것이 좋을 텐데요."

점원은 한층 목소리를 낮추고 속삭였다.

"그 여자를 찾지 않는 게 좋을 것 같습니다만."

"그 여자가 어쨌기에 그러시오?"

소용녀의 행방을 찾을 수 있다는 생각에 양과는 기쁜 나머지 목소리까지 떨렸다. 점원이 계속 낮은 목소리로 말을 이어갔다.

"그 여자가 무술을 할 줄 아는 걸 아시나요?"

'내가 그걸 모를 리가 있나.'

"알고 있소. 무술을 할 줄 알지."

"그럼 왜 그 여자를 찾는 겁니까? 위험하지 않습니까?"

"도대체 무슨 일이오?"

"먼저 그 여자와 무슨 관계인지 말씀해주십시오."

보아하니 말을 해주지 않으면 그녀의 행방에 대해 말하지 않을 것 같았다.

"그녀는…… 그녀는 내…… 누님이오. 누님을 찾으려고 그러오."

점원은 양과의 말에 흠칫 놀라며 표정이 굳어졌다. 그러나 이내 고개를 저었다.

"안 닮았는데?"

양과는 마음이 급해져 점원의 멱살을 움켜쥐었다.

"도대체 알려주겠다는 거요, 말겠다는 거요!"

그제야 점원은 혀를 날름 내밀고는 고개를 끄덕였다.

"아, 이제 좀 닮았군!"

"뭐가 닮고 뭐가 안 닮았다는 거요!"

"우선 손을 좀 놓아주시지요. 목이 죄어 숨이 막혀서…… 어디 말을 하겠습니까? 이렇게 위협을 하시면 알려드리려다가도……."

양과는 이런 사람에게 힘을 써봐야 소용이 없을 것 같아 그냥 놓아주었다. 점원은 켁켁거리며 수선스럽게 굴었다.

"나으리, 닮지 않았다는 것은 그 여자와…… 헤헤, 누님이라는 분을 봤을 때 그분이 더 젊어 보여 누님이 아니라 동생 같다는 것이었고요, 또 닮았다는 것은 두 분 모두 성정이 불같으신 것 같아 그랬습니다. 성격이 급해 주먹을 먼저 쓰시는 것 같아서요."

양과는 화가 조금 누그러지며 미소를 지었다.

"우리…… 우리 누님도 무공을 쓰셨소?"

"아무럼요! 사람이 다치기까지 했죠. 보세요, 여기!"

점원은 탁자 위에 파인 칼자국을 보여주며 득의양양하게 웃었다.

"그러니까 위험하다고 했죠. 누님이 대단하시던데요. 단칼에 도사 두 명의 귀를 베어버렸습니다."

"도사라면?"

양과는 소용녀가 전진교 도사들을 혼내준 걸로 생각하고 미소를 지었다.

"그건……."

점원은 말을 하다 말고 낯빛이 변해 고개를 쏙 움츠리며 몸을 돌려 가버렸다. 양과는 뭔가 일이 벌어졌다는 것을 알고 가만히 자리를 지키고 앉아 있었다. 그리고 다시 젓가락을 들고 음식을 먹으며 주위를 둘러보았다.

도사 두 명이 나란히 객점 문을 들어섰다. 머리 한쪽을 붕대로 감은 두 사람은 스물여섯, 스물일곱 살쯤 되어 보였다. 두 사람은 양과 옆에 있는 탁자에 자리를 잡고 앉았다. 그중 눈썹이 짙은 도사가 연신 음식과 술을 재촉해댔다. 점원은 살살 웃으며 양과에게 눈짓을 보내고 입을 삐죽거렸다.

양과는 짐짓 못 본 척하며 고개를 숙이고 음식을 먹었다. 그는 어쨌거나 소용녀의 소식을 들어 마음이 가벼워졌다. 그래서 있는 음식을 다 먹고 더 시켜서 먹었다.

그가 입고 있는 옷은 소용녀가 만들어준 것이었다. 원래 남루하기도 했지만 하루 밤낮을 정신없이 달려오느라 온통 먼지투성이가 되어 더욱 시골 소년처럼 보였다. 두 도사는 양과는 거들떠보지도 않고 자기들끼리 수군거렸다.

양과는 일부러 소리를 내가며 게걸스럽게 먹으면서 온 신경을 두 도사의 이야기에 쏟았다.

"피皮 사제, 오늘 밤 한韓, 진陳 두 분이 분명 온다고 했는가?"

눈썹이 짙은 도사가 묻자 입이 큰 또 다른 도사가 굵은 목소리로 대답했다.

"그분들은 개방에서도 실력이 쟁쟁한 분들이오. 신甲 사숙과는 절친한 분들이고요. 신 사숙께서 직접 청하셨으니 꼭 오실 겁니다."

양과는 두 사람을 힐끗 쳐다보았다. 아는 얼굴이 아니었다.

'중앙궁이야 도사 나부랭이들이 워낙 많으니, 내가 저들을 모를 수도 있지. 하지만 전진교를 배반한 나를 아는 사람은 많을 테니 절대 마주치면 안 돼. 흥! 우리 선자에게 당하고서는 개방 거지에게 도움을 청했나 보군.'

눈썹이 짙은 도사의 말소리가 계속 이어졌다.

"길이 먼데 오늘 밤 안으로 도착할 수 있을지, 원……."

"희姬 사형, 일이 이리 되었으니 걱정해도 소용없습니다. 그깟 계집 때문에 이렇게……."

희 사형이라고 불린 도사가 말을 가로막았다.

"술이나 들지. 그 얘기는 하지 마."

그러고는 점원을 불러 오늘 밤 쉬어갈 방을 준비시켰다. 양과는 두 사람의 이야기를 대충 엿듣고는 이 두 도사와 함께 있으면 소용녀를 만날 수 있을 거라는 생각이 들었다. 너무 기뻐 가슴이 설렜다. 두 사람이 방으로 들어가자 양과도 점원을 불러 그 옆방을 준비하도록 했다.

점원이 등불을 들고 양과의 귀에 대고 소곤거렸다.

"나으리, 조심하셔야 합니다. 누님이 저 도사들의 귀를 베서 도사들이 복수를 하려고 하니까요."

"우리 누님은 성품이 착하신데, 어찌 사람의 귀를 베었을까?"

점원은 묘한 표정으로 키득거렸다.

"누님이니 동생에게야 잘해주시겠지요. 다른 사람에게는 안 그렇던데요. 누님이 식사를 하는 중에…… 킥킥, 정말 누님이십니까? 아무래도 못 믿겠습니다. 어쨌든 누님이라고 치고, 저 도사들이 옆에 앉았지요. 그리고 누님 다리를 흘끔흘끔 쳐다보니까 누님께서 화를 내시면서 검을 뽑아 그대로 휘두르셨지요."

그의 이야기는 끝이 없었다. 양과는 옆방에서 등불을 끄는 소리가 들리자 얼른 팔을 저어 입을 다물게 했다.

'이 도사 놈들이 우리 선자의 미모에 반해 화를 돋운 거지. 흥, 전진교에 제대로 된 놈이 있을까.'

한편으로는 또 다른 생각도 들었다.

'선자가 중양궁에서 싸움을 했으니 저놈들도 선자의 얼굴을 알 텐데 어찌 희롱을 했을까?'

점원이 방을 나가자 양과도 등불을 끄고 자리에 누웠다. 오늘 밤은 잠을 이룰 수 없을 것 같았다. 그는 구양봉이 가르쳐준 양대 신공을 가만히 외워보았다. 그러나 그 무공이 워낙 심오하고 구양봉이 두서없이 알려준 탓에 그가 기억하는 것은 얼마 되지 않았다. 그리고 옆방의 동정을 놓칠까 봐 깊이 몰두하지도 못했다.

밤이 깊어가고 있었다. 갑자기 뜰에서 누군가 담을 넘어오는 소리가 들렸다. 두 명이었다. 그리고 옆방 창이 열리는 소리와 함께 희 사형이라는 사람의 목소리가 들렸다.

"개방에서 오신 분들이십니까?"

"그렇소."

뜰에서 대답이 들려왔다.

"들어오시지요."

희 사형이라는 자가 가만히 방문을 열고 등불을 켰다. 양과는 온 신경을 집중해 네 사람의 이야기를 엿들었다.

희 사형이라는 사람의 목소리가 들렸다.

"빈도 희청허姬淸虛, 피청현皮淸玄, 두 분 호걸께 인사 올립니다."

양과는 고개를 끄덕였다.

'전진교는 처處, 지志, 청淸, 정靜으로 항렬을 삼으니, 저 두 놈은 전진교 제4대 제자들이로구나. 학대통이나 유처현의 제자인가?'

옆방에서 갈라진 듯한 목소리가 들렸다.

"신 사숙의 연락을 받고 그길로 달려왔소. 그자가 그렇게 강하단 말이오?"

희청허가 대답했다.

"말씀드리기 부끄럽습니다만, 저희가 그 계집과 싸워보니 적수가 되지 않았습니다.”

“그 여자의 무공은 어느 문파요?”

“고묘파가 아닌가 생각합니다. 나이는 어리지만 실력은 대단했습니다.”

양과는 고묘파라는 말을 듣고 저도 모르게 신음 소리를 내뱉었다.

“고묘파라고 하지만, 그 계집이 적련선자 이막수를 욕하는 것을 보면 아닌 것 같기도 하고요.”

“그렇다면 뭐 대단한 것 같지는 않은데……. 내일 어디서 만나기로 했소? 상대는 몇 명이오?”

“내일 정오로 정했습니다. 장소는 남서쪽으로 40리쯤 되는 곳에 있는 시랑곡豺狼谷에서 만나 겨루기로 했습니다. 상대가 몇 명인지는 아직 모릅니다. 우리는 개방 고수들께서 도와주러 오셔서 그쪽이 몇이 오든 걱정 없습니다.”

“좋소, 우리 두 사람이 내일 시간 맞춰 가겠소. 한 사제, 가지.”

희청허는 그들을 문까지 전송하며 목소리를 낮추어 속삭였다.

“이곳은 중양궁에서 멀지 않습니다. 저희가 겨루는 일은 절대 중양궁에 들어가면 안 됩니다. 잘못하면 저희가 벌을 받습니다.”

한씨 성을 가진 사람이 큰 소리로 웃음을 터뜨렸다.

“신 사숙께서도 편지에 이미 그렇게 쓰셨소. 그런 사정이 아니고서야 중양궁에도 고수들이 즐비한데 어찌 우리에게까지 도움을 청하셨겠소.”

또 다른 사람도 거들고 나서니, 두 도사도 입을 모아 맞장구를 쳤다.

‘이것들이 몰래 손을 잡고 우리 선자를 괴롭히려 하는구나. 홍, 눈

가리고 아옹 하는 격이지.'

　네 사람은 잠시 수군거리더니 개방에서 온 두 사람이 먼저 담을 넘어갔고, 희청허와 피청현도 그들을 배웅하기 위해서인지 담을 넘었다.

8 | 신비의 백의 소녀

白衣少女

양과는 여자가 위기에 처하는 것을 보고 더 이상 지체할 수 없어 얼른 손가락으로 소 엉덩이를 찔렀다. 여섯 사람은 정신없이 싸우고 있다가 문득 자신들을 향해 달려오는 황소를 발견하고 깜짝 놀라 사방으로 흩어져 피했다.

양과는 창문을 열고 훌쩍 뛰어 소리 없이 희청허와 피청현의 방으로 들어갔다. 방 한구석에 두 개의 꾸러미가 놓여 있었다. 그중 하나를 들어 가늠해보니 은자 스무 냥 정도가 들어 있는 것 같았다.

　'마침 잘됐다. 노자로 쓰면 되겠군.'

　양과는 은자가 든 꾸러미를 품속에 넣었다. 또 다른 꾸러미에는 길이가 사 척 정도 되는 장검 두 자루가 들어 있었다. 양과는 중수법重手法으로 두 자루의 검을 부러뜨린 후, 다시 칼집에 넣어 보자기로 잘 싸두었다. 양과는 막 나가려다 갑자기 생각이 난 듯 두 도사의 이불에 오줌을 갈겼다.

　누군가 담을 넘는 소리가 들렸다. 두 도사가 돌아온 모양이었다. 담을 한 번에 넘지 못하고 일단 담장 위로 올라섰다가 다시 땅바닥으로 뛰어내리는 것으로 보아 경공술이 그다지 뛰어나지는 못한 듯했다.

　양과는 재빨리 몸을 날려 자기 방으로 돌아가 문을 닫았다. 두 도사는 아무것도 눈치채지 못했다. 양과는 귀를 벽에 대고 옆방의 동정을 살폈다. 두 도사는 낮은 목소리로 내일 있을 싸움에 대해 이야기를 나누고 있었다. 승리를 확신하고 있는 듯했다. 먼저 옷을 벗고 자리에 누우려던 피청현이 갑자기 소리를 질렀다.

　"아니, 이불이 왜 이리 축축하죠? 이런…… 희 사형, 이불에다 소변을 보셨습니까?"

"소변이라니? 이런, 어떤 놈이 이런 짓을! 도둑고양이가 들어왔을까?"

"도둑고양이라면 양이 이렇게 많겠어요?"

"정말 이상하군……. 아니, 은자 보따리가 어디 갔지?"

두 사람은 은자를 찾느라 온 방을 샅샅이 뒤졌다. 양과는 혼자 미소를 지었다. 피청현의 화난 목소리가 들렸다.

"주인장, 주인장, 여기가 바로 손님들을 상대로 도둑질을 한다는 객점인가? 한밤중에 손님의 은자를 훔쳐가다니!"

잠시 후, 두 사람의 고함 소리에 객점의 점원이 뛰어나왔다. 아직 잠이 덜 깬 듯 몽롱한 표정이었다. 피청현은 다짜고짜 점원의 멱살을 잡으며 훔친 돈을 내놓으라고 소리를 쳤다. 시끄러운 소리에 객점 주인과 불 피우는 점원, 청소하는 점원 등이 모두 뛰어나왔다. 뒤를 이어 객점에 묵고 있던 손님들도 하나둘 나와 구경하기 시작했다. 양과도 손님들 무리에 섞여 구경을 했다.

점원이 어찌나 말을 잘하는지 먼저 시비를 걸었던 두 도사는 말대꾸 한마디 제대로 하지 못했다. 점원은 원래가 말싸움하는 것을 좋아했다. 평소 별 이유 없이 남에게 싸움을 걸기도 하던 터에 누군가 시비를 걸어오니 마침 잘 걸린 셈이었다. 점원은 침을 튀겨가며 두 도사에게 욕을 해댔다. 두 도사는 창피하기도 하고 화가 나기도 해서 그를 패주고 싶었지만 도를 닦는 몸이라 함부로 사람을 팰 수는 없었다. 게다가 여기는 종남산 기슭이어서 경거망동을 해서는 안 되었다. 두 도사는 억지로 화를 눌러 참으며 문을 닫고 방 안으로 들어갔다. 점원은 여전히 방 밖에서 한참을 떠들어댄 후에야 겨우 물러갔다.

다음 날 새벽, 양과가 국수를 먹고 있는데 심부름꾼 점원이 다가와 알은체를 했다. 그는 양과를 보자마자 어젯밤에 있었던 이야기를 꺼냈다.

"그 사람들이 뭘 어쨌는데요?"

점원은 의기양양한 태도로 두 도사를 욕해댔다.

"흥! 그게 다 공짜로 먹고 자려는 수작 아니겠어요? 중양궁의 체면을 봐서 그럴 수도 없는 일이지만, 어디서 감히 누명을 씌우려 들어요? 자기들도 창피한지 그새 몰래 도망쳤지 뭡니까? 흥! 제가 반드시 중양궁에 가서 일러바칠 거예요. 전진교에 도사들이 얼마나 많아요? 모두들 규율을 잘 지키는데, 그런 파렴치한 놈들이 있다니. 제가 그 두 놈의 얼굴을 똑똑히 기억해두었으니 꼭 찾아내고 말 거예요."

양과는 빙그레 미소를 지으며 방값을 치르고 시랑곡으로 가는 길을 자세히 물은 후 길을 나섰다. 순식간에 30여 리를 걸으니 이제 시랑곡이 얼마 남지 않았다. 아직 새벽이었다.

'일단 나서지 말고 조용히 숨어 선자가 그 나쁜 놈들을 어떻게 상대하는지 지켜봐야겠다. 그리고 선자가 먼저 나를 알아보지 못하도록 해야지.'

양과는 농가의 소년으로 변장해 홍능파를 속였던 일을 떠올렸다. 이번에도 지난번과 같은 수법을 쓸 생각이었다. 양과는 근처 농가의 뒤뜰로 들어가 동정을 살폈다. 외양간에 큰 소 한 마리가 무엇에 화가 났는지 뿔로 기둥을 들이받고 있었다.

'목동으로 변장하면 선자가 알아보지 못할 거야.'

양과는 살금살금 농가로 들어갔다. 방 안에 어린아이 둘이 앉아 놀고 있다가 갑자기 들어온 양과를 보고 깜짝 놀랐지만 미처 소리는 지르지 못했다. 양과는 아이들의 머리를 쓰다듬으며 안심시키고는 옷을 한 벌 찾아 갈아입고 신발도 짚신으로 갈아 신었다. 벽에 삿갓과 작은 피리가 걸려 있었다. 바로 목동이 쓰는 물건이었다. 양과는 신이 났다. 삿갓을 쓰고 피리를 손에 드니 영락없는 목동이었다. 새끼줄을 허리에 감고 피리를 허리에 꽂았다.

모든 준비를 마친 후, 외양간 문을 열고 들어갔다. 소는 여전히 기둥을 들이받고 있다가 외양간 문이 열린 것을 보고 엄청난 속도로 돌진해왔다. 양과는 번개같이 소 등에 올라탔다. 소는 몸집이 크고 건강해서 700근은 족히 될 것 같았다. 긴 털과 날카로운 뿔이 자못 위풍당당해 보이기까지 했다.

소는 사납게 날뛰어 순식간에 큰길로 달려 나갔다. 이렇게 사나운 것을 보니 아마 발정기인 모양이었다. 소는 등에 있는 양과를 떨어뜨리려고 몸부림을 쳤다. 그러나 양과는 미소를 지은 채 꿈쩍도 하지 않았다.

"이놈, 얌전히 굴지 않으면 큰코다칠걸."

양과는 날뛰는 소의 어깨를 내리쳤다. 내공을 약간 실었을 뿐인데도 소는 고통을 견디지 못하고 목이 찢어져라 비명을 질러댔다. 또다시 날뛰려는 순간, 양과가 또 한 차례 일장을 가했다. 연이어 10여 차례를 내리치자 소는 감히 더 이상 반항하지 못하고 얌전해졌다. 양과가 왼쪽 목을 치면 오른쪽으로 가고, 오른쪽 목을 치면 왼쪽으로 가고, 뒤를 치면 앞으로 전진하고, 앞을 치면 뒤로 후진하도록 훈련을 시켰다. 잠시 후, 양과는 마음먹은 대로 소를 몰 수 있었다.

양과가 힘을 주어 엉덩이를 치자, 소가 엄청난 속도로 앞을 향해 달리기 시작했다. 순식간에 빽빽한 숲을 지나 사방이 절벽으로 둘러싸인 계곡으로 들어섰다. 어느새 객점 점원이 알려준 곳에 당도해 있었다. 양과는 소의 고삐를 묶어 비탈진 곳에서 풀을 뜯게 한 후 풀밭에 드러누웠다. 사방이 너무나 고요했다. 풀을 뜯는 소가 간간이 내뱉는 울음소리를 제외하면 사방은 그야말로 고요했다. 그는 지그시 눈을 감고 생각에 잠겼다.

해는 벌써 중천에 떠 있었다. 그는 점점 조급한 생각이 들었다. 만약 소용녀가 상대방과의 약속을 어기고 나타나지 않으면 어찌할 것인가? 그때 계곡 입구에서 한 사람의 신호음이 울렸다. 이어 남쪽에서도 몇 차례의 신호음이 들려왔다. 양과는 아랑곳하지 않고 한쪽 무릎을 세우고 다른 한쪽 다리를 포갠 채 누워 있었다. 오른쪽 눈만 남겨두고 삿갓으로 얼굴을 덮었다.

잠시 후, 계곡 입구에서 세 명의 도인이 나타났다. 그중 두 명은 바로 어제저녁 객점에서 만났던 희청허와 피청현이었다. 다른 한 명은 마흔 살 남짓 되어 보이는 왜소한 체구의 남자였다. 아마도 그가 신 사숙인 듯했다. 자세히 보니 전에 중양궁에서 본 적이 있는 것 같았다. 뒤이어 산모퉁이 뒤쪽에서도 두 사람이 다가왔다. 한 명은 몸집이 건장한 남자였고, 또 다른 한 명은 백발의 노인이었다. 두 사람 다 거지 복장을 하고 있는 것으로 보아 개방의 한과 진인 듯했다. 다섯 사람은 말없이 서로를 향해 예를 갖춘 후, 서쪽을 바라보며 재빨리 한 줄로 섰다.

바로 그때, 계곡 입구에서 발굽 소리가 들려왔다. 다섯 사람은 서로 마주 보더니 모두 계곡 입구를 바라보았다. 발굽 소리가 점차 가까워졌다. 잠시 후, 흰옷을 입은 여자가 검은 나귀를 타고 계곡 입구에서 빠른 속도로 달려왔다. 여자를 본 양과는 깜짝 놀랐다.

'선자가 아니잖아? 저들과 한패일까?'

나귀는 다섯 사람에게서 수 장 떨어진 곳에 멈춰 섰다. 흰옷을 입은 여자가 차가운 눈초리로 다섯 사람을 훑어보았다. 무시하는 기색이 역력했다. 그들과 말을 섞기조차 싫은 표정이었다.

희청허가 먼저 입을 열었다.

"어린 계집이 간이 부었구나. 너희 패거리가 모두 몇 명이더냐? 어서 나오라고 해라."

여자는 냉소를 지으며 허리에서 칼을 뽑아 들었다. 초승달처럼 굽은 만도彎刀가 은빛을 발했다.

희청허가 또다시 입을 열었다.

"우린 다섯 명뿐이다. 너희 패거리가 언제 올지 모르나, 오래 기다려줄 생각은 없다."

여자가 칼을 휘두르며 대답했다.

"이 칼이 내 패거리다."

획! 획! 칼날이 허공을 가르는 소리가 매우 날카로웠다.

여자의 말에 다섯 사람은 모두 깜짝 놀랐다. 여자의 몸으로 도와주는 이 하나 없이 다섯 명의 고수와 상대를 하려 하다니 어찌 이리 담이 클 수 있단 말인가?

한편 양과는 여기서 기다리면 소용녀를 만날 수 있으리라 기대했건만, '흰옷을 입은 미모의 여자'가 뜻밖에도 다른 사람인 것을 알고 너무 상심한 나머지 숨이 다 막히는 것 같았다. 참아보려 했지만 결국 참지 못하고 큰 소리로 통곡하기 시작했다.

양과의 통곡 소리에 여섯 사람은 모두 깜짝 놀랐다. 고개를 돌려보니 산등성이에서 소를 모는 목동이 울고 있었다. 모두들 어린아이가 무슨 속상한 일이 있으려니 하고 대수롭지 않게 여겼다.

희청허가 개방의 한과 진을 가리키며 말했다.

"이분은 개방의 한 대협이시고, 이 분은 개방의 진 어른이시다."

뒤이어 신 사숙을 소개했다.

"신지범申志凡 도장은 너도 만나 뵌 적이 있을 것이다."

그러나 여자는 대꾸도 하지 않고 다섯 사람을 훑어볼 뿐이었다. 희청허의 말에는 전혀 관심이 없는 듯했다.

신지범이 입을 열었다.

"우리 다섯이서 너 하나를 상대로 싸울 수는 없다. 열흘의 시간을 주겠다. 열흘 후, 너를 포함해서 다섯 명이 함께 오너라. 여기서 다시 상대해주마."

"이 칼이 나를 도와 싸울 것이라 말했다! 너희 같은 무리를 상대하는데 어찌 다섯 명씩이나 필요하단 말이냐?"

신지범은 여자의 무례한 말에 화가 났다.

"어린 계집이 미친 거로구나! 이런……."

신지범은 한바탕 욕을 퍼부어주고 싶었으나 결국 꾹 눌러 참으며 여자에게 물었다.

"네가 정말 고묘파 사람이 맞느냐?"

"고묘파 사람이면 어떻고, 아니면 어쩔 테냐? 대체 나와 싸울 용기가 있는 거냐?"

신지범은 여자 혼자의 몸으로 이렇듯 배짱 좋게 나오는 모습을 보고 틀림없이 근처에 고수가 매복해 있을 거라고 생각했다. 만약 매복해 있는 고수가 고묘파의 이막수라면 함부로 건드릴 수가 없었다. 신지범은 다시 예를 갖추며 물었다.

"이보시오, 낭자. 대체 왜 아무 이유 없이 우리 문파의 사람을 해친 거요? 이유를 들어봐서 우리 쪽에 잘못이 있으면 내 당장이라도 사과하겠소만, 만약 정당한 이유가 없었다면 미안하지만 우리도 가만히 있을 수는 없소."

여자는 여전히 냉소를 지으며 말했다.

"너희 두 놈이 내게 무례하게 굴기에 손을 좀 봐준 것뿐이다. 그러지 않았다면 왜 하필 그들의 귀를 잘랐겠느냐?"

갈수록 대담해지는 여자의 말투에 신지범은 더욱 불안해졌다. 진씨 성을 가진 거지는 비록 나이는 많지만 성격이 매우 급한 편이라 더 이상 참지 못하고 앞으로 나섰다.

"어린 계집이 선배들 앞에서 너무 방자하구나. 나귀에서 내리지도 않은 채 그 무슨 말버릇이냐?"

말을 마치고 그는 순식간에 나귀 곁으로 다가가 손을 뻗어 여자의 오른팔을 잡았다. 몸놀림이 워낙 빨라서 여자는 미처 피하지 못하고 오른팔을 붙잡혔다. 칼을 오른손에 쥐고 있었기 때문에 칼을 휘둘러 막을 수도 없었다. 그러나 뜻밖에도 여자는 팔을 한 차례 비틀더니 만도를 휘둘렀다. 서슬 푸른 칼날이 눈앞을 스쳐 지나갔다.

거지는 깜짝 놀라 얼른 손을 놓았다. 다행히 그의 몸놀림이 워낙 빠르고 민첩했기에 칼날을 피할 수 있었다. 거지는 급히 뒤로 물러나 단도를 꺼내 들고 고함을 쳤다.

"죽고 싶은 모양이구나. 덤벼라!"

한씨 성을 가진 거지가 허리에서 연자추鏈子錘를 꺼내 들자, 신지범도 장검을 뽑아 들었다. 희청허와 피청현도 검을 뽑았다. 그런데 칼자루에서 검을 뽑아 들 때 어쩐지 느낌이 허전하다 싶더니 검의 윗부분이 잘려나간 채 절반밖에 남아 있지 않았다.

"아!"

두 사람은 약속이나 한 듯 동시에 소리를 질렀다.

여자는 두 사람의 모습을 보고 웃음을 터뜨렸다. 여자의 웃음소리에 고개를 든 양과도 이 모습을 보자 터져 나오는 웃음을 참을 수가 없었다. 그때 여자가 피청현의 머리를 향해 검을 휘둘렀다. 피청현은 급히 고개를 숙였다. 그러나 뜻밖에도 여자가 중간에 손목을 약간 비틀더니 허공에서 검의 방향을 바꾸며 피청현의 턱 오른쪽을 내리쳤다. 피청현의 턱에서 피가 흘러내렸다. 여자가 사용한 초식은 전형적인 고묘파의 검법이었다.

나머지 네 사람은 화가 나면서도 놀라움을 금치 못했다. 네 사람은 곧 그녀의 주변을 에워쌌다. 희청허와 피청현은 절반뿐인 검을 들고 버리자니 아깝고, 쓰자니 쓸데가 없어 어찌할 바를 몰랐다.

여자가 손에 든 채찍을 휘두르자, 나귀는 순식간에 수 장 밖으로 달려 나갔다. 두 거지가 칼과 추를 들고 뒤를 쫓았다. 신지범도 전진파 검법으로 검을 휘두르며 뒤를 따랐다. 양과가 그의 검법을 자세히 살펴보니 견지병, 조지경 등보다 훨씬 떨어지는 듯했다. 전진파의 '지志'

자 항렬 제자들 중 무공 수준이 하급에 속하는 인물인 것 같았다.

양과는 마음을 가라앉히고 여자의 용모를 살펴보았다. 갸름한 얼굴이 상당히 아름다웠다. 나이는 양과보다 한두 살 아래인 듯했다. 객점의 심부름꾼 점원이 '흰옷을 입은 미모의 여자'가 양과의 누나라는 말을 믿지 못했던 것도 무리는 아니었다.

여자는 비록 흰옷을 입고 있기는 했지만 소용녀가 눈같이 흰 피부를 가진 것에 비하면 피부색이 약간 까만 편에 속했다. 어쨌든 가볍게 춤을 추듯 검을 휘두르는 모습과 횡으로 베는 것보다 찌르는 검법을 많이 사용하는 것으로 보아 확실히 고묘파 사람임에 틀림없었다.

'이막수의 제자일까? 어쨌든 양쪽이 다 좋은 사람들은 아닌 것 같으니 어느 편이 이기든 내 알 바 아니지.'

양과는 팔베개를 하고 누워 편안한 마음으로 싸움을 구경했다.

'흥, 저 정도 외모가 무슨 미모의 여인이야? 우리 선자의 몸종 노릇하기에도 부족해 보이는군.'

약 10여 초식을 겨루었는데도 여자는 전혀 밀리는 기색이 없었다. 나귀 등에 올라앉아 검을 휘둘러댔기 때문에 다섯 사람은 이리저리 피해 다니는 수밖에 없었다. 또 10여 초식을 겨루었다. 희청허는 손에 든 부러진 검이 전혀 쓸모가 없자 마음이 조급해졌다. 그러다 문득 좋은 생각이 떠올랐다.

"피 사제, 나를 따라와."

희청허는 바로 옆 숲속으로 들어가더니 가늘고 긴 나무 한 그루를 찾았다. 부러진 검으로 뿌리 부분을 절단한 후, 나뭇가지를 대충 쳐냈다. 과연 무기로 쓸 만한 몽둥이가 만들어졌다. 피청현도 같은 방법으로 몽둥이를 만들었다. 두 사람은 몽둥이를 들고 좌우에서 나귀를 탄 여자를 향해 협공해 들어갔다.

"파렴치한 놈들!"

여자가 욕을 하며 칼을 휘둘러 좌우에서 공격해 들어오는 몽둥이를 막았다. 그러는 사이 한씨 성을 가진 거지의 연자추와 신지범의 장검이 앞뒤에서 공격해왔다. 여자는 급히 몸을 옆으로 누이면서 고개를 숙인 채 검을 휘둘렀다. 연자추가 아슬아슬하게 그녀의 머리 위를 스쳐 지나갔다. 곧바로 쨍, 소리와 함께 여자의 만도와 연자추가 부딪쳐 불꽃이 튀었다. 그때 갑자기 나귀가 앞다리를 쳐들며 고통스러운 비명을 질렀다. 희청허가 휘두른 가늘고 긴 몽둥이에 세게 맞은 탓이었다. 진씨 성을 가진 거지가 땅바닥을 한 바퀴 구르며 지당도법地堂刀法을 구사해 칼등으로 나귀의 다리를 세게 내리쳤다. 나귀는 그 자리에서 무릎을 굽히며 쓰러졌다.

이렇게 되자 여자는 더 이상 나귀 위에서 싸울 수가 없었다. 눈앞으로 공격해 들어오는 검과 몽둥이를 보며 여자는 나는 듯 몸을 일으켜 왼손으로 피청현이 휘두르는 몽둥이를 휘어잡아 뚝 부러뜨렸다. 뒤이어 잽싸게 칼을 휘둘러 진씨 성을 가진 거지가 휘두르는 칼을 막아냈다. 그 모습을 바라보던 양과는 깜짝 놀랐다.

'이런, 여자가 부상을 입었나?'

자세히 보니 여자는 왼쪽 발을 약간 절고 있었다. 그래서 나귀에서 내리지 않고 적을 상대하려 했던 모양이었다. 이 모습을 본 양과는 갑자기 의협심이 발동했다. 아무래도 여자를 도와주어야겠다는 생각이 들었다. 막 일어서려던 양과는 이내 다시 고개를 돌렸다.

'나와 선자가 고묘에서 행복하게 잘 지내고 있었는데, 그 못된 이막수 때문에 이 지경이 된 것 아닌가? 게다가 저 여자는 자기가 마치 우리 선자인 양 떠벌리고 다니는 뻔뻔스러운 여자인데, 내가 도와줄 이유가 없지.'

양과는 일부러 고개를 돌린 채 여자를 바라보지 않았다. 그러나 시종일관 들려오는 무기 부딪치는 소리, 고함 소리에 결국 호기심을 이기지 못하고 고개를 돌렸다.

그새 전세가 바뀌어 있었다. 나귀 위에서 계속 공세를 퍼붓던 여자는 이제 공격은커녕 이리저리 피하느라 정신이 없었다. 갑자기 거지가 휘두른 연자추가 허공을 가르며 여자를 향해 날아갔다. 여자는 고개를 숙여 피했지만 옆에서 공격해오는 신지범의 장검에 머리를 묶고 있던 은환銀環이 부딪치고 말았다. 그러자 묶여 있던 머리가 흩어져 내렸다. 여자는 눈썹을 곤추세우며 입술을 파르르 떨더니 비장한 표정으로 칼을 휘둘러 신지범을 공격했다.

양과는 문득 마음이 얼어붙는 것 같았다.

"선자가 내게 화를 낼 때도 꼭 저런 표정이었는데……."

양과는 여자의 표정이 소용녀와 너무 닮은 탓에 마음이 움직여 결국 여자를 돕기로 결심했다. 그는 작은 돌 예닐곱 개를 집어 들고 자리에서 일어났다.

여자는 점차 수세에 몰리고 있었다. 신지범이 소리쳤다.

"적련선자 이막수와는 어떤 관계냐? 사실대로 말하지 않으면 더 이상 봐주지 않겠다."

여자가 만도를 횡으로 휘두르며 신지범의 뒤통수를 공격했다. 갑작스레 뒤통수를 공격당한 신지범은 미처 피할 겨를이 없었다.

"조심해!"

두 거지 중 한 명이 다급한 목소리로 외쳤다. 다행히 희청허가 만도를 향해 몽둥이를 던져 막아냈기에 망정이지 그러지 않았다면 신지범은 그 자리에서 목숨을 잃을 뻔했다. 네 사람은 그녀가 이렇듯 독수를 쓰는 것을 보고 만만하게 봐서는 안 되겠다는 생각을 했다.

여자가 몸을 날리더니 위험한 초식을 연이어 전개했다. 신지범은 여자가 필경 이막수와 관계가 있는 듯하니 이렇게 된 이상 살려두어서는 안 되겠다고 결정을 내렸다. 만약 이막수가 알게 되면 엄청난 화를 초래할지도 몰랐다. 그러니 이 자리에서 여자를 죽여 입을 막아야만 했다. 신지범은 여자의 급소를 노려 공격하기 시작했다.

양과는 여자가 위기에 몰린 것을 보고 더 이상 망설이지 않고 잽싸게 소에 올라타 양팔로 몸통을 껴안고는 배 쪽으로 미끄러져 내려갔다. 양다리로는 소의 등을 꼭 감싸 안았다. 양과가 손을 뻗어 엉덩이를 치자, 소는 여섯 사람을 향해 내달리기 시작했다. 여섯 사람은 정신없이 싸우고 있다가 문득 자신들을 향해 달려오는 황소를 발견하고 깜짝 놀라 사방으로 흩어져 피했다. 양과는 소 배에 매달린 채 다섯 남자의 등 혈 위치를 파악했다. 양과는 혼문魂門, 신당神堂 등의 혈을 겨냥해 가지고 있던 작은 돌을 던졌다.

"으악!"

"아!"

비명 소리가 이어졌다. 다섯 사람은 혈도가 찍힌 손에 힘이 빠지면서 그만 들고 있던 무기를 놓쳐버렸다.

양과는 이미 소를 몰아 산등성이로 되돌아갔다. 그러고는 아무것도 모르는 것처럼 땅바닥에 누운 채 짐짓 놀란 듯 비명을 질렀다.

"아이고, 이놈의 소 새끼가 미쳤나. 큰일 났네!"

신지범은 여자가 움직이지도 않았는데 자신들의 혈이 잡힌 것을 보고 여자의 패거리들이 도착한 모양이라고 생각했다. 멀리서도 자신들의 혈을 찍었으니 얼마나 대단한 무공인가. 상대하자니 자신들이 불리해질 것 같았다. 다행히 양다리는 멀쩡하기에 결국 무기를 버린 채 도망가기 시작했다.

"진 형, 한 형, 어서 갑시다!"

나머지 사람들 역시 자세히 생각해보지도 않고 냅다 도망치기 시작했다. 그런데 피청현은 혈을 맞고 너무 당황한 나머지 방향도 분간하지 못한 채 여자 쪽을 향해 달려갔다. 희청허가 피청현을 불렀다.

"피 사제, 그쪽이 아니라 이쪽이오!"

피청현이 막 돌아서려는데 여자가 다가오더니 그의 얼굴을 향해 만도를 휘둘렀다. 피청현은 손에 무기도 들고 있지 않은 터라 대항하지 못하고 그저 몸을 돌려 피하려 했다. 그러나 여자가 만도를 휘두르는 방향이 이상했다. 동쪽인 듯하면서도 서쪽이고 위쪽인 듯하면서도 아래쪽에서 공격해왔다. 아차, 하는 순간 만도가 피청현의 얼굴을 횡으로 베었다. 피청현은 급한 나머지 손을 들어 얼굴을 가렸다.

"으악!"

섬뜩한 비명 소리와 함께 손가락 세 개가 잘려나갔다. 피청현은 아픔을 느낄 새도 없이 몸을 돌려 줄행랑을 쳤다.

한씨 성을 가진 거지는 죽을힘을 다해 도망치다 여자가 쫓아오지 않는 것을 보자 마음이 놓였다.

'다리를 저는데 어떻게 쫓아오겠어?'

그는 자신도 모르게 여자의 왼발을 힐끗 쳐다보았다. 그런데 그만 이것이 여자의 비위를 건드리고 말았다.

"거지 새끼, 내가 못 쫓아갈 줄 알고?"

여자는 허공에서 만도를 몇 차례 빙빙 돌리더니 거지를 향해 휙 던졌다. 만도는 은빛을 발하며 전광석화처럼 허공을 가로질러 거지의 왼쪽 어깨에 꽂혔다.

"악!"

거지는 어깨에 만도를 꽂은 채 허둥지둥 달아났다. 그렇게 다섯 사람이 모두 숲속으로 사라졌다.

"하핫핫."

여자가 차갑게 웃어젖혔다. 그러나 사실 그녀 자신도 이상한 생각이 들었다.

'누가 날 도와주었을까?'

여자는 거지가 만도를 어깨에 꽂은 채 도망가는 통에 평소 즐겨 사용하던 무기를 잃게 되자 아까운 생각이 들었다. 하는 수 없이 거지가 떨어뜨리고 간 단도를 손에 들고 사방을 살피기 시작했다. 그러나 전혀 인기척을 느낄 수 없었다.

양과는 여전히 울상을 한 채 땅바닥에 앉아 투덜댔다.

"목동, 왜 울상을 짓고 있니?"

"저 소가 미쳐 날뛰는 통에 몸에 상처가 났어요. 돌아가면 주인 아저씨가 날 때려죽이려 할 거예요."

여자는 소의 상태를 자세히 살펴보았지만 별다른 상처는 없는 것 같았다.

"그래, 어쨌든 이 소가 날 도와준 셈이니 내가 보상해줄게."

여자는 품속에서 은자 한 냥을 꺼내 땅바닥에 던졌다. 그러나 양과는 좋아하기는커녕 여전히 울상을 지은 채 땅바닥에 떨어진 은자를 주우려 하지도 않았다.

"왜 그러니? 이거 은자야."

"이걸로는 부족해요."

여자는 어이가 없는 듯 웃으며 은자 한 냥을 더 주었다. 양과는 일부러 여자를 놀려주려고 또다시 고개를 저었다.

여자는 화가 나서 눈썹을 치켜세웠다.

"관둬! 바보 같은 녀석!"

양과는 그녀가 화내는 것을 보자 뜨거운 피가 솟구치는 것 같았다. 소용녀 생각에 금세 눈가가 젖어들었다.

'당분간 선자를 찾지 못할지도 모르니 저 여자가 화를 내는 모습이라도 실컷 봐두어야겠다.'

양과는 갑자기 그녀의 오른발을 껴안으며 매달렸다.

"가면 안 돼요!"

여자는 뿌리치려 했지만 양과가 워낙 꼭 껴안고 있는지라 좀처럼 떼어낼 수가 없었다.

"이거 놔! 대체 뭐 하는 거야?"

양과는 그녀가 화내는 모습을 보는 것이 즐겁고 위안이 되었다.

"집에 안 돌아갈래요. 날 좀 살려주세요."

양과는 정말 바보처럼 큰 소리로 외쳤다.

"살려주세요! 살려줘요!"

여자는 어이가 없어 그만 웃고 말았다. 그러나 곧이어 칼을 치켜들었다.

"손을 놓지 않으면 널 죽일 테다."

양과는 더욱 힘을 주어 여자의 다리에 매달리며 우는 척했다.

"죽일 테면 죽여요. 어차피 집에 돌아가봐야 아저씨한테 맞아 죽을 거예요."

"대체 어쩌자는 거야?"

"몰라요. 당신을 따라갈래요."

여자는 미간을 찌푸리며 잠시 생각에 잠겼다.

'이런 바보 같은 녀석이 있나. 이거 귀찮게 되었군.'

여자는 다시 칼을 치켜들었다. 양과는 설마 정말 내리치랴 하는 생각에 아랑곳하지 않고 여자의 다리를 붙잡고 늘어졌다. 그런데 뜻밖에도 여자가 정말 양과의 머리를 향해 검을 내리치는 것이었다. 여자는 정말 죽일 생각은 아니지만 뜨거운 맛을 보여주어 떼어내려는 심산이었다. 양과는 칼날이 머리 바로 위까지 내려오자 땅바닥을 굴러 피했다.

"사람 살려! 이 여자가 사람 죽이네!"

여자는 더욱 화가 나서 양과를 향해 칼을 휘둘렀다. 양과는 땅바닥에 누운 채 양다리를 정신없이 흔들며 소리를 질러댔다.

"사람 죽네! 사람 죽어!"

그 꼴이 우습기 짝이 없었다. 어찌나 정신없이 흔들어대는지 여자는 양과를 베기는커녕 몇 번이나 그의 발길질에 차일 뻔했다. 양과는 여자의 화난 얼굴을 바라보다가 저도 모르게 그만 멍해졌다.

"일어나!"

"날 죽이려는 거죠?"

"안 죽이면 될 거 아냐!"

양과는 천천히 몸을 일으키며 크게 숨을 내쉬었다. 숨을 내쉬는 척하며 운기하여 잠시 피의 흐름을 막으려는 것이었다. 곧이어 양과의 얼굴이 마치 무엇에 놀란 사람처럼 하얗게 질렸다.

그 꼴을 본 여자는 의기양양해졌다.

"흥! 또다시 귀찮게 굴 테야?"

여자는 칼로 땅바닥에 떨어진 피청현의 손가락을 가리켰다.

"그런 흉악한 놈들의 손가락도 잘랐는데, 내가 너 하나 처리 못 할 것 같아?"

양과는 두려운 듯 벌벌 떠는 척했다. 여자는 단도를 허리춤에 차고 나귀를 찾아 사방을 둘러보았다. 그러나 나귀는 이미 자취를 감춘 지 오래였다. 여자는 하는 수 없이 걸어서 길을 나섰다.

양과는 은자를 주워 품 안에 넣고 소의 목에 감긴 밧줄을 끌며 여자의 뒤를 따랐다.

"나도 데려가줘요."

여자는 상대도 하지 않고 더욱 걸음을 재촉했다. 순식간에 두 사람 사이의 거리가 멀어졌다. 그런데 뜻밖에도 잠깐 숨을 돌리려 하면 금세 저 멀리에서 양과가 뒤따라왔다.

"나도 데려가줘요."

여자는 인상을 찌푸리며 경공을 써 순식간에 수 리를 달려갔다.

'더 이상은 따라오지 못하겠지.'

그런데 잠시 후, 저 멀리서 또다시 양과의 목소리가 들려왔다.

"나도 데려가줘요."

여자는 버럭 화가 나서 양과에게 다가가 칼을 치켜들었다.

"아이코!"

양과는 머리를 감싸 쥐며 도망갔다. 여자는 양과가 도망가는 모습을 보고 다시 길을 재촉했다. 얼마쯤 갔을까, 갑자기 저 멀리서 소 울음소리가 들렸다. 고개를 돌려보니 양과가 50보 정도 떨어진 곳에서 소를 끌며 뒤따라오고 있었다. 여자는 그 자리에 멈춰 선 채 양과가 다가오기만을 기다렸다. 그러나 양과는 그녀가 움직이지 않자 자기도 그 자리에서 꼼짝하지 않았다. 그때부터 양과는 여자가 움직이면 따라 걷고, 멈춰 서면 역시 멈춰 서기를 반복하며 뒤를 따랐다. 그녀가 되돌아 쫓아오기라도 할라치면 얼른 도망을 쳤다.

이러는 사이 어느덧 해가 지고 있었다. 여자는 양과가 비록 바보 같기는 하나 발걸음이 매우 빠른 것을 보고 산속에서 뛰어다니는 데 습관이 들어서 그런 모양이라 생각했다. 몇 차례 다가가서 때려주려 했으나 그때마다 교묘하게 빠져나가는 터에 좀처럼 양과를 떨쳐버리지 못했다. 여자는 원래 발을 절기 때문에 한참을 걷고 나자 점차 피로해졌다. 문득 좋은 생각이 떠올랐다.

"좋아, 널 데려가도록 할게. 대신 내 말을 잘 들어야 해."

"정말 데려가줄 거예요?"

"정말이야. 무엇 하러 거짓말을 하겠니. 그런데 내가 지금 좀 피곤

하거든. 그러니 우리 함께 그 소를 타고 가면 안 될까?"

양과는 소를 끌며 빠른 걸음으로 다가갔다. 그러나 지는 햇빛에 그녀의 눈이 번득이는 것이 보였다. 양과는 뭔가 다른 속셈이 있음을 짐작했지만 일단 모르는 척하고 힘겹게 소의 등에 올라탔다. 뒤이어 여자도 가볍게 몸을 날려 양과 앞에 올라앉았다.

'어차피 내 나귀가 도망갔으니 이 소를 타고 가는 것도 나쁘지 않겠군.'

여자는 양발로 소의 옆구리를 힘껏 찼다. 소는 깜짝 놀라 엄청난 속도로 달리기 시작했다. 여자는 뒤이어 냉소를 지으며 팔꿈치로 뒤에 앉은 양과의 가슴을 힘껏 쳤다.

"아이코!"

양과는 비명을 지르며 소의 등에서 굴러떨어졌다. 여자는 우쭐해졌다.

'어때? 당했지? 설마 더 이상 쫓아오진 못하겠지.'

여자는 다시 한번 소의 옆구리를 찼다. 소는 더욱 빨리 달렸다. 그런데 갑자기 등 뒤에서 양과의 비명 소리가 들렸다. 뒤를 돌아보니 양과가 소의 꼬리를 잡은 채 허공에 붕 떠서 끌려오고 있었다. 먼지를 뒤집어쓴 채 얼굴이 온통 눈물, 콧물로 뒤범벅되어 꼴이 말이 아니었다. 그런데도 기어이 소의 꼬리를 잡은 채 놓지 않았다. 여자가 막 단도를 들어 양과의 손을 향해 내리치려는데 갑자기 주변이 시끄러워졌다. 정신을 차려보니 소가 어느덧 근처 시장에 도착해 있었다. 사람이 많아 길이 막히자 소는 더 이상 앞으로 나아가지 못했다.

양과는 어려서부터 남을 놀리는 것을 매우 좋아했다. 활사인묘에서 살 때는 소용녀가 워낙 진지한 사람인 데다 엄격하게 교육을 시켰던 지라 함부로 행동할 수 없었지만, 지금은 소용녀도 곁에 없으니 간섭할 사람도 없었다. 오랫동안 소용녀를 만나지 못해 답답하고 울적하던 차에 이 여자를 좀 놀려주는 것도 재미있을 것 같았다. 게다가 여자가 화를 내는 표정이 소용녀와 워낙 닮았기 때문에 그 표정을 보는 것이 제법 위로가 되기도 했다.

양과는 땅바닥에 누운 채 소리를 질러댔다.

"아이고, 가슴이야. 사람 죽이네!"

금세 사람들이 궁금해하며 몰려들었다. 여자는 얼른 인파를 뚫고 빠져나가려 했다. 그런데 양과가 또다시 다가오더니 오른쪽 다리를 꼭 껴안은 채 놓아주지 않았다.

"가지 말아요, 가지 마!"

구경하던 사람이 물었다.

"무슨 일이오? 왜 그러는 거요?"

"이 여자는 내 아내인데, 나를 떠나려고 때리기까지 해요."

"아내가 남편을 때리다니……. 어허! 이런 일이 있나그래."

여자는 화가 나서 발로 양과를 걷어차려 했다. 양과는 얼른 곁에 서 있던 장정을 끌어당겼다. 이렇게 되자 여자의 발이 그만 그 장정의 허리를 걷어차고 말았다. 장정은 화를 버럭 냈다.

"이 여자가 왜 사람을 차는 거야?"

장정은 바위처럼 단단하게 생긴 주먹을 들어 여자를 치려 했다. 여자는 장정이 팔을 들어 올리자 그의 팔꿈치를 받치더니 위로 힘껏 밀어붙였다. 그러자 200여 근이 넘는 장정의 육중한 몸이 허공으로 떠올라 저만치 나가떨어졌다. 소리를 지르며 피하는 사람, 미처 피하지 못하고 밑에 깔린 사람 등으로 시장 바닥이 한바탕 난리가 났다. 여자는 양과를 쫓아 보내려고 애를 썼으나 도무지 방법이 없었다. 그래서 하는 수 없이 고개를 숙여 양과에게 속삭였다.

"널 데려갈 테니 어서 내 다리를 놔."

"또 날 때릴 거예요?"

"알았어. 안 때릴게."

양과는 그제야 여자의 다리를 놓고 천천히 일어났다. 두 사람은 아무 일도 없었던 것처럼 인파 사이를 뚫고 빠져나갔다. 양과는 그 난리통에도 소를 묶은 밧줄을 꼭 잡고 있었다. 양과가 히죽히죽 웃으며 입을 열었다.

"거 봐요, 아내가 남편을 때리면 안 된다잖아요."

여자가 양과를 사납게 노려보았다.

"멍청한 녀석, 제멋대로 지껄이기는. 내가 네 아내라고? 정말 맞아야 정신을 차릴 테냐?"

여자가 칼을 휘두르자, 양과는 얼른 머리를 싸매며 옆으로 비켜났다.

"착한 아가씨, 말 잘 들을 테니 그러지 말아요."

"네 꼴을 좀 보고 이야기해라. 누가 너처럼 지저분한 놈한테 시집을 가니?"

양과는 여전히 히죽히죽 웃으며 아무 대답도 하지 않았다. 날은 이미 완전히 저물었다. 들판에 서서 저 멀리 시장 쪽을 바라보니 모락모락 연기가 피어오르고 있었다. 둘 다 배가 몹시 고팠다.

"바보야, 시장에 가서 만두 열 개만 사 와."

양과는 고개를 저었다.

"싫어요."

"왜 싫어?"

"안 갈 거예요. 내가 만두를 사러 간 사이에 몰래 도망가려는 거죠?"

"도망 안 가면 될 거 아냐!"

그러나 양과는 여전히 고개를 저을 뿐이었다. 여자가 주먹으로 때리려 하자 양과는 얼른 도망을 갔다. 두 사람은 소를 사이에 두고 술래잡기라도 하듯 빙빙 돌았다. 여자는 원래 발을 절기 때문에 걷는 것이 불편한 데다 양과가 워낙 민첩하게 움직이는 통에 아무래도 잡을 수가 없었다. 여자는 화가 머리끝까지 났다. 평소 영리하다고 자부했는데 이런 바보 같은 녀석 하나 따돌리지 못하니 스스로가 한심할 뿐이었다. 양과가 워낙 바보 흉내를 그럴싸하게 냈기에 망정이지 그러지 않았다면 진작에 들통 났을 터였다.

여자는 길을 따라 남쪽을 향해 걸었다. 양과가 소를 끌며 멀리서 따라오는 것을 보고 어떻게 하면 저 녀석을 감쪽같이 없애버릴 수 있을까 생각했다.

날은 이미 어두워졌다. 길가에 낡은 돌집이 하나 있는데 아무도 살지 않는 빈집인 것 같았다.

'오늘 저녁은 여기서 묵으면서 저 바보가 깊이 잠든 틈에 목을 베어버려야지.'

여자는 돌집 안으로 들어갔다. 문을 열고 들어가니 쾨쾨한 먼지 냄새가 코를 찔렀다. 방 안의 의자며 탁자도 매우 낡은 것으로 보아 오래

전에 폐가가 된 듯했다.

여자는 풀을 베어 와서 탁자 위를 깨끗이 닦은 후 그 위에 누워 눈을 감고 쉬었다. 그런데 웬일인지 양과가 따라 들어오지 않았다.

"야, 바보!"

대답 소리가 들리지 않았다.

'내가 저를 죽일 줄 알고 도망을 갔나?'

여자는 더 이상 신경 쓰지 않기로 했다. 그녀는 눈을 감고 있다가 어느덧 잠이 들었다. 그런데 어디선가 맛있는 고기 냄새가 났다. 여자는 벌떡 일어나 밖으로 나갔다. 양과가 달빛 아래 앉아 손에 커다란 고깃덩이를 들고 맛있게 먹고 있었다. 앞에는 불이 피워져 있고, 불 위에는 꼬챙이에 꿴 커다란 고깃덩어리가 있었다. 고기 굽는 냄새가 그렇게 향기로울 수가 없었다.

양과가 그녀를 향해 미소를 지었다.

"먹을래요?"

양과는 대답을 듣지도 않고 맛있게 구워진 고깃덩어리를 던졌다. 노루 넓적다리였다. 여자는 무척 배가 고팠던 터라 얼른 한 입 뜯어 먹었다. 비록 소금이 없어 싱겁기는 했지만 그래도 맛은 좋았다.

그녀는 아예 불가에 앉아 고기를 맛있게 먹기 시작했다. 양과가 쩝쩝 소리를 내고 침을 튀겨가며 먹는 모습을 보자 구역질이 날 것 같았지만, 배가 너무나 고파 고개를 돌려 그를 쳐다보지 않고 먹었다. 그녀가 한 덩어리를 다 먹고 나자, 양과가 또 한 덩어리를 건네주었다.

"바보! 넌 진짜 이름이 뭐니?"

양과는 갑자기 놀란 표정을 지으며 눈을 동그랗게 떴다.

"당신은 신선이군요. 내 이름이 바보인 걸 어떻게 아셨어요?"

여자는 양과의 대답이 우습기만 했다.

"아하, 네 이름이 진짜 바보인 모양이구나. 엄마, 아빠는?"

"다 죽었어요. 당신은 이름이 뭐예요?"

"나도 몰라. 내 이름은 알아서 뭐 하게?"

'말하기 싫다 이거지. 어디 한번 놀려줄까?'

"알았다. 당신 이름도 바보라서 말하기 싫은 거군요?"

여자는 화를 내며 벌떡 일어나서는 양과의 머리를 주먹으로 내리쳤다.

"내가 왜 바보야? 네가 바보지."

양과가 울상을 지으며 머리를 감쌌다.

"사람들이 내게 이름을 물어봐서 내가 모른다 그러면 다들 바보라고 한단 말이에요. 당신에게 이름을 물어봤는데 모른다고 하니 당신도 바보인 줄 알았죠."

"내 이름을 내가 왜 몰라? 너에게 말해주기 싫을 뿐이지. 난 육陸씨라고."

이 소녀가 바로 옛날 가흥 남호에서 연꽃을 따던 육무쌍이었다. 그녀는 사촌 언니 정영과 무씨 형제와 꽃을 따며 놀다가 잘못하여 다리가 부러졌었다. 무 부인이 그녀를 위해 접골을 해주던 찰나 홍능파가 사부의 명을 받아 습격해오는 바람에 제대로 접골이 되지 않았던 것이다. 그 후 상처가 다 낫기는 했으나 결국 왼쪽 다리가 약간 짧아져서 걸을 때마다 다리를 절게 되었다. 그녀는 피부가 아주 하얗지는 않으나 용모가 매우 수려했다.

그날 이막수는 육무쌍의 부모와 집 안에 있는 하인들을 모두 죽인 후 그녀를 데리고 갔다. 원래는 죽일 생각이었으나 목에 두른 손수건을 보고 그녀의 백부 육전원과의 옛정을 생각해 차마 죽이지는 못했다.

육무쌍은 매우 영리한 아이였다. 자신의 생명이 이막수에게 달려 있음을 알고 일단 그녀의 비위를 맞추려고 노력했다. 이막수 앞에서 도망 같은 것은 꿈도 꾸지 않았다. 육무쌍은 온갖 궂은일을 도맡아 하며 최선을 다해 이막수를 받들었다. 그러자 이막수 역시 육무쌍을 신뢰하기 시작했다. 다만 가끔 과거의 한이 떠오를 때마다 우마牛馬를 부리듯 육무쌍을 실컷 괴롭히며 화풀이를 했다. 그럴 때 육무쌍은 일부러 머리를 풀어 헤치고 발도 심하게 저는 척하며 동정심을 유도했다. 이막수도 그런 모습을 보면 가련한 생각이 들어 곧 화를 풀곤 했다.

어린 육무쌍은 이렇듯 굴욕을 참아가며 이막수의 손에서 자라났다. 그러나 육무쌍은 이막수에 대한 원한을 한시도 잊지 않고 마음속 깊이 담아두고 있었다. 가끔 이막수가 그녀의 부모에 대한 일을 물어보면 일부러 기억이 나지 않는다고 말했다.

이막수와 홍능파가 무공을 수련할 때면 육무쌍은 옆에서 검을 나르기도 하고 수건을 건네주기도 하고, 또 차와 간식을 내오기도 하면서 성심껏 시중을 들었다. 그녀는 원래 무공을 조금 익혔기 때문에 두 사람이 무공을 수련하는 모습을 보고 조금씩 따라 할 수 있게 되었다.

육무쌍은 홍능파에게도 아침이면 세숫물을 대령하고, 밤이면 따뜻하게 물을 데워 발을 씻어주는 등 정성을 다했다. 육무쌍을 어여삐 여긴 홍능파는 사부님의 기분이 좋은 날을 골라 육무쌍도 제자로 받아들여줄 것을 간청했다. 그래서 결국 육무쌍도 이막수의 제자가 되었다.

이렇게 여러 해가 지나갔다. 그사이 육무쌍의 무공은 날로 진보했다. 그러나 이막수는 여전히 그녀에 대한 경계심을 완전히 버리지 않았기 때문에 상승 무공은커녕 2류의 무공도 전수해주려 하지 않았다. 다만 홍능파가 이막수 몰래 몇 가지씩 가르쳐주곤 했다. 그래서인지 육무쌍의 무공은 아주 뛰어나지도, 그렇다고 못하지도 않는 수준이었다.

어느 날 이막수와 홍능파가 〈옥녀심경〉을 찾아 활사인묘로 떠난 뒤 오래도록 돌아오지 않았다. 육무쌍은 이 틈에 마굴魔窟에서 벗어나 부모님에 대한 소식을 알아보기로 결심했다. 부모님과 헤어지기 전, 육무쌍은 부모님이 이막수에게 심하게 중상을 당하는 모습을 직접 보기는 했지만 돌아가시는 모습을 보지는 못했기에 한 가닥 희망을 가지고 있었다. 집을 떠나기 전 육무쌍은 대담하게 이막수의 〈오독비전五毒 秘傳〉을 훔쳤다. 이 책에는 각종 독약과 그 해독약에 대한 비법이 쓰여 있었다.

그녀는 다른 사람이 자신의 저는 발을 쳐다보는 것을 가장 싫어했다. 그날 객점에서도 두 명의 도인이 그녀의 다리를 유심히 쳐다본 탓에 결국 싸움이 벌어졌다. 서로 싸우던 중 그녀가 두 도사의 귀를 칼로 베었고, 시랑곡에서 만나 싸우기로 약속을 했던 것이다.

사실 육무쌍과 양과는 동굴 입구에서 서로 만난 적이 있었다. 그러나 당시 두 사람 모두 어렸고, 지금은 얼굴이 많이 달라졌기 때문에 서로 알아보지 못했던 것이다.

고기 두 덩어리를 먹고 나자 육무쌍은 배가 불렀다. 양과는 불빛에 비친 그녀의 얼굴을 유심히 바라보았다.

'우리 선자는 지금쯤 어디에 계실까? 눈앞에 있는 이 여자가 우리 선자여서 내가 구운 고기를 배불리 먹어준다면 얼마나 좋을까?'

육무쌍은 양과가 넋을 잃고 자신의 얼굴을 바라보자 콧방귀를 뀌며 생각했다.

'이런 무례한 놈 같으니. 오냐, 지금은 참아주마. 네 녀석이 잠이 들면 한칼에 죽여줄 테다.'

육무쌍은 방 안으로 들어가 탁자 위에 누워 잠을 청했다. 한밤중이 되자 육무쌍은 조용히 일어나 밖으로 나갔다. 양과는 불을 피우고 남은 잿더미 옆에서 깊이 잠들어 있었다. 육무쌍은 살금살금 다가가 양과의 등을 향해 칼을 내리쳤다. 그런데 갑자기 손목이 저리면서 숨이 턱 막히더니 결국 중심을 잡지 못하고 비틀거리다 칼을 놓쳐버렸다. 마치 바위를 칼로 내리치는 느낌이었다. 그녀는 깜짝 놀라 일단 그 자리를 피했다.

'설마 저 바보 녀석이 칼로 찔러도 찔리지 않는 무공을 지니고 있단 말인가?'

멀찍이 서서 바라보니 양과는 여전히 불 곁에 누워 꼼짝도 하지 않았다. 육무쌍은 부쩍 의심스러워 양과의 몸을 흔들었다.

"어이, 바보야! 할 말이 있으니 일어나봐."

그러나 양과는 여전히 아무런 반응도 보이지 않았다. 자세히 살펴보니 누워 있는 모습이 어딘지 이상했다. 육무쌍은 천천히 다가가 살펴보았다. 아무래도 사람의 모습이 아닌 것 같아 살짝 손을 뻗어 만져보니 과연 바위 위에 옷을 덮어둔 것이었다. 그녀는 잠시 멍해졌다.

"어이, 바보! 바보!"

그러나 그 어디에서도 대답 소리는 들리지 않았다. 문득 방 안에서 코 고는 소리가 들리는 것 같았다. 방 안으로 들어가보니 조금 전까지 자신이 누워 있던 탁자 위에 양과가 등을 밖으로 향한 채 코를 골며 자고 있었다. 육무쌍은 화가 치밀어 그가 어떻게 여기서 자게 되었는지는 자세히 생각해보지도 않고 단도를 치켜들고 몸을 날려 양과의 등을 찔렀다. 이번에는 과연 사람의 몸을 찌르는 느낌이 났다. 그런데 이상하게도 양과는 아무렇지도 않은 듯 잠꼬대를 해댔다.

"음냐, 누가 내 등을 간질이는 거지? 히히, 히히, 하지 마. 간지럽단 말이야."

육무쌍은 놀란 나머지 얼굴이 새하얗게 질렸다. 양손이 부들부들 떨렸다.

'혹시 귀신인가?'

즉시 몸을 돌려 달아나려 했으나, 발이 말을 듣지 않았다.

"히히, 누가 내 등을 간질여? 쥐새끼가 내 노루 고기를 훔치러 왔군."

양과는 손을 등 뒤로 뻗더니 옷 속에서 노루 고기를 꺼내 땅바닥에 툭 던졌다. 그제야 육무쌍은 안도의 한숨을 쉬었다.

'저 바보 녀석이 노루 고기를 등 뒤에 넣어두었군. 내가 단도로 저 고기를 찌른 거지. 괜히 깜짝 놀랐잖아.'

육무쌍은 양과를 죽이려다 두 차례나 실패하자 더욱 미운 마음이 들었다. 그녀는 이를 악물며 낮은 목소리로 혼잣말을 했다.

"멍청한 놈, 내 기어이 네놈을 죽이고 말겠다."

육무쌍은 다시 단도를 쥐고 양과의 등을 향해 찔렀다. 양과는 여전히 코를 골며 몸을 뒤집었다. 단도가 탁자에 꽂혔다. 육무쌍이 막 손에 힘을 주어 단도를 빼내려는데 양과가 또 잠꼬대를 했다.

"엄마야, 엄마! 쥐새끼가 날 물려 하네!"

양과는 소리를 지르며 진흙투성이의 양발을 쭉 뻗었다. 왼쪽 발은 육무쌍 팔의 곡지혈曲池穴에, 오른쪽 발은 그녀 어깨의 견정혈肩井穴에 걸쳤다. 이 두 곳은 모두 인체의 중요한 혈이었다. 육무쌍은 순식간에 중요한 두 혈이 찍혀 그 자리에 선 채 움직이지 못했다. 양과의 다리걸이가 된 꼴이었다.

육무쌍은 화가 나서 견딜 수가 없었다. 비록 몸은 움직일 수 없었지만 말은 할 수 있었기 때문에 버럭 소리를 질렀다.

"야, 이 바보 녀석아, 냄새나는 발 치우지 못해?"

그러나 양과는 더욱 큰 소리로 코를 골 뿐이었다. 그녀는 허둥대다가 양과의 얼굴을 향해 침을 뱉었다. 양과는 잠결인 듯 몸을 돌려 피하며 오른발 끝으로 육무쌍의 거골혈巨骨穴을 슬쩍 건드렸다. 이렇게 되자 이제 육무쌍은 입조차 벌리지 못하게 되었다. 양과의 발에서 나는 지독한 냄새가 코를 찔렀다. 얼마쯤 지났을까, 육무쌍은 분을 이기지 못해 거의 기절할 지경이었다. 마음속으로 양과를 향해 온갖 욕을 퍼부었다.

'혈이 풀리기만 해봐라. 내 반드시 저 바보 녀석을 조각조각 베어서 죽여줄 테다.'

양과는 이만하면 충분히 놀려주었다는 생각이 들어 서서히 발을 내리고 몸을 돌렸다. 어둠 속에서도 노기등등한 육무쌍의 얼굴이 똑똑히 보였다. 화를 내면 낼수록 소용녀와 너무 닮아 보였다.

양과는 누워서 육무쌍의 얼굴을 바라보았다. 사실 육무쌍의 외모가 소용녀와 그렇게 많이 닮은 것은 아니었다. 다만 일반적으로 여자들의 화내는 모습이나 표정이 비슷할 뿐인데, 양과가 워낙에 소용녀를 그리워하다 보니 자신도 모르게 그렇게 생각한 것뿐이었다.

잠시 후, 달빛이 비스듬히 방 안으로 비쳐 들었다. 육무쌍은 양과가 미소를 머금은 채 멍하니 자신을 바라보고 있는 것을 보고 섬뜩한 기분이 들었다.

'저 녀석, 나를 속이고 바보인 척하는 거 아냐? 내 혈을 건드린 것도 설마 일부러 그런 걸까?'

순간 등에서 식은땀이 흘렀다. 갑자기 양과의 시선이 땅바닥으로 옮겨갔다. 육무쌍도 겨우 눈동자만 움직여 땅바닥을 바라보니 검은 그림자 세 개가 드리워져 있었다. 알고 보니 세 사람이 문 입구에 서 있었던 것이다. 세 개의 그림자 모두 손에 무기를 들고 있었다.

'큰일 났군. 하필이면 혈을 찍혀 움직이지 못할 때 적들이 오다니.'

그녀는 양과를 의심하긴 했지만 설마 어린 목동이 고강한 무공을 지녔다고 믿기는 힘들었다.

양과는 다시 눈을 감고 큰 소리로 코를 골기 시작했다.

"이봐, 어서 나오시지. 가만히 서서 움직이지 않고 있으면 우리가 봐줄 것이라 생각하나?"

'그놈들이군.'

목소리를 들으니 낮에 육무쌍을 공격하던 남자 중 하나였다.

"네 목숨도 필요 없다. 그저 네 양쪽 귀와 손가락 세 개만 베면 된다."

"밖에서 기다릴 테니 어서 나와 깨끗하게 승패를 가리자."

말을 마치고 세 사람은 밖으로 나가 반원을 그리고 섰다.

양과는 기지개를 켜며 천천히 몸을 일으켰다.

"뭐야, 왜 이리 시끄러운 거야? 아니, 뭐 하고 계시는 거예요? 왜 그렇게 서 계시는 거죠?"

양과는 그녀의 등을 살짝 밀었다. 육무쌍은 강한 힘이 전해지면서 순식간에 막혔던 혈이 뚫리는 것을 느꼈다. 일단 다른 것은 생각할 겨를이 없었다. 그녀는 즉시 단도를 집어 들고 밖으로 나갔다.

세 남자는 달빛을 등지고 집 쪽을 향해 서 있었다. 육무쌍은 아무 말도 하지 않고 손목을 뒤집으며 왼쪽에 서 있는 남자를 향해 칼을 찔렀다. 그 남자는 손에 철편鐵鞭을 들고 있었는데, 육무쌍이 칼을 들고 공격해오자 철편으로 휘둘러 막았다. 철편 자체가 매우 무거운 데다 팔의 힘이 가해져 위력이 대단했다. 게다가 겨냥도 정확했는지 쩡, 소리와 함께 육무쌍의 손에서 단도가 떨어져 나갔다.

양과는 탁자 위에 누워 육무쌍이 옆으로 훌쩍 뛰어 물러나더니 왼손 손가락을 비스듬히 세우는 것을 보고 생각했다.

'음, 저 남자의 장검을 빼앗으려는 거군.'

과연 육무쌍은 갑자기 손목을 뒤집더니 고묘파의 무공으로 도인이 들고 있던 장검을 빼앗은 뒤 동시에 위에서 아래로 내리쳤다. 검을 맞은 도사의 어깨에서 피가 흘렀다. 도사는 큰 소리로 욕을 퍼부어대며 뒤로 물러난 뒤 도포를 찢어 상처를 싸맸다. 육무쌍은 이번에는 검을 휘두르며 철편을 들고 있는 남자를 공격했다. 다른 키 작은 한 남자는 손에 화창花槍을 쥐고 있었지만 감히 가까이 다가가지 못했다. 철편을 쓰는 남자의 무공이 만만치 않은 탓에 10여 합을 겨루자 육무쌍이 점차 수세에 몰렸다. 철편을 쓰는 남자는 몸놀림이 상당히 절도가 있었다. 때로 육무쌍이 실수를 해 허점을 드러내도 지나치게 다가가지 않았다.

상처를 다 싸맨 도인이 맨손으로 달려오며 욕을 해댔다.

"더러운 계집! 이런 독수를 쓰다니."

도인은 주먹을 휘두르며 육무쌍을 향해 달려들었다. 번뜩이는 검날이 허공을 가르며 도인의 등을 내리치려는 찰나, 키 작은 남자의 화창이 육무쌍의 등을 공격해 들어오고 또 다른 한 남자의 철편이 그녀의 어깨를 향해 날아왔다.

"위험해!"

양과는 급히 손에 쥐고 있던 돌멩이 두 개를 던졌다. 하나는 화창에 맞았고, 또 다른 하나는 철편을 쓰는 남자의 오른쪽 손목에 명중했다. 그러나 철편을 쓰는 남자는 무공이 상당했다. 오른쪽 손목에 돌을 맞았으니 더 이상 철편을 뻗을 힘은 없었으나, 왼손을 번개같이 뻗어 육무쌍의 가슴을 정통으로 공격했다.

양과는 깜짝 놀랐다. 양과는 아직 어려 식견이 짧았기에 남자의 장법을 제대로 알아보지 못했다. 양과는 잽싸게 달려가 남자의 뒷덜미를 잡아채 힘껏 던졌다. 남자는 허공을 가로질러 저만치 나가떨어졌다. 나머지 두 사람은 양과의 힘이 이토록 강한 것을 보고 놀란 나머지 철편을 쓰는 남자를 부축해 일으킨 후, 뒤도 돌아보지 않고 도망을 갔다.

육무쌍을 보니 얼굴이 백지장처럼 하얗게 질려 있었고 호흡이 매우 약했다. 부상이 상당히 심한 듯했다. 양과는 그녀의 어깨를 부축해 천천히 일으켰다. 갈비뼈가 부러진 모양이었다. 기절해 있던 육무쌍은 몸을 움직이자 고통이 심한 듯 깊은 신음 소리를 냈다.

"어때요? 많이 아파요?"

육무쌍은 이를 악물며 화를 냈다.

"당연하지! 날 부축해서 방 안으로 데려다줘."

양과가 그녀를 들쳐 안았다. 육무쌍은 부러진 뼈가 서로 부딪치게 되니 고통이 이만저만 아니었다.

"멍청한 놈, 그렇게 하면 아프잖아! 네놈, 네놈이 일부러 날 괴롭히는 거지? 그놈들은?"

양과가 나서서 적들을 상대할 때, 육무쌍은 이미 기절해 있었기 때문에 그가 자신의 생명을 구해준 사실을 알지 못했다.

"아가씨가 죽은 줄 알고 손을 흔들며 가버리던데요."

양과가 웃으며 말했다. 육무쌍은 다소 안심이 되었다.

"왜 웃는 거야? 죽일 놈, 내가 고통스러워하는 게 그렇게 재밌어?"

양과는 그녀가 욕할 때마다 소용녀의 모습이 떠올랐다. 양과는 지금껏 살아온 삶 중 소용녀와 함께 활사인묘에서 보낸 세월이 가장 행복했다. 비록 소용녀가 걸핏하면 화를 내고 야단을 치기는 했지만, 사부님이 자신을 아끼는 마음을 알고 있었기 때문에 그것조차 따뜻하게 받아들였다. 지금껏 사부님을 찾아 헤맸지만 내내 만나지 못하다가 사부님과 닮은 백의 여인을 만나니 외롭고 그리운 마음이 한결 달래지는 듯했다. 그러나 사실 소용녀가 화를 내고 야단을 쳤다고는 해도 단지 말투가 딱딱하고 냉정했을 뿐이지 육무쌍처럼 입만 벌리면 욕을 해대지는 않았다. 그래도 어쨌든 양과로서는 사부님과 닮은 누군가가 자기에게 욕을 해대는 것이 아무도 곁에 없는 것보다는 훨씬 낫다고 생각했다. 그래서 육무쌍의 거친 태도를 보고도 그저 웃기만 할 뿐이었다.

양과는 그녀를 안아 탁자 위에 눕혔다. 눕힐 때 역시 통증이 심했던지 육무쌍은 고통을 이기지 못하고 큰 소리로 비명을 질렀다. 비명을 지르다 보니 폐에 기가 들어갔고 이 때문에 뼈와 근육이 움직여 더욱 통증이 심해졌다.

"으윽!"

육무쌍은 이를 악물었다. 이마에서 식은땀이 흘러내렸다.

"제가 부러진 뼈를 이어드릴게요."

"너 같은 바보가 어찌 접골을 할 줄 안단 말이야?"

"우리 집 개도 걸핏하면 옆집 개랑 싸워서 뒷다리를 물려 뼈가 부러져 돌아오곤 했어요. 그럴 때마다 제가 뼈를 맞춰준걸요. 또 왕씨 아저씨네 돼지가 갈비뼈가 부러졌을 때도 제가 맞춰줬어요."

육무쌍은 양과가 개와 돼지를 들먹이자 화가 났지만, 감히 언성을 높이지 못하고 화를 억누르며 말했다.

"네놈이 나를 개와 돼지에 비유했단 말이지. 너야말로 개돼지 새끼다."

양과는 여전히 히죽히죽 웃으며 대답했다.

"난 남자지만, 우리 집 개랑 왕씨 아저씨네 돼지는 모두 암컷인걸요."

평소 같으면 말 잘하는 육무쌍이 잠자코 있을 리 없건만, 지금은 한 마디 할 때마다 숨이 막히도록 아팠기 때문에 그냥 눈을 감고 상대하지 않기로 했다.

"우리 집 개는 제가 뼈를 이어준 후, 며칠이 되지 않아 완전히 나았어요. 얼마 후 또 다른 개하고 싸웠는데 뼈가 부러지기 전이랑 똑같았다니까요.”

'어쩌면 저 바보가 정말 접골을 할 수 있을지도 몰라. 어차피 저 바보 말고는 아무도 없는 상황이고, 빨리 손을 쓰지 않으면 생명을 잃을 수도 있어. 하지만 저 녀석이 접골을 하려면 내 가슴을 만져야 하는데……. 어쩌면 좋지? 좋아, 만약 치료를 하지 못하면 저 녀석을 죽이고 나도 죽으면 그만이고, 만약 치료가 된다면 내 몸을 본 이상 저 녀석을 살려둘 수 없지.'

그녀는 어렸을 때 큰 재난을 당한 경험이 있어 평범한 사람들과 정서가 달랐다. 또 이막수 밑에서 힘들게 자라면서 은연중에 이막수의 악독한 면을 많이 닮아갔다. 그래서인지 아직 어린 나이인데도 성격이 잔인하고 독했다.

'좋다, 만약 날 속이면 두고 보라지. 내 널 곱게 죽게 하지는 않을 테니.'

'지금 좀 꺾어두지 않으면 다음에는 이런 기회가 없겠지?'

양과는 이렇게 생각하며 일부러 냉랭한 말투로 약을 올렸다.

“왕씨 아저씨네 돼지에게 접골을 해줄 때, 그 집 아가씨가 내게 얼마나 사정을 했는데요. 하도 '착한 오빠, 좋은 오빠' 해가며 부탁하기에 할 수 없이 접골을 해줬어요.”

“흥! 웃기네! 멍청한 놈! 멍청…… 아야!”

육무쌍은 통증 때문에 말을 이을 수가 없었다.

“사정하기 싫으면 관둬요. 난 집에 갈 테니. 그럼 잘 쉬어요.”

양과는 자리에서 일어나 문 쪽을 향해 걸어갔다.

'이 녀석이 가버리면 난 결국 여기서 죽게 되겠지?'

육무쌍은 하는 수 없이 화를 참으며 말했다.

"나보고 어쩌라는 거야?"

"원래는 뭐, 한 100번쯤 오빠라고 부르면 살려줄 수 있지만, 오는 길에 당신이 계속해서 내게 욕을 해댔기 때문에 적어도 한 1,000번은 불러야 될 것 같은데요."

'오냐, 일단 네놈의 말대로 해주마. 상처만 나아봐라.'

"알았다. 오빠, 오빠, 오빠, 아야……."

"좋아요. 아직 997번 남았어요. 여기 적어둘 테니 다 낫고 나면 채워야 돼요."

양과는 육무쌍에게 다가가 옷을 벗기려 했다. 육무쌍은 자기도 모르게 몸을 움츠렸다.

"비켜! 뭐 하려는 거야?"

양과는 뒤로 물러섰다.

"옷 위로 접골하는 법은 몰라요. 개나 돼지도 옷을 입고 있지는 않았단 말이에요."

육무쌍은 어찌해야 할 바를 몰랐다. 양과에게 벗은 몸을 보이자니 아무래도 너무 부끄러웠다. 육무쌍은 한참을 생각한 후에야 고개를 숙인 채 작은 목소리로 말했다.

"좋아, 맘대로 해."

"하기 싫으면 관둬요. 난 상관없으니."

그때 갑자기 밖에서 누군가가 소리치는 소리가 들렸다.

"육무쌍이 멀리 가지는 못했을 거다. 어서 찾아보자."

육무쌍의 얼굴이 공포로 하얗게 질렸다. 가슴의 통증도 잊은 채 손을 뻗어 양과의 입을 막았다. 목소리의 주인공은 바로 이막수였다. 양과도 그녀의 목소리를 듣고 깜짝 놀랐다.

"그 거지 놈의 어깨에 꽂힌 만도는 틀림없이 사매의 것이에요. 뽑아내서 확인을 했어야 하는 건데."

홍능파의 목소리였다.

이막수와 홍능파는 활사인묘에서 구사일생으로 살아나와 그동안 기거해오던 적하장赤霞庄으로 돌아온 후, 육무쌍이 달아났다는 것을 알게 되었다. 더군다나 그녀가 〈오독비전〉을 훔쳐간 사실을 알고 대경실색했다.

무림의 인사들이 이막수를 그토록 두려워하는 것은 그녀의 무공 탓도 있지만, 그보다는 그녀의 오독신장과 빙백은침의 맹독 때문이었다. 〈오독비전〉에는 오독신장과 빙백은침의 독성과 해독약, 그리고 이를 제압할 수 있는 방법들이 적혀 있었다. 만약 〈오독비전〉의 내용이 외부로 유출된다면 그녀는 이빨 빠진 호랑이, 즉 독 없는 독사가 되고 말것이다.

물론 이막수는 〈오독비전〉의 내용을 완전히 알고 있어 평소에 가지고 다닐 필요가 없었기에 은밀한 장소에 숨겨두었다. 이막수의 모든 것을 주의 깊게 살피며 경계하던 육무쌍은 〈오독비전〉을 숨겨둔 장소를 알아냈고, 기왕 도망치는 김에 이 책을 훔치게 된 것이다. 이 사실을 안 이막수는 노발대발하여 홍능파를 데리고 며칠 밤낮을 쉬지 않고 육무쌍을 찾아 헤맸다. 그러나 육무쌍이 도망간 지 이미 여러 날이 지난 데다 주로 작고 외진 길을 골라 다녔기 때문에 도무지 행방을 찾을 수가 없었다.

그날 저녁 두 사람은 동관潼關 부근을 지나다가 우연히 개방의 제자들이 모인다는 소식을 듣게 되었다. 개방의 거지들은 온 천하를 돌아다니기 때문에 소식이 매우 빨랐다. 이막수는 어쩌면 육무쌍의 행방을 알고 있는 사람이 있을 수도 있다는 생각에 개방의 집회에 참석해보기로 했다. 집회 장소를 향해 가던 중 우연히 개방의 5대 제자가 누군가를 업고 나는 듯이 달려가는 것을 보았다. 10여 명의 거지가 양옆에서 이들을 호위하고 있었다. 그런데 등에 업힌 자의 어깨에 꽂힌 만도가 바로 육무쌍의 것과 똑같았던 것이다. 거지들이 떠드는 소리를 들으니 다리를 저는 어린 계집에게 칼을 맞았다고 하는 것 같았다.

이막수는 그 거지가 부상을 입은 지 얼마 되지 않은 것으로 보아 육무쌍도 멀지 않은 곳에 있다는 걸 예감했다. 그리고 곧 거지들이 왔던 방향으로 급히 달려가 폐가가 있는 곳까지 오게 되었다. 집 앞에는 불을 피운 흔적이 있었고 피비린내가 풍겼다. 불을 켜서 사방을 살펴보니 과연 땅바닥에 혈흔이 묻어 있었다. 그리 오래되지 않은 핏자국이었다. 이막수는 홍능파의 옷소매를 당기며 폐가를 가리켰다. 홍능파가 고개를 끄덕이더니 조용히 다가가 검을 휘둘러 몸을 지키며 문을 박차고 들어갔다.

사부와 사자의 목소리를 들은 육무쌍은 일찌감치 모든 것을 포기하고 탁자 위에 누운 채 죽기만을 기다렸다. 문소리가 들리더니 홍능파가 뛰어들어왔다.

홍능파는 평소 사매를 매우 아꼈다. 그녀는 일이 이렇게 된 이상 사부님이 육무쌍을 곱게 죽이지 않을 것이란 걸 알고 차라리 자기 손으로 깨끗이 죽여야겠다고 생각했다. 홍능파가 막 검을 들어 사매의 심장을 찌르려는 순간, 뒤에서 이막수가 홍능파의 어깨를 쳤다. 홍능파는 즉시 어깨에 힘이 빠져 팔을 내려야 했다.

"뭐가 그리 바빠서 이러느냐? 내가 이년을 죽이지 못할까 봐?"

이막수의 목소리는 소름 끼치게 냉랭했다.

"사부님을 뵙고 인사도 하지 않느냐?"

홍능파의 목소리에는 노기가 서려 있는 듯했으나 말투는 옛날 육무쌍을 대하던 때와 같았다. 육무쌍은 이렇게 된 이상 살려달라고 사정을 하든 대들든 결과는 똑같을 거라는 생각이 들어 차가운 목소리로 대답했다.

"어차피 당신은 내 집안의 원수예요. 무슨 긴말이 필요하겠어요."

이막수가 눈을 크게 뜨고 육무쌍의 얼굴을 바라보았다. 화가 난 건지, 기분이 좋은 건지 분간하기 어려운 눈빛이었다. 홍능파의 표정은 육무쌍에 대한 동정과 연민으로 가득했다. 육무쌍은 비록 두려움 때문에 입술이 바들바들 떨리기는 했으나 표정만큼은 당당했다. 세 사람은 한참 동안을 서로 말없이 바라보기만 했다.

"비급은? 비급은 어디에 있느냐?"

"못된 도사 놈과 더러운 거지 놈에게 빼앗겼어요."

이막수는 가슴이 덜컥 내려앉았다. 비록 자신과 개방 사이에 원한 따위는 없지만, 그녀는 개방과 전진교가 교분이 두터운 걸 잘 알고 있었다. 그런데 자신과 전진교 사이에는 복잡한 사연이 많기 때문에 만약 〈오독비전〉의 내용이 개방을 통해 전진교에 전해진다면 이는 보통 심각한 문제가 아니었다.

육무쌍은 엷은 미소를 띤 사부의 표정에서 그녀가 무언가 술수를 꾸미고 있다는 걸 느꼈다. 육무쌍은 적하장을 떠나온 뒤 지금까지 행여 사부님이 뒤를 쫓지 않을까 조마조마한 시간을 보냈다. 그러나 막상 그 순간이 닥치고 보니 생각했던 것만큼 두렵지 않았다. 그때 문득 바보 녀석이 생각났다.

'그 바보 녀석은 어디 있지?'

생명의 위기에 놓인 이 순간, 바보를 떠올리자 어쩐지 위안이 되고 친근감이 느껴졌다. 그때 갑자기 밖이 훤해지더니 짐승의 발굽 소리가 들려왔다. 발굽 소리가 점점 다가오더니 커다란 황소 한 마리가 엄청난 기세로 집 안으로 들어왔다. 황소의 한쪽 뿔에는 단도가, 또 한쪽 뿔에는 불붙은 장작이 묶여 있었다. 이막수는 황소가 달려오자 깜짝 놀라 얼른 옆으로 피했다. 소는 방 안에서 원을 한 바퀴 그리더니 또다시 밖을 향해 뛰쳐나갔다. 순식간에 수 장을 달려 멀리 사라졌다.

이막수는 소의 뒷모습을 보며 이상한 생각이 들었다.

"누가 소뿔에 단도와 장작을 매달아놓았을까?"

정신을 차린 순간, 이막수와 홍능파는 깜짝 놀랐다. 탁자 위에 누워 있어야 할 육무쌍이 보이지 않았다. 홍능파는 집 주변을 살펴보고 지붕 위에도 올라가보았다. 그러나 육무쌍의 모습은 그 어디에서도 찾을 수 없었다.

이막수는 틀림없이 아까 그 소가 수상하다는 생각이 들어 소가 달려간 방향으로 쫓아갔다. 저 멀리 소가 보이긴 했지만 금세 숲속으로 사라져버렸다. 분명 소 등에는 아무도 타고 있지 않았다. 그래서 육무쌍이 소를 타고 달아난 것은 아니라는 생각이 들었다.

'흥! 누군가 밖에 숨어 있다가 소가 들어와 정신을 빼놓는 사이 그년을 데려간 모양이군.'

이막수는 그래도 수상쩍어 경공술을 전개해 소의 뒤를 쫓았다. 얼마 되지 않아 소를 뒤따라 잡기는 했지만 역시 별다른 점을 발견할 수 없었다. 이막수는 낮게 휘파람을 불어 홍능파에게 북에서 남으로 수색해오도록 신호를 보내고 자신은 서에서 동으로 추격해갔다.

물론 이 소는 양과가 집 안으로 들여보낸 것이었다. 양과는 이막수와 홍능파의 목소리가 들리자마자 몰래 집 밖으로 빠져나가 창 밑에 숨어 그들의 대화를 엿들었다. 이막수가 육무쌍을 죽이려 한다는 것을 눈치챈 양과는 급히 소를 묶어놓았던 곳으로 가서 단도와 불을 지핀 장작개비를 소뿔에 묶고, 자신은 소 배에 매달려 소를 방 안으로 몰았다. 양과의 동작이 워낙 빠른 데다 황소의 모양새가 괴상했기 때문에 이막수도 전혀 어찌 된 상황인지 눈치를 채지 못했다. 이막수가 소의 뒤를 쫓아갔을 때 양과와 육무쌍은 이미 덤불숲 사이로 몸을 감춘 뒤였다.

한바탕 난리를 겪는 사이, 육무쌍은 고통이 심해서 거의 까무러칠 지경이었다. 상황이 어찌 된 것인지, 양과가 어떻게 자신을 구해줬는지 전혀 알지 못했다. 한참이 지나 겨우 정신을 차린 그녀는 끙, 하는 신음 소리를 내뱉었다.

양과는 급히 육무쌍의 입을 막았다.

"쉿! 소리 내지 말아요."

발소리가 다가오더니, 홍능파의 목소리가 들렸다.

"이상하다. 어떻게 순식간에 없어졌지?"

멀리서 이막수의 목소리도 들렸다.

"그만 가자. 어차피 멀리 도망가지는 못했을 거다."

홍능파의 발소리가 멀어질 때까지 양과는 육무쌍의 입을 막고 있었다. 육무쌍은 숨이 막혀 기절할 지경이었다. 조금씩 정신을 차린 육무쌍은 자신이 양과의 품에 안겨 있는 것을 깨닫고 부끄럽기도 하고 화가 나기도 해서 양과를 때리려 했다. 양과가 육무쌍의 귀에 대고 작은 소리로 속삭였다.

"속지 말아요. 당신 사부가 아직 여기 있어요."

양과의 말이 끝나기도 전에 과연 이막수의 목소리가 들렸다.

"정말 여기는 없나 보다."

목소리가 매우 가까운 것으로 보아 바로 곁에 있었던 모양이다.

'이 바보 녀석이 눈치채지 못했다면 이번엔 정말 죽었겠구나.'

이막수는 근처 어딘가에 육무쌍이 숨어 있으리라는 생각에 일부러 가는 척하면서 경공술로 근처를 살피고 있었던 것이다.

양과가 귀를 기울여 들어보니 이번에는 정말로 가는 것 같았다. 양과는 그제야 육무쌍의 입을 막고 있던 손을 놓아주었다.

"이젠 됐어요."

"날 놓아줘."

양과는 조심스레 그녀를 풀 위에 내려놓았다.

"지금 바로 접골을 하도록 하죠. 어서 이곳을 떠나야 해요. 날이 밝으면 도망가기 어려울 거예요."

육무쌍은 말없이 고개를 끄덕였다. 양과는 접골을 할 때 육무쌍이 고통을 못 이겨 비명을 지르다가 이막수에게 들킬까 봐 먼저 육무쌍의 마연혈麻軟穴을 찍었다.

"절대 비명을 질러서는 안 돼요."

양과는 그녀의 상의 단추를 풀었다. 상의를 벌리자 하얀 속옷이 나왔다. 양과는 감히 속옷을 벗지 못하고 육무쌍의 표정을 힐끗 살폈다. 육무쌍은 두 눈을 꼭 감은 채 양미간을 찌푸리고 있었다. 두려움과 부끄러움이 역력한 그녀의 표정에서 조금 전의 포악한 모습은 전혀 찾아볼 수 없었다.

양과는 처음으로 처녀의 몸을 보게 된 데다 육무쌍의 몸에서 풍기는 은은한 향기 때문에 숨이 막히면서 가슴이 두근거렸다.

"난 괜찮으니 어서 해."

육무쌍은 고개를 모로 젖혔다. 양과는 떨리는 손으로 그녀의 속옷을 벗겼다. 뽀얀 젖가슴이 드러났다. 양과는 바라보기만 할 뿐 차마 손을 댈 수가 없었다.

'만약 우리 선자가 이렇게 가슴을 풀어 헤치고서 내게 접골을 하라고 했다면, 내가 감히 선자의 가슴을 바라봤을까? 선자가 화를 내지만 않는다면 당연히 그랬겠지. 선자의 가슴은 이보다 훨씬 아름다울 거야.'

양과는 비록 사부에 대한 존경심이 지극했으나, 소용녀를 생각할 때면 아무래도 평범한 사부가 아닌 사랑하는 여자에 대한 감정이 섞이지 않을 수 없었다.

육무쌍은 잠시 기다렸으나 가슴 위로 쌀랑한 기운만 느껴질 뿐 접골을 하는 기색이 느껴지지 않자 눈을 떠보았다. 그런데 양과가 멍하니 자신의 가슴을 바라보고만 있는 것이 아닌가.

"너…… 너, 지금…… 뭘…… 뭘 보는 거야?"

양과는 깜짝 놀라 정신을 차리고는 그녀의 뼈를 맞추기 위해 손을 갈비뼈 부위에 갖다 댔다. 그러나 부드러운 피부에 손이 닿자 마치 불붙은 숯을 만지는 것 같아 얼른 손을 움츠렸다.

"눈을 감아. 한 번만 더 쳐다보면, 그러면……."

육무쌍의 꼭 감은 두 눈에서 눈물이 흘러나왔다.

"알았어요. 안 볼 테니 울지 말아요."

양과는 눈을 감은 채 부러진 갈비뼈 부위를 손으로 더듬어 뼈를 맞춘 다음 급히 속옷으로 그녀의 몸을 감쌌다. 그러곤 잠시 마음을 가라앉힌 후, 나뭇가지 네 개를 끊어다가 두 개는 가슴 쪽에, 두 개는 등 쪽에 대고 단단히 동여맸다. 양과는 조심스레 그녀의 겉옷을 입힌 후 혈을 풀어주었다.

육무쌍이 눈을 떠보니 달빛에 비친 양과의 얼굴이 발갛게 달아올라 있었다. 수줍은 듯 그녀의 눈치를 살피다가 눈이 마주치자 얼른 고개를 돌렸다. 육무쌍은 뼈를 맞추고 나니 여전히 아프기는 했지만 조금 전보다는 통증이 훨씬 덜했다.

'이 멍청한 놈이 재주가 좋군.'

육무쌍은 일련의 일을 겪으면서 양과가 바보가 아니라는 사실을 알았다. 그러나 처음 만날 때부터 무시하고 함부로 대했기 때문에 이제 와서 그런 태도를 바꾸고 싶지는 않았다.

"바보야, 이제 어쩌면 좋지? 계속 여기 숨어 있어야 할까, 아니면 멀리 도망가야 할까?"

"낭자 생각은 어떤데요?"

"당연히 가야지. 여기서 죽기를 기다릴 수는 없잖아."

"어디로 가죠?"

"난 강남으로 돌아갈 거야. 나랑 같이 갈 테야?"

"나는 우리 선자를 찾아야 하기 때문에 너무 멀리 갈 수는 없어요."

육무쌍의 표정이 어두워졌다.

"그래, 어서 가거라! 난 그냥 여기서 죽을 테니."

만약 육무쌍이 부드러운 말투로 사정을 했다면 양과는 어떻게든 거절했을 것이나 화가 난 듯한 말투며 표정이 소용녀와 너무 비슷해 차마 거절할 수가 없었다.

'어쩌면 선자도 강남으로 갔을지 몰라. 우선 이 여자를 강남까지 바래다주자. 내가 착한 일을 하면 하늘이 곱게 봐서 선자를 만나게 해줄지도 모르잖아.'

사실 양과 자신도 이것이 터무니없는 생각임을 잘 알고 있었다. 다만 차마 거절할 수가 없어 스스로를 위해 변명을 만드는 것일 뿐이었다. 양과는 한숨을 내쉬더니 몸을 굽혀 육무쌍을 들어 안았다.

"뭐 하려는 거야?"

육무쌍이 화를 냈다.

"강남까지 데려다주려고요."

육무쌍의 얼굴이 금세 환해졌다.

"바보, 강남이 얼마나 먼데, 어떻게 날 안고 거기까지 가니?"

그러나 말은 그렇게 하면서도 육무쌍은 양과의 품에 편안히 안긴 채 움직이지 않았다.

양과가 타던 소는 이미 어디로 갔는지 보이지 않았다. 양과는 행여 이막수와 홍능파에게 들킬까 봐 좁고 외딴길만 골라서 걸었다. 매우 빠른 걸음으로 걸었지만 상반신은 전혀 흔들리지 않았다. 양과의 품에 안긴 육무쌍은 아무런 고통 없이 편안히 쉴 수 있었다. 육무쌍은 양과의 품에 안긴 채 스쳐 지나가는 나무들을 보면서 놀라지 않을 수 없었다. 속도가 어찌나 빠른지 아마도 이막수보다도 경공 실력이 더 뛰어날 듯했다.

'이 바보 녀석, 알고 보니 무공이 뛰어난 모양이구나. 나이도 어린데 어떻게 이런 무공을 익혔을까?'

날이 점차 밝아왔다. 양과의 얼굴을 자세히 살펴보니 비록 지저분하긴 했지만 꽤 잘생긴 외모였고, 눈동자가 살아 있는 느낌이 들었다. 한참을 바라보던 육무쌍은 점차 깊은 잠에 빠져들었다.

날이 완전히 밝았다. 양과는 조금 피곤해 나무 밑에서 쉬어 가기로 했다. 조심스레 육무쌍을 내려놓고 그녀 곁에 앉아서 휴식을 취했다. 육무쌍이 눈을 뜨더니 옅은 미소를 띠며 물었다.

"배 안 고파? 난 배고픈데."

"당연히 배고프죠. 좋아요. 인가를 찾아 뭘 좀 먹을까요?"

양과는 자리에서 일어나 그녀를 안으려 했으나 밤새 안고 걸은 탓인지 팔이 저렸다. 양과는 그녀를 번쩍 들어 어깨에 목말을 태우고 인가를 찾아 나섰다. 육무쌍은 편하게 양과의 어깨 위에 앉아 양다리를 흔들어댔다.

"바보야, 대체 진짜 이름이 뭐야? 다른 사람이 있는 데서 널 바보라고 부를 수는 없잖아?"

"정말 이름 같은 거 없어요. 모두들 바보라고 불러요."

"말하기 싫으면 관둬! 그럼 네 사부는 누군데?"

양과는 사부라는 말을 듣자 금세 표정이 진지해졌다. 소용녀에 대해서 농담을 할 수는 없었다.

"내 사부님은 우리 선자예요."

"너네 선자는 어느 문파 사람인데?"

"우리 선자 집에는 문 같은 거 없는데요? 무슨 파인지는 나도 잘 몰라요."

"치! 바보인 척하기는. 너희 선자가 어느 문하에 속하느냐 말이야."

"글쎄요, 우리 선자네 집 대문을 말씀하시는 건가요?"

육무쌍이 한숨을 내쉬었다.

'정말 바보인가? 무공은 잘하지만 머리는 멍청한가 봐.'

육무쌍이 부드러운 목소리로 다시 물었다.

"솔직히 말해봐. 왜 날 구해주었지?"

양과는 어떻게 대답해야 할지 잠시 망설였다.

"우리 선자가 당신을 구해주라고 했어요."

"너희 선자가 누군데?"

"선자는 선자죠. 난 선자가 시키는 건 뭐든지 해요."

육무쌍이 또다시 한숨을 내쉬었다.

'정말 바보인가 봐.'

잠시 양과에 대한 호감이 생기려 했으나 다시 짜증스러운 마음이 들었다.

"왜 아무 말도 안 해요?"

양과는 육무쌍이 더 이상 아무 얘기도 하지 않자, 먼저 말을 걸었다.

육무쌍은 가볍게 콧방귀를 뀔 뿐 아무 대답도 하지 않았다. 양과는 왜 아무 말이 없는지 또 물었다.

"말하기 싫어서 그런다, 왜? 바보 주제에 무슨 간섭이야?"

양과는 육무쌍이 화를 내자 그 모습이 보고 싶었다. 그러나 육무쌍이 자기 어깨 위에 앉아 있었기 때문에 얼굴을 볼 수가 없었다. 얼마 지나지 않아 작은 마을에 도착했다. 두 사람은 주점을 찾아 들어가 밥과 요리를 시켰다. 식사를 마친 후, 육무쌍은 품속에서 은자 몇 냥을 꺼내 양과에게 쥐여주며 나귀를 사 오도록 했다.

양과가 돌아온 후 두 사람은 밥값을 치르고 길을 나섰다. 그러나 나귀 등에 올라타자 부러진 뼈의 통증이 참을 수 없이 심하게 전해졌다. 입에서 자신도 모르게 신음 소리가 흘러나왔다.

"안타깝네요. 내가 이렇게 더럽고 못생기지만 않았다면 낭자를 안고 갈 텐데."

"흥! 쓸데없는 소리!"

육무쌍이 채찍을 휘둘렀다. 그러나 나귀의 성질이 보통 고집스러운 것이 아니어서 말을 듣기는커녕 담장 곁으로 가더니 그녀의 몸을 담벼락에 문질러댔다.

"으악!"

육무쌍은 온몸에 힘이 없어 비명을 지르며 나귀에서 떨어졌다. 비록 오른발로 버텨 넘어지지는 않았으나 상처 부위가 말할 수 없이 아팠다.

"내가 아픈 것을 뻔히 알면서도 부축을 안 해주는 거냐?"

양과는 바보처럼 웃기만 할 뿐 아무 말도 하지 않았다.

"어서 날 부축해 나귀 위에 태워줘."

양과는 육무쌍이 시키는 대로 해주었다. 그러나 나귀는 등에 육무쌍이 올라타자마자 또 한바탕 난리를 피울 기세였다.

"어서 나귀 고삐를 잡아!"

"싫어요. 나귀가 날 발로 찬단 말이에요. 내 소가 있었으면 좋았을 텐데."

'이 녀석은 바보 같기도 하고 바보 같지 않기도 해서 정말 이상해. 또 한 번 날 안아보려는 속셈인가?'

"좋아, 너도 나귀 위로 올라와."

"정말요? 당신이 타라고 시킨 거예요. 더럽다고 욕하거나 때리기 없어요."

"알았으니 잔소리 그만하고 어서 타기나 해."

양과는 나귀 등에 훌쩍 올라타 양팔로 육무쌍을 감싸 안았다. 힘껏 옆구리를 걷어차니 나귀도 많이 아팠는지 더 이상 말썽을 부리지 않고 순순히 말을 들었다.

"어디로 가죠?"

육무쌍은 원래 동쪽으로 가서 동관을 지나 중주中州를 거쳐 남으로 가려 했다. 그러나 개방의 무리들이 있는 것으로 보아 그 길은 개방뿐만 아니라 사부인 이막수도 지키고 있을지 모른다는 생각이 들었다. 육무쌍은 작은 길로 돌아 죽림관竹林關을 거쳐 용구채龍駒寨를 넘어 자형관紫荊關을 지나 남으로 내려가기로 결심했다. 비록 멀리 돌아가는 셈이지만 그 편이 더 안전할 것 같았다. 생각이 정해지자 육무쌍은 동남쪽을 가리키며 말했다.

"저쪽으로 가자."

나귀는 천천히 걷기 시작했다. 얼마쯤 지나 한적한 곳으로 나오자 웬 어린아이가 나귀 앞을 가로막고 섰다.

"아가씨, 전해드릴 물건이 있어요."

아이는 말을 마치자마자 육무쌍을 향해 손에 들고 있던 꽃다발을 던지더니 곧 몸을 돌려 달아나버렸다. 유채꽃 한 다발에 쪽지가 묶여 있었다. 쪽지에는 "사부가 뒤를 바짝 쫓고 있으니 어서 피해"라고 적혀 있었다. 형편없이 낡은 종이였지만 글씨체는 수려했다.

'대체 저 아이는 누굴까? 날 어떻게 알지? 게다가 사부님이 쫓아오고 있다는 건 또 어떻게 알았을까?'

아무리 생각해도 알 수가 없었다.

"바보, 저 아이가 누군지 알아? 너희 사부님이 보내신 게 아닌가 자세히 봐."

양과도 이미 어깨너머로 쪽지의 내용을 읽었다.

'분명히 평범한 시골 아이였어. 틀림없이 누군가가 심부름을 시킨 거야. 편지를 쓴 사람은 누굴까? 우릴 도와주려는 모양인데. 그나저나 정말 이막수가 우리를 바짝 쫓아오고 있다면 어떻게 하지?'

양과는 비록 〈옥녀심경〉과 〈구음진경〉이라는 무림의 양대 무공을 배워 익히기는 했으나, 아무래도 실전 경험이 없고 나이도 어린지라 이막수의 적수가 될 수는 없었다. 만약 지금처럼 훤한 대낮에 이막수의 눈에 띄게 된다면 숨기도 어려울 것 같았다.

"모르는 아이예요. 사부님이 보내신 것 같지도 않은데요?"

그때 어디선가 피리 부는 소리, 나팔 부는 소리가 요란하게 들려오더니 맞은편에서 꽃가마를 둘러싸고 한 무리의 인파가 이쪽을 향해 다가오고 있었다. 혼례 행렬이었다. 시골의 혼례라 비교적 간소하기는 했지만 그래도 떠들썩한 잔치 분위기가 전해져 보는 이들을 흥겹게 만들었다. 양과에게 문득 좋은 생각이 떠올랐다.

"신부가 되어보고 싶지 않아요?"

절묘한 수로 적을 따돌리다

육무쌍은 자면서도 접골한 부위의 통증이 느껴지는지 눈썹을 찌푸렸다. 이 모습을 보자 양과는 불현듯 소용녀가 떠오르면서 자신이 했던 맹세가 생각났다. 그러자 등줄기에서 식은땀이 흘러내렸다. 그는 자신의 뺨을 호되게 후려친 후 구들장에서 뛰어내려왔다.

육무쌍은 그러지 않아도 불안하고 초조한데 양과의 바보 같은 말을 듣자 화가 치밀었다.

"바보! 무슨 헛소리야?"

"신랑 신부 놀이를 하는 거예요. 당신이 신부로 분장해서 얼굴에 붉은 천을 쓰면 아무도 당신을 알아보지 못할 거 아니에요."

"그럼 신부 분장을 해서 사부님의 눈을 속이자는 말이야?"

"당신이 신부로 분장하면 난 신랑이 되어야죠?"

양과가 히죽거렸다.

'말도 안 되는 생각이긴 하지만 다른 방법이 없어.'

육무쌍은 위급한 상황에서 따지고 말고 할 겨를이 없었다.

"그럼 어떻게 분장을 하지?"

그녀가 승낙을 하자 더 이상 지체할 시간이 없었다. 양과가 엉덩이를 힘껏 후려치자 나귀가 쏜살같이 앞으로 내달렸다. 얼마 지나지 않아 두 사람은 여덟 명이 들쳐 멘 꽃가마 행렬과 마주쳤다. 혼례 행렬의 사람들이 나귀가 달려오자 멈추라고 소리쳤다. 그러나 양과는 더욱 박차를 가하여 질풍같이 앞으로 내달렸다. 두 명의 건장한 사내들이 가마와 부딪치는 것을 막기 위해 나귀를 붙잡으려 했지만 양과가 채찍을 휘둘러 두 사내의 팔을 휘감아 길옆으로 내동댕이쳤다.

"내가 신랑을 맡을게요!"

양과는 몸을 앞으로 날려 오른손으로 백마 위에 탄 신랑을 잡아챘다. 새 비단옷을 걸치고 머리에 금관을 쓴 신랑은 갑자기 양과가 다가오자 놀라 혼비백산했다. 양과는 신랑을 공중으로 휙 던져버렸다. 다행히 신랑은 일 장 정도를 날아가다가 사람들이 비명을 지르며 손으로 받는 바람에 무사할 수 있었다. 혼례 행렬에는 30여 명의 사람이 있었다. 대다수가 건장한 장년들이었지만 양과의 무공에 이미 기가 질린 데다 다행히 신랑은 안전하니 감히 덤벼들 생각을 하지 못했다. 행렬 중 식견이 풍부한 한 노인이 무리들 앞으로 뛰어나왔다. 그는 필시 도적이 강도질을 하기 위해 길을 막은 것이라 생각했다.

"대왕大王! 신랑을 놓아주십시오. 원하는 것을 다 드리지요."

"나를 왜 대왕이라고 부르는 거요? 난 왕씨가 아니오. 나보다 더 바보 같은 사람이 있군."

"신경 쓰지 마. 근데 사부님의 방울 소리가 들리는 것 같아."

양과는 깜짝 놀라 가만히 숨을 죽이고 귀를 기울였다. 정말 멀리서 방울 소리가 희미하게 들려왔다.

"참 빨리도 오는구나."

양과는 사람들에게 둘러싸여 있는 신랑을 공중으로 들어 올렸다.

"너희가 모두 내 말을 잘 들으면 신랑을 놓아주겠다. 그러지 않으면……."

신랑은 놀라 비명을 지르며 울기 시작했고, 노인은 연신 머리를 조아리며 굽실거렸다.

"대왕, 분부만 내리십시오."

"이 여자는 내 부인인데, 너희가 혼례를 올리는 것을 보고 재미있겠다며 한번 해보겠다고 한다."

"이 바보야, 대체 뭐라는 거야?"

양과는 상관하지 않고 사람들을 재촉했다.

"어서 신부에게 옷을 입혀줘라. 난 신랑으로 분장해야겠다."

아이들이 신랑 신부가 되어 혼례 놀이를 하는 것은 하등 이상할 게 없었다. 하지만 돌연 길을 막고 나타난 도둑이 이런 놀이를 하겠다고 하니 모두들 어안이 벙벙해 서로를 쳐다보며 말문을 잇지 못했다. 사람들이 허둥대고 있을 때 딸랑거리는 방울 소리가 조금 더 가까워졌다. 양과는 급히 나귀 등에서 뛰어내려 신랑을 나귀의 안장에 앉혔다. 그리고 육무쌍에게 잘 지키라고 하곤 꽃가마 앞으로 가서 가마의 휘장을 젖히고 신부를 끌어냈다.

"어머!"

놀란 신부는 날카로운 비명을 질렀다. 양과는 신부의 얼굴을 가리고 있던 붉은 천을 벗겨서 내던졌다. 신부의 얼굴이 달덩이처럼 둥근 것이 꼭 부잣집 맏며느리 같은 상이었다.

"신부가 정말 예쁘네."

양과는 웃으며 신부를 들어 올렸다. 신부는 너무 놀라 몸이 뻣뻣하게 굳어 비명조차 지르지 못했다.

"신부의 목숨을 구하고 싶거든 어서 내 부인에게 신부의 옷을 입혀라."

육무쌍은 사부의 방울 소리가 점점 가깝게 들리자 어쩔 수 없다는 듯 양과를 흘겨보았다.

'이 바보 녀석, 정말 하룻강아지 범 무서운 줄 모르네. 이런 상황에서 장난을 치다니.'

노인이 연신 사람들을 재촉했다.

"어서 하게. 어서 신부 옷으로 갈아입히게."

노인의 재촉에 떠밀려 사람들은 허둥지둥 신부의 붉은 비단 치마와 봉황 족두리를 벗겨서 육무쌍에게 걸쳐주었다. 양과는 직접 신랑의 혼례복을 벗겨서 입었다.

"어이 부인, 어서 가마로 들어가시오."

육무쌍은 신부를 먼저 가마로 들여보낸 후 가마의 휘장을 내렸다. 양과는 짚신을 신고 있다는 것을 알고 서둘러 바꿔 신으려 했지만 방울 소리가 바로 산모퉁이에서 들리자 그만두고 일행을 재촉했다.

"방향을 동남쪽으로 바꿔 가자. 어서 서둘러라! 누가 우리를 보았냐고 물어보면 본 적이 없다고 대답해야 한다."

양과는 서둘러 신랑의 신발을 낚아채 바꿔 신고 몸을 날려 백마에 훌쩍 올라탄 후 나귀의 등에 탄 신랑과 나란히 길을 나섰다. 신랑 신부가 적의 수중으로 넘어간 마당이라 모두 아무 소리도 못 하고 풍악을 울리며 혼례 행렬을 계속 진행시켰다.

꽃가마가 방향을 돌려 길을 떠난 지 10여 장 정도 되었을까, 뒤에서 다급한 방울 소리가 울리더니 두 마리의 나귀가 쫓아왔다. 육무쌍도 가마 안에서 방울 소리를 들었다. 죽고 사는 것이 한순간이라고 생각하니 긴장이 되지 않을 수 없었다. 육무쌍은 바깥의 동정에 숨을 죽이고 귀를 기울였다. 양과는 수줍은 척하며 고개를 숙여 말갈기만 쳐다보았다.

"혹시 절름발이 여자를 못 봤나요?"

홍능파가 묻자 노인이 나서며 말을 더듬거렸다.

"못…… 못 봤습니다요."

"젊은 여자가 나귀를 타고 지나가지 않았어요?"

"아…… 아니요. 못 봤습니다."

이막수와 홍능파는 나귀를 몰아 쏜살같이 행렬을 지나쳐 내달렸다. 그러나 잠시 뒤, 두 사람은 방향을 돌려 다시 돌아왔다. 이막수가 불진을 휘둘러 가마의 휘장을 감아 당기자 휘장이 찌직, 소리를 내며 반으로 찢어졌다. 양과는 크게 놀라 말을 달려 가마로 다가갔다. 이막수가 두 번째로 불진을 휘두르면 달려가서 구해줄 생각이었다. 그런데 가마 안을 휙 둘러보던 이막수가 별다른 것을 발견하지 못한 듯했다.

"신부가 참 예쁘군. 흥! 젊은것이 복도 많구나."

양과는 고개를 숙여 감히 얼굴을 마주치지 못했다. 이막수와 홍능파는 나귀를 돌려 길을 재촉했다. 두 사람이 탄 나귀 발굽 소리가 점차 멀어져갔다.

'어째서 육무쌍을 놓아주었지?'

양과는 어리둥절해하며 가마 안을 보았다. 가마 안에는 놀라서 새파랗게 질린 신부가 혼례복을 뒤집어쓴 듯이 입고 부들부들 떨면서 앉아 있었다. 그러나 육무쌍은 보이지 않았다.

"이런, 내 부인은?"

"나 여기 있지."

육무쌍이 웃으며 대답하는 소리가 들렸다. 그녀는 사부가 반드시 다시 돌아오리라 예상하고 신부의 치마 속으로 숨었던 것이다.

"얌전하게 신부 노릇이나 잘하고 있어요. 가마에 앉아 있는 게 나귀를 타고 가는 것보다 훨씬 편할 거예요."

육무쌍이 고개를 끄덕였다.

"네가 있으니까 너무 좁고 답답해. 얼른 나가."

육무쌍이 밀어내자 신부는 어쩔 수 없이 가마에서 내린 후 신랑의 나귀에 올라탔다. 신랑과 신부는 한 번도 서로를 본 적이 없는 사이였다. 신랑은 신부의 달덩이같이 복스러운 얼굴을 보자 입이 헤벌어졌다. 신부도 이목구비가 또렷하고 준수한 외모의 신랑을 몰래 훔쳐보고는 속으로 좋아 어쩔 줄을 몰랐다. 두 사람은 강도를 만나 수난을 당하고 있다는 사실조차 잊어버린 듯했다. 그렇게 20여 리쯤 갔을까, 서서히 하늘이 어두워졌다. 노인은 줄곧 양과에게 길일吉日을 놓치지 않게 빨리 놓아달라고 사정했다.

"잘 가고 있는데 웬 소란이에요!"

양과가 호통을 치는데 언뜻 사람 그림자가 스쳐 지나갔다. 두 사람이 황급히 수풀로 몸을 숨기는 것 같았다. 양과는 의심쩍어 급히 뒤를 밟았다. 두 사람의 뒷모습이 보였다. 옷이 남루한 게 거지가 분명해 보였다.

'개방 거지들에게 꼬리를 밟혔구나. 앞에서도 매복하고 있겠군.'

잠시 뒤 가마가 들썩이더니 육무쌍이 휘장 밖으로 머리를 쑥 내밀었다.

"왜 그래?"

"꽃가마 휘장도 찢어지고 신부가 붉은 두건도 안 쓰고…… 잘하는군요. 신부는 모름지기 속으로는 시집가고 싶어 죽겠어도 겉으로는 홀

쩍훌쩍 울면서 '엄마, 아빠 난 시집 안 가요' 하고 소리쳐야지. 세상에 어디 이런 뻔뻔한 신부가 다 있담?"

육무쌍은 양과가 쓸데없이 큰 소리로 핀잔을 주자, 그 말의 속뜻을 알아차렸다. 자신의 행적이 발각된 것이라 생각하고 조용히 "바보!"라고 욕을 해주고는 입을 다물었다.

다시 앞으로 가는데 산길이 점점 좁아지더니 지나가기 힘들 정도로 가파른 고갯길이 나왔다. 일행은 완전히 기진맥진했지만 혹시 양과가 화를 내어 빨리 가지 않을까 봐 불평 한마디 하지 못했다.

점점 석양이 온 산을 물들였다. 저녁 까마귀가 까악까악, 울며 날아갔다. 더욱 서둘러 길을 재촉하고 있는데 돌연 산모퉁이에서 사람 그림자가 번득이더니 일제히 나타나 소리를 질렀다.

"낭자! 은만도銀鸞刀 한 자루 시주하십시오!"

육무쌍은 얼굴빛이 싹 변했다.

'여기서 매복하고 있었구나.'

꽃가마가 산모퉁이에 가까이 오기만을 기다린 거지 세 명이 모습을 드러낸 것이었다. 세 명의 거지는 낮에 본 거지들과 달리 체구가 상당히 우람했다. 그들은 어깨에 모두 다섯 개의 마대 자루를 짊어지고 있었다.

'이자들은 마대가 다섯이니 낮에 본 거지들보다 훨씬 대단한 놈들이겠군. 싸움을 피해야겠다.'

혼례 행렬과 가마꾼들은 혼인식이 엉망진창이 되어 가뜩이나 화가 나 있던 판에 거지들까지 나타나자 참을 수가 없었다. 그중 한 명이 채찍을 휘두르며 소리쳤다.

"썩 비켜라!"

그러나 그 거지는 길을 비키지 않고 채찍 끝을 잡고 끌어당겼다. 그 바람에 채찍을 휘두르던 사람이 앞으로 넘어졌다. 사람들은 평소 같으면 여럿이 우르르 덤벼들었겠지만 지금은 사정이 달랐다. 양과에게 잔뜩 겁을 먹은 터라 거지도 같은 패거리라 생각하고 오히려 주춤거리며 뒷걸음질만 쳤다.

거지 한 명이 쩌렁쩌렁한 목소리로 말했다.

"낭자, 경축드립니다. 이 거지 놈에게 몇 푼 적선이나 해주십시오."

육무쌍이 나지막이 속삭였다.

"바보야, 난 부상을 입어서 싸울 수가 없어. 네가 어떻게 해봐."

"좋아요!"

양과는 말을 앞으로 내달려 다가갔다.

"이놈들아! 내가 부인을 얻는 오늘같이 좋은 날에 너희 같은 비렁뱅이들이 방해하면 안 되지. 썩 길을 비켜라!"

양과가 호통을 치자 거지들은 모두 화들짝 놀랐다. 모두들 양과를 훑어보았지만 그가 대체 누구인지 알 수 없었다. 며칠 전 돌멩이에 맞아 손목을 다친 제4대 제자들은 육무쌍에게 당한 것이라고만 생각하고 양과에 대한 이야기는 하지 않았다.

한 거지가 오른손을 휘두르자 양과가 타고 있던 말이 놀라 앞으로 내달렸다. 양과는 일부러 몸을 휘청거리며 말안장에서 굴러떨어져 한참 동안 일어나지 않았다.

'정말 신랑이었구나.'

개방은 의협심을 중요하게 여기는 방파로서 약자를 지키고 어려움이 있으면 돕고 구해주는 일을 해왔다. 육무쌍의 뒤를 쫓은 것도 개방의 형제를 다치게 했기 때문이었지 다른 뜻은 없었다. 그런데 양과가 전혀 무공을 쓰지 못하고 단 한 번의 공격으로 나가떨어지자 실로 미안하기 짝이 없었다. 거지 한 명이 양과에게 다가가 손을 내밀었다.

"미안하네. 우리가 사람을 잘못 보고 실수를 했네."

양과는 중얼중얼 욕을 해댔다.

"참…… 정말…… 돈이 필요하면 말로 할 것이지 함부로 사람을 치다니……."

양과는 품속에서 은자 세 개를 꺼내 세 사람에게 각각 한 푼씩 쥐여주었다. 거지들은 개방의 규율대로 돈을 받은 후 감사의 뜻을 표했다. 양과는 육무쌍을 보고 히죽 웃었다.

"어떻게 해보라고 했지요? 내가 다 처리했어요."

"왜 바보 행세를 못 해서 안달이야? 그게 재미있어?"

둘이서 낮은 소리를 주고받으며 양과는 옷에 묻은 먼지를 털었다. 그러나 거지들이 여전히 길을 가로막고 비키지 않자 육무쌍이 나설 수밖에 없었다.

"대체 어쩔 셈이죠?"

"낭자는 고묘파의 고수라 들었소. 우리 세 형제는 낭자의 무공에 경의를 표하고 싶소. 낭자에게 한 수 가르침을 받고자 하는 것이오."

"난 중상을 입었는데 어떻게 싸운단 말이에요? 승복하지 못하겠으면 내 상처가 다 나은 다음 다시 가르침을 받으러 오세요. 개방의 고수들께서 부상을 입은 어린 여자를 괴롭히다니 이게 영웅호걸의 모습인가요?"

거지들은 이 말을 듣자 자신들의 행동이 부끄럽게 생각되었다.

"좋소! 상처가 나은 후 다시 이야기합시다."

두 명은 바로 받아들였지만 나머지 한 명이 반대했다.

"잠시만! 어디를 다쳤단 말이오? 사실인지 아닌지 봐야겠소. 만약 정말 부상을 입은 것이라면 오늘은 그냥 넘어가겠소."

이 거지는 육무쌍이 가슴에 부상을 당했다는 사실을 알 리 없었다. 육무쌍은 순간 얼굴이 화끈 달아오르며 말문이 막혔다.

"강호에서는 개방이 영웅호걸이라고 한다면서요? 흥, 알고 보니 모두 부끄러움이라고는 모르는 소인배들이었군요."

개방파의 명성을 모독하는 말을 듣자 거지들은 순간 낯빛이 변했다. 그중 가장 성격이 괄괄한 거지가 앞으로 뛰어나와 가마에서 육무쌍을 끌어내리려 했다.

양과는 상황이 급박하게 돌아가자 다시 앞으로 나섰다.

"잠깐만! 돈을 줬으면 끝이 나야 하는데 아직도 우리 부인과 싸울 일이 남았나요?"

양과는 말하면서 말에서 내려와 세 거지 앞에 고개를 숙인 뒤 정중하게 말했다.

"세 분은 거지이긴 하지만 모습이 위풍당당한 것이 앞으로 큰 인물이 되시겠습니다. 그런데 어째서 우리 부인을 희롱하는 경박한 행동을 하시는 겁니까?"

거지들은 순간 어리둥절해 말문이 막혔다. 그러나 여전히 그냥 넘어갈 기세는 아니었다.

"우리는 그저 고묘파의 무공을 보고자 하는 것뿐인데 경박한 행동이라니?"

성격이 가장 불같은 거지가 앞으로 나서며 양과를 살짝 밀쳤다. 양과는 비명을 지르며 길옆으로 굴러떨어졌다.

개방의 규율에 따르면, 무공을 못하는 자에게 절대 먼저 출수해서는 안 된다. 거지는 신랑이 견디지 못하고 굴러떨어지리라고는 생각지도 못했다. 만약 다치기라도 한다면 개방의 중벌을 면치 못할 것이고, 나머지 두 거지도 책임을 피할 수 없게 될 터였다. 세 사람은 대경실색하여 얼른 달려가 부축했다.

"다치지는 않았소?"

"어이쿠! 사람 죽네! 어이쿠!"

양과는 온 산이 울리도록 비명을 지르며 데굴데굴 굴렀고, 거지들은 어디를 다쳤는지 알 수가 없어서 당황하기 시작했다. 양과는 한참을 구르다가 벌떡 일어나더니 마구 지껄여댔다.

"당신들은 정말 바보 아니에요? 우리 신부가 수줍음이 얼마나 많은데 모르는 남정네와 이야기를 하겠어요? 뭘 배우고 싶어요? 먼저 나한테 이야기하세요. 그럼 내가 조용히 우리 신부에게 이야기해서 들은 후 다시 말해줄게요. 좋죠?"

세 거지는 바보 같은 신랑의 말을 신뢰하지 않았지만 그렇다고 함부로 무공을 휘두를 수도 없었다.

'육 낭자는 거짓으로 신부 행세를 하고 있는 것이니, 저 사람도 가짜 신랑이 틀림없다. 그렇다면 저런 바보일 리가 없을 텐데…….'

제일 나이가 많은 거지는 이런 생각을 하며 양과의 행동을 유심히 살폈다. 그러나 도무지 실마리를 잡을 수가 없었다. 성격이 불같은 거지가 다시 손을 치켜들며 호통을 쳤다.

"안 비킬 거야?"

양과는 두 손으로 가마를 막았다.

"우리 부인을 괴롭히려고요? 절대 안 돼요!"

"육 낭자, 이 바보에게 평생 동안 막고 있으라고 할 셈이오? 시원하게 말이나 해보시오."

그러자 양과가 히죽거리며 끼어들었다.

"내가 바보인지 어떻게 알았어요? 참 신기한 일이네."

"우리는 다른 뜻이 있는 게 아니라 그저 칼을 구부려 어깨를 찌르는 무공을 배우고 싶을 뿐이오. 그 초식의 이름은 무엇이오?"

육무쌍은 어떻게 하면 빠져나갈 수 있을지 궁리하던 중인데 돌연 질문을 받자 그저 생각나는 대로 내뱉었다.

"그 초식은 초선배월貂蟬拜月이에요. 자, 이제 됐지요?"

"맞아요. 우리 부인이 칼을 굽히면서 휙, 하고 찌르면 어깨가 작살 난다고요."

양과는 오른손을 올려 손날로 거지의 어깨 뒤를 살짝 자르듯이 내리쳤다. 뜻밖의 출수에 거지들은 모두 흠칫 놀라 뒤로 물러났다. 불같은 성격의 거지는 어깨에 일장을 맞은 후 그만 낯빛이 변했다.

'신랑 분장을 하고 우리를 놀리고 있었군.'

거지들은 모두 바싹 긴장하며 자세를 가다듬었다.

"교활한 놈, 일부러 바보인 척하다니. 자, 어디 한번 솜씨를 보자."

양과는 자리에서 왔다 갔다 하며 세 거지를 쳐다보았다.

"우리 부인한테 배우고 싶다더니, 이젠 나한테 배우고 싶은 거예요?"

"먼저 너에게 청하는 것이 도리인 것 같은데……."

"그런데 어쩌죠? 전 아무것도 모르는걸요. 우리 부인한테 물어봐야 돼요."

양과는 싱글벙글 웃었다. 그리고 육무쌍에게 다가가 일부러 더욱 바보처럼 얼굴을 실룩거리며 말했다.

"부인, 부인, 내가 뭘 가르쳐줘야 되죠?"

육무쌍은 양과의 절세 무공을 보고 이제 아무런 망설임이 없었다. 방금 손을 뒤로 돌려 칼로 자르듯 상대를 공격하는 출수는 너무나 날렵하고 깔끔했다. 자신은 절대 흉내조차 낼 수 없는 것이었다. 비록 그 무공의 내력은 모르지만 그냥 되는대로 이름 붙이기로 했다.

"다시 초선배월로 공격해."

"좋아요!"

양과는 허리를 굽히고 손을 길게 뻗어 다시 거지의 어깨에 마치 칼로 베듯 일장을 가했다. 이 날렵한 출수에 거지들은 더욱 놀랐다. 양과는 그 거지와 마주 보고 서 있는 상태에서 몸을 굽히거나 발을 움직이지도 않고 손만 뻗어서 손바닥으로 어깨 뒤를 내리친 것이다. 실로 기묘한 장법이 아닐 수 없었다. 놀라기는 육무쌍도 마찬가지였다.

'이건 분명 우리 고묘파의 무공인데 저 바보가 어떻게 할 줄 알지?'

"이번엔 서시봉심西施捧心으로 공격해!"

"좋아요!"

양과는 오른 주먹을 날려 상대의 가슴 한복판에 명중시켰다. 양과의 주먹에 맞은 거지는 자신을 떠미는 듯한 커다란 힘에 한 장 밖으로 날아갔으나 이상하게도 두 발로 멀쩡히 착지할 수 있었다. 또 가슴에도 아무런 통증이 느껴지지 않아 오히려 누가 자신을 안아서 옮겨놓은 것 같은 느낌을 받았다. 다른 두 거지가 좌우에서 달려들었다.

"부인, 빨리 다음 수를 가르쳐줘요."

"소군출색昭君出塞! 마고헌수麻姑獻壽!"

양과는 왼손을 비스듬히 올리고 오른손 손가락을 튕기며 마치 비파를 연주하는 듯한 자세를 취했다. 그리고 다섯 손가락으로 오른쪽 거지의 몸에 하나하나 튕기니 이것이 바로 소군출색 초식이었다. 그 후 즉시 몸을 비스듬히 기울여 왼쪽 거지의 다리 공격을 피한 후, 양손으로 주먹을 만들어 위를 향해 올려쳤다. 그러자 주먹이 퍽, 하고 상대의 아래턱에 명중했다.

"이게 바로 마고헌수 맞지요?"

양과는 다치게 하고 싶지 않아 공격에 전혀 힘을 싣지 않았다. 양과가 연이어 전개한 네 초식은 모두 고묘파의 미녀권법美女拳法이었다. 고묘파는 임조영이 창시한 후 절대 남자에게는 무공을 전수해주지 않았다. 임조영은 미녀권을 만들면서 매 초식에 모두 미녀의 이름을 붙였고 그 자세도 미녀의 모습처럼 부드럽고 우아했다. 하지만 모두 매섭고 악랄하기 그지없는 살수였다.

양과는 소용녀에게 이 권법을 배웠다. 비록 권법이 매섭고 정교하기는 했지만 이리저리 몸이며 팔을 비틀어야 하는 것이 남자가 하기에는 쑥스럽고 어색했다. 하지만 양과는 연마하는 중에 자신도 모르게 부드러운 초식에 남자의 강인함을 섞어놓았다. 그래서 양과의 미녀권법은 부드러우면서도 강한 힘을 갖추게 되었다.

세 거지는 오묘한 초식에 당하기는 했지만 통증을 전혀 느낄 수 없어 별것 아니라는 생각으로 겁 없이 고함을 내지르며 덤벼들었다. 양 과는 동에 번쩍 서에 번쩍하며 공격을 피했다.

"마누라! 큰일 났어요. 오늘 과부 되게 생겼군요!"

육무쌍이 콧방귀를 뀌며 다시 소리쳤다.

"이번에는 천손직금天孫織錦으로!"

육무쌍의 말에 양과는 오른손을 좌로 왼손을 우로 보내면서 마치 베를 짜는 듯한 동작을 취하더니 두 손을 각각 두 거지의 어깨 위로 내리쳤다.

"문군당로文君當爐! 귀비취주貴妃醉酒!"

육무쌍의 외침에 양과는 그 즉시 손을 들어 술을 따르는 모양을 취 하더니 성격 급한 거지의 머리를 내리찍은 후, 다시 마치 춤을 추듯 몸 을 휘청거리며 오른쪽을 향해 걸어가 또 다른 거지의 어깨를 내리쳤다.

세 거지는 화가 나면서도 놀라움을 금할 수 없었다. 자신들이 평생 닦아온 모든 무공을 펼쳤지만 양과의 옷깃 하나도 건드릴 수 없었다. 그런데 상대방은 거침없이 목표하는 곳을 정확히 공격해왔다. 비록 아 프지는 않았지만 가슴이 철렁 내려앉았다.

육무쌍이 계속 소리를 내질렀다.

"농옥취소弄玉吹簫! 난신능파蘭神凌波! 구익악권鉤益握拳!"

연이은 육무쌍의 호령에 양과는 하나하나 초식을 구사했다. 이미 양과의 무공에 탄복한 육무쌍은 일부러 어려운 초식을 불렀으나 양과 는 망설임도 없이 손과 발을 움직이며 정확하게 전개했다.

"측천수렴則天垂簾!"

양과는 이 초식을 듣고 순간 멈칫했다. 이 초식은 전개하면 허점이 노출되기 때문이었다. 그러나 자신의 내공이 적보다 훨씬 뛰어나다고 자신했기 때문에 서슴없이 몸을 앞으로 내달리며 대발을 내리듯 두 손을 땅바닥으로 쭉 훑어내렸다. 거지들은 간만에 양과의 앞가슴에 큰 허점이 보이자 이를 놓칠세라 달려들었다. 그러나 양과가 발하는 막강한 내공에 밀려 공격은커녕 뒤로 물러날 수밖에 없었다.

육무쌍은 양과의 무공에 놀라는 한편 신이 났다.

"일소경국一笑傾國!"

이것은 육무쌍이 멋대로 만들어낸 초식이었다. '미인의 웃음에 나라가 흔들린다'는 의미인데, 이를 어찌 무공에 응용한단 말인가? 양과는 순간 어찌 대응해야 할지 멍하게 있다가 손바닥을 탁, 치며 갑자기 앙천대소를 터뜨리기 시작했다.

"음하하하! 으ㅎㅎㅎ!"

〈구음진경〉의 깊고 심오한 내공을 이 웃음에 모두 실었다. 비록 〈구음진경〉의 내공을 적과 대적할 만큼 완전히 연마한 것은 아니었지만, 이 개방파의 5대 제자들은 양과의 적수가 되지 못해 괴이한 웃음소리를 듣고는 중심을 잡지 못하고 앞으로 쓰러졌다.

사람의 귀에는 평형감각을 조절하는 반달 모양의 달팽이관이 있다. 이 기관에 충격을 받으면 중심을 잡지 못하게 되는데, 양과의 웃음소리에 심후한 내공이 담겨 있어 거지들의 이 기관에 충격을 가했던 것이다. 육무쌍 또한 쓰러질 것 같아 황급히 가마를 잡고 버텼다. 양과가 웃음을 그치자 거지들은 허둥지둥 일어나더니 얼굴이 잿빛이 되어 뒤도 돌아보지 않고 그대로 줄행랑을 쳤다.

일행은 잠시 쉬었다가 다시 가마를 들고 길을 나섰다. 양과의 무공을 직접 목격한 이들은 더욱 찍소리도 하지 못한 채 벌벌 떨었다. 이경쯤 되어 마을이 나타나자 양과는 이들을 풀어주었다. 일행은 강도에게 붙잡혔으니 목숨을 건져 돌아가지 못할 줄 알았는데 갑자기 순순히 풀려나자 어안이 벙벙했다. 너무 뜻밖이라 기뻐 어쩔 줄 모르며 양과에게 거듭 머리를 조아려 감사를 표했다. 그중 신랑의 말이 가장 번드르르했다.

"대왕, 대부인, 검은 머리 파뿌리 되도록 백년해로하시고 자자손손 번성하십시오."

양과는 그저 씩 웃고 있었으나, 육무쌍은 부끄러운 듯 얼굴이 빨갛게 물들었다.

양과와 육무쌍은 객점을 찾아서 행장을 풀고 음식을 주문했다. 음식을 한술 뜨려고 하는데, 돌연 문에서 누군가 고개를 내밀더니 두 사람을 보고는 획 사라졌다. 양과는 뭔가 수상해서 문 앞으로 달려갔다. 뜰에 세 사람이 서 있었다. 바로 시랑곡에서 육무쌍과 싸웠던 신지범과 희청허, 그리고 피청현이었다. 세 도사는 장검을 빼 들고 공격해왔다.

'이놈들이 나한테 화풀이를 할 모양인데, 죽음을 자초하는군.'

그러나 세 도사는 양과의 옆을 그대로 획 스쳐 지나더니 객점 안으로 뛰어들어 육무쌍을 공격했다. 그런데 돌연 멀리서 딸랑, 딸랑, 하는 방울 소리가 들려왔다. 방울 소리에 놀란 세 도사는 얼굴이 사색이 되어 황급히 서쪽 첫 번째 방으로 뛰어들어가 쾅, 하고 문을 닫았다.

'도사 놈들도 이막수에게 혼이 난 게 틀림없군. 그렇다고 놀라서 저 모양이 되다니.'

"사부님이 쫓아온 거야? 바보야, 이제 어떡해?"

육무쌍이 나지막이 속삭였다.

"어떡하다니요? 숨어야지요."

양과가 막 육무쌍을 끌고 가려는데 방울 소리가 어느새 객점 앞에서 멈추었다.

"지붕 위로 가서 지켜라."

이막수의 목소리였다. 곧이어 홍능파가 지붕 위로 뛰어오르는 소리가 들렸다.

"어서 오십시오. 노인가老人家, 저희 집에 머무시려는…… 아이고, 전……."

객점 주인은 푹, 쓰러지더니 더 이상 숨을 쉬지 못했다. '노인가'는 상대방을 높여주는 말인데 이막수가 제일 싫어하는 것이 바로 자신의 호칭에 '노老' 자를 붙이는 것이었다. 그래서 즉시 불진을 휘둘러 그의 머리를 내리쳐 목숨을 빼앗은 것이다.

"절름발이 여자가 여기에 묵고 있느냐?"

"저…… 저……."

객점의 점원은 혼비백산이 되어 더듬거리며 말을 잇지 못했다. 이막수는 대뜸 점원을 걷어찼다. 그런 뒤 다시 발로 서쪽 첫 번째 방문을 걷어차 방 안을 살폈다. 그곳은 바로 신지범과 희청허가 있는 곳이었다.

'뒷문으로 빠져나가는 수밖에 없다. 홍능파에게 들키겠지만 그래도 이막수보다는 낫겠지.'

양과는 이런 생각을 하고 나지막이 속삭였다.

"빨리 도망갑시다."

육무쌍은 이번에도 무사히 도망칠 수 있기를 하늘에 대고 간절히 빌었다. 두 사람이 막 빠져나가려는데 동쪽 구석에서 누군가 일어나 두 사람 곁으로 왔다.

"내가 적을 유인할 테니 어서 도망가세요."

그 사람은 어두운 곳에서 안쪽을 보고 앉아 있었기 때문에 그들은 그의 생김새를 상세히 보지 못했다. 그가 말을 할 때도 다른 쪽으로 얼굴을 돌리고 있었고, 말이 끝나자마자 문을 빠져나가 뒷모습밖에 볼 수 없었다. 그는 그리 크지 않은 키에 품이 넓은 청색 장포를 입고 있었다.

양과와 육무쌍은 서로를 한 번 바라보고 북쪽을 향해 뛰었다. 그때 종소리가 크게 울렸다.

"사부님! 누가 나귀를 훔쳐갔습니다."

황색 그림자가 번뜩 지나가더니 이막수가 객점 밖으로 뛰어나왔다.

"어서 달려!"

육무쌍이 소리쳤지만 양과는 생각이 달랐다.

'이막수는 경공이 매우 빠르니 금방 따라잡힐 거야. 육 낭자를 업고 달려야 하니 도망가기는 힘들겠다.'

양과는 기지를 발휘해 서쪽 첫 번째 방으로 뛰어들어갔다. 신지범과 희청허는 방바닥에 앉아 놀란 가슴을 겨우 진정시키고 있는데 갑자기 또 누군가 뛰어들어오는 것을 보고 기겁을 했다. 양과는 두 사람이 소리를 지를 틈도 주지 않고 잽싸게 혈도를 찍어 넘어뜨렸다.

"부인, 들어와요!"

육무쌍이 방으로 들어오자 양과는 서둘러 방문을 닫았다.

“어서 옷을 벗어요!”

육무쌍은 얼굴이 화끈거렸다.

“이 바보야, 무슨 헛소리야?”

“벗고 안 벗고는 당신 마음이지만, 난 벗을 거예요.”

양과는 겉옷을 벗고는 얼른 신지범의 도포를 벗겨서 입었다. 또 도관도 벗겨서 자신의 머리에 썼다.

‘아, 도사 분장을 해서 사부의 눈을 속이자는 거구나.’

육무쌍도 얼른 단추를 풀다가 얼굴을 붉히며 희청허의 얼굴을 발로 찼다.

“눈 감아! 이 망할 도사야!”

희청허와 신지범은 사지는 꼼짝 못 했지만 오관은 멀쩡해 즉시 눈을 감고 감히 쳐다보지 못했다.

“바보야, 너도 얼른 몸 돌려. 내가 옷 벗는 거 쳐다보기만 해!”

“왜 그래요? 뼈 맞출 때 볼 거 다 봤는데요 뭐.”

양과는 자신도 모르게 툭 뱉은 말인데, 자기가 생각해도 너무 무례하고 경박했다는 느낌이 들어 겸연쩍게 어색한 웃음을 지었다.

육무쌍은 눈살을 찌푸리며 자신도 모르게 손을 뻗어 뺨을 후려쳤다. 양과는 생각지도 못하게 철썩, 왼쪽 뺨을 힘껏 얻어맞았다. 육무쌍 또한 이렇게 세게 때릴 생각은 아니었던지라 마찬가지로 잠시 멍해 있다가 양과에게 다소 미안한 마음이 들어 어색한 웃음으로 얼버무렸다.

“바보야, 아프니? 그러게 누가 헛소리하래?”

양과도 볼을 어루만지며 씩 웃고는 몸을 돌렸다. 그사이 육무쌍은 도포로 갈아입었다.

"봐! 도사 같아 보이니?"

"보지도 않고 어떻게 알아요?"

"바보, 이젠 몸을 돌려서 봐."

자기 품보다 몇 배는 큰 헐렁한 도포를 걸치고 있으니 육무쌍의 가냘프고 호리호리한 몸매가 더욱 돋보였다. 양과가 뭐라고 입을 떼려는데 육무쌍이 돌연 구들장을 가리켰다. 구들장 이불에 어떤 도사의 머리가 쑥 나와 있었다. 바로 시랑곡에서 육무쌍에게 손가락을 잘렸던 피청현이었다. 피청현은 구들장에 누워 쉬고 있다가 양과와 육무쌍이 들어오자 황급히 이불을 푹 뒤집어쓴 터였다.

양과와 육무쌍은 옷을 갈아입느라 전혀 눈치채지 못했다.

"저…… 저놈이……."

육무쌍은 '저놈이 내가 옷 갈아입는 걸 훔쳐봤어'라고 말하려 했으나 차마 입 밖에 낼 수가 없었다.

그때 나귀 종소리가 들려왔다. 이막수가 틀림없었다. 양과는 소리만 듣고도 이막수가 이미 나귀를 되찾았다는 것을 알 수 있었다. 청포의 괴객怪客이 나귀를 타고 달릴 때는 종소리가 어지럽게 울렸는데, 이막수가 타자 속도는 매우 빨랐지만 종소리가 아주 규칙적으로 들렸다.

양과는 재빨리 머리를 굴려 피청현을 이불 속에서 빼내 혈도를 찍은 후 구들장 아궁이를 열어서 그 속으로 집어넣었다. 북방에서는 날씨가 추울 때 아궁이 밑에 불을 때고 방을 훈훈하게 만들다가도 지금처럼 날씨가 풀리면 불을 때지 않았다. 그렇다 하더라도 아궁이 안에는 온통 재와 흑탄이 가득해서 피청현은 온몸에 잿더미를 뒤집어썼다. 그때 종소리가 돌연 멈추더니 이막수가 다시 객점 문 앞에 당도했다.

"구들장에 올라가서 자는 척해요."

"도사 놈이 누워 있던 곳이라 더러울 텐데 어떻게 거기에 누워?"

육무쌍이 눈살을 찌푸렸다.

"그럼 마음대로 해요."

양과는 신지범도 아궁이에 집어넣고 희청허의 혈도를 풀어주었다. 육무쌍은 사부의 악랄함을 생각하니 이불 더러운 것 정도야 뭐 대수냐 싶어 얼른 구들장에 올라가 등을 돌리고 누웠다. 막 눈을 감으려는 찰나 이막수가 발로 문을 박차고 들어왔다.

양과는 찻잔을 들고 고개를 숙여 차를 마시는 척하면서 왼손으로 희청허의 등 쪽 사혈死穴을 눌렀다. 이막수는 방에 여전히 도사 세 명이 있고, 희청허의 얼굴이 사색이 되어 있는 것을 보자 비웃음을 흘리고는 두 번째 방을 수색하러 갔다. 첫 번째 수색할 때는 혹시 육무쌍이 분장했을까 봐 세 도사의 얼굴을 자세히 살폈으나 두 번째는 다행히 건성으로 훑어보고 지나갔다.

그날 저녁, 이막수와 홍능파는 온 마을을 들쑤시며 육무쌍을 찾아다녔지만 양과와 육무쌍은 아주 편안하게 구들장에 나란히 누워서 잠을 청했다. 양과는 육무쌍에게서 풍기는 향긋한 여인의 향취를 실컷 만끽하며 누워 있었다.

한편 육무쌍은 갖가지 생각이 마음속으로 밀려왔다. 양과를 생각하니 도대체 그가 어떤 사람인지 알 수가 없었다. 그리고 저 바보가 갑자기 와락 껴안아버리면 어떡하지 하는 생각에 꼼짝도 하지 않고 누워 있었다. 한참이 지나도 아무런 기척이 없자 오히려 조금 실망스럽기도 했다. 육무쌍은 양과에게서 풍기는 건장한 사내 냄새를 맡으며 설레는 마음을 억누를 수가 없었다. 그렇게 한참이 지나자 그만 스르르 잠에 빠져들었다.

양과가 잠에서 깼을 때 날은 이미 밝아 있었다. 희청허는 탁자에 엎드린 채 깊은 잠에 빠져 있었고, 육무쌍도 아직 잠에서 깨어나지 않았다. 부드러운 숨소리, 발그레한 두 뺨, 살짝 벌어진 붉은 입술을 바라보면서 양과는 자신도 모르게 가슴이 두근거렸다.

'살짝 입 맞춰도 전혀 모를 거야.'

아침 해가 뜨는 시간은 바로 정욕이 가장 왕성한 때이다. 게다가 육무쌍의 뼈를 접골해주면서 만져보았던 풍만한 가슴을 생각하니 양과는 자신도 모르게 욕정이 생겨 육무쌍의 입술에 자신의 입술을 가까이 댔다. 막 입술이 닿으려는 순간, 향긋한 여인의 냄새가 양과의 온몸을 휘감았다.

한편 육무쌍은 자면서도 접골한 부위의 통증이 느껴지는지 눈썹을 찌푸렸다. 이 모습을 보자 양과는 불현듯 소용녀가 떠오르면서 자신이 했던 맹세가 생각났다.

"일평생 저한테는 선자밖에 없어요. 변심을 한다면 선자가 죽이기 전에 제가 먼저 목숨을 끊겠어요."

그러자 소용녀가 말했었다.

"나도 그래."

양과는 온몸에 식은땀이 났다. 찰싹! 찰싹! 그는 힘껏 자신의 두 뺨을 후려친 후 구들장에서 뛰어내렸다. 그 바람에 육무쌍도 잠에서 깼다.

"뭐 하는 거야?"

"별거 아니에요. 모기가 물었나 봐요."

양과는 스스로 수치심에 겨워 목소리가 기어들어갔다. 육무쌍은 간밤에 양과와 같이 잠을 잤다고 생각하니 순간 얼굴이 화끈 달아오르면서 고개를 들 수가 없었다.

"바보 같아."

육무쌍의 말에는 부드러움과 애교가 가득했다.

멀리서 이막수의 나귀 방울 소리가 들렸다. 서북쪽으로 멀어지는 종소리로 미루어보아 왔던 길로 되돌아가는 것 같았다. 〈오독비전〉이 육무쌍의 손에 있는 한 시일을 지체할수록 위험해진다는 생각이 들어 두 사람은 서둘러 나귀에 오른 터였다.

"길을 되돌아가도 우리를 찾지 못하면 다시 뒤쫓아 올 거예요. 당신의 부상 때문에 몸이 흔들리면 안 되니, 말을 훔쳐서 타고 갈 수도 없고 큰일이군요. 말을 타고 밤낮으로 달리면 피할 수 있을 텐데……."

"흥, 그럼 넌 멀쩡하니까 말을 훔쳐서 달아나면 되겠네."

'참 속도 좁네. 그냥 아무 생각 없이 한 말에 화를 내다니…….'

양과는 육무쌍의 화내는 모습이 귀여워서 일부러 더 화를 돋우고 싶었다.

"당신이 강남까지 데려다달라고 부탁만 안 했으면 난 벌써 갔을 거예요."

"그래, 그럼 가! 가란 말이야! 너만 보면 화가 나. 차라리 혼자 죽고 말 거야!"

"당신이 죽으면 섭섭해서 안 되지요."

양과는 육무쌍이 화를 내다가 접골 부위가 흔들릴까 봐 이쪽에서 장난을 그만두고 웃으면서 방을 나갔다. 그는 객점에서 벼루와 연을 빌려와 먹을 간 후 양손에 먹물을 잔뜩 묻혔다. 그러고 나서 돌연 육무쌍의 얼굴에 먹물을 칠했다. 갑자기 당한 육무쌍은 황급히 손수건으로 먹물을 닦아내며 욕을 퍼부었다.

"이 바보가? 죽을래?"

양과는 아궁이에서 석탄과 잿더미를 꺼낸 후 물과 섞어서 얼굴에 마구 발라댔다. 그러자 얼굴에 마치 종기가 난 것처럼 울퉁불퉁해졌다.

'아! 도사 복장을 하고 있지만 얼굴은 그대로니까 변장을 하려 했구나.'

육무쌍은 양과의 생각을 깨닫고 자기도 서둘러 먹물을 얼굴에 발랐다. 그러나 예쁘게 보이고 싶은 여자의 천성은 어쩔 수 없는지라 마치 분가루를 바르는 것처럼 곱게 먹물을 발랐다.

분장을 마친 후 양과는 아궁이 속에 있던 두 도사의 혈도를 발로 차서 풀어주었다. 제대로 보지도 않고 휘둘렀지만 겨냥이 정확해서 금세 혈도가 풀렸다. 그 모습을 보고 육무쌍은 속으로 탄복해 마지않았다.

'이 바보의 무공은 나보다 열 배는 더 강하겠어.'

그러나 이런 속내를 전혀 드러내지 않고 여전히 바보라고 욕을 해대면서 무시하는 척했다.

"바보야, 빨리 갈 준비를 하자."

양과는 읍내로 나가서 마차 한 대를 사려고 했으나 너무 작은 마을이라 구할 수가 없자 하는 수 없이 형편없는 말 두 필을 샀다. 육무쌍은 그런대로 상처가 많이 호전되어 말을 타고 천천히 가면 큰 무리가 없을 것 같았다. 두 사람은 말을 타고 천천히 동남쪽으로 향했다. 한 시진을 넘게 달린 후, 양과는 육무쌍이 힘들어할까 봐 잠시 쉬었다 가기로 했다. 양과는 문득 오늘 새벽 육무쌍에게 딴맘을 품었던 일이 떠올랐다. 육무쌍에게 경박하게 행동한 것은 괜찮다 치더라도, 소용녀에게 너무 미안해서 견딜 수가 없었다. 양과는 자신이 세상에서 가장 못된 놈이라고 자책했다.

"왜 아무 말도 안 하는 거야?"

양과는 대답 대신 미소만 짓고 있다가 문득 떠오르는 생각이 있었다.

"이런, 큰일 났네. 난 왜 이리 바보 같지?"

"넌 원래 바보잖아!"

"우리가 분장하는 모습을 그 세 도사 놈이 모두 봤잖아요. 만약 당신 사부에게 이야기를 하면 어떡하죠?"

"피! 그거? 그 나쁜 도사들은 먼저 말을 타고 떠났으니 우리보다 빨리 갔을 거야. 사부님과 마주칠 리가 없지. 바보야, 정신이 있는 거니, 없는 거니? 그것도 못 봤다니……."

"아!"

양과는 육무쌍을 향해 씩 웃어 보였다. 육무쌍은 이 웃음에 다른 의미가 있는 것 같아 보였다. 그녀는 자신이 너무 심한 말을 한 것 같아 얼굴이 화끈 달아올랐다.

그때 말 한 필이 긴 울음을 내질렀다. 고개를 돌려보니 모퉁이에서 늙은 거지 두 명이 나란히 걸어오고 있었다. 양과는 늙은 거지 뒤쪽 모퉁이에서 고개를 삐죽이 내밀다가 얼른 움츠리는 두 사람을 놓치지 않았다. 바로 신지범과 희청허였다.

"저 도사 놈들이 우리가 도인 분장을 했다고 개방에 일러바친 모양이군.”

양과는 점잖게 공수의 예를 취했다.

“두 거지 어르신께서는 천지로 구걸을 다니시고, 빈도는 천지로 탁발하러 다니다가 이렇게 만났군요. 시주를 좀 해주십시오.”

양과가 말하자 쩌렁쩌렁 울리는 목소리가 말을 받았다.

“너희가 삭발을 하고 중과 비구니로 분장한다 해도 내 눈을 속이지는 못할 것이다. 깨끗하게 집법執法 장로에게 가서 이치를 따져보자.”

‘말에 힘이 넘치는 걸 봐서 이 늙은 거지는 무공이 대단한 자일 거야.’

두 늙은 거지는 바로 개방의 제7대 제자였다. 그들은 스무 살도 안 되어 보이는 아이들의 무공이 그렇게 대단치는 않을 것이라고 여겼다. 서로가 서로를 경계하며 멈칫하고 있는 사이 서북쪽에서 경쾌한 방울 소리가 들려왔다.

육무쌍은 입술을 깨물었다.

‘큰일 났다. 기껏 분장을 했는데 썩을 거지 놈들을 만나서 들켜버렸으니 사부의 독수를 어떻게 피한담? 아, 난 정말 운도 없어. 이 많은 사람은 비싼 밥 먹고 모두 할 일도 없나? 왜 나 한 사람을 못 잡아먹어서 이 난리들이지?’

방울 소리가 더욱 가까워졌다.

‘이막수를 이길 수는 없어. 어서 도망가야 할 텐데…….’

초조하기는 양과도 마찬가지였다.

“시주를 안 하시겠다면 그냥 길을 비켜주십시오.”

양과는 성큼 앞으로 나섰다. 두 늙은 거지는 전혀 무공을 못하는 것 같은 양과의 거친 발걸음을 보고 동시에 오른손을 쭉 뻗어 낚아 잡으려 했다.

양과도 오른손을 뻗어 두 사람의 장풍을 맞받아쳤다. 세 사람은 서로 장력을 맞닥뜨리며 동시에 세 걸음 뒤로 물러났다.

개방의 제7대 제자인 이들은 무공의 깊이로 따지자면 양과보다 훨씬 고수였으나, 초식의 절묘함으로는 양과에 미치지 못했다. 양과는 차력타력借力打力을 이용해 두 거지의 장력을 무력화시켰다. 그러나 그들을 뚫고 나가는 것은 쉽지 않을 듯했다.

그때 이막수와 홍능파가 이미 당도했다.

"여보시오, 거지와 도사. 절름발이 낭자가 지나가지 않았소?"

늙은 거지는 무림에서 연배가 높은 선배인지라 홍능파의 무례한 언행에 화가 치밀었다. 그러나 함부로 싸워서는 절대 안 된다는 엄격한 개방의 규칙 때문에 어쩔 수 없이 순순히 대답했다.

"못 보았소!"

그러나 날카로운 이막수가 놓칠 리 없었다.

'저 두 사람은 어디서 본 듯하구나.'

이막수는 양과와 육무쌍의 뒷모습만 보고도 의구심이 들었으나 네 사람이 서로 마주하고 서서 금방이라도 싸울 것 같은 기세이자 우선 구경이나 해보자는 생각이 들었다.

'그래, 벌써 이막수의 의심을 산 것이 틀림없어.'

양과는 보일 듯 말 듯 한 웃음을 띠고 있는 이막수를 보고 조바심이 났다. 그는 즉시 홍능파의 앞으로 가서 예를 갖춘 후 쉰 목소리를 내며 말했다.

"도인께 청합니다."

홍능파도 도가의 예로 답례했다.

"빈도, 이곳을 지나다가 못된 비렁뱅이들이 시비를 걸어서 어쩔 수 없이 싸워야 합니다. 허나 지금 병기가 없으니, 노군老君의 체면을 보아 보검을 좀 빌려주십시오."

양과는 다시 한번 공손하게 읍을 했다.

홍능파는 상대방이 종기투성이에 시커멓고 추악하게 생겼지만 태도가 워낙 공손하고 도가의 시조인 태상노군太上老君까지 들먹이자 청을 거절할 수 없었다. 홍능파는 하는 수 없이 검을 빼 들고 사부를 바라보았다. 이막수가 고개를 끄덕였다. 홍능파는 곧 검 자루를 양과 쪽으로 내주었다. 양과는 허리를 굽혀 사의를 표하고 장검을 쥐었다.

"사제, 나서지 말고 옆에서 보고만 있게. 개방 거지들에게 우리 전진 문하의 무공을 보여주겠네."

양과의 말을 듣고 이막수는 납득이 가지 않았다.

'저 두 도사가 전진교라고? 전진교와 개방은 항상 의가 좋았는데 어째서 두 문파가 싸우려고 하는 거지?'

양과는 늙은 거지들이 육무쌍에 대해 밝힐까 봐 서둘러 검을 치켜 들었다.

"자! 두 분을 동시에 상대해주겠소."

육무쌍은 속이 바짝 탔다.

'바보! 사부님은 전진교 도사들과 열 번도 넘게 싸워서 전진교의 무공이라면 훤히 꿰뚫고 있단 말이야. 정을正乙, 대도大道, 태일太一 등 천하에 이렇게 도교파가 많은데, 하필 전진교라고 말하다니.'

두 거지들은 '전진 문하'라는 말을 듣자 흠칫 놀라며 동시에 소리쳤다.

"너희가 전진 문하라고? 너와 그……."

양과는 정체가 탄로 나기 전에 황급히 두 거지의 가슴과 복부로 장검을 찔러 갔다. 이것은 바로 전진교의 정통 검법이었다. 두 거지는 연배가 높은 고수이니 둘이 힘을 합해 후배를 공격할 생각은 전혀 없었다. 그러나 양과의 초식이 어찌나 기묘하고 빠른지 자신도 모르게 동시에 철봉鐵棒을 들어 방어했다.

철봉이 검을 막자, 양과의 장검이 철봉의 허를 찾아 뚫고 두 사람의 가슴으로 날아갔다. 두 거지는 상대방 젊은이의 검법이 이렇게 날렵하리라고는 생각지도 못한 터라 황급히 후퇴할 수밖에 없었다. 양과는 전혀 틈을 주지 않고 순식간에 검을 열여덟 번 휘둘렀다. 그리고 한 번 공격할 때마다 검의 방향이 둘로 갈라지게 만들었다. 즉 손목을 휘두르는 것은 한 번이지만 두 개의 초식으로 나누어 공격한 것이다. 이것은 전진파 상승 무공 중 하나인 일기화삼청一氣化三淸이라는 검술로 한 초식을 세 초식으로 나누어 공격하는 방법이었다. 양과가 한 초식을 전개할 때마다 거지들은 뒤로 물러났다. 도합 열여덟 번의 초식을 전개했으나 거지들은 한 초식도 받아내지 못하고 계속 밀려나기만 했다.

〈옥녀심경〉의 무공은 전진파를 누르기 위해 만들어진 것이기에 양과는 〈옥녀심경〉을 연마하기 전에 먼저 전진 무공을 익혔다. 비록 완전히 연마하지는 못해 일기화삼청을 완벽하게 구사하지는 못했지만 화이청化二淸 정도는 그럴듯하게 흉내 낼 수 있었다.

이막수는 어린 도사가 뜻밖에 정교하고 신속한 검법을 구사하자 놀라움을 금치 못했다.

'과연 전진교의 미래가 밝구나. 10년 뒤에는 나도 어쩌면 저 젊은 도사의 적수가 되지 못하겠군. 나중에 전진교의 장교를 저 녀석이 맡게 될지도 모르겠어.'

이막수가 만약 직접 양과와 대적했더라면 몇 초식을 겨루지 않아 양과의 검법이 고묘파의 것이라는 걸 알아냈을 것이다. 그러나 곁에서 그냥 지켜만 보자니 진위를 구별하기가 힘들었다. 양과는 조지경에게 전진파 구결을 익히고 후에 소용녀와 연마를 거듭했으니, 기실 그가 쓰고 있는 전진 무공이 완전히 거짓만은 아니었다. 홍능파와 육무쌍은 옆에서 이를 지켜보며 더욱 놀라움을 금치 못했다.

'만약 조금이라도 틈을 준다면 거지들이 말을 할지도 모른다. 그러면 큰일이 아닌가.'

양과는 다시 검을 휘둘렀다. 이번에는 바람같이 신법을 구사해 두 거지의 등 쪽으로 몸을 번뜩였다. 역시 일 검을 두 초식으로 변화시키는 검법이었다. 거지들은 황급히 몸을 돌려 막으려 했으나, 양과는 철봉이 장검에 맞닥뜨리기 전에 또다시 잽싸게 거지들의 등 뒤로 몸을 번뜩였다.

사실 무공으로만 겨루자면 양과는 둘은커녕 한 명도 당해낼 수 없다는 것을 아는지라, 빠른 경공술의 이점을 이용해 두 사람을 중심축으로 해서 계속 빙글빙글 돌았다. 전진파 문하의 제자들은 무공이 어느 정도 경지에 오르면 반드시 경공을 연마해 이후 천강북두진에 대비하는 것이 전통이었다. 양과의 경공은, 움직임은 전진파의 무공이지만 호흡과 운기는 〈옥녀심경〉의 심법心法이었다. 고묘파의 경공은 천하제일이라 개방의 고수들도 따라잡을 수가 없었다. 그저 번개같이 빠른 양과의 경공 앞에 무력하게 철봉만 휘둘러댈 뿐이었다. 만약 양과가 죽이려고 마음만 먹었다면 열 명이든 스무 명이든 문제가 없었을 것이다.

두 거지는 철봉으로 급소를 막으며 하늘의 자비만을 바랄 뿐, 이제 양과의 공격을 막아낼 방법이 없었다. 양과가 이렇게 수십 바퀴를 빠르게 돌자 두 사람은 어지러워 거의 쓰러질 지경이 되었다.

"어이, 개방 친구들, 내가 방법을 가르쳐드리지. 돌지 말고 등을 마주 대고 서 있으시오."

이막수가 나서 방법을 일깨워주자 개방 거지들은 얼굴이 환해지며 바로 등을 맞붙이려 했다.

'큰일 났다. 이렇게 되면 이길 수가 없는데.'

양과도 도는 것을 멈추고 한 초식을 둘로 나누어 거지들의 등 복판을 겨냥했다. 거지들은 등에서 강한 바람이 느껴졌으나 미처 철봉을 돌려 막을 틈이 없어 황급히 앞으로 몸을 날렸다. 발이 땅에 닿기도 전에 등에서 칼날이 느껴졌다. 거지들은 너무 놀라 숨을 가쁘게 내쉬며 황급히 피했다. 그러나 양과의 검은 마치 그림자가 형체를 따라가듯 거지들의 등 뒤에서 계속 번뜩이며 빛을 발했다. 조금만 발걸음을 늦춰도 예리한 칼끝이 등을 쑤셔댔다. 양과가 그들을 해칠 마음이 있었다면 벌써 검이 심장을 뚫고 나왔을 것이다. 개방 제자들은 양과가 해치지 않으리라는 걸 알고 있었지만 잠시도 걸음을 멈출 수 없었다. 그렇게 죽어라 도망을 치고 쫓아가다 보니 세 사람은 어느새 이막수를 저 멀리 남겨둔 채 2리 밖으로 벗어나 있었다. 양과는 돌연 발끝에 힘

9. 절묘한 수로 적을 따돌리다

을 주어 몸을 날려서 두 거지 앞에 사뿐히 내려섰다.

"헤헤, 천천히 가세요. 넘어지지 말고."

거지들은 동시에 철봉을 앞으로 찔렀다. 양과는 왼손을 뻗어서 철봉 하나를 낚아 쥐고, 동시에 오른손에 쥔 장검을 평평하게 한 다음 다른 철봉에 댄 뒤 다시 왼손을 떨쳐 철봉 두 개를 한 손에 쥐었다. 개방 거지들은 혼비백산하여 철봉을 빼앗기지 않으려고 힘껏 잡아당겼다. 공력이 그들보다 한 수 아래임을 알고 있는 양과는 정면 대결을 피하고 철봉을 따라 장검을 쭉 밀어냈다.

"앗!"

거지들은 가만있다가는 손가락이 모두 잘려나갈 판이니 황급히 철봉에서 손을 놓을 수밖에 없었다. 계속 싸울 수도 없고 그렇다고 도망치면 체면이 땅에 떨어지는 상황이니, 두 사람은 참으로 낭패가 아닐 수 없었다.

"저희 전진교와 개방은 전부터 우의가 두터웠습니다. 두 분께서는 다른 사람의 모함을 믿지 마십시오. 세상에 악랄하기로 소문난 고묘파의 적련선자 이막수가 이곳에 와 있는데, 어찌 두 분은 그 마녀를 그냥 두십니까?"

그들은 이막수를 만나본 적은 없지만 그 악랄함은 익히 들어 알고 있는지라 양과의 말에 놀라지 않을 수 없었다.

양과는 공손하게 두 손으로 철봉을 돌려주었다.

"적련선자의 무기를 천하가 다 알고 있는데 두 분께서는 모르신단 말입니까?"

"아, 그렇군. 아까 보니 불진을 들고 있고, 나귀에는 금종이 달려 있었지. 그렇다면 황색 도포를 입은 그 여인이 바로 이막수란 말인가?"

"맞습니다. 은궁비도銀弓飛刀로 개방의 제자를 다치게 한 낭자는 바로 이막수의 제자……."

양과는 잠시 깊은 한숨을 내쉬며 말을 끌었다.

"그렇지만…… 안 되겠습니다. 역시 안 되겠어요."

쩌렁쩌렁한 목소리의 늙은 거지는 성격이 급하고 거칠었다.

"뭐가 안 된다는 거지?"

"이막수는 천하를 주름잡고 있는 악녀로, 강호의 영웅들도 모두 겁을 내고 있습니다. 개방의 무공이 대단하다는 것은 알고 있으나 이막수의 적수가 되지는 못할 것입니다. 하물며 이막수의 제자마저 개방의 고수들을 다치게 했는데, 그냥 여기서 그만두는 것이 낫겠습니다."

급한 성격의 거지는 양과의 말에 자극을 받아 철봉을 들고 당장이라도 달려 나갈 기세였다. 그러나 다른 늙은 거지의 생각은 달랐다. 둘이 힘을 합해도 어린 도사 하나를 이기지 못했는데 적련선자와 대적해봤자 공연히 개죽음만 당할 것이 자명했다.

"그렇게 덤벼들지 말고 돌아가서 계획을 세워보세."

그러고는 양과를 향해 포권의 예를 취했다.

"존함을 알려주겠나?"

"하하, 제 성은 살이고 이름은 화자입니다. 그럼 훗날을 기약합시다."

양과는 말을 마치고 방향을 돌려 걸어갔다.

"살화자라…… 살화자? 그런 이름은 들어본 적이 없는데……. 하지만 젊은 나이에 실로 무공이 대단하구나."

그때 한 거지가 벼락같이 화를 냈다.

"이런 나쁜 놈! 썩을 놈!"

"왜 그러시오?"

"살화자라는 이름은 죽일 살殺에 거지라는 뜻의 화자化子를 붙였으니 거지를 죽인다는 뜻이 아니오? 우리를 욕한 것이오."

두 거지는 펄펄 뛰며 욕을 해댔지만 감히 쫓아가지는 못했다. 양과는 속으로 고소해하며 겨우 웃음을 참았다. 그는 육무쌍이 염려되어 황급히 달려갔다. 이막수와 홍능파는 떠나지 않고 그곳에 있었다. 다행히 육무쌍도 말을 탄 채 초조한 기색으로 양과가 사라진 쪽을 바라보고 있었다. 육무쌍은 양과를 보자 얼굴이 환해지며 얼른 말을 몰아 달려갔다.

"바보야, 날 혼자 내버려두고 가려고?"

육무쌍이 목소리를 낮추어 말하자 양과는 씩 웃으며 두 손으로 장검을 받쳐 들고 홍능파의 앞으로 가져간 후 예를 취했다.

"빌려주셔서 감사합니다."

홍능파가 손을 뻗어 검을 받으려는 순간, 이막수가 돌연 소리쳤다.

"잠깐!"

이막수는 젊은 녀석의 무공이 고강하니 더 크기 전에 제거해버릴 속셈이었다. 양과는 사태가 심상치 않음을 깨닫고 즉시 팔을 쭉 뻗어 홍능파가 검을 받게 하고는 즉시 검에서 손을 뗐다.

이막수가 웃으며 말했다.

"젊은 도인, 무공이 참으로 대단하구나."

"놀리지 마십시오."

이막수는 양과가 바로 덤비면 불진으로 내리쳐서 단숨에 죽일 심산

이었으나, 병기도 없는 사람을 죽이는 것은 자신의 신분이 깎이는 짓
인지라 불진을 다시 목 뒷덜미에 꽂았다.

"전진칠자 중 어느 문하인지?"

"왕중양의 제자입니다."

양과는 전진칠자라면 치를 떠는지라 존경심이 있을 리가 만무했다.
구처기와는 사이가 좋았지만 함께 지낸 시간이 너무 짧고 헤어질 때
자신을 무섭게 호통쳤다. 비록 호의에서 나온 꾸지람이라는 것을 알기
에 화가 나지는 않았지만 그렇다고 존경심이 일지는 않았다. 그 밖에
학대통이나 조지경 등은 생각만 해도 이가 갈렸다. 양과는 고묘에서
왕중양이 직접 새긴 〈구음진경〉의 비결을 연마했기 때문에 왕중양의
제자라고 해도 틀린 말은 아닌 셈이었다. 하지만 양과는 나이로는 조
지경이나 견지병 대의 제자여야 이치에 맞는데 대뜸 왕중양의 제자라
고 대답하고 말았다. 만약 구처기나 왕처일의 제자라고 말했다면 이막
수도 의심하지 않았을 것이다. 그러나 양과는 노파를 죽인 학대통보다
서열이 낮은 사람이 되고 싶지 않아서 왕중양이라고 대답했다. 왕중양
은 전진교의 사조로서 평생 일곱 제자만을 거두었다는 사실은 무림에
서 모르는 사람이 없었다. 그리고 양과가 태어날 때쯤에 왕중양은 이
미 이승 사람이 아니었다.

이막수는 말없이 양과를 노려보며 눈알을 사르르 굴렸다.

'이 못생긴 하룻강아지가 범 무서운 줄 모르고 날뛰는구나. 감히 내
앞에서 얕은 수작을 부려? 전진교의 제자라면 어느 누가 감히 조사祖師
를 가지고 농담을 하겠는가? 또 누가 감히 왕중양이라고 이름을 함부
로 부르겠는가? 그렇다면 전진교의 제자가 아니라는 말인데…… 그

런데 왜 초식은 전진파의 것일까?'

양과는 겉으로는 웃고 있었지만 눈살을 살짝 찌푸리며 무언가를 생각하는 이막수의 모습을 보고 머지않아 발각이 되겠구나 싶었다. 양과는 더 늦기 전에 먼저 수를 쓰는 것이 좋을 것 같아 포권의 예로 작별인사를 한 후 말안장에 뛰어올라 서둘러 달아나려고 했다. 그러자 이막수가 솜털처럼 가볍게 날아올라 말 앞을 막아섰다.

"내려오너라. 묻고 싶은 것이 있다."

"알아요. 왼쪽 다리가 불편한 예쁜 낭자를 봤냐고 물을 거죠? 또 그가 가지고 있는 비급이 어디 있는지 알고 싶은 거죠?"

"그래, 참으로 똑똑하구나. 비급은 어디에 있느냐?"

이막수는 속으로는 깜짝 놀랐지만 담담하게 말했다.

"방금 저와 사제가 길옆에서 쉬고 있는데 그 낭자와 거지 세 명이 싸우고 있는 걸 봤어요. 거지 한 명은 낭자의 칼에 맞았는데 나머지 두 거지들이 달려들자 그만 잡히고 말았어요."

이막수는 성격이 차분해 아무리 큰일이 벌어져도 좀처럼 놀라는 법이 없었다. 그러나 육무쌍이 개방에게 잡히면 〈오독비전〉이 그들 수중에 들어갔다는 말이니 초조한 기색을 감출 수가 없었다. 양과는 자신의 거짓말이 효과가 있자 더욱 과장해서 말하기 시작했다.

"거지 한 명이 그 낭자의 품에서 책자를 꺼내려는데 안 주려고 하니까 그 거지가 따귀를 철썩 때리더군요."

'날 가지고 멋대로 헛소리를 하는군. 나중에 가만두나 봐라.'

육무쌍은 몰래 눈을 흘겼다. 양과는 육무쌍의 이런 마음을 알고 일부러 말을 걸었다.

"사제, 우리가 보기에도 너무 화났지? 거지들이 그 낭자의 손이며 발을 함부로 만지면서 내놓으라고 했잖아."

"그랬죠."

육무쌍은 고개를 끄덕이며 기어들어가는 소리로 대답했다.

바로 그때였다. 산모퉁이에서 요란한 말발굽 소리와 함께 한 떼의 인마人馬가 먼지를 일으키며 나타났다. 깃발과 병기를 앞세우며 위풍당당한 기세로 달려오는 인마는 바로 몽고군이었다. 그때는 금국이 이미 멸망하고 회하淮河 이북은 모두 몽고군이 점령하고 있었다.

이막수는 원래 이런 군사들쯤은 눈 하나 깜짝하지 않고 해치우곤 했지만, 육무쌍을 찾는 일이 급한지라 공연히 말썽을 일으키고 싶지 않았다. 그래서 그냥 길옆으로 비켜주었다. 쇠 말발굽이 먼지를 일으키고, 100여 명의 몽고군이 한 관리를 호위하며 달려갔다. 그 몽고 관리는 금포를 입고 허리에는 활과 궁을 차고 있었으며 기마술이 뛰어났다. 비록 얼굴은 보지 못했으나 말을 타고 달려가는 모습이 날쌔고 용맹했다.

이막수는 인마가 모두 지나간 후에 불진으로 이들이 지나가면서 묻힌 먼지를 떨어냈다. 불진이 움직일 때마다 육무쌍은 심장이 덜컥 내려앉았다. 만약 이 불진으로 자신의 머리를 치면 그 자리에서 뇌수를 쏟으며 죽을 것이라 생각하니 더 아찔해졌다.

"그래, 그다음은 어떻게 되었느냐?"

"거지들이 그 낭자를 끌고 북쪽으로 갔어요. 원래 저는 불의를 못 참는 성격이라 막으려고 했죠. 그러자 거지 두 명이 남아서 저와 싸운 거예요."

이막수는 고개를 끄덕이며 미소를 지었다.

"고맙구나. 내 이름은 이막수다. 강호에서는 나를 적련선자라고 부르지. 적련마두赤練魔頭라고 부르는 사람도 있다. 들어보았느냐?"

"아니요. 그런데 이렇게 선녀같이 아름다운 낭자에게 왜 마두라고 하는 거죠?"

이막수는 서른이 되어가는 나이에도 내공이 깊어 피부가 눈같이 하얗고 부드러우며 얼굴에는 주름 하나 없어 얼핏 스무 살 정도밖에 되어 보이지 않았다. 그러지 않아도 평소 자신의 미모에 자부심을 가지고 있었는데 이렇게 바로 눈앞에서 추켜세워주자 은근히 기분이 좋았다.

"원래는 네가 왕중양의 제자라고 거짓말을 해서 실컷 괴롭히다가 죽이려 했는데, 이번만은 네 입담을 봐서 이 불진으로 한 번만 손을 봐주겠다."

"싫어요, 싫어요. 이유 없이 무고한 후배와 싸울 수는 없지요."

"죽음을 앞에 두고도 아직 농담이 나오는구나. 내가 어째서 너의 후배냐?"

"제 사부는 왕중양이니 당신의 사조와 같은 항렬이 아닙니까? 그러니 내가 선배이지요. 이렇게 젊고 아리따운 낭자를 선배인 내가 어찌 괴롭힐 수 있겠습니까?"

"다시 검을 빌려주어라."

"싫어요, 싫어. 전……."

그러나 양과의 말이 끝나기도 전에 홍능파가 검집에서 검을 뽑아 들었다. 그러나 손에 들린 것은 검 자루뿐이고 검날은 검집에서 빠지지 않았다. 양과가 검을 돌려줄 때 손을 써서 이미 칼날을 살짝 부러뜨려놓았기 때문이다. 겨우 붙어 있던 칼날은 홍능파가 힘껏 검을 뽑으면서 동강이 나버렸다.

이막수는 이를 보고 낯빛이 변했다. 양과가 말했다.

"원래 난 젊은 후배 여자와는 싸우지 않지만 정녕 그러고 싶다면 이렇게 해요. 맨손으로 당신의 세 초식을 받겠습니다. 만약 세 초식을 받아내면 나를 놓아주겠다는 약조를 해주세요. 세 초식이 끝난 후에는 다시 공격을 해서는 안 됩니다."

이막수는 양과의 속셈을 모르는 바 아니었지만 자신의 무공에 자신이 있었다.

"내 초식을 세 번 받아낸다고?"

이막수가 코웃음을 날리며 말했다.

"네! 좋습니다. 선배님, 후배가 가르침을 청하지요."

"무슨 겸손의……."

돌연 황색 그림자가 번뜩이는가 싶더니 앞뒤가 모두 불진으로 뒤덮였다. 무공불입無孔不入, 즉 물샐틈없이 적의 온몸 구석구석을 공격하는 초식이었다. 비록 한 초식이었으나 그 안에는 수십 개의 변화가 숨겨져 있어 동시에 온몸의 모든 대혈을 찍을 수 있었다.

이막수는 양과가 개방 거지들과 싸울 때 예리한 검법을 구사하는 것을 보고 세 초식 만에 제압하는 것이 생각처럼 쉬운 일이 아니란 걸 알았다. 그래서 처음부터 가장 자신 있는 삼무삼불수三霧三不手 초식을 전개한 것이다. 이 초식은 이막수가 스스로 개발한 것으로 소용녀조차 본 적이 없었다.

양과는 크게 당황하지 않을 수 없었다. 사실 어떻게 해도 이 초식의 공격은 피하기 어려웠다. 왼쪽으로 피하면 오른쪽 혈도가 찍히고, 앞으로 피하면 뒤쪽 혈도가 찍혔다. 무공이 이막수보다 훨씬 높은 고수만이 정면 돌파를 통해 불진의 공격에서 벗어날 수 있었다. 그러나 양과의 공력은 이막수보다 아래인지라 정면 돌파는 불가능했다. 위급한 가운데 그는 돌연 물구나무를 섰다. 그리고는 구양봉이 가르쳐준 대로 경맥을 거꾸로 흐르게 해 온몸의 혈도를 막았다. 그러자 무수한 혈도에 따끔한 느낌만 들 뿐 몸은 아무런 이상이 없었다. 양과는 물구나무를 선 채로 잽싸게 발을 날렸다. 이막수는 양과가 반격해오자 당황하지 않을 수 없었다.

"무소부지無所不至!"

이막수는 다시 이 초식으로 양과의 온몸 편문偏門 혈도를 노렸다. 그런데 순간, 양과가 머리로 땅을 딛고 왼손을 뻗어 자신의 오른쪽 무릎 위중혈委中穴을 찍었다. 이막수는 더욱 놀라 황급히 피하면서 삼무삼불수의 세 번째 초식인 무소불위無所不爲를 전개했다. 이 초식은 혈을 찍는 것이 아니라 눈, 목구멍, 복부, 사타구니 같은 인체에서 가장 약한 부위를 공격하는 방법이었다. 그래서 '못하는 일이 없다'는 뜻의 '무소불위'라는 명칭이 붙었다. 그러나 이막수가 이 독 초식을 연마할 때 물구나무서기로 초식을 받아내는 사람이 있으리라고는 생각지도 못했다. 황당했지만 평소 연마한 대로 초식을 발하니 눈 대신 발등을, 목구멍 대신 아랫다리를, 복부 대신 윗다리를 맞히고, 사타구니 대신 가슴을 찍게 되었다. 원래는 가장 약한 부위를 공격하는 것인데 오히려 가장 강한 부위를 때리게 되었으니 아무런 타격도 입히지 못했다.

이막수는 이만저만 놀란 것이 아니었다. 자신보다 무공이 뛰어난 고수와 싸울 때도 적의 움직임을 예측하고 어떻게 공격하고 방어할 것인지에 대한 대책을 세웠는데, 이 젊은 도사의 기상천외한 무공은 예측이 불가능했다. 이막수가 얼이 빠져 있는 사이 양과는 돌연 불진의 끝을 이로 꽉 깨물고 몸을 일으켜서 불진을 빼앗았다. 제2차 화산 논검대회에서 구양봉은 경맥을 거꾸로 흐르게 해 황약사의 손가락을 깨문 적이 있었다. 그 때문에 황약사가 하마터면 죽을 뻔했다. 사실, 전신의 힘을 아무리 모아도 치아의 힘은 당해낼 수 없는 법이다. 그래서 힘센 장사라도 이로는 호두를 깨뜨릴 수 있지만 손으로는 그러지 못했다. 양과의 내공은 이막수보다 훨씬 떨어졌지만 이로 불진을 물었기 때문에 10여 년 동안 이막수와 함께 위력을 떨쳤던 불진을 빼앗을 수 있었던 것이다.

뜻밖의 사태에 홍능파와 육무쌍은 모두 동시에 비명을 질렀다. 이막수는 다시 마음을 침착하게 가라앉히고 적련신장으로 쌍장을 발하며 불진을 향해 달려들었다.

"응? 너구나! 네 사부는 어디 있지?"

이막수가 막 일장을 발하려다가 갑자기 소리쳤다. 알고 보니 양과가 물구나무를 설 때 얼굴에 바른 진흙이 떨어지면서 원래의 모습이 조금 드러났던 것이다. 이와 때를 같이하여 홍능파도 육무쌍을 알아보았다.

"사부님, 사매입니다."

육무쌍은 감히 이막수와 홍능파를 똑바로 쳐다보지 못하다가 양과와 이막수의 격전을 보느라 홍능파의 시선을 미처 피하지 못했다.

양과는 왼발로 박차고 일어나며 이막수가 타고 온 나귀 위로 날아올랐다. 그러고 나서 왼손을 튕겨 홍능파가 타고 있던 나귀 머리를 향해 옥봉침을 꽂았다.

이막수는 대로하여 양과를 향해 몸을 날렸다. 순간, 양과는 나귀 안장에서 뛰어내리면서 불진을 휘둘러 나귀의 머리를 박살 냈다.

"마누라, 얼른 서방님을 따라와야지!"

양과는 잽싸게 말에 올라타고 뒤쪽을 향해 불진을 마구 떨쳐냈다. 육무쌍도 즉시 말을 몰아 양과의 뒤를 쫓아갔다. 이막수는 경공으로 쉽게 양과의 말을 따라잡을 수 있었으나 양과가 좀 전에 보였던 괴이한 초식에 놀란 나머지 바짝 따라붙지 못하고 금나수를 펴서 불진을 빼앗으려고만 했다. 결국 네 번째 초식을 펼쳤을 때 왼손 세 손가락이 불진의 끝에 닿자 손으로 확 잡아당겼다. 양과는 버티지 못하고 불진을 빼앗겼다.

홍능파가 타고 있던 나귀는 머리에 옥봉침을 맞고 발작을 일으켜 미친 듯이 돌진해오며 이막수를 들이받았다.

이막수가 호통을 쳤다.

"어찌 된 일이냐?"

"나귀가 말을 안 들어요."

홍능파가 있는 힘껏 고삐를 당기자 나귀는 입이 찢겨 피범벅이 됐다. 그러고는 휘청거리더니 그 자리에 푹 쓰러져 죽어버렸다.

"사부님, 어서 쫓아가요!"

그러나 양과와 육무쌍은 이미 멀리 달아난 뒤라 따라잡을 수가 없었다. 육무쌍은 양과와 전력을 다해 말을 몰고 질주하다가 더 이상 이막수가 따라오지 않자 길게 숨을 들이마신 뒤 말했다.

"바보야, 가슴이 너무 아파서 못 견디겠어!"

양과는 말안장에서 뛰어내려 땅에 귀를 대고 발굽 소리가 들려오는지 확인했다.

"됐어요. 이제 천천히 가도 되겠어요."

두 사람은 속도를 늦추었다.

"바보야, 어떻게 사부님의 불진까지 빼앗을 수 있었지?"

"나랑 놀면서 좋았던지 불진을 주더라고요. 그래도 어르신 체면에 어떻게 낭자의 물건을 탐할 수 있겠어요? 그래서 다시 돌려줬죠."

"흥! 사부가 좋아했다고? 네가 잘생겨서?"

이 말을 하면서 육무쌍은 얼굴이 달아올랐다.

"아니, 내가 멍청한 게 재미있었나 봐요."

"피! 하나도 재미없다 뭐."

두 사람은 천천히 가다가 이막수가 쫓아올까 봐 다시 길을 재촉했다. 그렇게 황혼 무렵까지 말을 몰았다.

"마누라, 살고 싶으면 아무리 상처가 아파도 참고 하룻밤 더 달려야 해요."

"헛소리하지 마. 누가 내 걱정 해달래?"

양과는 혀를 삐죽 내밀었다.

"근데 말이 너무 지쳤어요. 하룻밤 더 달리면 지쳐서 죽을지도 몰라요."

날은 이미 어두워졌다. 그때 앞쪽에서 말 울음소리가 들렸다.

"잘됐다. 말을 바꿔 타자."

두 사람은 조심스레 다가갔다. 마을 어귀에 100여 필 정도의 말이 묶여 있었다. 바로 낮에 보았던 몽고 군대의 말이었다.

"여기서 기다려요. 내가 살펴보고 올게요."

양과는 말에서 훌쩍 뛰어내려 마을로 들어갔다. 큰 집의 창문에 불빛이 보이자 창문 아래로 숨어 들어간 뒤 안을 엿봤다. 안에는 몽고 관리 한 명이 창문 쪽으로 등을 향한 채 앉아 있었다.

'말을 바꾸는 것보다 사람을 바꾸자.'

잠시 뒤, 몽고 관리가 일어나서 방 안을 서성거렸다. 바로 낮에 보았던 금포를 입은 관리였다. 행동거지며 풍기는 느낌이 보통 관리 같지는 않았다. 양과는 그 관리가 몸을 돌리는 사이 살짝 창문을 열고 안으로 들어갔다. 관리는 등 뒤에서 바람 소리가 나자 황급히 왼팔을 휘두르며 몸을 돌렸다. 순간, 그의 열 손가락이 마치 독수리 발톱과 같이 맹렬하게 양과를 향해 파고들었다. 바로 대력응조공大力鷹鳥功이라는 무서운 무공이었다. 양과는 깜짝 놀라 몸을 옆으로 미끄러뜨리면서 상대의 공격을 피했다. 관리는 연이어 몇 차례 대력응조공을 펼쳤으나 양과의 빠른 걸음을 따라잡을 수는 없었다.

몽고 관리는 어릴 때 응조문鷹鳥門 명사名師에게 이 무공을 전수받았다. 그는 어느 정도 자신의 무공에 자부심을 가지고 있었는데 제대로 힘 한번 써보지 못하자 당황스러웠다.

관리가 다시 양손을 할퀴며 공격해오자 양과는 돌연 위로 뛰어올라 왼손으로 상대의 왼쪽 어깨를, 오른손으로 오른쪽 어깨를 누르며 내공을 양팔에 실었다.

"앉아!"

관리는 무릎이 휘청하며 땅바닥에 주저앉았다. 그는 가슴이 답답해서 피를 토할 것만 같았다. 양과가 혈도를 두어 번 부드럽게 문질러주자 답답함이 사라졌다. 그는 숨을 크게 내쉬며 천천히 일어났다. 그러고는 한참 동안 양과를 주시했다.

"너는 누구냐? 무슨 일로 온 것이냐?"

너무나 정확한 한족 발음이었다. 양과는 빙긋이 웃으면서 오히려 반문했다.

"네 이름은 무엇이며, 무엇 하는 관리냐?"

관리는 눈을 부라리며 공격 태세를 취했다. 그러나 양과는 거들떠보지도 않고 아까 관리가 앉아 있던 의자에 앉았다. 그 관리는 양팔을 아래위로 흔들며 다시 맹렬히 공격해왔다. 그러나 아무렇게나 휘두르는 양과의 팔에 매 초식이 모두 무위로 돌아갔다.

"어이, 어깨에 부상을 입었으니 힘을 안 쓰는 게 좋을 거야."

"부상을 입었다고?"

왼손으로 오른쪽 어깨를 만져보니 과연 아릿한 통증이 느껴졌다. 황급히 왼쪽 어깨를 만졌더니 같은 부위에 똑같은 통증이 있었다. 이상한 느낌도 없었는데 언제 부상을 입었는지 알 수가 없었다. 손가락으로 눌러보니 아주 작은 부위에서 통증이 느껴졌다. 관리는 대경실색하여 황급히 옷을 찢어 살펴보았다. 왼쪽 어깨에 바늘구멍만 한 붉은 점이 있었고 오른쪽 어깨에도 마찬가지였다. 양과가 어깨를 누를 때 손에 암기를 숨기고 있다가 찔렀을 것이라 추측하니 놀랍고 화가 치밀었다.

"암기를 쓰다니? 독이 있는 것이냐?"

"무공을 하는 사람이 그런 것도 몰라? 큰 암기에는 독이 없지만 작은 암기에는 당연히 독이 있지."

관리는 양과가 그저 위협하는 말이기를 바라며 반신반의하는 표정을 지었다.

"어깨에 신침神鍼을 맞았으니 독이 매일 일 촌씩 번질 것이고, 엿새 뒤면 심장까지 퍼져서 죽게 될 거야."

관리는 살려달라고 애걸하지 않고 오히려 호통을 쳤다.

"이렇게 된 이상 오늘 너와 함께 죽을 것이다."

그러나 양과는 옥봉침을 쥐고 있다가 달려드는 관리의 양쪽 손바닥에 다시 침을 꽂았다. 관리는 따끔한 통증을 느껴 황급히 걸음을 멈추고 손바닥을 들여다보았다. 손바닥에 가는 침이 꽂혀 있었고 즉시 양손에 마비가 왔다. 그는 너무 놀라 더 이상 덤벼들지 못했다. 멍하니 서 있다가 한참 뒤 입을 열었다.

"내가 졌다!"

"하하하! 이름이 뭐지?"

"나는 야율주耶律鑄라고 한다. 너의 이름도 밝혀라."

"난 양과라고 한다. 몽고에서는 무슨 관직에 있지?"

"난 몽고 대승상 야율초재耶律楚材의 장자이다. 아버님은 칭기즈칸과 와활태窩闊台 님을 도와 천하를 평정한 공신이다. 나 야율주는 변량 경략사經略使를 맡아 지금 하남河南 변량汴梁으로 가고 있는 중이다."

양과는 변량 경략사가 무슨 관직인지도 모르면서 고개를 끄덕였다.

"음, 대단하군."

"내가 너에게 뭘 잘못해서 이렇게 공격을 당했는지 모르겠지만 만약 원하는 것이 있으면 말해봐라."

"하하, 별로 잘못한 거 없어."

양과는 돌연 몸을 날려 창문 밖으로 나갔다.

"이봐!"

야율주가 놀라서 창문가로 뛰어갔지만 양과는 그림자도 보이지 않았다.

'갑자기 들어왔다가 또 갑자기 사라지다니……. 독침을 맞았는데 어쩌면 좋단 말인가?'

야율주는 황급히 손바닥에 꽂힌 침을 뽑아냈다. 어깨와 손바닥에 마비가 오고 간지러워 견딜 수가 없었다. 그렇게 어찌할 바를 모르고 허둥대고 있는데 갑자기 창문이 덜컹거리더니 양과가 소녀를 한 명 데리고 들어왔다. 바로 육무쌍이었다.

"이 여자는 내 부인이다. 무릎 꿇고 절을 해라."

육무쌍이 소리쳤다.

"뭐라고?"

그녀는 냅다 양과의 따귀를 철썩 때렸다. 양과가 피하려고만 하면 얼마든지 피할 수 있었으나 육무쌍에게 욕을 얻어먹고 한 대씩 맞을 때마다 뭐라고 표현할 수 없는 편안함이 느껴졌다. 그래서 일부러 피하지 않고 따귀를 얻어맞았다.

야율주는 두 사람이 평소 이렇게 장난치며 논다는 것을 모르고 그저 육무쌍의 무공이 양과보다 훨씬 높아서 그런 것이라고 생각하며 멍하니 두 사람을 바라보았다.

양과는 얻어맞은 뺨을 문지르며 야율주에게 웃음을 지었다.

"신침의 독을 맞았으나 당분간은 죽지 않을 것이다. 내 말을 잘 들으면 치료해주겠다."

야율주는 목숨이 달린 일이라 감히 경거망동할 수 없어 공손한 말투로 말했다.

"난 평소 영웅호걸을 흠모해왔는데 진정한 영웅을 만난 적이 없소. 오늘 비로소 영웅을 만났으니 소원이 이루어진 거요. 양 대협이 내 목숨을 앗아간다 해도 여한이 없소."

그는 자신의 의연함을 보이면서도 상대의 자존심을 한껏 추켜세워주었다. 양과는 관리들과 상대한 적이 한 번도 없었기 때문에 그들이 제일 잘하는 것이 아첨이라는 걸 알지 못했다. 야율주는 원래 요국遼國 출신으로 투박하지만 진솔한 사람이었다. 그러나 후에 요나라가 멸망해 몽고의 조정에 들어간 후 점차 관료의 관습에 물들게 되었다. 양과는 자신에게 아첨하는 말에 기분이 좋아져서 엄지손가락을 치켜세웠다.

"당신이야말로 진정한 사내대장부요. 자, 내가 치료해주겠소."

그는 흡철석吸鐵石으로 옥봉침을 뽑아낸 후 어깨와 손바닥에 해독약을 발라주었다. 육무쌍은 머리카락처럼 가늘고 물에도 뜰 것 같은 옥봉침을 처음 보았다.

'바람만 불어도 제멋대로 날아갈 텐데 어떻게 저걸 암기로 쓸 수 있지?'

그녀는 양과의 심후한 내공에 놀라면서도 다시 비아냥거리며 말했다.

"이런 암기를 몰래 쓰다니 대장부답지 않구나. 다른 사람이 알면 웃음거리가 될 텐데……."

양과는 씩 웃더니 갑자기 야율주에게 정색을 하고 말했다.

"우리 둘을 대인의 사람으로 받아주시오."

야율주는 그의 돌변한 태도에 흠칫했다.

"대협께서는 농담도 잘하는군요. 분부할 일이 있으면 얼마든지 말해주시오."

"농담이 아니오. 정말 대인의 사람이 되겠소."

'아, 이 두 사람은 관리가 되어 입신양명할 속셈이었군.'

야율주는 양과의 말을 듣고 헛기침을 하더니 거드름을 피웠다.

"어험, 무학을 익혔으면 황실에 충성하는 것이 올바른 길이지."

양과는 껄껄 웃었다.

"뭔가 잘못 생각하고 있는 것 같은데, 우린 지금 아주 무서운 적의 추격을 받고 있소이다. 우리 둘의 힘으로는 도저히 이길 수 없어 당분간만 신분을 위장해 피하려는 것이오."

야율주는 내심 크게 실망하며 잔뜩 힘을 준 어깨를 풀고 다시 만면에 웃음을 띠었다.

"두 분 같은 무공이면 어떠한 적도 문제없을 것 같은데, 만약 그쪽의 수가 많으면 내가 병사를 동원해 돕도록 하겠소."

"나도 못 이기면서 뭘 어쩌시겠소? 괜히 나서지 말고 어서 부하들에게 갈아입을 옷이나 가져오라고 하시오."

야율주는 시종에게 명령하여 옷을 가져오게 했다. 양과와 육무쌍은 다른 방으로 가서 옷을 갈아입었다. 육무쌍은 옷을 입은 후 거울에 비춰보았다. 담비 털이 달린 비단 장포를 걸치니 영락없는 몽고 군관의 모습이었다. 육무쌍은 아주 흡족한 표정으로 연신 거울에 비친 자신의 모습을 바라보았다.

다음 날 이른 아침, 양과와 육무쌍은 각기 가마를 나누어 타고 길을 나섰다. 정오쯤 되자 멀리서 방울 소리가 들려왔다. 그러나 이막수는 몽고 군대의 행렬에 신경 쓰지 않고 그냥 지나갔다. 육무쌍은 내심 쾌재를 불렀다.

'이 가마를 타고 편안하게 가면서 요양이나 하면 너무 좋겠다. 바보가 생각해낸 바보 같은 방법이 꽤 쓸모가 있단 말이야. 이대로 가마를 타고 강남까지 가야지.'

그렇게 이틀이 흘렀다. 이제 더 이상 이막수의 방울 소리는 들리지 않았다. 육무쌍에게 복수하려는 도인들과 개방의 거지들도 그녀의 행적을 찾지 못했다.

사흘째 되는 날, 일행은 용구채龍駒寨에 당도했다. 이곳은 진秦과 변抃의 접경지며 교통 요지로 매우 번화한 곳이었다.

저녁을 먹은 후 야율주는 양과의 방으로 건너가서 무공을 가르쳐달라고 청했다. 양과는 생각나는 대로 대충 몇 가지를 가르쳐주었다. 야율주가 온 정신을 집중해서 듣고 있을 때 시종 한 명이 다급히 뛰어들어왔다.

"대인께 아룁니다. 경성의 노대인께서 사람을 시켜 편지를 보내왔습니다."

"그래? 곧 나가겠다."

야율주의 머릿속에 문득 한 가지 생각이 스쳐 지나갔다.

'경성에서 온 사람을 여기서 만나야겠군. 그럼 양과는 내가 자신을

허물없이 대한다고 생각할 것이니 더욱 열심히 무공을 가르쳐주겠지.'

"이곳으로 모셔라. 여기서 만나겠다."

시종은 당황하며 말을 더듬었다.

"저…… 저…… 그런데……."

"어서 가서 데려오라니까!"

"저…… 실은 노대인께서……."

"어허, 말이 많구나. 썩 가서……."

그때 갑자기 휘장이 걷히더니 한 사람이 웃으며 들어왔다.

"주야, 내가 올 줄은 몰랐겠지?"

야율주는 얼른 앞으로 달려가 무릎을 꿇었다.

"아버님, 어떻게 직접……."

"하하, 내가 직접 왔다."

그는 바로 야율주의 부친이자 몽고의 대승상인 야율초재였다. 당시 몽고 사람들은 그를 중서령中書令이라고 호칭했다. 야율초재가 의자에 좌정하자 문밖에서 두 사람이 들어와 야율주에게 예를 갖추었다.

"대형!"

그들은 스물서넛 정도 되어 보이는 남자와 양과 또래의 여자였다.

"오, 내 동생들! 너희도 왔구나."

야율주는 반가움을 표시했다.

"아버님께서 오신다는 것을 전혀 몰랐습니다."

"그래, 내가 직접 나서지 않으면 안 되는 일이 생겼다. 참으로 걱정이구나."

야율초재는 양과를 비롯한 시종들에게 나가 있으라는 눈짓을 보냈다. 사실 야율주는 입장이 좀 난처했다. 응당 모두를 물려야 마땅하나 양과는 함부로 대할 수 없는 사람인지라 머뭇거릴 수밖에 없었다. 양과는 그의 마음을 눈치채고 미소를 띠며 방을 나갔다.

야율초재는 양과의 행동이 이상하다고 생각했다. 자신이 들어올 때 다른 사람들은 모두 절을 하며 예를 표했는데 그 사람만은 허리를 굽히지 않았다. 그리고 지금도 자기 멋대로 그냥 나가버리니 실로 오만 불손한 행동이 아닌가.

"저 사람은 누구냐?"

야율주는 황제의 신임을 받고 있는 조정 중신으로, 동생들 앞에서 양과에 대해 사실대로 이야기하면 자신의 체신이 깎기는 일이기에 적당히 얼버무렸다.

"우연히 알게 된 친구입니다. 그런데 아버님이 친히 내려오시다니 어찌 된 일입니까?"

야율초재는 수심이 가득한 얼굴로 한숨을 내쉬며 천천히 사연을 이야기했다.

몽고는 칭기즈칸이 세상을 뜬 후, 셋째 아들인 와활태*가 즉위했다. 와활태는 13년 동안 통치한 후 세상을 뜨고 황후인 니마찰尼瑪察이 조정을 장악하게 되었다. 황후는 간신배들을 신임하고 선조先朝의 원로 중신들을 배척해 국정을 매우 혼란스럽게 만들었다. 재상인 야율초재는 삼대에 걸친 원로이자 개국공신이었다. 그는 황후가 잘못된 조치

---

* 몽고제국의 제2대 황제인 오고타이(1186~1241)를 말한다. 성격이 온후하고, 왕자로서 인품을 갖추고 있어 일찍부터 칭기즈칸의 뒤를 이을 후계자로 지목되었다.

를 할 때마다 충언과 직언을 마다하지 않았다. 황후는 그가 걸핏하면 자신이 하는 일을 방해하자 쫓아내고 싶은 마음이 굴뚝같았으나 그의 지위가 높고 명성이 두터우며 또한 이치에 맞는지라 함부로 대하지 못했다. 야율초재는 황후의 노여움을 샀으니 가족의 생명이 위태롭다는 것을 알고, 하남 지방의 민심이 흉흉하니 순시를 가겠다는 상소를 올렸다. 황후는 눈엣가시가 없어지니 내심 크게 기뻐하며 즉시 윤허를 해주었다. 그래서 야율초재는 차남인 야율제耶律齊와 셋째 딸인 야율연耶律燕을 데리고 하남으로 온 것이다. 민정을 살핀다는 것은 핑계였고 사실은 화를 피하기 위해서 남하한 것이다.

양과는 방으로 돌아와서 육무쌍에게 웃으며 농담을 던졌다. 그러나 육무쌍은 고개를 옆으로 돌리고 알은체도 하지 않았다. 양과는 몇 번이나 놀려도 아무 반응이 없자 무릎을 꿇고 앉아 운공조식에 몰입했다. 양과가 고개를 숙이고 눈을 감은 채 꼼짝도 하지 않자 육무쌍은 심심해졌다.

"바보야, 왜 갑자기 무공을 연마하고 있어?"

양과는 묵묵부답이었다.

"꼭 지금 연마를 해야 해? 나랑 이야기하면 안 돼?"

육무쌍이 막 간지럼을 태우려고 하는데 양과가 돌연 벌떡 일어났다.

"쉿! 지붕 위에서 누가 엿보고 있어요."

육무쌍은 아무 기척도 느끼지 못했다. 지붕 위를 한 번 살펴보고는 숨을 죽여 말했다.

"또 날 속이는 거지?"

"우리 방이 아니라 저쪽 지붕을 말하는 거예요."

"바보."

육무쌍은 더욱 믿지 않고 양과가 또 바보인 척 장난을 치는 줄로만 알았다. 양과가 육무쌍의 소매를 잡아당겼다.

"사부가 왔을지도 모르잖아요. 일단 숨어요."

육무쌍은 사부라는 말을 듣자 등에서 식은땀이 흘러내렸다. 양과는 육무쌍을 데리고 창가로 가서 서쪽을 가리켰다. 과연 양과가 가리키는 지붕 위에 검은 그림자 하나가 엎드려 있었다. 마침 달도 사라지고 별도 없는 컴컴한 밤이라 정신을 집중하지 않으면 구분하기가 어려웠다.

'저 바보가 어떻게 알아냈지?'

육무쌍은 속으로 탄복을 금치 못했다. 그러나 사부는 자부심이 강해 야행할 때도 황색 도포를 입었지, 절대 검은 옷으로 갈아입지 않았다.

"사부가 아니야."

그때 검은 옷의 사람이 지붕 위를 뛰어서 야율 부자 방 앞으로 내려섰다. 그러더니 발로 창문을 걷어차며 칼을 들고 뛰어들어갔다.

"야율초재! 이날을 기다렸다."

그 외침은 분명 여자 목소리였다. 양과는 눈살을 찌푸렸다.

'대단한 신법이다. 무공이 야율주보다 높겠어. 그렇다면 그 노인의 생명도 보장할 수 없겠는데.'

"어서 가보자!"

육무쌍이 소리쳤다. 두 사람은 얼른 뛰어가 창문 밖에 몸을 붙이고 안쪽을 살폈다. 야율주가 의자를 들고 검은 옷을 입은 여자와 맞서 싸우고 있는 모습이 보였다. 여자는 나이는 어리나 칼을 휘두르는 솜씨가 날카로웠다. 그녀가 들고 있는 유엽도柳葉刀를 몇 번 내리치자 의자

다리가 모두 잘려나갔다.

야율주는 더 이상 버티는 것이 무리라고 생각했는지 소리쳤다.

"아버지, 얼른 피하세요!"

"그렇게는 안 될걸!"

흑의 소녀가 전광석화같이 발을 날리자 야율주는 미처 막지 못하고 그대로 허리에 일격을 맞고 쓰러졌다. 소녀는 이내 몸을 번뜩여 야율초재의 머리를 향해 칼을 내리쳐갔다.

"아뿔싸!"

양과는 먼저 사람을 구해야겠다는 생각에 옥봉침으로 소녀의 손목을 공격하려 했다. 그때 야율초재의 딸인 야율연이 소리쳤다.

"받아랏!"

야율연은 오른손으로 흑의 소녀의 얼굴을 내리치며 왼손은 공수탈백인 수법으로 칼을 낚아채려 했다. 이 두 개의 공격이 절묘하게 어우러져 소녀는 야율연에게 손목을 잡히고 말았다. 그러자 소녀는 발로 야율연을 공격했다. 야율연은 손을 놓고 물러서지 않을 수 없었다. 덕분에 소녀는 칼을 빼앗기지 않았다.

양과는 두 소녀의 뛰어난 무공에 내심 경탄했다. 삽시간에 두 소녀는 칼로 내리찍고 피하면서 여덟 초식을 주고받았다.

그때 문밖에서 10여 명의 시위가 몰려와 두 사람을 에워쌌다. 야율주가 명령했다.

"기다려라! 너희의 도움은 필요 없다."

싸움을 지켜보던 양과는 돌연 장난기가 발동했다.

"부인, 저 두 낭자의 무공이 당신보다 뛰어난 것 같은데요."

육무쌍은 화가 나서 몸을 홱 돌려 양과에게 일장을 날렸다. 양과는
웃으며 가볍게 피했다.

"우리끼리 싸우는 것보다 저 사람들 싸움을 구경하는 게 더 좋지 않
을까요?"

"그럼 분명히 말해. 내가 강해, 저 여자들이 강해?"

"일대일로 싸우면 모두 당신을 당해내지 못하겠죠. 당신 혼자서 두
명을 상대한다면 무공만으로는 당신이 질 거예요. 하지만 당신이 그
괴상망측하고 악랄한 수법을 쓴다면 누가 당해내겠어요? 그러니까 당
신이 이길 거예요."

육무쌍은 양과의 말을 듣고 내심 기뻐하면서도 볼멘소리를 했다.

"뭐가 괴상망측하고 악랄하다는 거야? 참 듣고 보니 기분이 안 좋네.
괴상망측하기로 따지자면 우리 바보 어르신을 따라갈 사람이 있나?"

"내가 바보 어르신이면 당신은 바보 마님이시군요."

육무쌍은 입을 삐죽 내밀었다.

그들은 다시 두 소녀가 싸우는 것을 지켜보았다. 야율연은 무기도
없이 상대의 유엽도를 빼앗으려다가 번번이 실패했다. 게다가 수세에
몰려 제대로 반격도 하지 못했다.

"누이! 나한테 맡겨!"

야율제가 옆에서 끼어들어 오른손으로 연달아 세 번 공격을 전개했
다. 그 틈을 타서 야율연은 벽 쪽으로 물러났다.

"좋아, 나는 물러서 있지."

양과는 야율제의 공격을 보자 속으로 의아함을 금치 못했다. 그는
왼손을 허리에 얹고 오른손을 굽혔다 펴면서 공격을 퍼부었고, 발도

땅에 고정시킨 채 손으로만 소녀의 공격을 받아내고 있었다. 매 초식이 한 치의 흐트러짐이 없었고 공격 부위 또한 매우 정확했다.

"참 대단하군. 전진파의 무공과 비슷하면서도 특이한 데가 있어."

"바보, 저 사람의 무공이 너보다 훨씬 강하네."

양과는 넋이 나가서 육무쌍의 말이 귀에 들어오지 않았다.

젊은 영웅

이막수는 자신의 매 초식을 양과가 예측해 막아내자 놀라지 않을 수 없었다. 순간 그녀는 사매만 편애했던 사부님이 원망스러웠다. 그녀는 초식을 바꾸어 탁자 위로 뛰어올라 오른발을 옆으로 날리고 왼발로 탁자 끝을 짚은 뒤 몸을 앞뒤로 흔들었다. 마치 바람에 흔들리는 연꽃 같은 모습이었다.

야율제는 여유 있게 공격하면서 소리쳤다.

"연아, 자세히 봐. 내가 팔의 비유혈臂儒穴을 공격하면 상대방은 분명 옆으로 몸을 피할 거야. 그때 거골혈巨骨穴을 누르면 어쩔 수 없이 칼을 들고 찌르려 하겠지. 순간 출수를 빨리하면 칼을 빼앗을 수 있을 거야."

"흥, 그렇게 쉽지는 않을걸."

흑의 소녀가 화난 목소리로 대꾸했다.

"자, 이렇게…… 이렇게……."

야율제는 오른손으로 비유혈을 공격했다. 직선이 아니라 비스듬히 이곳저곳을 공격하면서 전후좌우의 출로를 모두 막고, 좌측 뒤에만 틈을 남겼다. 흑의 소녀는 이 공격을 피하기 위해 뒤로 두 걸음 물러날 수밖에 없었다. 야율제는 고개를 끄덕이더니 과연 그의 말대로 거골혈을 잡았다.

'절대 칼로 찌르면 안 된다.'

흑의 소녀는 마음으로 거듭 되뇌었지만 급박한 상황에서 그것밖에는 다른 길이 없어 칼을 들고 내리쳤다.

"이렇게 말이다!"

모두들 야율제가 칼을 빼앗으리라 기대하며 숨죽여 지켜보고 있었다. 그러나 야율제는 거골혈을 잡았던 오른손을 거두더니 양손을 소매 안에 집어넣었다. 흑의 소녀는 야율제의 손을 노리고 칼로 내리쳤건만 야율제가 양손을 소매 안으로 넣어버리는 통에 허탕을 쳤다. 그러고는 멍하니 야율제를 바라보았다. 그때 야율제가 돌연 오른손을 뻗더니 두 손가락만으로 칼날을 쥐었다. 소녀는 그 힘을 견디지 못하고 결국 칼을 빼앗기고 말았다.

모두들 이 신기한 무공을 보고 잠시 얼이 빠져 있다가 곧 정신을 차리고 우레와 같은 환호성과 박수를 보냈다. 흑의 소녀는 참담한 얼굴로 그 자리에 얼어붙은 듯 서 있었다.

'공자께서 공격을 하지 않는 것은 살려주려는 것인데, 얼른 도망가지 않고 뭐 하고 있담?'

모두들 의아해하며 소녀를 바라보았다. 야율제는 천천히 자리를 떠나면서 야율연에게 말했다.

"저 낭자도 이제 병기가 없으니 다시 한번 겨뤄보아라. 그러나 장중퇴掌中腿 공격을 조심해."

야율연은 고개를 끄덕이며 흑의 소녀를 주시했다.

"완안평完顔萍, 우리가 계속 너를 살려주는데도 자꾸 쫓아오다니 아직도 포기하지 않은 거냐?"

흑의 소녀는 아무 말도 하지 않고 고개를 푹 숙인 채 깊은 한숨을 쉬었다.

"나와 승부를 내고 싶으면 어서 시작하자."

야율연이 앞으로 나서며 얼굴을 향해 주먹을 뻗자 완안평은 뒤로 물러나 피했다.

"칼을 돌려줘."

너무나 애처로운 목소리에 야율연은 어이가 없었다.

"오빠가 네 칼을 빼앗은 것은 나와 대등하게 싸우게 함인데, 칼을 돌려달라니."

"좋다!"

야율연은 야율제에게 유엽도를 받아 들더니 완안평을 향해 휙 던졌다. 그때 병사 한 명이 단도를 건네주었다.

"아가씨, 이 칼을 사용하십시오."

"필요 없다."

그러나 곧 생각이 바뀌었다.

"아니지. 빈손으로는 이길 수 없으니 칼로 겨뤄보는 것도 괜찮겠군."

야율연은 다시 칼을 받아든 후 허공을 향해 한번 휘둘러보았다. 다소 무겁긴 했지만 그런대로 쓸 만했다.

완안평은 창백한 얼굴을 하고 왼손으로 칼을 높이 든 뒤 오른손으로 야율초재를 가리켰다.

"야율초재, 너는 몽고인을 도와 우리 부모님을 해쳤다. 오늘은 너에게 복수를 하지 못했지만 저승에서는 반드시 그 빚을 갚아주마."

완안평은 칼을 자신의 목에다 겨냥했다.

양과는 너무나 참담한 그녀의 눈빛을 보자 가슴이 덜컹 내려앉았다. 양과는 자신도 모르게 소리쳤다.

"선자!"

완안평의 칼이 막 목에 닿으려는 순간, 야율제가 급히 오른손을 뻗어 손가락 두 개로 유엽도를 빼앗은 후 팔의 혈도를 찍었다.

"어찌 이리 생각이 짧으시오?"

모두 눈 깜짝할 사이에 일어난 일이었다. 정신을 차리고 보았을 때는 칼이 이미 야율제의 손에 쥐어져 있었다. 모두들 놀라 경황이 없던 터라 양과가 "선자!" 하고 부르는 소리를 제대로 들은 사람은 아무도 없었다. 오로지 육무쌍만이 옆에서 똑똑히 들었다.

"뭐라고? 저 여자가 네 선자야?"

"아니, 아니에요."

양과는 완안평의 눈빛에 담긴 처량하고 비통한 표정과 모든 것을 다 잃은 듯한 눈빛을 보자 자신과 헤어질 때의 소용녀 모습이 떠올랐던 것이다. 그 눈빛을 보는 순간 양과는 자신도 모르게 넋이 나가 지금 자신이 어디에 있으며 무엇을 하고 있는지조차 생각하지 못했다.

야율초재가 천천히 입을 열었다.

"넌 세 번이나 나를 해하려 했다. 나는 대몽고의 재상으로 금국을 멸하고 너의 부모를 해친 건 사실이다. 그러나 우리 조상은 누구에게 짓밟히고 죽었는지 아는가?"

"모른다."

"들어라. 내 선조는 대요국大遼國의 황족이었다. 대요국은 금나라에 의해 멸망되었다. 우리 야율가의 자손들은 금나라의 완안가에 의해 겨우 몇 명만 남고 모두 몰살당했다. 난 어릴 때부터 복수를 다짐하며 지내다가 몽고의 대칸을 도와 금을 멸할 수 있었다. 복수를 한 것이다. 그런데…… 그런데…… 복수가 복수를 낳는구나. 이런 참극이 언제 끝날지……."

야율초재는 창밖을 바라보았다. 그는 단지 용상을 차지하기 위해 복수라는 명목으로 수만 리 강산을 잿더미로 만들고, 시체가 산처럼 쌓여 피가 강을 이루던 참혹한 과거를 회상했다.

완안평은 아무 말 없이 아랫입술을 지그시 깨물었다. 살짝 드러난 치아가 눈이 부시도록 하얬다.

"흥, 세 번이나 실패로 끝났으니 내 실력이 모자람을 탓할 수밖에. 그래서 자결로 끝내려 하는데 왜 막는 거냐?"

완안평은 오기에 찬 목소리로 야율제에게 말했다. 야율제는 고집스러운 그녀가 안타까웠다.

"낭자가 앞으로 복수를 꿈꾸지 않겠다는 약조를 하면 가도 좋소."

"흥!"

완안평은 매서운 눈초리로 노려보았다. 야율제가 유엽도를 거꾸로 쥐고 칼자루로 완안평의 허리를 가볍게 몇 번 내리쳐 혈도를 풀어 준 후 칼을 돌려주었다. 완안평은 잠시 망설이다가 칼을 받았다.

"야율 공자, 몇 번이나 봐주고 날 예로 대하시는 것을 어찌 모르겠습니까? 그러나 완안가와 야율가는 뿌리 깊은 원한 관계를 가지고 있어요. 아무리 넓은 마음으로 예를 갖추어 나를 대한다 해도 부모님의 원수를 갚지 않을 수는 없습니다."

'끝까지 포기를 못 하는군. 저 여자의 무공이 약한 편은 아니니 내 어찌 한시라도 아버지 곁을 떠날 수 있겠는가? 잠시라도 허점을 보이면 큰일이 난다. 차라리 복수를 하려면 나를 찾아오도록 유도하는 것이 좋겠다.'

"완안 낭자, 부모의 복수를 하겠다는 뜻과 기개는 참으로 가상하오. 그러나 윗세대의 원한은 그 세대에서 마무리를 짓고, 우리 세대는 우리의 삶을 살아야 하는 것이오. 우리 집안에 복수를 하고 싶으면 나를 찾아오시오. 앞으로 다시 아버지를 찾아왔다가 나와 마주치면 그때는 사정을 봐주지 않을 것이오."

"흥, 무공이 공자보다 훨씬 못한데 공자를 찾아가서 복수를 하라니요? 됐습니다. 그만두세요."

완안평은 얼굴을 가리며 뛰쳐나갔다. 야율제는 그대로 두면 분명다시 자결을 시도할 것 같아 목숨을 구해야겠다고 생각했다.

"쯧쯧. 이제 보니 완안가의 여자들은 참으로 기개가 없군!"

완안평은 돌연 획 몸을 돌렸다.

"기개가 없다고요?"

"내 무공이 낭자보다 높은 것은 사실이오. 그러나 그것이 뭐 그리 대단한 일이오? 나는 훌륭한 스승의 가르침을 받아서 그런 것이지 내가 다른 사람보다 특별히 뛰어난 재능이 있는 것은 아니오. 낭자의 철장도 원래 대단한 무공이오. 그저 낭자의 사부님이 실력이 부족하고 낭자 또한 연마한 시간이 짧아 나를 이기지 못한 것뿐이오. 아직 젊은 나이니 훌륭한 스승을 찾으려고 마음만 먹는다면 그것이 어찌 불가능한 일이겠소?"

완안평은 분노에 가득 차 있다가 이 말을 들으니 절로 고개가 끄덕여졌다.

"매번 낭자와 싸울 때마다 난 오른손만 사용했소. 그것은 내가 오만하고 무례해서가 아니오. 난 왼손의 힘이 훨씬 세서 잘못하다가는 사람을 다치게 할 수 있기 때문이오. 이렇게 합시다. 앞으로 훌륭한 사부를 만나 무공을 연마한 후 언제든지 나를 찾아오시오. 내가 왼손을 쓰도록 만든다면 두말없이 목을 내놓겠소.”

그는 완안평의 무공이 자신보다 훨씬 아래이므로 아무리 좋은 가르침을 얻는다 하더라도 자신의 오른손 공격을 받아내기는 힘들 것이라고 생각했다. 또한 자결하려 한 것은 일순간의 분노 때문이니 만약 스승을 찾아 무공 연마에 전념하면 자결하려는 마음도 없어질 것이라 생각한 것이다.

‘네가 무슨 신선도 아닌데, 열심히 무공을 연마하면 어찌 두 손으로 네 한 손을 이기지 못하겠느냐?’

완안평은 비장한 각오를 하면서 힘 있게 말했다.

“좋아요! 군자 일언은…….”

완안평의 말을 받아 야율제가 대답했다.

“쾌마일편快馬一鞭!”

완안평은 사람들에게는 눈길조차 주지 않고 몸을 돌려 밖으로 뛰쳐나갔다. 그러나 처량함과 비참함이 가득한 얼굴빛을 숨길 수는 없었다.

시위들은 야율제 공자가 그냥 놓아주니 감히 뒤쫓을 생각도 하지 못한 채 야율초재에게 인사를 하고 물러갔다. 야율주는 이런 난리 법석에도 양과가 나타나지 않자 이상하게 생각했다.

“오빠, 왜 그냥 놓아준 거예요?”

“왜라니?”

“올케언니로 만드시려면 그렇게 놓아주면 안 되죠.”

“쓸데없는 소리!”

야율제가 정색을 하자, 야율연은 황급히 농담을 거두었다. 양과는 창밖에서 이 소리를 들었다. 그러자 괜스레 가슴이 저려왔다. 그는 완안평이 동남쪽으로 떠나는 것을 확인하고 나지막하게 말했다.

"따라가봅시다."

"왜?"

육무쌍의 반문에 양과는 대답도 하지 않고 경공을 펴서 뒤를 쫓았다. 완안평의 무공은 그리 높지 않았지만 경공은 상당한 경지에 이른 것 같았다. 양과가 전력으로 쫓아갔음에도 불구하고 용구채 밖에서 겨우 뒷모습을 발견할 수 있었다. 완안평은 어느 집으로 들어갔다. 양과는 담을 훌쩍 넘은 후 몸을 숨겼다. 잠시 뒤, 서쪽 방에서 등불이 켜지더니 나지막한 흐느낌 소리가 들려왔다. 분노와 고통, 비장함과 처량함이 뒤섞여 있는 듯했다.

양과는 창문 밖에서 이 소리를 듣고 순간 머릿속이 하얗게 되면서 가슴이 울렁거렸다. 그리고 자신도 모르게 긴 한숨을 내쉬었다. 완안평은 창밖에서 한숨 소리가 나자 크게 놀라 황급히 촛불을 끄고 방 한쪽에 바짝 붙었다.

"누구냐?"

"당신과 마찬가지로 슬픈 사연이 있는 사람입니다."

완안평은 더욱 놀랐으나 악의라고는 전혀 찾아볼 수 없는 말에 다소 안심할 수 있었다.

"도대체 뉘시오?"

"옛말에 원수를 갚기 위해서는 10년도 늦는 것이 아니라고 했습니다. 몇 차례 실패로 끝났다고 자결을 하려 하다니요. 목숨이 그리 하찮은 것입니까? 철천지한을 왜 그리 가볍게 보십니까?"

완안평은 방문을 열고 초에 불을 붙였다.

"들어오십시오."

양과는 문밖에서 예를 갖추어 인사를 하고 방으로 들어갔다. 완안평은 몽고 군관의 복장을 한 나이 어린 소년이 방 안으로 들어오는 모습을 의아한 눈빛으로 쳐다보았다.

"말씀하신 것이 모두 옳습니다. 존함을 알려주십시오."

양과는 대답은 하지 않고 두 손을 소매 속에 넣었다.

"야율제는 자신의 무공이 대단하다고 착각하고 있습니다. 사실 칼을 뺏고 혈도를 누를 때는 손 하나도 까딱할 필요가 없습니다."

완안평은 속으로는 말도 안 되는 소리라고 생각하면서도 상대를 잘 모르는지라 반박하지 않고 듣고 있었다.

"내가 야율제의 두 손을 모두 쓰도록 하는 초식 세 가지를 가르쳐 드리지요. 그 전에 지금 먼저 나와 시험해봅시다. 나는 손도 발도 움직이지 않고 낭자의 공격을 받아내겠습니다. 어떻습니까?"

'요술을 부려서 입김으로 나를 넘어뜨리기라도 하겠다는 건가?'

완안평이 머뭇거리자 양과가 다시 재촉했다.

"칼로 나를 찍기만 하면 됩니다. 피하지 못해서 죽어도 원망하지 않겠습니다."

"좋습니다. 그럼 저도 칼 대신 손만 쓰겠습니다."

"그럴 필요 없습니다. 손과 발을 쓰지 않고 낭자의 칼을 뺏어야 믿으실 게 아닙니까?"

완안평은 웃는 듯 마는 듯 한 알 수 없는 양과의 표정을 보자 은근히 화가 치밀었다.

"그렇게 대단하신 분인 줄 몰랐군요."

완안평은 유엽도를 꺼내 양과의 어깨를 향해 휘둘렀다. 그러나 양과가 여전히 두 손을 소매에 넣은 채 꼼짝도 하지 않자 다칠까 봐 칼끝을 옆으로 살짝 눕혔다. 양과는 이것을 눈치채고 코웃음을 치며 말했다.

"봐줄 필요 없습니다. 그냥 바로 찍으십시오."

완안평은 유엽도를 수직으로 세워 양과의 어깨를 향해 내리찍었다. 칼끝이 막 어깨에 닿으려 하는데도 양과는 여전히 꿈쩍하지 않았다. 완안평은 참으로 간이 큰 사람이라고 생각하다가 혹시 바보가 아닌가 하는 생각마저 들었다.

그녀는 유엽도의 방향을 바꾸어 옆에서 횡으로 휘둘렀다. 이번에는 인정사정 봐주지 않을 생각이었다. 양과는 순간 몸을 잽싸게 낮추었다. 칼날이 아슬아슬하게 머리 위를 스쳐 지나갔다.

완안평은 다시 정신을 가다듬고 칼을 위에서 내리찍었다. 양과는 칼의 흐름을 읽고 살짝 비켜섰다.

"장법도 같이 쓰십시오."

"좋아요!"

완안평은 말하면서 칼을 옆으로 찍었다. 연이어 왼쪽 장을 날리자 양과는 몸을 살짝 기울여 피했다.

"더 빨리하셔도 됩니다."

완안평은 도법刀法에 장법을 더해 점점 더 출수를 빨리했다.

"장법이 도법보다 더 매섭군요. 야율제가 철장 무공이라고 하던데 맞습니까?"

완안평은 고개를 끄덕이며 더욱 매서운 출수를 했다. 양과는 여전히 두 손을 소매에 넣은 채 장과 칼 사이를 춤추듯 빠져나갔다. 완안평은 전력을 다해 칼을 휘두르고 장력을 발했으나 옷깃 하나 건드리지 못했다. 그렇게 한참이 지났다.

"조심하십시오. 세 초식 안에 칼을 빼앗겠습니다."

완안평은 양과의 무공에 이미 탄복하고 있었으나 세 초식 안에 칼을 빼앗는다는 말은 여전히 믿지 못했다. 자신도 모르게 칼을 잡은 손에 힘이 들어갔다.

"자, 빼앗아보시지!"

운횡진령雲橫秦嶺! 완안평은 칼을 옆으로 눕혀 양과의 머리를 향해 휘둘렀다. 양과는 머리를 살짝 낮춰 칼 아래를 빠져나간 후, 고개를 옆으로 돌려 완안평의 오른손 팔꿈치 곡지혈曲池穴을 이마로 쳤다. 혈도를 찍힌 완안평은 그새 손가락에 힘이 빠지는 것을 느꼈다. 양과는 고개를 들어 입으로 칼등을 물고 너무나 손쉽게 칼을 빼앗은 후, 다시 고개를 옆으로 하여 칼자루로 완안평의 겨드랑이 쪽 혈도를 찍었다. 그러곤 물고 있던 유엽도를 고개를 들어 위로 휙 던졌다. 이렇게 던진 이유는 칼을 빼앗았다는 것을 확실하게 보여주기 위해서였다.

"어떻습니까? 승복하시겠지요?"

양과는 말을 하는 동안 아래로 떨어지고 있는 칼을 입으로 받아 물고 웃음기 가득한 얼굴로 완안평을 쳐다보았다. 완안평은 놀라면서도 기쁜 마음으로 고개를 끄덕였다.

양과는 여인의 냄새가 물씬 풍기는 완안평의 모습에 자신도 모르게 꼭 껴안고 입을 맞추고 싶은 충동이 일었다. 그런 생각이 들자 얼굴이 확 달아올랐다. 완안평은 갑자기 양과의 안색이 바뀌자 이상하다고 생각했으나, 곧 온몸이 마비되고 양다리에 힘이 빠져 양과의 의도를 따질 겨를이 없었다. 양과는 급히 혈도를 풀어주기 위해 그녀 바로 앞까지 다가갔다. 그러나 그 전에 그녀의 눈에 입을 맞추고 싶은 충동이 강하게 일었다.

'야율제가 예를 갖추어 대하자 낭자가 아주 감사해했는데, 그럼 난 그놈보다 못하단 말인가? 흥, 모든 면에서 그놈보다는 나아야지.'

양과는 고개를 숙여 칼자루로 허리를 쳐서 혈도를 풀어주었다. 그러고는 칼을 건네주려 했다. 그러나 완안평은 칼을 받지 않고 돌연 무릎을 꿇었다.

"사부로 모시겠습니다. 소녀, 부모님의 원수만 갚을 수 있다면 평생 그 은공을 잊지 않겠습니다."

양과는 난처하여 급히 완안평을 부축했다.

"내 어찌 사부가 될 수 있겠습니까? 다만 야율제를 죽일 방법은 가르쳐드릴 수 있습니다."

"야율제만 죽일 수 있다면 그의 형이나 누이는 문제없습니다. 그럼 그의 부친도 죽일 수 있을 테고……."

완안평은 문득 걱정이 되었다.

'내가 야율제를 죽일 수 있는 무공을 익힐 때쯤이면 야율초재는 이미 이 세상 사람이 아닐 거야. 그렇다면 부모님의 원수는 영원히 갚지 못하게 된다.'

"하하, 야율 노인이 먼저 죽을까 봐 걱정할 필요는 없습니다."

"네?"

"야율제를 죽이는 것이 뭐가 그리 어려운 일이겠습니까? 제가 세 초식만 가르쳐드리면 오늘 밤 안으로도 죽일 수 있습니다."

완안평은 세 번이나 야율초재를 죽이려고 했다가 야율제에 의해 제지당했다. 야율제는 무공 실력이 자신보다 열 배는 뛰어난 듯했다. 이 몽고 소년 군관의 무공이 아무리 강하다 한들 야율제를 꼭 이기리라는 보장은 없었다. 게다가 이긴다 한들 자신이 배운 세 초식만으로 그를 죽이는 것은 불가능하며 더군다나 오늘 밤 안으로 죽일 수 있다는 것은 더욱 어림도 없는 소리였다. 그러나 양과의 노여움을 살까 감히 부정하지 못하고 완안평은 그저 고개를 절레절레 흔들며 간절한 눈빛으로 양과를 바라보았다. 양과는 그런 완안평의 마음을 훤히 들여다보고 있다는 듯 확신에 찬 어투로 말했다.

"맞습니다. 내 무공이 야율제보다 강하다고 장담할 수는 없습니다. 그러나 내가 세 초식을 전수하면 오늘 밤 안으로 그를 죽이는 일은 별로 어렵지 않습니다. 제가 걱정하는 것은 세 번이나 용서해준 그를 낭자가 죽일 수 있느냐 하는 것뿐입니다."

완안평은 마음을 더욱 독하게 먹었다.

"비록 나에게 은혜를 베풀었다고는 하나 부모님의 복수를 포기할 수는 없습니다."

"좋습니다. 그렇다면 세 초식을 가르쳐드리지요. 하나 갑자기 죽이고 싶지 않은 마음이 들면 어떻게 하시겠습니까?"

"그럼 저를 마음대로 하십시오. 그런 높은 무공을 지니셨으니 죽이든 살리든 제가 어찌 저항할 수 있겠습니까?"

'내가 왜 너를 죽이겠어? 그리고 네가 그놈을 죽이든 말든 나랑 무

슨 상관이야?'

양과는 이런 생각을 하며 의미심장한 미소를 띠었다.

"사실 그 세 초식은 그리 대단한 것은 아닙니다. 잘 보십시오."

양과는 칼을 들고 천천히 좌에서 우로 날렸다.

"이것이 첫 번째 초식으로, 운횡진령입니다."

'이 초식은 이미 알고 있는 것인데 왜 가르쳐주는 거지?'

완안평은 몸을 옆으로 움직여 횡으로 날아오는 칼날을 피했다. 양과는 돌연 왼손을 뻗어 완안평의 오른손을 쥐었다.

"두 번째 초식은 아까 두 번 사용했던 고등전수枯藤纏樹입니다."

"맞아요. 이것은 우리 철장 무공의 금나수 초식 중 하나예요."

양과는 부드럽고 매끄러운 손을 잡고 있으니 또다시 마음이 설렜다.

"양지옥장羊脂玉掌*의 무공을 배우지 왜 철장 금나수를 배우셨습니까?"

"양지옥장이라는 것도 있습니까? 이름이 참 예쁜 무공이군요."

완안평은 양과가 우스갯소리를 하는지 모르고 진지하게 받아들였다. 완안평은 양과의 수법이 자신이 익힌 철장 무공의 금나수보다 못하다는 생각이 들었다.

'첫 번째와 두 번째 초식은 모두 내가 익힌 것인데, 그럼 세 번째 초식 하나만으로 야율제를 죽일 수 있단 말인가?'

양과는 완안평의 눈을 가만히 응시하다가 돌연 소리쳤다.

"자세히 보세요!"

---

* 양 기름 혹은 옥같이 매끄러운 손이라는 뜻.

그는 돌연 팔목을 꺾어서 칼로 목을 겨냥했다.

"왜 그러세요?"

완안평은 오른손이 양과에게 꽉 잡혀 있어서 급히 왼손을 뻗어 단도를 빼앗았다. 위급한 상황인데도 철장 금나수는 정확한 출수로 양과의 팔목을 잡은 후 밖으로 꺾어서 목을 찌르지 못하도록 했다. 양과는 손에 힘을 뺀 후 두 걸음 뒤로 물러나면서 웃음을 지었다.

"자, 배우셨습니까?"

완안평은 너무 놀라 가슴이 벌렁거리고 정신이 없었다.

"하하, 먼저 운횡진령으로 칼을 휘두른 후, 다시 고등전수로 그의 오른손을 꽉 잡으십시오. 그리고 세 번째 초식은 칼로 자결하는 척하는 것입니다. 그러면 분명 왼손을 써서 붙잡을 것입니다. 왼손을 쓸 수 있게 하면 자신을 죽여도 아무 원망을 하지 않겠다고 말하지 않았습니까? 그러니 이렇게 하면 됩니다."

완안평은 뜻밖의 묘안에 멍하니 그를 바라보았다.

"혹시라도 이 초식에 실패하게 되면 낭자에게 절을 하겠습니다."

완안평은 고개를 절레절레 흔들었다.

"그러나 왼손을 사용하지 않겠다고 했으니 절대 사용하지 않을 거예요. 그럼 어떻게 하죠?"

"그럼 영원히 복수를 못 하게 되는 것이니 깨끗이 죽으면 그만 아닙니까?"

"맞는 말이군요. 어리석음을 깨우쳐주셔서 감사합니다."

너무나 처량한 목소리였다.

"그런데 댁은 정말 누구십니까?"

그때 창문 밖에서 한 여자의 목소리가 들려왔다.

"그 사람 이름은 바보예요. 그 사람의 헛소리를 믿지 마세요."

양과는 육무쌍인 걸 알고 그저 웃기만 할 뿐 대꾸하지 않았다. 완안평은 급히 창문 밖으로 뛰어나가보았으나 검은 그림자가 어른거리며 담벼락을 넘는 것만 확인할 수 있었다. 완안평이 추격하려 하자 양과가 손을 잡고 만류했다.

"쫓아갈 필요 없습니다. 내 길동무인데 절 괴롭히는 걸 제일 좋아한답니다."

완안평은 양과를 바라보며 잠시 망설였다.

"존함을 알려주시지 않는다면 더 이상 묻지 않겠습니다. 저에게 호의를 베풀어주신 것으로 믿겠습니다."

양과는 애수와 슬픔이 어린 완안평의 눈빛에 연민의 정이 느껴져서 자신도 모르게 그녀의 손을 잡아끌어 나란히 침상 위에 앉았다.

"내 이름은 양과입니다. 몽고인이 아니라 한인漢人이지요. 어머니와 아버지 모두 돌아가셨으니 낭자와 같은……."

완안평은 양과의 말을 듣고는 그만 가슴이 뭉클해져 눈물을 흘렸다. 양과 또한 감정이 북받쳐 울음이 터져 나왔다. 완안평은 품에서 손수건을 꺼내 건네주었다. 양과는 손수건으로 눈물을 닦다가 자신의 처지가 새삼 서글퍼져 눈물을 멈출 수 없었다.

"선배님, 괜히 저 때문에 우시게 됐군요."

완안평은 억지로 웃어 보였다.

"선배라고 부르지 마세요. 올해 나이가 어떻게 되는지?"

"열여덟 살이에요. 그럼 그쪽은요?"

"저 역시 열여덟입니다."

'만약 내가 몇 달 늦게 태어났으면 동생이 되는 거잖아. 그건 싫은데……'

"난 정월正月생이니 앞으로 오빠라고 불러요. 그리고 나도 앞으로는 편하게 누이라고 부를게요. 그럼 말을 낮춰도 되지?"

완안평은 얼굴이 화끈 달아올랐다.

'참 단도직입적이고 이상한 사람이구나. 그러나 악의적이지는 않군.'

완안평은 살짝 웃어 보이며 고개를 끄덕였다.

양과는 완안평이 고개를 끄덕이자 너무 좋아서 입이 헤벌어졌다. 그는 딱한 처지에 있는 완안평을 보호해주고 싶었다. 게다가 그녀의 눈빛이 소용녀와 매우 비슷해 보여서 더욱 정감이 갔다. 사실 누구나 슬픔에 잠겨 있을 때는 눈에서 애수가 느껴지게 마련인데 양과가 그녀의 눈빛이 유난히 소용녀와 비슷하다고 생각하는 것은, 그가 워낙 소용녀를 그리워하다 보니 자신도 모르게 그렇게 느끼는 것일 뿐이었다. 그런 완안평의 눈을 보고 있자니 갑자기 검은 옷이 흰옷으로 바뀌고 길쭉한 달걀형의 얼굴이 소용녀의 청아하고 신비로운 얼굴로 바뀌는 것 같은 기분이 들었다. 양과는 넋을 잃고 완안평의 얼굴을 바라보다가 갑자기 소용녀가 그리워져 그녀의 손을 더욱 세게 움켜쥐었다. 완안평은 무서워서 살짝 손을 뿌리치며 나지막이 속삭였다.

"왜 그래요?"

양과는 그제야 정신을 차리고 한숨을 내쉬었다.

"아, 아무것도 아냐. 야율제를 죽이러 갈 거야?"

"지금 당장 갈 거예요. 함께 가주실 거죠?"

양과는 '물론이지' 하고 대답하려다가 머뭇거렸다.

'내가 옆에 있으면 의지하는 마음이 생겨서 자결하려는 행동을 잘 취하지 못할 수도 있어. 그렇다면 야율제가 알아차릴지도 몰라.'

"아니, 난 안 갈 거야."

완안평의 눈에 순간 실망하는 기색이 떠올랐다. 그런 모습을 보고 양과는 마음이 약해져 다시 함께 가겠다고 대답하려 했다.

"좋아요. 그러면 다시는 오빠를 못 만나겠죠?"

"그런 말이…… 난……."

완안평은 처량하게 고개를 젓더니 그대로 방을 뛰쳐나갔다. 완안평은 곧장 야율주의 숙소를 향해 달려갔다.

그때 야율초재를 비롯한 식구들은 각자의 방으로 돌아가서 막 잠자리에 들 채비를 하고 있었다. 완안평이 대문을 두 차례 두드리며 낭랑하게 소리쳤다.

"완안평이 야율제 공자님을 뵈러 왔습니다."

시위들이 뛰어나가 막아서려는데 야율제가 문을 열고 나왔다.

"완안 낭자께서 어인 일이시오?"

"다시 한번 가르침을 받으러 왔습니다."

'어찌 자신의 분수를 이리도 모른단 말인가?'

야율제는 의아해하며 몸을 옆으로 비킨 후 오른손을 뻗었다.

"들어오시오."

완안평은 방으로 들어간 후 칼을 뻗어 세 초식을 전개했다. 이 세 초식 가운데는 철장 장법 여섯 초식이 섞여 있었다. 이것은 일도협쌍 장一刀夾雙掌이라 불리는 무공으로 좌우 양쪽에서 동시에 야율제를 공격

305

하는 방법이었다.

이에 맞서 야율제는 왼손은 전혀 쓰지 않고 오른손만을 뻗고 찌르고 내리쳐서 너무나 손쉽게 공격을 받아냈다.

'어떻게 해야 능력이 모자라는 걸 알고 스스로 영원히 포기하게 만들 수 있을까?'

야율제는 이런 생각뿐이었다.

완안평이 막 양과에게 전수받은 세 초식을 전개하려는 순간, 돌연 문밖에서 날카로운 여자의 목소리가 들렸다. 바로 육무쌍의 음성이었다.

"야율제, 당신의 왼손을 쓰게 하기 위해서 속임수를 쓰려고 하니 조심하세요."

야율제가 무슨 소리인지 몰라 의아해하고 있을 때, 완안평은 급히 운횡진령으로 칼을 휘둘렀다. 야율제가 옆으로 비키자 그녀는 돌연 왼손을 뻗어 고등전수를 전개해 그의 오른손을 잡은 후 자신의 오른손을 꺾어 스스로 목을 찌르려 했다. 너무나 순식간에 일어난 일이었다. 이 찰나의 시간 동안 야율제의 머릿속에는 갖가지 생각이 떠올랐다.

'꼭 저 여자를 구해야 하나? 내 왼손을 쓰게 하려고 속임수를 쓰다니……. 내가 왼손을 쓰면 내 목을 저 여자에게 바쳐야 한다. 그러나 사내대장부로서 내가 죽으면 죽었지 어찌 남이 죽는 것을 보고 모른 척할 수 있단 말인가?'

양과는 야율제의 마음을 예측하고 이 세 초식을 전개하면 반드시 왼손을 써서 완안평을 구해줄 거라고 생각했다. 그러나 육무쌍이 중간에서 훼방을 놓고 먼저 이를 일깨워주었으니 이 방법은 이미 효과를 잃은 셈이었다. 그런데 뜻밖에도 야율제는 왼손을 쓰면 자신의 목숨을 바쳐야 한다는 것을 알면서도 왼손을 뻗어 완안평의 오른 손목을 잡아 유엽도를 빼앗았다. 두 사람은 이 세 초식을 주고받은 후 각자 두 걸음 물러났다. 야율제는 완안평이 말하기도 전에 먼저 칼을 돌려주었다.

"이미 왼손을 썼으니 나를 죽이시오. 그러나 그 전에 먼저 부탁할 일이 있소."

"무슨 일이죠?"

완안평은 안색이 파리해졌다.

"다시는 나의 부친을 해하려 하지 마시오."

"흥!"

완안평은 천천히 다가가서 칼을 높이 들었다. 촛불 아래 비친 야율제의 모습은 너무나 담담했다. 당당하고 위엄 있는 모습, 실로 진정한 사내대장부의 기개 있는 모습이었다. 자신을 구하기 위해서 목숨을 걸고 왼손을 사용한 사람을 어찌 죽일 수 있겠는가. 완안평은 칼을 땅에 내던지고 얼굴을 가린 채 밖으로 뛰어나갔다. 완안평은 정처 없이 발길이 닿는 대로 이리저리 돌아다니다가 마을 밖 작은 시냇가에 이르렀다. 그녀는 시냇물에 비친 어슴푸레한 별빛을 보며 실타래같이 엉켜버린 어지러운 마음을 진정시켰다. 한참이 지난 후 긴 한숨을 내쉬었다. 돌연 뒤에서도 한숨 소리가 들렸다. 완안평은 깜짝 놀라 뒤를 돌아보았다. 뒤에 서 있는 사람은 바로 양과였다.

"오빠!"

그녀는 양과를 부른 후 고개를 푹 숙이고 말을 잇지 못했다. 양과가 먼저 다가가 두 손을 꼭 쥐고 부드러운 음성으로 위로했다.

"부모의 원수를 갚는 것은 그리 쉬운 일이 아니야. 너무 조급하게 생각하지 마."

"보셨어요?"

양과는 고개를 끄덕였다.

"저같이 쓸모없는 계집이 어떻게 복수를 하겠어요. 오빠의 무공을 절반만 따라 할 수 있어도 이렇게 물러나지는 않았을 거예요."

양과는 그녀의 손을 잡고 큰 나무 밑으로 가서 나란히 앉았다.

"누이는 복수는 못했지만 적어도 원수가 누구인지는 알잖아. 앞으로 또 기회가 오겠지. 하지만 난 아버지가 어떻게 돌아가셨는지, 누가 죽였는지도 몰라. 복수니 뭐니 하는 말조차 꺼낼 수가 없어. 그러니 무공을 배워봤자 무슨 소용이 있겠어?"

"오빠의 부모님도 살해당하셨어요?"

"어머니는 병으로 돌아가셨고 아버지는 어떻게 돌아가셨는지 몰라. 한 번도 아버지를 본 적이 없거든."

"그럼 어떻게……"

"어머니가 나를 낳으셨을 때는 이미 아버지가 돌아가신 뒤였어. 아버지가 어떻게 돌아가셨는지 자주 물어보았지만 그때마다 어머니는 눈물만 흘리며 대답해주지 않으셨어. 그 당시에는 나중에 나이가 들면 다시 물어봐야지 하고 생각했는데, 갑자기 어머니가 아프시더니 일어나지 못하는 거야. 그래서 마지막으로 임종 때 물어봤지. 아버지는 어떻게 돌아가셨냐고, 누구에게 살해됐냐고. 어머니는 완강하게 고개를 저으며 '네 아버지…… 아버지는…… 얘야, 절대 복수할 생각은 하지 말아라. 절대로 복수하지 않겠다고 약속해다오'라고 하셨어. 난 너무

슬프고 비통해서 소리쳤어. '어머니, 도대체 아버지는 어떻게 돌아가셨어요!' 어머니는 결국 아무 말씀도 없이 숨을 거두셨어. 아, 내 아버지의 원수는 누구일까?"

원래는 완안평을 위로하기 위해 이야기를 꺼냈는데 말하다 보니 양과 자신이 슬퍼지기 시작했다. 부모를 살해한 원수와는 같은 하늘 아래 지낼 수 없다는 옛말이 있다. 부모의 원수를 갚지 않으면 가장 큰 불효이며 세상의 비난을 받게 된다는 뜻이다. 그런데 양과는 부친이 어떻게 돌아가셨는지조차 모르고 있으니 평생 한으로 남을 수밖에 없었다. 그런데 지금 이렇게 입 밖에 내어 한탄을 하다 보니 쌓였던 울분과 슬픔이 한꺼번에 폭발하는 듯했다.

"그럼 누가 키워주셨어요?"

"누가 있겠어? 그냥 나 혼자 컸지. 어머니가 돌아가신 후 여기저기를 떠돌아다녔어. 여기서 구걸하고 저기서 잠을 자며 다녔지. 배가 너무 고파서 오이며 고구마를 훔쳐 먹다가 흠씬 두들겨 맞은 적도 많아. 여기 상처들 보이지? 그리고 여기 뼈가 튀어나온 거 보이지? 모두 어릴 때 두들겨 맞은 자국이야."

양과는 옷소매와 바지를 걷어서 보여주었다. 달빛이 희미해서 잘 보이지 않자 양과는 완안평의 손을 잡고 다리에 있는 상처를 만져보게 했다. 여기저기 울퉁불퉁한 상처 자국이 만져지자 완안평은 가슴이 아려왔다. 자신은 비록 나라와 집안이 망했지만 부친의 친척들이 보살펴주었고 친척들 집에는 많은 금은보화가 쌓여 있어 걱정 없이 살아왔다. 양과의 처지와 비교해보니 자신은 너무나 행복한 셈이었다.

두 사람은 잠시 말이 없었다. 완안평은 양과의 다리에 닿아 있는 손을 가만히 움츠려 거두었으나 손은 여전히 양과의 손에 꼭 잡혀 있었다.

"오빠는 어떻게 그런 무공을 익히셨어요? 그리고 왜 몽고인의 관복을 입고 있어요?"

"난 몽고인이 아냐. 몽고 옷을 입은 것은 적의 추격을 피하기 위해서였어."

"다행이네요."

"뭐가?"

"몽고인은 우리 금국의 원수예요. 전 오빠가 몽고 관리가 아니기를 바랐거든요."

완안평의 얼굴이 살짝 붉어졌다. 양과는 따뜻하고 부드러운 완안평의 손을 잡고 있자니 정신이 아득해졌다.

"만약 내가 금국의 관리였다면, 날 어떻게 대할 건데?"

완안평은 양과의 준수한 외모와 고강한 무공을 보는 순간부터 호감을 가졌고, 또 어려움 속에 그의 도움까지 받으니 연민의 정이 더욱 깊어졌다. 그래서 다소 기분 나쁠 수 있는 양과의 이 말에 조금도 화가 나지 않았다.

"만약 아버지가 살아 계셨더라면 뭘 원하든 다 들어주셨을 거예요. 하지만 부모님은 모두 돌아가셨으니 말한들 무슨 소용이 있겠어요."

정감이 가득 담긴 완안평의 말을 듣고 양과는 자신의 마음을 속일 수 없었다. 그는 그녀의 어깨에 손을 두르고 귓가에 나지막이 속삭였다.

"누이, 청이 있어."

완안평은 양과가 무슨 말을 할지 예측이 되자 절로 가슴이 뛰었다.

"뭐예요?"

"입 맞추고 싶어, 그 눈에. 눈에만 할게. 다른 곳은 절대 건드리지 않을 거야. 안심해."

완안평은 처음에는 구혼이라도 하는 줄 알았다. 만약 양과가 육체적인 관계를 원한다면 거절한다 하더라도 힘으로는 막을 수 없을 터였다. 게다가 자신의 손이 강하고 거친 그의 손에 잡혀 있어 설사 무력을 사용하지 않는다 해도 막기 힘들었다. 이미 자신도 가슴이 두근거리고 떨려서 그를 물리칠 힘이 없는데 그저 눈에만 입을 맞추겠다고 하니 적이 안심되면서 조금 실망스럽기도 했다. 그녀 자신도 스스로의 마음에 놀라고 있었다. 완안평은 아름다운 눈망울을 흔들며 양과를 바라보았다. 그 눈에 수줍음과 교태가 섞여 있었다. 양과는 그녀의 눈을 응시하다가 소용녀가 자신과 헤어지기 전에 이와 비슷한 눈빛으로 자신을 바라보던 것이 생각났다.

그는 자신도 모르게 소리를 지르며 뒤로 물러섰다. 완안평은 깜짝 놀라 연유를 물어보려 했으나 수줍어 입을 열 수가 없었다.

양과는 마음이 혼란스러웠다. 주위가 온통 소용녀의 눈빛으로 가득했다. 일전 소용녀의 그런 눈빛을 받았을 때는 아무것도 모르는 순진한 소년이었고, 소용녀를 존경하기만 했을 뿐 다른 마음을 품은 적이 없어서 그 뜻을 까마득히 몰랐다. 그러나 산을 내려온 후 육무쌍과 며칠을 함께 보내고, 다시 완안평과 거의 살이 닿을 듯 가까이 있으니 그제야 그 의미를 깨닫게 되었다. 소용녀의 그윽한 사랑을 마침내 알게 된 것이다. 양과는 자신의 어리석음이 너무나 한탄스러워 나무에 머리를 박고 죽고 싶은 심정이었다.

'선자는 나에게 그런 깊은 사랑을 보여주었고 또 부인이 되고 싶다

고까지 말했어. 그런데 나는 그런 사랑을 모른 척했으니. 아! 어디에서 선자를 찾는담.'

양과는 격정을 이기지 못하고 완안평을 와락 껴안은 후 그녀의 눈에 입을 맞추었다. 천성이 제멋대로이고 자유로운 양과였지만 소용녀에게만큼은 경외심을 품고 있었고 진실했다. 그래서 두 사람이 함께 고묘에 살긴 했지만 한 번도 경박한 생각을 품어본 적이 없었다. 그러나 나이가 들면서 본능에 눈을 뜨고, 육무쌍이나 완안평을 소용녀의 화신처럼 생각하게 되었다. 그래서 껴안고 입을 맞춤으로써 소용녀에 대한 그리움을 대신 풀고 있는 것이었다.

완안평은 양과가 갑자기 미친 듯이 끌어안자 깜짝 놀랐다. 강철 같은 두 팔이 거칠게 자신의 허리를 안는데도 지그시 눈을 감았다. 이제는 양과의 뜻대로 모든 것을 받아들일 각오가 되어 있었다. 그러나 양과의 입술은 눈에만 머물러 있을 뿐이었다.

"선자! 선자!"

가슴속의 뜨거운 열기가 느껴지는 너무나 안타까운 목소리였다. 완안평이 선자가 누군지를 물으려는데 뒤에서 여자 목소리가 들렸다.

"두 분, 잠시 실례합니다."

양과와 완안평은 깜짝 놀라 동시에 서로 떨어져 앉았다. 나무 밑에 청포를 입은 사람이 서 있었다. 완안평은 가슴이 뛰고 얼굴이 달아올라 감히 고개를 들지도 못하고 그저 옷자락만 만지작거렸다. 양과는 그 사람이 누구인지 한눈에 알아보았다. 바로 얼마 전 객점에서 이막수를 따돌려주었던 그 사람이 분명해 보였다.

"일전 낭자의 큰 은혜를 입어 살았습니다. 감사합니다."

양과가 허리를 깊이 숙여 인사를 하자 그 여자 역시 공손하게 예로 답했다.

"대형께서는 그때 생사를 함께했던 친구를 기억하십니까?"

"친구라면……."

"이막수가 방금 그녀를 잡아갔습니다!"

"정말입니까? 육…… 육 낭자는 어떻게 됐습니까?"

"아직까지는 괜찮습니다. 육 낭자가 그 비급을 개방이 가져갔다고 우겨서 적련선자가 지금 육 낭자를 데리고 개방의 뒤를 쫓고 있습니다. 잠시 동안 목숨은 건지겠지만 많은 괴롭힘을 당할 겁니다."

"어서 구하러 갑시다."

"대형의 무공이 높다 하나 아직까지는 적련선자의 상대가 안 됩니다. 괜히 목숨만 잃을 뿐 구하지 못할 겁니다."

희미한 별빛 아래 청포를 입은 여자의 얼굴이 보였다. 뭐라고 표현할 수 없을 만큼 무섭고 괴이하게 생긴 얼굴이었다. 말할 때 얼굴 근육이 전혀 움직이지 않는 것이 한번 쳐다보기만 해도 너무나 무서워 다시 쳐다보기 싫을 것만 같았다.

'이 낭자는 사람은 참 좋은 것 같은데 너무나 괴상하게 생겼구나. 정말 안타깝다. 다시 얼굴을 쳐다보면 놀란 표정을 숨기지 못할 것 같군. 실례를 저지르지 말아야지.'

"낭자의 존함은 어떻게 되십니까?"

"입에 올릴 만한 이름이 아닙니다. 후에 자연히 아시게 될 겁니다. 지금은 어떻게 육 낭자를 구할지 방법을 찾는 것이 급선무입니다."

말을 할 때 얼굴 근육이 하나도 움직이지 않아 목소리가 입에서 나

313

오는 것 같지 않았다. 만약 목소리를 듣지 못했다면 걸어 다니는 시체라고 생각될 정도였다. 비록 얼굴은 괴상했지만 목소리는 듣는 이의 걱정과 피로를 없애줄 만큼 부드럽고 맑았다.

"그럼 어떻게 육 낭자를 구할지는 낭자께서 결정하십시오. 저는 낭자의 의사에 따르겠습니다."

"겸손이 지나치시군요. 무공이 저보다 열 배는 강하시고 재기와 총명함으로도 저는 양 대형의 발끝에도 못 미칩니다. 나이 또한 저보다 많으시고 사내대장부 아니십니까? 말씀하시면 그대로 따르겠습니다."

양과는 너무나 겸손한 말에 편안함을 느꼈다.

'이 낭자는 얼굴은 흉하지만 마음이 참으로 따뜻하고 남을 배려하는 것이 너무나 자상하다. 정말 사람은 외모로 판단해서는 안 되는구나.'

"그럼 조용히 뒤를 밟다가 기회를 보아 구출합시다."

"좋습니다. 그런데 완안 낭자께서는 어떻게 하실 건지요? 두 분이 상의를 해보십시오."

청포 낭자는 양과와 완안평이 이야기를 나눌 수 있도록 자리를 피해주었다.

"누이, 내 친구를 구하러 가야 해. 다음을 기약하자."

"무공은 미천하나 혹시 도움이 될 수도 있습니다. 오빠, 함께 가도록 해주세요."

"좋아, 좋아! 물론이지!"

양과는 기뻐서 목청을 높여 소리쳤다.

"낭자, 완안 낭자도 우리와 함께 갈 것입니다."

그 소리를 듣고 청포 낭자가 가까이 왔다.

"완안 낭자, 낭자께서는 금국의 황족으로 귀하신 몸입니다. 한 번 더 생각해보십시오. 지금 우리가 상대할 적은 악랄하기 그지없는 자로 강호에서는 적련마두라고 불리는 아주 위험한 여자입니다."

"양 오빠에게 은혜를 입었으니 오빠의 일은 바로 저의 일입니다. 그리고 당신 같은 친구도 사귀고 싶었습니다. 전 함께 가고 싶습니다. 늘 조심할게요."

청포 낭자는 완안평의 손을 잡고 부드럽게 말했다.

"그럼 좋은 일이지요. 나이가 저보다 많으실 거예요. 저를 동생이라고 부르세요."

완안평은 너무 캄캄해서 얼굴은 보이지 않지만 그저 목소리가 곱고 손도 작고 부드러우니 필시 아름다운 소녀일 거라고 생각했다.

"올해 나이가 몇 살이에요?"

"나이를 따지는 건 천천히 해도 늦지 않아요. 양 대형, 먼저 사람을 구하는 게 급하겠지요?"

"그래요. 낭자께서 길을 인도해주십시오."

"그들이 동남쪽으로 가는 것을 봤어요. 분명 대승관大勝關으로 갔을 겁니다."

세 사람은 급히 경공을 펴서 동남쪽으로 향했다. 고묘파는 경공이 매우 뛰어나서 천하제일이었고, 완안평은 무공이 대단하지 않았지만 경공은 강했다. 청포 낭자 또한 여유 있게 완안평의 뒤를 따라가고 있었다. 완안평이 빨리 가면 청포 낭자도 빨리 가고 걸음을 늦추면 그녀 또한 걸음을 늦췄다.

'저 낭자는 어느 문파의 제자일까? 경공으로 봐서는 완안 누이보다

무공이 한 수 위일 것 같다.'

양과는 속으로 청포 낭자의 경공에 감탄하며 괜히 무공을 뽐내고 싶지 않아 두 사람의 뒤를 따랐다.

어느덧 날이 밝아왔다. 청포 낭자는 주머니에서 말린 곡식을 꺼내 두 사람에게 주었다. 낭자가 입은 청포는 비록 무명옷이지만 정교한 바느질로 몸에 꼭 맞게 만든 듯했다. 그래서인지 가냘프고 날씬한 몸매가 더욱 돋보였다. 그녀의 자태는 화려한 비단옷을 입은 것과는 다른 아름다움을 풍기고 있었다. 그리고 말린 곡식이며 물병 등도 빈틈없이 준비한 것으로 보아 무척 세심한 성격인 것 같았다.

날이 밝아 사물이 어렴풋이 보이기 시작하자 완안평은 그녀의 모습을 볼 수 있었다. 순간 너무 놀라 하마터면 소리를 지를 뻔했다.

'세상에 이렇게 흉하게 생긴 여자도 다 있구나.'

완안평은 두 번 다시 그녀를 쳐다보지 못했다. 청포 낭자는 두 사람이 다 먹기를 기다린 후 입을 열었다.

"양 대형, 이막수가 대형을 알고 있죠?"

"나를 여러 번 보았습니다."

그녀는 주머니에서 얇은 실 같은 물건은 꺼냈다.

"이것은 인피人皮로 된 가면입니다. 쓰시면 못 알아볼 겁니다."

양과가 가면을 받아 들고 보니 두 눈과 코, 입 부분에 구멍이 뚫려 있었다. 얼굴에 쓰니 들어가고 나온 부분이 딱 맞아 마치 자신의 얼굴을 보고 만든 가면인 것처럼 느껴졌다. 양과는 너무 신기했다. 완안평은 양과가 가면을 쓰자 준수한 얼굴이 갑자기 흉하게 변하는 것을 보고 그제야 알아챘다.

"동생, 동생이 쓴 것도 인피 가면이구나. 난 그런 줄도 모르고 원래부터 이상하게 생긴 줄 알았어. 미안해."

"가면을 씌워서 양 대형의 준수한 외모에 누를 끼쳤습니다. 제 모습은 가면을 쓰나 안 쓰나 똑같아요."

"못 믿겠어! 한번 벗어보면 안 돼?"

양과 또한 그녀의 본모습을 보고 싶었다. 그러나 청포 낭자는 뒤로 물러나며 손을 절레절레 흔들었다.

"안 돼요, 안 돼. 못생긴 얼굴을 보고 놀라게 하면 안 되죠."

완안평은 그녀가 좀체 벗을 것 같지 않자 단념할 수밖에 없었다.

정오 무렵이 되어 세 사람은 상주商州를 거쳐 무관武關에 당도한 후 주루酒樓에 자리를 잡고 식사를 했다. 점원은 몽고 관리 복장을 한 양과를 보고 정성을 다해 시중을 들었다.

한창 식사를 하고 있는데 문 휘장이 걷히더니 세 명의 여자가 들어왔다. 양과는 일순 흠칫 놀랐다. 바로 이막수와 홍능파가 육무쌍을 끌고 온 것이다. 다행히 가면을 썼으니 그들은 자신을 못 알아볼 것이 분명했다. 그러나 얼굴이 너무 흉해서 주의를 끌 것 같았다. 그래서 얼굴을 돌리고 밥그릇만 쳐다보며 이막수의 거동을 주의 깊게 살폈다. 뜻밖에 육무쌍은 아무 저항도 하지 않았고 이막수와 홍능파도 음식을 주문한 후 말이 없었다.

완안평은 이막수에 대해 조금은 들은 바가 있으므로 마음이 조급해졌다. 그녀는 젓가락을 거꾸로 들어 국에 찍은 후, 탁자에 글씨를 썼다.

"싸울까요?"

"우리 세 사람의 힘을 합쳐봤자 상대가 되지 않아. 게다가 육무쌍까지 잡혀 있잖아. 이 일은 힘이 아니라 머리로 해결해야 해."

양과는 천천히 젓가락을 흔들었다. 그때 계단에서 발소리가 나더니 두 사람이 걸어 올라왔다. 야율제, 야율연 남매였다. 두 사람은 완안평을 보자 깜짝 놀란 듯했다. 두 사람은 완안평에게 고개를 끄덕여 인사한 후 자리를 찾아 앉았다. 야율 남매는 완안평이 떠난 후 그녀가 다시는 찾아오지 않을 거라 생각해 부친과 작별을 고하고 유람을 떠난 참이었다. 그런데 마침 이곳에서 완안평을 만나니 마음이 한결 가벼워졌다.

한편, 이막수는 〈오독비전〉이 개방의 손에 들어갔다고 하자 조급하고 답답하여 음식이 넘어가지 않았다. 국수를 시켰으나 먹지도 않고 젓가락을 내려놓은 후 한숨을 내쉬며 창밖을 바라보았다. 그때 그녀의 눈에 개방의 거지 둘이 길모퉁이에 서 있는 게 보였다. 그들은 등에 다섯 개의 마대를 짊어지고 있는 것으로 보아 개방의 5대 제자인 것 같았다. 이막수는 얼른 창가로 가서 두 거지에게 손짓을 했다.

"개방의 두 영웅분들, 이리로 올라오십시오. 빈도가 귀방의 방주께 드릴 말씀이 있으니 전해주십시오."

이막수는 아무 이유 없이 부르면 안 올지도 모르지만 방주에게 전할 말이 있다고 하면 개방의 제자로서 올라오지 않을 수 없을 거라고 판단했다. 육무쌍은 사부가 개방 제자를 부르자 분명 〈오독비전〉에 관해 물을 것이라고 생각했다.

옆에서 듣고 있던 야율제가 힐끗 곁눈질을 했다. 개방은 북방에서 세력이 매우 대단했다. 그런데 젊고 아리따운 여인이 개방의 방주에게 전할 말이 있다고 부르자 도대체 어떤 여자인지 궁금했다. 그래서 잔을 들어 마시는 척하며 지켜보고 있었다.

잠시 뒤, 계단을 밟는 소리가 들리더니 두 명의 거지가 다가와서 인사를 했다.

"무슨 일로 부르셨습니까?"

두 거지는 예를 올린 후 그 앞에 당당하게 섰다. 그중 한 명이 육무쌍을 보자 돌연 낯빛이 변했다. 이들은 얼마 전 길에서 육무쌍을 막아섰던 바로 그 거지들이었다. 육무쌍을 알아본 거지가 다짜고짜 다른 거지를 잡아끌고 황급히 계단 쪽으로 뛰어갔다.

그때 이막수의 웃음소리가 들렸다.

"두 분은 손등을 보십시오."

그들은 황급히 자신의 손등을 쳐다보았다. 두 사람의 손등에는 모래 알갱이만 한 세 개의 붉은 점이 찍혀 있었다. 이막수가 쥐도 새도 모르게 적련신장을 펼친 것이다.

'도대체 어느새 적련신장을 펼쳤단 말인가?'

그녀를 주시하고 있던 양과와 야율제도 이를 보지 못했다.

두 거지는 놀라서 동시에 소리쳤다.

"너…… 너는 적련선자?"

"방주께 전하세요. 개방과 이막수는 아무런 원한 없이 서로의 영역을 침범하지 않고 잘 지내왔으며, 내가 항상 귀방의 방주를 흠모해왔다고 말입니다. 그동안 만날 기회가 없어 참 유감이었다고 전해주세요."

'저렇게 듣기 좋은 말을 하면서 왜 독수를 편 거지?'

두 거지는 영문을 몰라 서로를 쳐다보았다.

"두 분은 적련신장을 맞았지만 걱정하지 마십시오. 비급만 돌려주면 빈도가 두 분을 치료해드리겠습니다."

"비급이라니?"

"그것은 낡은 책자라 타인에게는 아무런 가치가 없습니다. 그래도 귀방이 돌려주지 않는다면 개방 제자 1,000명을 죽여 그 대가를 치르게 할 수밖에……."

거지들은 어안이 벙벙해 두 손을 마주 잡았다. 이미 손에 마비가 오는 듯했다. 그들은 적련선자의 적련신장의 독이 너무나 악랄해 순식간에 온몸으로 퍼지고 참을 수 없는 가려움과 고통을 동반한 뒤 죽는다는 말을 오래전부터 들어 잘 알고 있었다. 그들은 공포에 떨며 독을 맞은 손등을 쳐다보았다. 손등에 찍혀 있는 세 개의 붉은 반점이 점점 커지는 듯했다. 두 사람은 어서 장로에게 가서 의논을 해야겠다는 생각을 하고 서로 눈빛을 주고받고는 황급히 계단을 뛰어내려갔다.

'방주가 두 거지의 목숨을 살리고 싶으면 순순히 〈오독비전〉을 내놓겠지. 아, 아니다. 만약 사본을 베껴두었다면 원본을 돌려줘봤자 소용없는 것 아닌가. 적련신장의 독을 푸는 모든 해법이 책에 상세히 적혀 있으니 나를 찾아올 이유가 없겠지.'

이막수는 돌연 낭패한 표정을 짓더니 재빨리 몸을 날려 계단 중간을 가로막았다. 그러고는 장을 날려 두 거지를 밀쳐서 계단 위로 던진 후, 훌쩍 황포를 날리며 자신도 계단 위로 올라갔다. 천천히 앞으로 나아가 거지 한 명의 팔을 잡고 흔드니 우둑, 소리가 나며 팔이 부러져 축 늘어졌다. 다른 한 명이 대경실색했으나 의리가 있어 도망가지 않고 얼른 부상당한 거지를 부축했다. 이막수는 냉소를 머금고 나머지 한 명에게 다가갔다. 그는 이막수가 다가오자 급히 주먹을 뻗어 방어했으나 속수무책이었다. 이막수가 아무렇게나 팔을 낚아챈 후 흔들자 역시 팔이 부러졌다. 두 거지는 한 초식 만에 중상을 입었지만 아직 멀쩡한 팔을 들고 결전의 태세를 취했다.

"두 분은 댁의 방주께서 책을 가져올 때까지 기다리셔야겠소."

이막수는 태연하게 식탁으로 돌아가 등을 돌린 채 술을 마셨다. 거지들은 한 걸음씩 한 걸음씩 계단 쪽으로 다가간 후 기회를 봐서 도망갈 생각이었다. 이막수가 돌연 자리에서 벌떡 일어났다.

"다리까지 부러져야 얌전히 계실 모양이군."

홍능파가 얼른 나서며 만류했다.

"사부님, 제가 도망가지 못하도록 지키겠습니다."

"흥! 마음씨도 좋구나."

이막수는 쓴웃음을 지으며 천천히 거지들을 향해 다가갔다. 거지들은 두려움에 떨고 있었다. 야율제는 옆에서 이를 지켜보고 있다가 더 이상 참을 수가 없어 자리에서 벌떡 일어서며 소리쳤다.

"동생, 먼저 이곳을 떠나! 악독하고 무서운 여자야."

"오빠는……?"

"개방 거지들을 구한 후 도망갈게."

야율연은 잠시 멍해졌다. 둘째 오빠는 당대에 적수가 얼마 없을 정도로 무공이 고강한데 자신도 도망가겠다고 말하니 들은 귀가 의심스러웠다. 그때 양과가 탁자를 힘껏 치면서 야율제 앞으로 다가갔다.

"야율 형! 함께 힘을 합쳐 거지들을 구하는 게 어떻겠습니까?"

양과는 육무쌍을 구하려면 더 이상 지체하지 말고 이막수와 싸워야 한다고 생각했다. 그런데 다행히 야율제 같은 고수가 나서려 하니 기회를 놓칠 수 없었다.

야율제는 자신의 이름을 부르자 흠칫 놀라며 상대방을 살펴보았다. 그는 몽고 관리 복장을 했으나 너무나 추악하게 생겨서 전혀 본 적이 없는 사람이었다. 그렇다면 완안평이 자신을 소개한 것이 분명하다고 생각했다. 야율제는 잠시 망설였다. 이막수 같은 고수는 자신도 이기기 힘든데 보통 사람이 끼어들면 공연히 아까운 목숨만 버릴 뿐이라고 생각했다.

이막수는 양과의 목소리를 듣고 그의 아래위를 훑어보았다. 목소리는 아주 익숙한데 처음 보는 얼굴이었다. 이런 용모는 한번 보면 절대 잊을 수가 없으니 분명 모르는 사람이라고 확신했다.

두 사람이 양과의 용모를 살피며 속생각을 정리하고 있을 때, 양과가 돌연 공중으로 치솟았다.

"난 병기가 없으니 잠시 빌리겠소."

양과는 번개같이 몸을 날려 홍능파 옆을 휙 지나갔다. 그의 손에는 이미 홍능파의 허리띠에 매여 있는 검집이 들려 있었다. 양과는 한술 더 떠 홍능파의 뺨에 살짝 입을 맞추었다.

"냄새 좋고!"

홍능파가 기겁을 하며 일장을 뻗자 양과는 살짝 고개를 숙여 손 밑으로 빠져나간 후 개방 거지들과 이막수 사이에 섰다. 너무나 빠른 몸놀림이었다. 이것은 바로 고묘 석실에서 참새를 잡으며 연마한 최상승의 경공이었다. 양과는 소용녀에게만 진실된 감정을 품고 존경하며 소

중히 여길 뿐 다른 젊은 여자에게는 다소 경박하게 굴었다.

이막수는 속으로 감탄을 금치 못했고, 야율제는 크게 기뻐하며 소리쳤다.

"존함이 어떻게 되십니까?"

양과는 쑥스럽다는 듯 왼손을 내저었다.

"저는 양과라고 합니다. 그리고 이 안에는 분명 부러진 검이 들어 있을 겁니다."

검집에서 검을 꺼내니 과연 부러진 검이었다. 홍능파는 그제야 깨달았다.

"이 아이는…… 사부님, 바로 그 아이입니다!"

양과는 얼굴의 가면을 벗었다.

"사백, 사자, 양과 인사드립니다."

양과의 '사백'과 '사자'라는 말에 모였던 사람들이 모두 놀라워했다. 야율제는 도대체 영문을 알 수 없었고, 육무쌍은 기쁨과 놀라움에 휩싸였다.

'어째서 저 바보가 사백, 사자라고 부르는 거지?'

"흥, 네 사부는 잘 계시냐?"

사부라는 말을 듣자 양과는 가슴이 저리면서 눈시울이 붉어졌다.

"네 사부가 좋은 제자를 두었구나."

너무나 냉랭한 말투였으나 진심이었다. 이막수는 그가 일전에 괴상한 초식으로 자신의 생애 최고 묘법인 삼무삼불수를 받아내고 심지어 입으로 불진을 물어 빼앗아간 일을 떠올렸다. 그 괴상한 초식은 보통 사람의 상식을 벗어난 것이었다. 비록 불진을 되찾았고, 양과의 무공이 자신보다 한참 아래라는 것을 알긴 했지만 생각할수록 놀랍지 않을 수 없었다.

'이 아이의 무공은 정말 눈부시게 상승하는구나. 사매는 더욱 높아졌겠지. 〈옥녀심경〉의 무공은 역시 대단한 것이야. 다행히 일전에는 사매와 함께 있지 않았기에 망정이지 그러지 않았다면······.'

그런데 양과가 다시 모습을 드러내니 자신도 모르게 혹시 소용녀가 있는지 주위를 살피며 경계하게 되었다.

양과는 이막수의 속마음을 눈치채고 쓴웃음을 지었다.

"사부께서 사백께 안부를 전하라고 하셨습니다."

"지금 어디에 있느냐? 참으로 오랫동안 만나지 못했구나."

"사부께서는 근처에 계시니 조금 후에 만나러 오실 겁니다."

양과는 자신은 이막수의 적수가 되지 못하고 야율제가 있다 하더라도 승리를 장담할 수 없으니 사부가 곧 온다고 거짓말을 한 것이다.

"난 제자를 가르치고 있는데 네 사부가 무슨 일로 온다더냐?"

"사백께 육 사매를 놓아주라는 청을 하러 오십니다."

이막수는 냉랭한 미소를 지었다.

"네놈은 윤리 도덕을 어기고 사부와 정을 통하지 않았느냐. 그러고도 여전히 사부라고 칭하다니 부끄럽지도 않느냐?"

양과는 소용녀를 욕되게 하는 말을 듣자 가슴에서 뜨거운 분노가 들끓었다. 그는 참지 못하고 검집을 휘두르며 앞으로 뛰쳐나갔다.

"흥! 낯부끄러운 짓을 해놓고 남이 말하니까 싫은 거냐?"

양과는 대꾸도 없이 연이어 매서운 공격을 퍼부었다. 바로 왕중양이 죽기 전에 새겨놓은 임조영의 옥녀검법을 제어하는 무공이었다.

이막수는 정신을 집중해 불진을 휘두르며 공격을 막았다. 잠시도 한눈을 팔 수 없는 매서운 공격이었다. 이막수가 휘두르는 초식은 모두 옥녀검법에서 나온 것이었다. 이막수는 자신의 매 초식을 양과가 예측해 막아내자 놀라지 않을 수 없었다. 만약 자신의 무공이 훨씬 강하지 않았다면 벌써 패했을 것이라는 생각이 들었다.

'사부는 정말 사매만을 편애하셨구나. 이 검법은 내가 모르는 것으로 보아 사매에게만 전수하셨군. 흥! 필시 사매가 나를 이기도록 하기 위해서였겠지. 검법이 매섭긴 하지만 내가 두려워할 필요는 없다.'

이막수는 초식을 바꾸어 탁자 위로 뛰어올라 오른발을 옆으로 날리고 왼발로 탁자 끝을 짚은 뒤 몸을 앞뒤로 흔들었다. 마치 바람에 흔들리는 연꽃 같은 모습이었다.

"흥! 네 정부情婦가 이 초식은 안 가르쳐주더냐?"

"정부라니?"

"사매는 자신을 위해 목숨을 바치는 남자가 없으면 평생 고묘에 살겠다고 맹세했다. 그런데 너와 함께 산을 내려왔는데도 부부가 아니니, 그럼 정부가 아니고 뭐냐?"

양과는 모든 분노가 일시에 폭발하는 듯했다. 더 이상 말도 하지 않고 검집을 휘두르며 탁자 위로 몸을 날렸다. 그러나 양과의 경공은 이막수에 미치지 못해서 탁자 끝에 한 발로 서지 못했다. 그는 그릇과 찻잔을 밀치고 두 발로 딛고 올라선 후에야 맹렬히 검을 휘둘렀다. 이막수는 불진으로 가볍게 양과의 공격을 막았다.

"네 경공도 쓸 만하구나! 정부가 네게 참으로 잘해준 모양이군."

양과는 분을 참지 못해 얼굴이 붉어졌다.

"사람 같지도 않은 말을 하고도 네가 인간이냐?"

양과는 칼집을 수직으로 세우고 번개같이 뻗었다.

"남이 모른다고 자신이 한 짓이 안 한 것이 되는 줄 아느냐? 우리 고묘파는 너희 두 연놈 때문에 체면이 땅에 떨어졌다."

이막수는 손으로 공격을 받으면서 비아냥거리는 말을 멈추지 않았다. 이막수는 원래 행동은 악랄하나 언행은 항상 고상하고 예를 갖추었다. 그러나 지금은 그녀의 신조가 완전히 일그러져버렸다. 이막수는 소용녀가 옆에서 지켜보고 있다가 도와주러 나설까 봐 이런 비아냥거림과 욕설로 수치심을 자극하는 것이었다.

양과는 점점 심한 욕설에 어찌할 바를 몰랐다. 자신을 욕하는 것이라면 상관없으나 소용녀를 욕되게 하자 분노로 손발이 부들부들 떨렸다. 그는 눈앞이 캄캄해지면서 몸이 휘청거리더니 탁자 위에서 굴러떨어졌다. 이막수는 즉시 불진으로 그의 천령개를 공격했다.

야율제는 상황이 급박하게 돌아가자 탁자에 놓인 술잔 두 개를 이막수의 등을 향해 던졌다. 이막수는 암기가 날아오는 소리를 듣고 곁눈질로 그것이 술잔임을 확인한 후 즉시 호흡을 조절해 등의 혈도를 막았다. 일단 양과를 죽이는 것이 급하니 술잔 따위는 아무것도 아니라고 생각했다. 그러나 술잔이 닿기도 전에 술이 쏟아지며 먼저 지양혈至陽穴과 중추혈中樞穴을 찍히고 말았다.

'큰일 났다! 사매가 왔구나. 술이 이러한데 술잔은 더 강하겠구나.'

이막수는 급히 불진을 돌려 술잔을 막아냈다. 손과 팔에 강한 충격이 전해졌다.

'소용녀, 그 어린 계집의 힘이 이렇게 강해졌단 말인가?'

몸을 돌려 뒤를 바라보니 술잔을 던진 것은 소용녀가 아니라 몽고 복장을 한 키가 큰 청년이었다. 이막수는 크게 놀랐다.

'아래 연배 중에 고수가 이렇게 많단 말인가?'

그 청년은 장검을 뽑아 들었다.

"선배님의 출수는 너무나 악독하지만 몇 초식 가르침을 받고자 합니다."

청년은 천천히 앞으로 걸어 나왔다. 나이는 스무 살 정도밖에 되어 보이지 않는데 술잔을 던진 힘이며, 칼을 뽑는 동작을 보아하니 족히 10여 년 넘게 무공을 연마한 듯했다.

"넌 누구이며, 존사尊師는 누구지?"

"저는 야율제이고 전진 문하입니다."

야율제가 공손히 예를 갖추었다. 그때 양과는 한쪽에 피해 있다가 야율제가 전진 문하라고 대답하는 것을 들었다.

'역시 전진파였구나. 그럼 유처현의 제자란 말인가? 학대통은 저런 고수를 키울 수 없을 텐데……'

"마옥의 제자인가? 아니면 구처기의 제자인가?"

"모두 아닙니다."

"유처현, 왕처일, 학대통 중에 한 분이겠군?"

"역시 아닙니다."

이막수는 껄껄거리며 웃더니 양과를 가리켰다.

"저 아이는 스스로 왕중양의 제자라고 하니, 그럼 저 아이와 사형지간이겠구나."

"그럴 리가요? 왕중양 진인께서는 이미 오래전에 타계하셨는데 어찌 저분이 사조님의 제자가 될 수 있겠습니까?"

"하하하, 전진 문하는 모두 눈 하나 깜짝하지 않고 거짓말을 잘하니 앞으로 전진파를 전가파全假派로 개칭해야겠군. 아무튼 좋아. 자, 공격을 받으시지!"

이막수는 불진을 가볍게 휘두르며 위에서 아래로 내리쳤다. 야율제는 왼손으로 검 자루를 잡은 채 왼발로 땅을 딛고 정양침定陽針 초식으로 비스듬히 칼을 위로 찔렀다. 바로 전진교 정종正宗검법이었다. 이 초식은 기氣, 역力, 공功, 식式 중에서 하나라도 떨어지면 너무나 평범한 초식으로 변하는 약점이 있었다. 그래서 자질이 부족한 사람은 평생 무공을 연마해도 완벽하게 구사할 수 없었다. 양과는 고묘에서 전진검법을 연마할 때 그 이치를 깨달았다. 그러나 자신의 무공은 워낙 여러 가지가 섞여 있어 정양침을 야율제처럼 완벽하게 구사하지는 못했다.

이막수는 이 초식을 보고 그가 만만한 적이 아님을 깨닫고 옆으로 비켜선 후 불진을 뒤로 휘둘렀다. 야율제는 회색 그림자가 번뜩이며 불진이 전후좌우 사방팔방에서 휘몰아쳐오자 당황했다. 그는 실전 경험이 적은 데다 처음으로 이런 강적을 만나자 정신을 바짝 차리고 방어에 온 정신을 집중했다.

순식간에 두 사람은 40여 초식을 주고받았다. 이막수가 점점 자신과의 거리를 좁히며 치고 들어오자 야율제는 검의 공격 범위를 좁히고 방어에만 전력을 기울였다. 이제 승패가 분명해졌지만 이막수는 결정타를 날릴 기회를 좀처럼 잡지 못했다.

'이 아이는 전진 무공을 제대로 익혔군. 구처기나 왕처일, 유처현보다는 아래지만 손불이보다는 높겠구나. 과연 전진 문하는 대단한 인재

를 배출하는 곳이야.'

다시 수 초식을 전개하다가 이막수는 드디어 야율제의 허점을 잡아냈다. 야율제가 이를 모른 채 검을 들고 정면에서 공격하자 이막수는 돌연 왼발을 바람같이 날려 손목을 걷어찼다. 야율제는 통증을 느끼며 장검을 놓쳤다. 그러나 이에 당황하지 않고 왼손을 옆으로 치고 오른손으로 금나수를 써서 불진을 빼앗으려 했다.

"멋진 무공이군!"

이막수는 야율제의 금나법에 부드러우면서도 강한 힘이 들어 있는 것을 보고 경탄을 금치 못했다.

"다시는 널 사백으로 인정하지 않겠다!"

돌연 양과가 소리치며 검집을 들고 정면에서 공격해 들어왔다. 그러자 이막수는 야율제가 떨어뜨린 장검을 잽싸게 불진으로 휘감아서 양과의 얼굴을 향해 던졌다.

"흥! 넌 사매의 남자니 나를 사자라고 불러도 되겠지."

양과는 날아오는 장검을 향해 검집을 들었다.

"악!"

육무쌍과 완안평이 동시에 비명을 질렀다. 그러나 장검은 검집 안으로 쏙 들어갔다. 검집으로 검을 받아내는 것은 실로 위험한 일이었다. 만약 조금만 비켜 들었다면 장검은 양과의 가슴을 그대로 뚫고 지나갔을 터였다.

양과는 고묘에서 암기 다루는 연습을 부지런히 익혀서 힘을 조절하는 능력을 빈틈없이 길렀다. 털과 같이 가는 옥봉침도 정확히 명중시켰는데 장검을 막는 것 정도는 아무것도 아니었다. 양과는 검집을 무기 삼아 야율제와 함께 협공을 폈다. 양과는 소용녀와 연공을 할 때 항상 끝이 날카롭지 않고 날이 없는 둔검을 썼다. 그리고 검 끝은 상대의 혈을 찍는 용도로 사용했다. 그런데 이렇게 검집을 사용하니 오히려 둔검을 사용하는 무봉검검법에 더욱 잘 어울려 위력을 발휘했다.

이미 주루는 아수라장이 되었다. 의자가 굴러다니고 깨진 접시가 여기저기 흩어졌으며, 손님들은 겁을 먹고 모두 도망가버렸다.

홍능파는 사부가 길을 나선 후 한 번도 패하는 것을 보지 못했다. 고묘에서 소용녀에게 밀린 것은 수영을 잘 못해서였고, 양과에게 불진을 빼앗기긴 했지만 금방 다시 되찾아 오히려 양과를 혼비백산하게 만들어 쫓아 보냈다. 그래서 두 사람이 협공을 해도 전혀 걱정하지 않고 느긋한 마음으로 지켜보고만 있었다.

세 사람이 그렇게 엉켜서 한참을 싸우고 있는데, 이막수가 돌연 초식을 변화시켜 불진에 강한 기운을 불어넣었다. 그 바람이 마치 태풍이 부는 듯하여 두 사람은 제대로 서 있을 수조차 없었다. 순식간에 야율제와 양과는 위험한 고비를 맞게 되었다.

"큰일이다!"

야율연과 완안평이 동시에 소리치면서 앞으로 뛰어나갔다. 이막수는 코웃음을 치며 불진을 이리저리 방향을 바꾸며 휘둘렀다. 세 초식만에 야율연은 왼쪽 다리에 불진을 맞고 굴러떨어지면서 허리를 탁자 모서리에 부딪쳤다. 야율제는 누이가 부상을 당하자 정신이 다소 흐트러지며 이막수의 맹공격에 연신 뒤로 물러났다. 그때 청포 낭자가 뛰어들어 야율연을 부축해 물러났다. 이막수는 혈전을 벌이면서도 눈과 귀를 사방에 열어두고 있어서 청포 낭자가 뛰어들어올 때 그녀의 신법이 예사롭지 않다는 걸 이미 파악했다. 이막수는 청포 낭자의 얼굴을 향해 잽싸게 불진을 떨쳐냈다.

"낭자의 이름은 무엇이고 존사는 누구지?"

두 사람은 서로 몇 장 정도 떨어져 있었지만 불진은 순식간에 청포 낭자의 얼굴을 훑고 지나갔다. 청포 낭자는 놀라서 오른손으로 급히 불진을 뿌리치며 소매에서 병기를 꺼내 막았다. 그 병기는 삼 척 정도 길이에 수정 같은 빛을 발하는 상아였다. 자세히 보니 퉁소나 옥피리와 비슷해 보였다.

'어느 문파의 병기일까?'

이막수는 청포 낭자의 무공을 알아보기 위해 다시 공격을 전개했다. 청포 낭자가 막아내지 못하자 양과와 야율제가 급히 도와주러 나섰다. 그러나 이막수는 동쪽에서 한 초식, 서쪽에서 일장을 전개하며 숨 돌릴 틈도 주지 않았다.

'조금만 실수하면 모두의 생명이 위태롭겠구나.'

양과는 이런 생각을 하며 꾀를 내었다.

"착한 부인, 착한 누이, 청포를 입은 착한 낭자, 착한 야율 사매, 홍능파 누이, 모두 아래층으로 내려가서 숨 좀 돌리세요. 이 못된 아줌마는 아주 무서워요."

여자들은 양과가 마구 소리를 지르며 착한 누구누구로 자신을 호칭하자 눈살을 찌푸렸다. 그러나 상황이 너무 위급한지라 육무쌍이 먼저 층계를 내려갔고, 청포 낭자도 야율연을 부축해 내려갔다.

개방의 두 거지는 이들이 자신들을 구하기 위해 이막수와 혈전을 벌이자 나서서 돕고 싶은 마음은 간절했지만 팔이 부러져서 움직일 수가 없었다. 그리고 비록 이막수가 자신들을 상관하지는 않지만 그래도 의리가 있어 먼저 자리를 피해 목숨을 구걸하고 싶은 생각은 없었다. 그들은 그 자리에서 꿈쩍도 하지 않았다.

양과와 야율제는 어깨를 나란히 하고 점점 매서워지는 이막수의 공격을 받아내고 있었다. 이어 완안평도 아래층으로 내려갔다.

"야율 형, 이곳은 손발을 뻗기 불편하니 우리도 아래층으로 내려가서 싸웁시다."

아래층엔 사람이 많으니 양과는 기회를 봐서 도망가려고 생각한 것이다.

"좋소!"

두 사람은 함께 층계를 내려갔고, 이막수는 한 발 한 발 그들에게 다가갔다.

'난 마음만 먹으면 누구든 쉽게 죽였는데 저 어린 두 놈에게 끌려다니다니. 만약 육무쌍이 이 틈을 타서 도망이라도 가면 적련선자의 명성이 어떻게 되겠는가?'

이막수는 육무쌍을 사로잡기 위해 급히 아래층으로 내려갔다. 싸움은 주루에서 거리로 이어졌고, 다시 거리에서 들판으로 옮겨졌다. 그때 양과의 다그침이 들려왔다.

"사랑하는 부인, 사랑하는 누이, 빨리 피해! 야율 사매, 청포 낭자도 어서 가세요. 이막수처럼 예쁜 여자는 우리 몽고에서 보기 드무니 사로잡아 색시로 삼아야겠어요."

양과가 줄곧 고함을 지르며 시끄럽게 구는 동안 야율제는 한마디도 하지 않았다. 나이로는 양과보다 겨우 몇 살 위이지만 행동이 반듯하고 준엄하며 신중한 것이 경박하고 제멋대로인 양과와는 사뭇 달라 보였다. 두 사람이 싸울 때도 그런 성격이 잘 나타났다. 야율제는 정면에서 그대로 적의 초식을 받아냈지만 양과는 이리저리 날뛰면서 상대방의 정신을 어지럽혔다.

이막수는 소용녀가 나타나지 않자 다소 안심하며 전력을 다해 공격을 펼쳤다. 양과와 야율제는 무공이 그녀보다 훨씬 아래인지라 얼굴이 벌겋게 달아오르고 숨이 가빴다. 이 모습을 보며 이막수가 차디찬 미소를 지으며 말했다.

"반 시진 정도면 너희 두 녀석의 목숨은 내 것이 된다."

세 사람이 혼신의 힘을 다해 격전을 벌이고 있을 때 갑자기 하늘에서 청량한 새 울음소리가 들리더니 수리 두 마리가 모습을 드러냈다. 두 마리 수리는 곧장 이막수의 머리를 향해 쏜살같이 날아왔다. 실로 놀라운 기세였다.

양과는 이 수리들을 잘 알고 있었다. 이것은 바로 곽정 부부가 키우는 것으로 어릴 때 이들과 도화도에서 놀았던 기억이 났다. 수리가 왔으니 곽정 부부도 근처에 있을 거라는 생각이 들었다. 양과는 이미 중양궁을 박차고 나온 터라 다시는 곽정의 얼굴을 보고 싶지 않아 급히 뒤로 물러나며 인피 가면을 썼다.

두 마리 수리는 좌에서 우로, 위에서 아래로 날아오르며 계속해서 이막수를 날개로 치고 부리로 쪼아댔다. 이 수리들은 기억력이 좋았다. 예전에 이막수가 빙백은침으로 자신을 쏘았다는 것을 기억해 원한을 품고 있다가 하늘에서 이막수를 보고 바로 날아온 것이다. 그러나 은침 맛을 단단히 봤던 터라 이막수가 손을 흔들 때마다 날개를 퍼덕이며 날아올랐다. 그때마다 흙먼지가 회오리바람을 일으키며 시야를 가렸다.

야율제는 이 이상한 광경을 보며 기뻐하면서도 수리의 도움으로는 이막수를 이기기 힘들 것이라고 생각했다.

"양 형, 어서 다시 공격을 시작합시다. 사방에서 협공을 하면 이막수도 어쩌지 못할 것이오."

야율제와 양과가 막 몸을 날려 공격하려는데 동남쪽에서 말 울음소리가 들리더니 말 한 필이 질주해왔다. 속도가 어찌나 빠른지 멀리서 울음소리가 들리는가 싶었는데 어느새 바로 눈앞에 당도해 있었다. 검붉은 털에서 윤기가 흐르며 다리가 긴, 첫눈에도 범상치 않은 말이었다.

'어쩌면 이렇게 빠를 수 있을까?'

이막수와 야율제 모두 놀라움을 금치 못했다.

눈앞에 나타난 말에는 붉은 옷을 입은 소녀가 타고 있었다. 말과 사람은 마치 한 몸이라도 되는 듯 붉은빛이었고 소녀의 얼굴은 유독 눈처럼 하얬다.

양과는 수리와 홍마를 보고 이 소녀가 바로 곽정의 딸 곽부라는 것을 알았다. 소녀가 고삐를 당기자 홍마가 그 자리에 우뚝 섰다. 홍마는 그렇게 빠른 기세로 달려오면서도 조금의 요동조차 없이 그 자리에 멈췄다. 울음소리도 내지 않고 자세도 흔들림이 없었으며 지친 기색도 하나 없이 위풍당당했다.

야율제는 어릴 때부터 몽고에서 자라 수없이 많은 말을 봐왔지만 이런 준마는 처음이라 경탄을 금치 못했다. 이 말은 바로 곽정이 몽고 사막에서 얻은 대칸의 보마寶馬로 당시에는 어린 홍마였으나 지금은 황혼의 나이가 되었다. 그러나 이 준마는 보통 말들과 달리 늙은 나이에도 기력이 왕성하고 다리 힘이 좋았다.

양과는 곽부와 오랫동안 만나지 못했다. 간혹 곽부를 떠올리면 고집 세고 못된 여자아이 정도로만 생각했는데, 이렇게 화사한 봄꽃같이 아리따운 소녀로 성장할지는 예상하지 못했다.

곽부는 급히 달려오느라 이마에 땀방울이 송골송골 맺혔다. 붉은 옷이 그녀의 아름다움을 더욱 빛나게 해주었다. 곽부는 수리를 잠시 쳐다본 후, 다시 야율제 등을 보다가 양과의 얼굴을 흘낏 보았다. 이미 가면을 써서 흉한 얼굴인 데다가 몽고 복장을 하고 있어 그녀는 미간을 찌푸리며 경멸의 표정을 드러냈다.

양과는 어릴 때부터 곽부와 사이가 좋지 않았고 그녀에게 숱하게 멸시를 당했던 터라 그 표정을 보자 자괴감에 빠졌다.

'흥! 난 너와는 물론 비교도 안 되지. 나는 태어나면서부터 온갖 고생을 다 하고 갖은 수모를 겪으면서 자랐어. 그러나 네가 다시 나를 업신여긴다면 절대 널 알은척하지 않을 거야. 흥! 네가 나를 무시하는데 나라고 너를 대단히 여길 거 같아? 네 아버지는 당대 영웅호걸이고, 어머니는 개방 방주, 네 외조부는 무학의 대종사로 모든 무학 지사들이 너희 곽씨 집안을 존경하겠지. 하지만 내 부모님은? 어머님은 일개 시골 아녀자이고, 아버지는 누군지도 모르고 또 어떻게 돌아가셨는지도 몰라. 그래, 나 따위는 너와는 비교도 안 되지. 난 태어날 때부터 박복해서 사람들의 무시를 받으며 살아왔어. 너는 날 무시하는 많은 사람 중 한 명일 뿐이야.'

양과는 한쪽에 서서 상심에 빠졌다. 세상 누구도 자신을 알아주지 않으니 사는 게 의미가 없을 것 같았다. 사부인 소용녀만이 자신을 진심으로 대해주었는데 지금은 어디에 있는지조차 알 수 없었다. 이렇게 슬픔에 잠겨 있는데 또다시 말발굽 소리가 들리며 말 두 필이 다가왔다. 하나는 청색이고 하나는 황색으로 모두 준마였지만 곽부의 홍마와 비교하니 너무나 차이가 났다. 말에는 소년들이 타고 있었는데, 모두 황색 옷을 입고 있었다. 곽부가 반색을 하며 소리쳤다.

"오빠들, 이 악랄한 여자를 또 만났어요."

말에 타고 있던 소년들은 바로 무돈유, 무수문 형제였다. 두 사람은 이막수를 보자마자 어머니를 죽인 원수라는 것을 알아보았다. 수년 동안 잊지 않고 복수심을 키워왔는데, 이렇게 뜻밖의 장소에서 만나니 두 사람은 황급히 말에서 뛰어내린 후 장검을 들고 다짜고짜 좌우에서 협공을 했다.

"나도 도울게요."

곽부도 보검을 꺼내 들고 말에서 뛰어내렸다.

이막수는 적의 수가 점점 불어났지만 하나같이 어린아이들뿐이라 귀찮기만 했다. 그런데 그중 얼굴이 벌겋게 달아오른 채 죽을힘을 다해 달려드는 두 소년이 눈에 들어왔다. 검법이 빠른 게 분명 명문의 제자인 것 같았다. 그 뒤를 이어 붉은 옷을 입은 미모의 소녀도 공격해왔다. 검 끝이 미세하게 떨리고 옆에서 비켜 공격하다가 빠르게 찌르는 모습에 매서운 힘이 실려 있었다. 공력은 아직 낮지만 검법만은 오묘했다. 이 검법을 보고 이막수는 흠칫 놀랐다.

"도화도 곽가 낭자로군?"

"날 알아보시는군."

곽부가 다시 두 초식을 연이어 전개했다. 모두 이막수의 가슴과 배 사이의 요혈을 겨냥한 것이었다. 이막수는 불진으로 가볍게 막았다.

'이 아이는 참으로 오만방자하구나. 이런 짧은 무공으로 감히 나한 테 덤빌 생각을 하다니. 네 부모가 아니었으면 넌 벌써 이 세상 사람이 아닐 것이다.'

이막수가 불진을 돌려 곽부의 장검을 빼앗으려는데 돌연 허리에서 바람이 느껴졌다. 무씨 형제들의 장검이 동시에 파고들어온 것이다. 무씨 형제와 곽부는 모두 곽정에게 친히 무예를 전수받았고, 도화도에 서 밤낮을 함께 붙어 있으며 같은 검법을 연마했다. 이들 셋이 힘을 합 쳐 공격하니 비록 진법은 아니었지만 힘이 가세되어 더욱 매서울 수 밖에 없었다. 그렇게 세 사람과 수리 두 마리가 이막수를 가운데 두고 동시에 공격을 퍼부었다.

무공으로만 따지자면 이막수가 기회를 보아 한 사람을 해치운 후에 나머지 두 사람을 제압하는 것은 문제도 아니었다. 그러나 비록 아이 들이지만 정통 무공을 익혔고 여러 명이 협공을 하고 있어 시간이 지 체되었다. 게다가 곽정 부부의 심기를 건드려봤자 득될 게 없었다. 이 막수는 불진을 거두어들였다.

"얘들아, 이제 무공 놀이는 그만하고 원숭이를 가지고 노는 법을 보 여주마!"

이막수는 가벼운 손놀림으로 연달아 여섯 초식을 발했다. 초식마다 요혈을 노리는 매서운 공격이라 곽부와 무씨 형제는 껑충껑충 뛰며 손발을 휘저을 수밖에 없었다. 그 모습이 흡사 원숭이 같았다. 이막수는 한 발로만 우뚝 서서 간드러진 웃음을 날리더니 매끄럽게 몸을 돌렸다.

"능파야, 가자!"

두 사람은 날 듯이 서북쪽을 향해 달려갔다.

"우리가 무서워서 도망친다. 쫓아가자!"

곽부는 검을 치켜들고 황급히 뒤를 쫓았고, 무씨 형제들도 경공으로 그 뒤를 쫓았다.

이막수는 불진을 뒤로 휘날리며 여유 있게 달렸다. 먼지 하나 내지 않고 가볍게 몸을 날리니 마치 천천히 걸어가는 것처럼 보였다. 그 뒤에서 홍능파가 이막수를 숨 가쁘게 따라가고 있었다.

곽부와 무씨 형제들은 죽을힘을 다해 쫓아갔지만 이막수와의 거리는 점점 더 멀어질 뿐이었다. 수리 두 마리만이 이막수보다 앞서 날아가며 계속 공격을 해댔다. 무씨 형제들은 오늘 복수하기는 틀렸다고 생각하고 휘파람을 불어 수리를 불러들였다.

야율제는 세 사람이 혹시 실수라도 할까 봐 뒤를 쫓아가다 곽부가 뒤돌아보자 예를 갖추며 인사를 했다. 모두들 비슷한 나이인지라 몇 마디 주고받자 의기투합이 되었다. 야율제는 문득 양과가 생각났다.

"아, 양 형은?"

완안평이 고개를 떨구며 말했다.

"혼자서 갔어요. 어디로 가느냐고 물어도 대답도 하지 않았어요."

야율제는 나지막한 언덕으로 뛰어올라가 사방을 둘러보았으나 청포 낭자와 육무쌍만이 저 멀리서 걸어가고 있을 뿐 양과의 모습은 어디에도 보이지 않았다. 야율제는 섭섭한 마음이 들었다. 비록 양과와 처음 만났지만 함께 적을 맞아 싸우고 여러 번 죽을 고비를 넘기면서 동지 의식이 불타올랐는데, 갑자기 작별 인사도 하지 않고 사라지니 마치 오랫동안 사귀었던 벗과 헤어진 듯한 서운한 느낌이 들었다.

양과는 무씨 형제들이 와서 곽부와 함께 이막수와 싸우는 것을 지켜보았다. 세 사람은 너무나 친해 보였고 아주 정교한 검법으로 몇 초식 만에 이막수를 쫓아버렸다. 양과는 이막수가 곽정 부부가 두려워서 피했다는 것은 알지 못한 채 그들의 초식 가운데 무서운 내공이 실려 있어 도망간 것이라고 생각했다. 예전에 곽정은 뛰어난 무공으로 무수히 많은 전진 도사들을 혼내줬고, 그것이 어린 그의 마음에 깊은 인상을 주었다. 그런 곽정이 키워낸 제자이니 무공이 자신보다 열 배는 넘게 강할 것이라 생각한 것이다. 양과는 그들을 지켜볼수록 가슴이 분노로 들끓었다. 유년 시절 도화도에서 무씨 형제들에게 두들겨 맞고 곽부가 옆에서 부추기던 일, 황용이 일부러 무공을 전수해주지 않던 일, 곽정이 자신을 중양궁으로 보내 나쁜 도사들에게 수모를 당하게 한 일 따위가 하나하나 떠올랐다.

그러나 양과는 곽정이 항상 자신을 걱정하고 있었다는 사실을 알지 못했다. 곽정은 도화도에 평안한 날이 지속되자 황용에게 종남산으로 양과를 보러 가자고 자주 이야기했다. 그러나 황용은 양과의 아버지인 양강이 악랄하게 강남칠괴를 해친 일을 잊지 못했다. 또 교활하고 정신없는 양과를 두 번 다시 보고 싶지 않았다. 그래서 매번 말을 둘러대며 곽정을 설득했다.

"양과를 보러 전진교에 가면 그 노인네들이 우리가 전진교를 믿지 않아서 직접 살펴보러 왔다고 의심할 거예요."

"마 도장, 구 도장, 왕 도장은 나를 진정으로 위해주는 분들이니 그렇게 생각하시지 않을 거야."

"그분들이야 그렇겠죠. 하지만 지난번 당신 혼자 전진교 제자들이 만든 천강북두진을 깨뜨려서 전진교의 체면이 말이 아니었잖아요. 제3대 제자 밑으로는 모두 속이 좋지 않을 거라고요."

곽정은 곰곰이 생각해보니 아내의 말에 일리가 있었다. 자신이 양과를 만나면 자신도 모르게 무공을 점검하게 될 것이고, 그렇게 되면 중양궁의 의심을 사게 될 터였다. 그래서 양과를 보러 가자는 말을 다시는 꺼내지 않았다. 양과는 곽정이 자신에게 잘해줬다는 것은 알고 있었지만, 그의 속마음까지는 짐작하지 못했다.

양과는 그때 일들을 생각하니 가슴 가득 분노가 들끓어 미쳐버릴 것만 같았다. 그리고 완안평, 육무쌍, 청포 낭자, 야율연 등 네 여자들이 자신을 보는 표정도 이상한 것 같았다. 그러자 자신이 너무나 처량해졌다.

'이막수가 우리 선자를 욕되게 하는 말을 그대로 믿은 거야? 날 무시하는 것은 괜찮지만 감히 우리 선자를 모욕해? 내 얼굴빛이 이상하다고? 그건 무씨 형제와 곽부를 생각하니 화가 치밀어서 그런 거야. 곽 백부와 곽 백모를 생각하니 화가 나서 그런 거라고. 너희는 정말 나와 선자가 그렇고 그런 사이라 여기고 속으로는 수치스럽게 생각하고 있는 거지?'

양과는 돌연 미친 듯이 들판을 뛰기 시작했다. 세상 모든 사람이 다 자신을 싫어하고 괴롭힌다고만 생각되었다. 그는 지금 자신이 인피 가면을 쓰고 있다는 사실을 잊고 있었다. 얼굴에 질투와 증오가 가득했지만 가면을 쓰고 있으니 그런 사실을 완안평 등은 알지 못했다. 누가 이유도 없이 그를 비웃겠는가. 그리고 적련선자 이막수는 악명이 자자한 악인이며 만인의 적인데 그런 자가 한 말을 누가 믿고 호응을 하겠는가. 그런데도 양과는 그 사실을 깨닫지 못했다.

양과는 모든 것이 허탈했다. 세상에 대한 증오로 마음이 어지러웠다. 원래 그는 서북쪽에서 동남쪽으로 가면 그들과 점점 멀어질 거라 생각했다. 그러나 오히려 서북쪽으로 가고 있는 자신을 인지하지 못했다. 양과는 가면을 벗어버리고 산과 들판을 마구 뛰어다니다 배가 고프면 과일이며 풀을 뜯어 먹고 허기를 채웠다. 그런 생활로 한 달 정도 지내자 그는 몰라볼 정도로 초췌해졌고 옷도 남루해졌다.

그러던 어느 날, 그는 어느 높고 험준한 산에 당도했다. 바로 천하오악五岳의 하나인 화산華山이었다. 양과는 그곳이 화산인 줄도 모르고 그저 산세가 험준한 것을 보고 미친 듯이 산을 오르며 분노를 삼켰다. 그가 산 절반 정도를 오르자 갑자기 날씨가 추워지고 기압이 떨어지면서 북풍이 매섭게 몰아쳤다. 그러다 하늘에서 눈꽃이 떨어졌다. 양과는 가슴속의 분노 때문에 육체를 최대한 학대하고 싶었다. 그래서 눈을 피하지 않고 오히려 눈바람이 더욱 거세게 몰아칠수록 험준한 절벽을 기어올랐다.

양과의 경공이 뛰어나다고는 해도 화산은 역시 천하에서 제일 험준한 산이었다. 하늘이 어둑해지면서 눈발이 점점 거세졌다. 발밑이 매우 미끄러웠다. 길인지 아닌지 구별할 수조차 없었다. 조금이라도 삐끗하면 천 리 낭떠러지 밑으로 떨어져 뼈도 추리지 못할 상황이었다. 그러나 양과는 전혀 개의치 않고 고개를 든 채 앞으로만 향했다. 자신의 목숨 따위는 하잘것없는 것이니 죽고 사는 데 아무런 미련이 없었다. 그렇게 한참을 가는데 돌연 등 뒤에서 아주 조그맣게 바람 소리가 들렸다. 산짐승이 눈밭을 소리 없이 뛰어가는 듯했다. 몸을 돌리는 순간, 사람 그림자가 어른거리더니 낭떠러지로 사라지는 것이 보였다.

양과는 깜짝 놀라 급히 뛰어가 낭떠러지 쪽을 살폈다. 과연 어떤 사람이 손가락 세 개를 이용해 바윗돌을 부여잡고 허공에 대롱대롱 매달려 있었다. 그 아래가 천 리 깊이의 계곡인데 단지 세 손가락만으로 몸을 지탱하고 있다니. 그 사람의 무공의 깊이가 불가사의해 보일 정도였다. 양과는 공손하게 예를 갖추었다.

"노선배님, 올라오시지요."

그 사람이 파안대소를 하자 웃음소리가 온 산을 쩌렁쩌렁 울렸다. 그는 단지 세 손가락 힘으로 훌쩍 뛰어오른 후 매서운 목소리로 다그쳤다.

"너는 천변오추川邊五醜의 일당이지? 눈바람이 몰아치는 깊은 밤에 이곳에서 무슨 짓을 꾸미고 있는 거냐?"

이 말은 양과의 뇌리에 깊이 박혔다.

'눈바람이 몰아치는 깊은 밤에 난 여기서 뭘 하고 있는 걸까?'

일순간 눈시울이 붉어지며 서러움이 북받쳐 올랐다. 그는 와락 통곡을 하며 눈물을 쏟아냈다. 양과는 자신의 처지가 너무 처량했다. 사랑하고 존경하는 소용녀는 돌연 자신을 원망하며 결별을 선언하고 떠나버렸다. 살아서 다시 만날 수나 있을까. 그런 생각이 들자 더욱 애간장이 타는 듯했다. 그동안 참아왔던 원망과 분노, 모욕과 슬픔이 한꺼번에 터져 나왔다.

양과가 갑자기 통곡을 하자 노인은 무슨 일인가 싶어 멍해졌다. 한참을 기다려도 그치기는커녕 점점 더 구슬프게 울자 울음을 그치게 할 방법을 생각했다. 노인은 돌연 껄껄 웃기 시작했다. 웃음소리와 울음소리가 섞여 온 산을 울리니 산은 괴기가 서리고 나무 위에 쌓였던 적설들이 우수수 떨어졌다.

양과는 울음을 멈추고는 화를 버럭 냈다.

"왜 웃는 겁니까?"

"너는 왜 우느냐?"

양과는 더욱 화를 내려다 그 음성에 실린 웅후한 내공을 감지했다. 예측할 수 없을 정도로 무공이 깊은 자라는 생각이 들어 공손히 절을 했다.

"소인 양과, 인사 올립니다."

노인은 죽봉을 들고 양과의 팔을 가볍게 찔렀다. 갑작스러운 힘에 양과는 중심을 잃고 뒤로 휘청거리며 밀려났다. 그대로 쓰러지는 것이 당연하나 양과는 합마공을 익혔기 때문에 그 자리에서 한 바퀴 돌아 똑바로 설 수 있었다.

두 사람은 모두 상대방의 무공에 놀랐다. 양과는 양과대로 자기를 살짝 밀어 쓰러지게 할 수 있는 것은 이막수나 구천기 같은 고수라도 쉽지 않은 일이라 놀랐고, 노인 또한 자신의 공격을 받고서 잠시 휘청거렸다가 빙그르 돌아서 바로 설 수 있는 양과를 보고 깜짝 놀랐다.

노인은 양과를 이리저리 자세히 살펴보며 물었다.

"왜 울었느냐?"

그제야 양과도 노인을 자세히 살폈다. 노인은 머리와 수염이 온통

하얬는데 오래도록 씻지 않았는지 그것들이 마구 뒤엉켜 있었다. 그리고 입은 옷은 너덜너덜한 것이 영락없는 거지의 모습이었다. 그러나 깊은 어둠 속에서도 눈에 비친 그의 홍안은 빛이 났고 늠름한 위엄을 풍겼다. 양과는 그런 그의 모습에 절로 경외심이 일어 자신의 심정을 솔직하게 털어놓았다.

"저는 박복한 팔자로 태어나 세상에 사는 것이 아무 의미가 없습니다. 차라리 죽는 게 낫다 싶었습니다."

노인은 그의 말속에 담긴 외로움이 가슴에 전해져 자연스레 측은한 마음이 생겼다.

"누가 너를 괴롭히느냐? 어서 이 할아비에게 말해보거라."

"아버지는 살해당하셨는데 살인자가 누구인지도 모르고, 어머니 또한 병사하셨습니다. 세상에 저를 아껴주는 사람은 아무도 없습니다."

"음! 참으로 가련한 처지로구나. 너에게 무공을 전수한 사부는 누구냐?"

양과는 침울해하며 속으로 중얼거렸다.

'곽 백부는 명목상 사부이지만 무공을 하나도 가르쳐주지 않았고, 전진교의 도사들은 생각만 해도 이가 갈린다. 구양봉 또한 의부이지 사부는 아니다. 무공은 선자께서 전수해주셨지만 내 아내가 되고 싶다며, 내가 계속 사부라고 하자 화를 냈지. 왕중양 조사와 임조영 사조가 석실에서 경전을 전수해주긴 했지만 사부라고 할 수는 없다. 사부가 이렇게 많은데도 사부라고 할 수 있는 사람이 하나도 없구나.'

양과는 생각이 여기에 미치자 다시 대성통곡을 했다.

"전 사부가 없어요. 사부가 없다고요!"

"좋아, 좋아! 말하기 싫으면 관둬!"

"말하기 싫은 게 아니라 사부가 없어요."

"없으면 그만이지 왜 우느냐? 그런데 혹시 천변오추를 아느냐?"

"모릅니다."

"야밤에 너 혼자 가는 것을 보고 난 천변오추의 일당인 줄 알았다. 아니면 다행이다."

노인은 바로 구지신개九指神丐 홍칠공이었다. 그는 개방 방주의 자리를 황용에게 넘겨준 뒤, 홀로 여기저기 돌아다니며 천하의 별미를 찾아 미식을 즐기고 있는 중이었다. 남방에는 독사나 고양이를 삶아서 요리를 만들고, 진귀한 생선 요리와 용이라 부르는 대하 요리, 살이 꽉 찬 조개며 소라 요리, 찐 쌀벌레, 껍질이 바삭바삭한 애저구이, 너구리 구이 등 이름을 다 나열할 수도 없는 진귀한 요리가 가득했다.

그는 남방 곳곳을 발길 닿는 대로 다니며 10년이 넘도록 중원으로 돌아가지 않았다. 간혹 부정한 일을 보면 몰래 악당을 죽여 어려운 자들을 돕기는 했지만, 아무도 그의 행적을 추적할 수는 없었다. 그러나 그는 소문을 통해 개방의 소식을 듣고 있었다. 지금 개방은 황용과 노유각이 맡은 후 태평성대를 누리고 있으며 오의파汚衣波와 정의파淨衣派 간의 분쟁도 해소되었고, 밖으로는 금국과 철장파도 물리쳤다. 그는 아무 근심 없이 그저 하루하루 맛있는 음식을 즐기며 편안하게 지냈다. 그러다가 이번에 천변오추 중 둘째인 이추二醜가 광동에서 마구잡이로 수많은 양민을 죽인다는 소식을 들었다. 홍칠공은 이를 갈며 즉시 이추를 잡아 죽이려다가 그렇게 되면 나머지 네 명을 찾는 것이 힘들어질 것 같아 결국 몰래 뒤를 밟으며 다섯 명이 다 모이기만을 기다렸다. 그래서 남에서 북으로 천 리 길을 오다가 화산에 오르게 되었고, 이미 네 명이 다 모인 것을 확인한 후 아직 오지 않은 첫째 대추人醜를 기다리다가 양과를 만나게 된 것이다.

"지금 배가 너무 고프다. 일단 배불리 먹고 난 다음 이야기하자."

홍칠공은 눈밭을 헤쳐 마른 나뭇가지들을 찾아서 불을 지폈다. 양과도 장작으로 쓸 가지들을 찾았다.

"그런데 뭘 끓이시게요?"

"지네!"

양과는 농담인 줄 알고 그저 웃기만 했다.

"난 천변오추를 쫓아 강남에서 이곳까지 온갖 고생을 다 하며 왔다. 지금 화산까지 오게 됐는데 이 별미를 먹지 못하면 지네에게 너무 미안한 일이지."

그는 배를 통통 치며 말했다. 홍칠공은 온몸이 건장하고 단단했지만 배만은 불룩 솟아 있었다.

"화산은 천하의 극음한지極陰寒地라 이곳에 사는 지네는 제일 연하고 살이 많지. 광동은 날씨가 더워서 만물이 너무 빨리 자라거든. 그래서 지네도 푸석한 게 맛이 없어."

홍칠공이 지네를 먹겠다는 말은 농담이 아니라 진심인 것 같았다. 그는 불 주위에 돌 네 개를 주워다 놓았다. 그러고는 등에 멘 봇짐에서 작은 냄비를 꺼내 돌 위에 얹은 후 눈덩이를 만들어 냄비에 넣었다.

"나랑 지네 잡으러 가자."

홍칠공은 몇 번 오르락내리락 경공을 펼쳐 이 장 높이의 험준한 절벽 앞에 당도했다. 양과는 산세가 험준해 감히 올라가지 못했다.

"이런 쓸모없는 것. 어서 올라오너라!"

양과는 자신을 무시하는 말을 제일 싫어하는지라 이를 악물고 숨을 훅 들이켰다.

'뭐가 무서워. 떨어지면 죽기밖에 더 하겠어?'

양과는 마음을 단단히 먹고 경공을 펴서 홍칠공의 뒤를 바짝 쫓아갔다. 두 사람은 순식간에 인적이 없는 험준한 절벽 위에 당도했다. 홍칠공은 양과가 뜻밖에 담이 크고 경공도 뛰어난 것을 보고 속으로 흐뭇해했다. 그러나 양과의 무공이 어디에 뿌리를 두고 있는지는 알 수 없었다. 양과에게 물으려다가 우선 음식을 먹고 싶은 마음에 서둘러 큰 바위 쪽으로 다가갔다. 양손으로 바위 옆의 흙을 파니 죽은 수탉 한 마리가 나왔다.

'아, 노인네가 이곳에 묻어둔 모양이군.'

홍칠공은 싱글벙글 웃으며 수탉을 꺼냈다. 그러자 놀랍게도 수탉의 몸에는 검붉은 무늬에 길이가 7~8촌쯤 되는 커다란 지네 수십 마리가 매달려 꿈틀거리고 있었다. 어릴 때부터 천하게 떠돌아다닌 양과는 벌레를 전혀 무서워하지 않았지만 이렇게 많은 지네가 모여 있는 것을 보니 섬뜩하지 않을 수 없었다.

그러나 홍칠공은 아주 만족스러운 듯 보였다.

"지네와 닭은 서로 상극지간이다. 어제 여기에 수탉 한 마리를 묻어두었더니 과연 지네들이 이렇게 많이 몰려들었구나."

그는 보자기를 하나 꺼내 지네와 닭을 함께 싼 후 신이 나서 절벽을 내려갔다. 양과는 그 뒤를 따르면서도 머리털이 곤두섰다.

'정말 지네를 먹으려나? 표정을 보니 일부러 놀리려는 건 아닌 것

같은데.'

냄비의 물은 이미 팔팔 끓고 있었다. 홍칠공은 보자기를 풀어서 지네 꼬리를 잡고 한 마리씩 냄비에 던져 넣었다. 지네는 잠시 팔딱거리다가 곧 죽었다.

"지네는 죽기 전에 온몸의 독을 다 뿜어낸다. 그러니 이 냄비의 물은 독약이나 다를 바 없지."

양과는 그 독물을 조심스럽게 계곡 한쪽에다 부었다. 홍칠공은 작은 칼 하나를 꺼내더니 익숙한 솜씨로 지네의 머리와 꼬리를 잘랐다. 그런 뒤 하나하나 껍질을 벗기자 곧 육질이 드러났다. 눈처럼 투명한 몸통이 마치 대하大蝦처럼 맛있게 보였다.

'이제 보니 정말 먹을 만하겠군.'

홍칠공은 껍질을 다 벗긴 후 다시 깨끗이 씻고 또 냄비에 물을 끓여서 독을 남김없이 제거했다. 그러고는 등에 진 봇짐에서 7~8개의 크고 작은 철 상자를 꺼냈다. 그 상자 안에는 기름, 소금, 식초 등이 들어 있었다. 그는 냄비에 기름을 두르고 지네를 튀겼다. 곧 향긋한 냄새가 코를 찔렀다. 연신 꿀꺽 침을 삼키고 있는 홍칠공을 보자 양과는 놀랍기도 하고 우습기도 했다.

지네가 노릇노릇하게 구워지자 홍칠공은 양념을 친 후 한 마리를 손으로 집어서 입에 넣고 우물우물 씹었다. 그가 두 눈을 지그시 감고 음미하는 표정이 천하에 이보다 더한 즐거움은 없는 듯해 보였다.

그는 봇짐에서 술병을 꺼내 옆에 놓았다.

"지네를 먹을 때는 술을 마시면 안 돼. 그러면 지네의 맛을 제대로 느낄 수 없거든."

그는 단숨에 열 마리도 넘게 먹었다.

"사양하지 말고 너도 먹어."

"전 됐습니다."

홍칠공은 순간 파안대소를 했다.

"역시 그렇지. 난 수없이 많은 영웅을 만나보았는데, 사람을 죽이고 피를 흘리는 것은 눈 하나 깜짝하지 않지만 이 늙은 거지처럼 지네를 먹을 수 있는 자는 별로 없었어. 허허, 너도 그들처럼 겁쟁이로구나."

이 말이 양과를 자극했다.

'두 눈 딱 감고 그냥 삼켜버리면 그만이야. 그럼 날 무시하지 못할 거야.'

양과는 가는 나뭇가지 두 개를 젓가락 삼아 냄비에 있는 지네를 집었다. 그러나 홍칠공은 양과의 속마음을 이미 간파했다.

"씹지도 않고 열 마리 정도 삼키는 것은 속임수지. 그게 무슨 영웅이냐?"

"독충을 먹는다고 영웅인가요?"

"천하에 스스로 영웅이라고 칭하는 사람은 아주 많지만 지네를 먹을 수 있는 사람은 몇 안 되지."

'그래, 뭐 먹는다고 죽는 것도 아닌데.'

양과는 지네를 입에 넣고 우물우물 씹었다. 그러자 입안 가득 향긋한 맛이 퍼졌다. 너무나 바삭거리고 향긋하며 달콤하고 깨끗한 그 맛은 평생 처음 느껴보는 것이었다. 그는 우물거리며 단숨에 먹은 후 두 번째로 지네를 집어 들었다.

"아, 맛있다! 정말 맛있어요!"

홍칠공은 맛있게 먹는 양과의 모습을 보고 크게 기뻐했다. 두 사람은 그렇게 100여 마리나 되는 지네를 하나도 남김없이 먹어치웠다. 홍칠공은 혀를 날름거리며 입가에 묻은 달콤한 즙을 핥았다. 아직도 더 먹고 싶은 표정이었다.

"이번엔 제가 수탉을 묻어두고 올게요."

"소용없어. 수탉의 효과가 떨어졌을 테니까. 또 이 근처에는 이제 토실토실한 지네도 없을 것이고."

홍칠공은 불룩한 배를 쑥 내밀며 늘어져라 하품했다. 그러고는 주저하지도 않고 눈밭에 덜렁 누워 하늘을 쳐다보았다.

"자, 배가 부르니 나는 지금부터 좀 자야겠다. 나쁜 놈들을 쫓느라 닷새 동안 잠을 못 잤거든. 한 사흘 푹 잘 테니 하늘이 무너져도 깨우지 말거라. 혹시 짐승들이 내 머리를 한입에 넣지 못하도록 지켜다오."

"네! 명을 받들겠습니다."

양과가 웃으며 흔쾌히 대답했다. 홍칠공은 눈을 감자마자 곧 깊은 잠에 빠졌다.

'저 노인은 정말 기인이로군. 설마 정말로 사흘이나 자는 건 아니겠지? 진담이든 아니든 갈 데도 없으니 기다릴 수밖에.'

양과는 속이 편치 않았다. 화산의 지네는 가장 냉한 것이라 그걸 잔뜩 먹었으니 배 속 가득 한기가 느껴졌다. 양과는 돌을 찾아 앉은 후 한참 동안 운공조식을 했다. 그제야 몸이 편안해졌다.

화산의 계곡에 주먹만 한 눈이 쉬지 않고 내렸다. 단잠을 자고 있는 홍칠공의 몸 위에 마치 솜이불처럼 눈이 두껍게 내려앉았다. 사람의 몸에는 열이 있어서 눈이 닿으면 바로 녹기 마련인데 홍칠공의 몸에는 이상하게도 눈이 그대로 쌓여 있었다. 양과는 처음에는 이해하지 못하다가 곧 그 이치를 깨달았다.

'아, 주무시면서 신공을 연마하여 열기를 모두 몸 안으로 감추었구나. 그래서 잠을 잘 때는 마치 시체처럼 움직임이 없고……. 정말 대단하고 부러운 내공이다. 선자가 나를 차가운 옥침상에서 자라고 한 것도 후에 내가 이런 깊은 내공을 연마하기를 바라는 마음이었겠지. 아! 옥침상이 그립다!'

다음 날 날이 밝자 홍칠공은 이미 눈에 덮여서 주위보다 조금 봉긋할 뿐 모습이 보이지 않았다. 사방이 쥐죽은 듯 조용한데 별안간 동북쪽에서 사각사각 눈 밟는 소리가 들렸다. 정신을 집중해서 바라보니 다섯 개의 검은 그림자가 뛰어오고 있었다. 예사롭지 않은 몸놀림이었고 등에는 칼이 번득였다.

'분명 노인장께서 말씀하신 천변오추일 거야.'

그는 급히 큰 바위 뒤로 몸을 숨겼다. 잠시 뒤, 다섯 사람이 바위 앞으로 왔다.

"이건 늙은 거지 놈의 술병이 틀림없어!"

"그…… 그놈이 화산에 있단 말이야?"

다섯 사람은 두려움과 당혹감에 사로잡혀 목소리가 덜덜 떨렸다. 그들은 뭔가 소곤대더니 갑자기 흩어져서 급히 산을 내려갔다. 그중 한 사람이 홍칠공의 몸을 밟았다. 발밑에 물컹한 것이 느껴지자 그가 비명을 질렀다. 나머지 네 사람은 걸음을 멈추고 그를 둘러싼 후 눈을 헤쳐보았다.

눈 속에 묻힌 홍칠공은 죽은 지 몇 시간이 지난 것처럼 보였다. 다섯 사람은 크게 기뻐하며 코밑에 손을 대보았다. 호흡이 느껴지지 않고 몸도 차가웠다. 그들은 함성을 지르며 껑충껑충 뛰었다. 진귀한 보배를 주운 것보다 몇백 배 더 기뻐하는 듯했다.

"이 늙은 거지 놈이 계속 따라오면서 귀찮게 굴더니 여기서 뒈졌구면."

"홍칠공 이놈은 무공이 대단하다던데 어째서 이렇게 죽었지?"

"무공이 대단한 놈들은 안 죽나? 이 늙은 거지 놈이 나이가 몇인지 생각해봐."

"맞아."

나머지 네 사람이 동시에 고개를 끄덕이며 말했다.

"염라대왕께서 잡아가셨으니 망정이지 하마터면 큰일 날 뻔했어."

"자, 이놈 시체에 칼집을 내주자. 화를 풀어야지! 구지신개 홍칠공이 천하에 명성을 떨치다가 결국은 우리 천변오웅賊邊五雄의 칼에 토막이 나는구나."

'이분이 바로 홍칠공이었군. 어쩐지 무공이 대단하시더라니.'

홍칠공이라는 이름과 항룡십팔장의 절기에 관해서는 소용녀에게 들은 적이 있었다. 그러나 홍칠공의 생김새와 성격에 대해서는 임조영도 자세히 몰랐기 때문에 소용녀도 알 턱이 없었다. 양과는 손에 옥봉침을 끼고 먼저 암기를 던져서 두세 놈을 해치운 후 나머지도 상대하리라 마음먹었다. 그런데 홍칠공을 칼로 토막 내겠다는 말을 들으니 함부로 암기를 내뿜을 수가 없었다. 양과는 즉시 호통을 치며 바위에서 뛰쳐나왔다. 그는 칼이 없어서 아쉬운 대로 나뭇가지를 주워 다섯 사람을 향해 연달아 던졌다. 만약 먼저 호통을 치지 않았더라면 무방

비 상태인 오추 중 두세 명은 맞힐 수 있었을 것이다.

오추는 크게 놀라 황급히 몸을 피했다. 다섯 사람은 몸을 돌려 대체 누가 공격을 했는지 보았다. 그들의 눈에 옷차림이 남루한 소년 하나가 나뭇가지를 들고 서 있는 것이 보였다. 그 모습을 보자 곧 두려움이 사라졌다.

"이놈, 너는 개방의 어린 거지 놈이지? 늙은 거지는 이미 세상을 떴다. 어서 우리 다섯 어르신께 절을 올리지 못할까!"

양과는 자신의 공격을 피하는 신법을 보고 그들의 무공을 대충 파악했다. 이들 오추는 모두 대도를 무기로 사용하고 무공은 같은 계통이나 그 깊이의 차이가 서로 다른 듯했다. 만약 일대일로 싸운다면 이기는 것은 당연하나 다섯 사람이 한꺼번에 덤벼든다면 장담할 수는 없을 것 같았다. 양과는 오추 중 대추가 하는 말을 듣고 앞으로 성큼 다가가 무릎을 꿇었다.

"소인, 다섯 어르신께 절을 올립니다."

양과가 무릎을 꿇으면서 펼친 초식은 전공후거前恭后踞로서, 예전 손노파가 전진교 장지광에게 도자기병을 던져서 눈을 멀게 한 초식이었다. 양과는 그 전공후거를 전개하면서 추창망월推窓望月로 돌연 두 손을 휘둘러 나뭇가지를 좌우로 날렸다. 양과의 왼쪽에는 막내 오추五醜가 오른쪽에는 삼추三醜가 서 있었다. 추창망월은 매우 무서운 독 초식으로 무공이 높은 삼추는 간신히 칼을 들어 막았다. 나뭇가지가 칼등에 맞아 떨어졌지만, 칼등으로 뜨거운 열기가 전해져서 하마터면 칼을 떨어뜨릴 뻔했다. 그러나 막내는 다리뼈에 나뭇가지를 맞았다. 다리뼈가 부러지지는 않았지만 아파서 일어날 수가 없었다. 막내를 제외한 나머지 네 명은 크게 화를 내며 칼을 들고 공격해왔다.

양과는 날렵한 신법으로 동으로 서로 번쩍이며 가볍게 공격을 피했다. 한참 뒤, 막내도 절뚝거리며 대열에 합류했다. 그는 있는 대로 화가 나서 필사적으로 공격을 퍼부었다. 양과는 경공이 그들보다 훨씬 빨라서 도망가려고 한다면 어려운 일이 아니었으나 홍칠공이 걱정되어 그곳을 떠날 수가 없었다. 적의 수에 밀려 순식간에 몇 번이나 위험한 고비를 넘기면서 양과는 홍칠공을 안고 오른손으로 나뭇가지를 휘둘러 길을 연 후 단숨에 10여 장을 달려갔다. 천변오추가 그의 뒤를 쫓았다.

홍칠공의 몸은 얼음장같이 차가웠다. 정말 너무 깊게 잠이 들어서 깨어나지 못하고 죽은 것처럼 보였다. 양과는 당황하며 큰 소리로 외쳤다.

"노선배님! 노선배님!"

그러나 홍칠공은 마치 시체처럼 꿈쩍도 하지 않았다. 가슴을 만져보자 미약하게나마 심장이 뛰는 것 같았으나 호흡은 전혀 느껴지지 않았다. 이렇게 잠시 머뭇거리는 사이 대추가 따라왔다. 그는 양과의 무공에 겁을 집어먹은 터라 혼자서는 감히 덤비지 못하고 둘째와 넷째가 오기만을 기다렸다. 그러나 그들이 도착했을 때 양과는 다시 10여 장 앞으로 뛰어간 뒤였다. 그들은 양과가 산 정상을 향해 오르는 것을 보고 산봉우리까지는 길이 하나밖에 없으니 느긋하게 한 걸음씩 다가갔다. 산길은 갈수록 험준해졌다. 모퉁이를 돌자 한 사람이 겨우 지나갈 만큼 좁은 길이 나왔고, 양옆은 구름에 가려 그 깊이를 짐작할 수조차 없는 깊은 낭떠러지였다.

'이곳이 좋겠다. 여기에서 저들을 막자.'

양과는 발걸음을 빨리해 좁은 길로 들어선 후 홍칠공을 바위 옆에 내려놓고 즉시 몸을 돌렸다. 대추가 이미 길 앞에 당도한 것을 보고 양과는 앞으로 나섰다.

"이 추악한 놈! 올 테면 와봐라."

대추는 자칫 낭떠러지 밑으로 떨어질까 봐 황급히 뒤로 물러났다. 양과는 입구에 버티고 섰다.

태양이 떠오르고 눈은 이미 멈추었다. 사방을 둘러보니 수정같이 빛나는 흰 눈이 사방을 뒤덮고 있었다.

양과는 인피 가면을 얼굴에 쓰고 호통을 쳤다.

"네놈들이 추하냐, 내가 더 추하냐?"

천변오추는 외모가 못생기긴 했지만 그렇게 괴상하고 추악한 정도는 아니었다. 그들 앞에 붙은 '추醜' 자는 외모보다는 행동 때문에 붙은 것이었다. 그들은 양과의 얼굴이 금세 무덤에서 걸어 나온 시체처럼 변하자 깜짝 놀라며 서로를 쳐다보았다. 천천히 길의 가장 좁은 곳으로 물러난 양과는 괴성척두세魁星踢斗勢를 펴서 왼발을 땅에 딛고 오른발을 위로 치켜들어 균형을 잡았다. 미풍에도 몸이 흔들렸다. 그러나 '천군만마가 와도 나는 이렇게 이곳을 지키고 있으리라'와 같은 영웅적인 기질이 가슴에서 용솟음쳤다.

"개방에서 어디 저런 이상한 놈이 튀어나왔을꼬?"

천변오추는 지세가 험준해 감히 좁은 길 안으로 들어서지 못했다.

"여기서 지키도록 하자. 우리는 돌아가면서 음식을 가지고 오면 되지만 저 녀석은 이틀도 안 되어 배가 고파 기진맥진할 거야."

네 사람은 일렬로 진을 쳤고, 이추가 산을 내려가서 음식을 가지고
왔다. 양과는 감히 다가가지 못하고 그들 또한 건너오지 못했다.

〈3권에서 계속〉